Elle et ses ailes

... et son Lama !

Laura Guiraud

Elle et ses ailes

... et son Lama !

Comédie romantique

Édition : BoD – Books on Demand, info@bod.fr
Impression : BoD – Books on Demand, In de Tarpen 42,
Norderstedt (Allemagne)

Impression à la demande
ISBN : 9782322462971
Dépot légal : 12/2022

Je remercie ma mère, ma sœur, mon mari, l'amour, mes chères et belles Cévennes, ainsi que la vie

CHƏPiTRE 1

8H50

— Bonjour, mon fils a oublié son doudou vendredi, un lapin bleu. L'auriez-vous vu ?

Postée à l'entrée de sa classe de moyenne section, Cassandre, professeure des écoles depuis cinq ans, en a assez. En plus d'accueillir ses élèves excités par l'arrivée des vacances d'été, elle doit également être à l'écoute de leurs parents. Elle le doit.

Les histoires d'objets perdus sont d'un ennui ! Peu importe ! Prends une mine compatissante, ma vieille !

— Euh ! Non, pas que je me souvienne, monsieur, avoue-t-elle en essayant de se remémorer la peluche en question. Je me renseignerai auprès de Séverine. Peut-être a-t-elle aperçu ce fameux lapin ! Si tel est le cas, nous vous le rendrons.

L'agent territorial spécialisé des écoles maternelles, prénommée Séverine, avec qui elle a l'obligation de collaborer quotidiennement, n'est pas son amie. Son prénom l'irrite autant que son mauvais caractère, son arrogance et, plus généralement, sa manière d'être. Faire semblant du contraire l'épuise.

Cette ATSEM, assistante constamment indisponible et perpétuellement maussade, sur qui j'ai eu la malchance de tomber lors de la rentrée de septembre, critique tout ce que je propose et grommèle dès que des activités salissantes lui demandent un nettoyage plus important du matériel. Quand des enfants de quatre ans expérimentent la peinture, le découpage ou les gommettes, ils peuvent effectivement en mettre partout en dépit de sa maniaquerie maladive pour le ménage. Sachant qu'ils doivent apprendre et progresser en manipulant diverses matières, pourquoi s'en offusque-t-elle ? D'autant plus que je l'aide naturellement à ranger sans y être obligée et ne la force à rien. Face à l'énergie des petits de maternelle, former une équipe soudée sans problème d'égo, de rivalité ou de je ne sais quel mystère est nécessaire au bon fonctionnement de ce groupe. Cette opinion n'est visiblement pas partagée.

À peine se débarrasse-t-elle d'une mère ou d'un père insistant que d'autres les remplacent. Elle leur sourit, joue son rôle.

Réclamations, broutilles, dérangements superflus...

— Je me permets de vous rappeler que ma fille a une séance de sophrologie dans la matinée. Je passerai donc la chercher.

— Oui, je l'avais noté, merci, ment l'institutrice pendant que le défilé se poursuit.

Les mensonges ont leur utilité !

— Nous partons en voyage un peu avant la fin de l'année scolaire. La directrice, au courant de cette spécificité, nous a donné son consentement, toutefois je souhaite m'assurer que Jordan récupère bien ses affaires cette semaine.

— Aucun problème.

Cassandre serre les dents, excédée.

Je dois évidemment me plier aux volontés des vacanciers précoces sans geindre et rassembler en catastrophe l'ensemble des travaux d'un exécrable monstre miniature, avec enthousiasme. Pour couronner le tout, je m'en veux d'avoir écouté Séverine au sujet de la préparation des cahiers. Si j'avais pris les devants, comme il est d'ordinaire préférable de le faire, tout serait déjà en ordre. S'atteler à la tâche à la dernière minute est insupportable.

— Pauline a eu de la fièvre cette nuit. Elle est encore fatiguée, mais voulait absolument venir à l'école. Vous la connaissez. Si jamais sa température remonte, vous pouvez m'appeler.

— Je le note, certifie la jeune femme, lasse.

Chère maman au foyer, pour quelles raisons ne pas garder votre Pauline à la maison, au lieu d'importuner le monde et provoquer une éventuelle contamination de ses camarades ? Vous joindre par téléphone en plein cours pour vous informer de son état de santé, alors que j'ai la responsabilité de trente futurs citoyens à éduquer, instruire et surveiller, n'est-il absolument pas dérangeant selon vous ? Réponse : si, mettre en pause mon enseignement est compliqué.

— Excusez-moi. Pourrions-nous nous entretenir brièvement à dix-sept heures ? J'aimerais faire le point sur les compétences de Tessa, après la garderie.

— Euh… D'accord, accepte Cassandre, prise au dépourvu.

Par conséquent, cette entrevue inutile précèdera la réunion prévue ce soir, à l'occasion de la kermesse à venir, et contribue à gâcher ma journée. Diantre ! À quoi les évaluations et le classeur de réussite servent-ils, monsieur ? Réponse : ces outils servent à illustrer explicitement les acquis ou les lacunes à corriger. Conclusion : le rendez-vous que vous sollicitez sert uniquement à m'ennuyer.

— Je suis contrariée, vient finalement se plaindre une avocate antipathique. Un copain aurait giflé Jade au cours d'une récréation et aucune punition n'aurait été infligé à ce garçon. Ce n'est apparemment pas la première fois que ce genre d'incident lui arrive. Comment expliquez-vous ce défaut de surveillance ?

La pauvre enseignante essaie de demeurer impassible.

Quelle vipère, cette bourgeoise !

Elle s'accroupit devant la concernée.

— Est-ce exact, Jade ? Si quelqu'un t'embête dans la cour, il est impératif que tu préviennes les adultes. Nous ne pouvons pas tout voir. En effet madame, ajoute-t-elle avant de se relever, nous avons plus d'une centaine de jeunes à encadrer simultanément, seul ou en binôme. Je prends néanmoins compte de votre remarque et vous promets que nous serons particulièrement vigilants sur ce cas précis…

— Maîtresse, maîtresse, Nolan m'a tapé ! l'interrompt Lucas tout en la bousculant.

— Même pas vrai ! C'est lui ! Il a pris mon jouet ! pleurniche le coupable, enragé, tandis que de la morve coule de son nez.

— Maîtresse ! Kélissa a écrit sur les rideaux avec des feutres, rapporte Mélissa.

Cassandre inspire.

Que fait Séverine ?

Elle prend congé de l'avocate importune, resserre sa queue de cheval brune et part livrer son combat quotidien.

12H30

Pensive, Cassandre n'a pas d'appétit et pourtant le sucre reste une drogue. Elle a presque terminé la plaque de chocolat noir apportée dans l'espoir de soigner son chagrin, coriace parasite qui lui vole son sommeil depuis sa récente séparation avec son compagnon. En proie au ressentiment, elle rejette l'écrasante routine, les conventions sociales fastidieuses, les faux-semblants. Le non-sens de l'existence la terrifie de plus en plus. Dans l'étroite cuisine surannée du personnel enseignant, ses collègues savourent leur café dans la bonne humeur, évoquant avec frénésie les festivités qui se profilent et qui, à sa grande honte, l'indiffèrent.

Parler des animations dès maintenant ne présente aucun intérêt puisque, au moment d'un repos mérité, nous sommes contraintes de nous réunir durant trois heures à ce propos. Pourquoi n'ai-je pas, à l'instar de mes consœurs, une flamme dans le regard lorsque j'œuvre dans le cadre de mon métier ? Elles, leur perfection au travail et leur décaféiné m'exaspèrent autant que je les agace à ne pas en boire et à être imparfaite, je le sais. Je ne fais pas partie de la confrérie des passionnées de l'éducation. Ma place n'est pas là. Je m'efforce d'exercer convenablement ma profession, mais mon âme aspire à une fonction moins terre à terre, à un objectif davantage créatif, exaltant, différent. Il en a toujours été ainsi.

Assister à la mort d'une relation amoureuse et familiale de onze ans renforce mon mal être. Les dernières paroles de Tom, cher papa de notre fils de neuf ans, résonnent inlassablement dans ma tête, à l'image d'un refrain empoisonné : « Tu n'as qu'à prendre ta vie en main dorénavant, une mission difficile que remplissent les personnes majeures et vaccinées. Ma nouvelle copine a la vingtaine, mais a acheté un studio par exemple. Elle est indépendante, déterminée, confiante. Elle n'a pas besoin d'un chaperon ! ». Chassée brusquement de son luxueux appartement, j'ai l'impression que nos souvenirs ne comptent plus. Coureur de jupons en soif de liberté, il m'abandonne à mon sort, sans compassion, sans rechercher mon pardon. Mon ouverture d'esprit, mes concessions, ma tolérance à son infidélité récurrente n'ont guère changer sa décision. Il me délaisse, me dénigre, traumatise notre Charles et moi, pauvre idiote prisonnière du passé, je ne parviens pas à le bannir de mon cœur.

— As-tu préparé le stand de la pêche aux canards ? Ouh, ouh ! Cassandre Morena ! l'interpelle la directrice mécontente de son manque d'implication habituelle.

— Oui, Florence, réagit la brune abattue, une fois sortie de ses songeries sinistres.

La pêche aux canards... Accepter de prendre en charge l'organisation matérielle la plus complexe de la fête a été une erreur. Quand saurais-je refuser aux gens leurs requêtes indésirables ?

Elle aimerait surmonter sa retenue professionnelle, pouvoir exprimer le tréfonds de ses pensées, posséder un aplomb digne des plus grandes femmes d'affaires, avoir une autorité naturelle, se sentir respectée, malheureusement sa morphologie ne l'aide en rien. Ne dépassant pas les cent-soixante centimètres, la bataille à livrer contre ses faiblesses et l'adversité est rude. Impuissante et frustrée, elle a des envies d'échauffourée.

La cafetière vieillotte qui trône près de l'évier pourrait me servir à assommer quelqu'un !

— Une participation active aux échanges est fondamentale au sein d'une équipe pédagogique. Je croyais avoir suffisamment insisté sur cette nécessité, se lamente la directrice.

Adossée sur un pan de mur jaune, Cassandre ravale sa haine pour Florence.

Haïssable « Flo » aux airs supérieurs, tu es ridicule avec ton maquillage surchargé, tes collants résille et tes talons aiguilles inadaptés à l'univers de l'enfance. Vivement juillet et les vacances, que tu disparaisses de ma vue !

15H00

Assise sur une minuscule chaise orange, face à son public installé sur les bancs du coin regroupement, Cassandre raconte une histoire. Cet appréciable instant de calme relatif, elle se plaît à l'animer fréquemment.

— Le loup cogne à la porte de la maison en paille du petit cochon et dit « ouvre-moi » ! Le petit cochon lui répond...

— Il a peur ! crie Gabriel.

— Tu as raison, il est effrayé, confirme la conteuse. Le petit cochon apeuré lui répond « non ! ». Alors, le loup...

— Il va casser la porte, suppose Adèle, sérieuse.

— Possible... Le loup s'exclame « je vais m'enfler et souffler et la maison... »

— Elle va s'envoler, intervient Alexis.

— Oui, Alexis, elle va s'envoler, répète Cassandre, car...

— Elle est trop fragile.

— Bravo ! Le cochon n'a pas... Damien assieds-toi correctement s'il te plaît. Eva, arrête de pousser ta voisine.

— Elle prend toute la place, Pauline !

— Pauline, serre un peu les jambes. Bon, où en étais-je ? La maison est fragile car le petit cochon n'a pas voulu tra... Jordan, cesse de bavarder ! Le cochon a préféré jouer, le coquin ! Camille, pour quel motif pleures-tu ?

— Je veux ma maman !

Devant son tableau en ardoise, recouvert de traces de craie, d'affiches et d'aimants, la jolie narratrice soupire.

16H45

— Ouf ! Plus de bruit !

Cassandre lève le menton au plafond, ferme momentanément les paupières, respire. Ses poumons sont comprimés, ses nerfs sont à vifs, son cerveau bourdonne, ses membres sont lourds.

Je suis enfin seule !

Elle sursaute subitement.

— Oh ! Punaise de punaise ! s'affole-t-elle. J'allais oublier mon entretien concernant Tessa. Quelle merde !

En plus, je sens mauvais !

Privée de répit, elle emporte son sac à main et court vers les toilettes à proximité de sa salle de classe. Devant un miroir carré, elle arrange d'abord sa souple et volumineuse chevelure, un héritage capillaire de sa grand-mère espagnole. Dans sa lancée, elle dessine un trait de crayon noir sur ses grands yeux sombres et remet du parfum, des artifices qui, accompagnés par quelques sourires forcés, masqueront sa tristesse.

***

De retour d'un long voyage en Italie, Declan gare son pick-up, ainsi que sa tiny house, au camping de la *Cigale* récemment racheté par son oncle et sa tante, médecins à la retraite en quête d'un projet proche de la nature. Ces derniers, heureux qu'il travaille pour eux durant la saison estivale, ont accepté de lui allouer un emplacement. Poser ses valises lui sera bénéfique, bien que le vol vers le Canada, programmé pour le mois de novembre, le fasse déjà rêver. Il a hâte d'exercer ses talents artistiques dans les bars de Montréal, au sein desquels des concerts intimistes sont régulièrement organisés. Ses amis canadiens, deux adorables faux jumeaux qu'il n'a pas revus depuis un certain temps, s'apprêtent d'ailleurs à le rejoindre dans le Sud de la France, avant de le recevoir à leur tour au pays de la neige, des lacs et des forêts.

Engourdi par son trajet en voiture, l'artiste trentenaire en descend, s'étire. La beauté des Cévennes, chaîne montagneuse sur laquelle il a vécu une partie de son adolescence, le happe. Il en hume l'air. L'odeur familière des pins lui chatouille les narines. Leurs aiguilles tapissent le sol et craquent sous ses pieds. En plus de caresser sa peau, le soleil sublime la couleur ambrée de son regard qui scrute le ciel limpide à la recherche d'un signe du destin. Il se sent libre, libre de ses choix, libre d'obéir aux caprices du vent, libre.

Climat du Midi, me voici !

D'un pas leste, il retrouve finalement les membres de sa famille, pressé de leur faire le récit de ses aventures à Rome. À l'ombre de la tonnelle de leur terrasse privative dallée, attenante au hall d'accueil de leur propriété, sa conversation avec le frère de son père s'éternise, pendant que sa tante enregistre de nouveaux clients.

— Eh bien, mon neveu ! Félicitations pour ta conquête italienne. Tu ne te refuses rien ! commente Jean-Claude, un grand homme charismatique et bien-portant. Comment est-elle ?

— Magnifique, résume Declan, rêveur.

Ses coudes sont appuyés sur une table de jardin rectangle en fer forgé, où un apéritif a été servi, et ses doigts sont imbriqués sous son menton dont la fossette rappelle celles de ses joues.

Magnifique...

— Ton penchant pour les dames méditerranéennes perdure, à ce que je constate.

— Que veux-tu tonton, elles m'inspirent !

— Nous la présenteras-tu, cette déesse de Rome ? espère Jean-Claude, après avoir mangé une chips.

Le voyageur grimace.

— Non, je le crains. J'ai simplement bénéficié d'une douce parenthèse au cours de mon passionnant road trip. La vie de nomade a ses désavantages.

— Peut-être que celle d'un animateur et d'un moniteur saisonnier en a moins…

— Advienne que pourra ! formule Declan, avant d'écarter les mèches volages de ses cheveux châtains, aux reflets dorés, noués sur sa nuque.

— En tout cas, tu es doué dans ton domaine, tu as une excellente formation, tu es féru de sport, les jeunes t'adorent et cette affection est réciproque. Je suis sûr que tu seras à la hauteur de tes obligations. Ta précieuse guitare t'accompagnera-t-elle sur scène ?

— Je ne chanterai et n'amuserai la galerie qu'en présence de ma Marguerita.

— Parfait.

— Puis-je connaître le planning de mes futures péripéties ?

— Nous allons te fournir le document récapitulatif, mais dans mes souvenirs, lundi et mardi, tu encadreras des groupes d'adolescents durant la journée. Vendredi, tu animeras le repas du soir. Samedi et dimanche, tu encadreras l'après-midi et animeras le soir.

— Attaqué-je demain, comme convenu ?

— Oui, si tu es en forme, autorise le patron.

Le musicien croise ses mains derrière la tête, exhibant le galbe dessiné de ses bras nus.

— Toujours ! se vante-t-il, avec un sourire radieux.

CHAPITRE 2

Mardi 23 juin 2020

— Victor, saute plus haut ! lui conseille Declan. La balle ne te mangera pas ! Lola, ne joue pas solo ! Laurie, tu rêvasses depuis ce matin. Du nerf, du nerf ! Léo, démarque-toi mieux !

Vêtu d'un short de bain rouge et d'un T-shirt blanc, le moniteur, au bord de la piscine du camping de la *Cigale*, guide ses joueurs qui s'agitent dans l'eau. Son sifflet retentit, sa voix chaude résonne, son accent australien ressurgit et trahit son lieu de naissance, ses racines, sa langue natale.

— Veux-tu que je plonge, Mathis, pour te montrer ce qu'est une vraie passe ? Quelle limace tu fais ! le raille-t-il.

Un rire franc s'échappe de sa gorge, à l'instant où le garçon insulté le touche avec le ballon qu'il propulse hors de la zone de jeu.

— Aïe ! gémit-il en feignant de ressentir une atroce douleur au biceps.

Prêt à pimenter la séance sportive qui se termine, il rattrape le projectile, avant de sauter tout habillé dans le bassin, abandonnant involontairement tongs et lunettes de soleil dans son sillage. La différence de degré Celsius entre l'air ambiant et l'eau lui arrache un cri rauque. Une fois remis du choc, il débute une brève partie de Volley-ball endiablée avec des adversaires et des coéquipiers enthousiastes.

Mon périple en solitaire à travers les paysages italiens manquait de dynamisme. Quel bonheur d'en profiter aujourd'hui ! Mes méthodes d'encadrement ne sont certes pas très orthodoxes, mais elles ont le mérite de rendre vivants et authentiques les échanges humains. Agir autrement est contre-nature et ne me ressemble pas. En outre, selon mon expérience, le monde professionnel ne devrait pas être ce qu'il est : exagérément cadré, contraignant, oppressant, stressant, dénué de fantaisie, de liberté. En conséquence de quoi, la motivation, l'efficacité, les résultats en pâtissent logiquement.

Amie du présent, la béatitude est une compagne de vie capricieuse qu'il sait aborder, saisir, aimer, laisser partir et revenir.

Jouer avec des adolescents, ancrés dans ce présent propice à la joie, ne fait que l'aider à la sentir, jusqu'à accepter son départ inévitable et normal.

— La fête est finie, les loulous ! leur annonce-t-il, après plusieurs minutes d'amusement. Il est déjà l'heure de vous relâcher. À la prochaine !

À ces mots, les vacanciers se dispersent et Declan sort de la piscine. La transparence de son T-shirt trempé révèle un torse musclé. Tandis qu'il récupère ses affaires éparpillées, une femme divorcée, juchée sur des talons aiguilles, s'approche de lui.

— Bonjour, monsieur. Mon fils Léo, qui vient de vous quitter, m'a tellement parlé de vous à midi que je n'ai pas été capable de résister à la curiosité de vous rencontrer.

— Oh ! Enchanté, madame.

La poignée de main que Declan offre à son interlocutrice est manifestement bien venue.

— Pareillement, mon beau, minaude la campeuse, avant de libérer ses doigts de son contact prolongé. En effet, les sportifs à votre image savent me charmer, vous savez, déclare-t-elle, entreprenante, contemplatrice, séductrice.

Le jeune homme est surpris.

La tenue vestimentaire excentrique de cette créature rivalise avec ses manières douteuses.

Alors qu'il ébouriffe sa chevelure mouillée, il recherche une réponse adaptée à la situation.

— Le sport est… attractif, je vous le concède, dit-il, gêné, avec un rictus de circonstance. J'étais d'ailleurs sur le point de partir. Une excursion en vélo m'attend. Maintenir sa forme est primordial. Nous aurons probablement d'autres occasions de bavarder.

— Je compte sur cette chance, mon chou. Oh ! Je me prénomme Isa, cela dit en passant.

— Au revoir, Isa.

Sur ces paroles, Declan s'éloigne de la source de son malaise. Il regagne sa tiny house, se change promptement, glisse son téléphone portable dans la poche de sa veste, enfourche son vélo tout-terrain, puis roule jusqu'à la sortie de la *Cigale*. Au moment où il s'élance sur la route sinueuse, il croise une voiture rouge recouverte d'autocollants multicolores. Distrait par cette vision peu commune, il tourne légèrement le guidon de son véhicule qui finit par entrer en collision avec un arbre planté sur le bas-côté. Propulsé par l'impact, il atterrit dans des broussailles, pendant que les roues du vélocross renversé poursuivent leur rotation durant quelques secondes.

— Ouch !

Il se relève péniblement, jette un œil sur ses égratignures et rit de sa maladresse, un défaut qui lui complique souvent les choses.

— Heureusement, mon bolide ne présente pas de séquelles notables, songe-t-il à voix haute, après l'avoir redressé.

Son téléphone vibre soudainement.

— Oh !

Il consulte le message reçu, oublie son infortune passagère et répond immédiatement à ses correspondants.

Emma

« Nous arrivons bien vendredi à Marseille, mais nous te rejoindrons seulement samedi. Ce n'est pas la peine de venir nous chercher à l'aéroport, ne t'inquiète pas, nous saurons nous débrouiller. Nous languissons de te revoir ! Emma et Liam »

Declan

« Moi aussi, je languis, mes poulets ! »

***

Au volant de son automobile rouge, recouvert d'autocollants multicolores, Cassandre a l'esprit accaparé par ses problèmes. Impatiente de rentrer à la maison de ses parents, nichée dans les montagnes cévenoles, elle ne prête pas attention aux dires de son fils surexcité qu'elle vient de récupérer à la garderie. Elle a travaillé tard à son école, afin de rattraper le retard accumulé dans les préparatifs de fin d'année, et sa fatigue contrôle ses émotions. Elle rêve de silence, de paix, d'une douche, de son lit.

J'en ai marre !

— J'en ai marre de mon boulot de merde ! s'emporte-t-elle brusquement en malmenant sa ceinture de sécurité.

— Maman ! Tu as dit un gros mot, la prévient Charles.

— Pardon, mon bichon.

La jeune professeure, perdue dans ses pensées, n'assiste pas à l'accident d'un cycliste imprudent devant le camping de la *Cigale*, situé en contrebas de la propriété familiale vers laquelle elle se dirige.

— Tu as vu ça ? Un monsieur est tombé dans les ronces ! s'esclaffe le garçon, l'index pointé en direction de la scène comique.

Cassandre n'entend pas. Elle est loin. La sonnerie de son mobile retentit et ne lui provoque aucune réaction.

— Maman ! Tu devrais prendre l'appel de papa, l'encourage Charles.

Parvenue à destination, la belle esseulée immobilise sa voiture à l'extrémité d'un chemin de terre pentu et impraticable que les pluies issues des épisodes cévenols annuels ont déformé.

— Va chez mamie, je te rejoins Charlinou.

Son fils s'exécute, quant à elle, elle décide de l'écouter. Elle s'adosse contre son siège, déglutit.

— Allô. Que veux-tu, Tom ? soupire-t-elle.

— Cassandre, je ne pourrai pas assurer la surveillance de Charles ce weekend. Pourras-tu…

— Ben voyons !

— Ne sois pas sarcastique. Nous pouvons nous arranger à l'amiable, n'est-ce pas ?

— Ne me fais pas passer pour celle que je ne suis pas. Tu sais parfaitement que je préfère avoir la garde de mon bébé, que l'inquiétude me ronge quand il est avec toi et ta briseuse de couple, mais parfois j'aimerais me détendre, surtout en cette période.

— Ne commence pas à débiter des méchancetés. Tu as le devoir d'assumer ton rôle de mère et devrais te réjouir du fait que je te laisse ton enfant plus souvent que prévu.

— Oui, j'en suis ravie, notamment lorsque, de ton côté, tu t'en débarrasses dans le but de coucher avec ta catin à peine majeure !

— La vulgarité est l'un de tes plus immondes défauts. Tu ne changeras pas.

Une vague de colère submerge la jeune femme.

Comment puis-je détester à ce point une personne pour qui j'ai eu de l'amour, pour qui il m'en reste encore ? Tom a toujours eu le don de me faire sortir de mes gonds. Victime de ses manigances, je passe pourtant pour une mère hystérique, immature incapable, indigne et acariâtre. Souffrance et incompréhension régissent mon quotidien à cause de lui, son comportement, sa façon de me parler. Ses magnifiques yeux bleus me méprisent, ces yeux qui jadis m'obsédaient, me contemplaient, me rassuraient, maintenant me torturent.

— Je vais raccrocher, Tom.

— Est-ce bon po…

— Oui. Ciao !

Cassandre abandonne la bataille. Elle regarde son reflet dans le rétroviseur, le trouve pâle, vieilli. Son maquillage a coulé sur ses cernes. Elle en enlève les résidus d'un geste las, avant de s'extirper de l'habitacle étroit et suffocant. Chassant son envie de pleurer, elle gravit la côte abîmée qui mène au jardin fleuri de sa génitrice, magnifié par la lumière de l'astre solaire sur son déclin.

Puis-je disparaître ? Les discussions à venir autour du souper vont fatalement m'épuiser. Un orage se déchaîne à l'intérieur de ma poitrine, ma boîte crânienne. Personne n'est en mesure d'évaluer le désastre causé par cette dévastatrice tempête invisible. Intruse parmi les miens, je supporte le poids de la solitude.

— Coucou, ma Cassie, ça va ? s'enquit Manola, affairée dans sa cuisine vintage, dès son arrivée. Attable-toi, le repas est chaud.

L'institutrice obéit à sa mère, grincheuse et mignonne retraitée plutôt mince et simple. Elle s'installe près de Charles à qui elle offre un sourire aimant paradoxalement éteint.

Ai-je remercié convenablement mes parents pour leur gentillesse, leur hospitalité, leur dévouement, leur disponibilité ? Si retourner vivre chez eux à trente ans a été un échec pour moi, je suis devenue leur fardeau. La peur de louer un logement à mon nom me freine, mes tourments actuels me paralysent. Je n'y ai jamais été confronté auparavant. Il sera malgré tout essentiel de rapidement franchir le cap. Il sera vital d'avancer sans l'aide de Tom, sa figure d'autorité réconfortante, sa manie de tout contrôler qui m'a longtemps délestée d'importantes responsabilités, son aisance financière. Une interrogation me chiffonne toutefois à l'aube de cet envol. Ai-je les capacités à surmonter les épreuves seule ? Je l'ignore. Directement passée de ma chambre d'étudiant au nid douillet de mon amant, je me suis greffée à ses habitudes, à ses fréquentations, son univers... Dans ce processus malsain, ma personnalité s'est finalement effacée. Je me suis perdue.

— Ton padre a fait un saut chez le voisin pour lui apporter nos dernières cerises. Il ne tardera pas. Au fait, j'ai fait les courses plus tôt. Impossible de dénicher une place de parking ! se plaint Manola. J'ai acheté des melons, nous verrons s'ils ont du goût. Je voulais aussi aller chez le coiffeur, car ma coiffure est effrayante, mais il était fermé. J'au...

Le monologue de l'hôtesse, bavarde invétérée à l'accent chantant et à la voix sonore, ennuie Cassandre.

Insipide existence... Me sera-t-il possible de m'y épanouir, d'y découvrir ma voie, de retrouver l'énergie, le goût de l'écriture, mon humour ? Une fois mes larmes taries, que me restera-t-il ? Il me restera mon précieux, gentil, vif et intelligent Charles, évidemment... Sa ressemblance frappante avec Tom me le rappelle néanmoins constamment, lui et ce que nous avons perdu.

— Tu peux me donner du pain, maman ? lui demande son garçon affamé.

— Bien sûr, bichon, mais n'oublie pas qu'il faut inverser le sujet et le verbe à la forme interrogative et dire « peux-tu me donner du pain ? ».

— Je s... je le sais, se reprend Charles, soucieux d'entretenir son langage, mais cette règle est peu respectée à l'oral.

— Certes, certes... Et je ne suis pas non plus un exemple irréprochable en la matière.

— Évitez de répandre des miettes partout, exige Manola, maniaque du rangement et de la propreté, ayant tendance à traquer la moindre salissure causée par son entourage.

Si la morosité de la fonctionnaire éreintée ne la rend pas aimable ou loquace, elle l'empêche cependant de prononcer d'éventuels commentaires regrettables.

— Je… je vais me doucher avant de manger, ne m'attendez pas, souhaite-t-elle.

En quête d'isolement, elle délaisse ses proches.

— Ah bon ! s'étonne Manola, son petit nez rond levé vers le plafond. Ne mets pas de l'eau par…

— Oui ! s'énerve Cassandre en quittant la pièce d'une démarche inélégante.

CHAPITRE 3

Jeudi 25 juin 2020

Declan sort de sa tiny house en bois, un sac-poubelle à la main. Admiratif du crépuscule, il se délecte de ses nuances orangées. Le chant nocturne des criquets qui s'éveillent enchante ses oreilles. La saison chaude et ses trésors le comblent.

Les soirs d'été possèdent une magie singulière.

— Bonsoir, mon mignon, le surprend une voix éraillée par la fumée de cigarette.

— Madame ? sursaute Declan en la voyant se pavaner jusqu'à lui.

— Appelez-moi Isa, je vous prie. Vous souvenez-vous de moi ? Je suis la ma…

— La maman de Léo, oui…

Le chanteur lève un sourcil.

La présence de cette Isa sur le morceau de terrain qui m'est prêté ne présage rien de bon.

— Puis-je vous aider ?

— Tout dépend… amorce la femme en se rapprochant de sa cible, lentement, lascivement.

Declan a un léger mouvement de recul à l'instant où l'index de son interlocutrice, vêtue d'une robe moulante et courte, se pose sur son épaule.

Mon pressentiment se révèle juste…

— Faites-moi visiter votre maisonnette et je déterminerais la valeur de votre utilité.

— Ha ! Ha ! Inédite requête ! confesse le musicien souriant, bien qu'embarrassé.

— Quoi de plus normal ? Je suis unique en mon genre.

— Je n'en doute pas. Écoutez… Je suis flatté par… Je suis flatté, mais je ne suis pas l'homme de la situation, proclame Declan.

Enchaîner les conquêtes sans motifs valables ne me convient pas. J'ai besoin de ressentir une attirance, une étincelle, une complicité, un attachement quelconque pour mes partenaires. En ce sens, superficielle et charmante Isa, je n'ai aucune envie de faire plus ample connaissance avec vous ou de vous entraîner sous mes draps. Voilà ce qu'il faudrait lui dire en toute franchise ! Plus généralement, il serait davantage aisé et sain de s'exprimer librement, sans craindre d'offenser autrui ou de trop s'épancher sur sa vie. Les conventions sociales brident à tort ou à raison les humains.

Dans le dessein d'appuyer son affirmation, il emporte ses détritus et se dirige vers un sentier qui serpente entre des châtaigniers en direction de l'entrée de la *Cigale*.

— Dommage, se résigne Isabelle. À titre informatif et parce qu'il n'y a que les imbéciles qui ne changent pas d'avis, je tiens à souligner que mon séjour dans ce coin de verdure ne s'achève pas avant plusieurs jours, conclut-elle avec un clin d'œil explicite.

L'artiste amusé tourne le dos à sa soupirante, puis lève le bras en guise d'adieux.

— C'est noté, belle dame ! lui certifie-t-il en s'éloignant tranquillement.

Des réverbères s'allument progressivement à son passage, des campeurs se restaurent autour de tables pliables et le saluent parfois, l'hululement des chouettes hulottes, cachées dans les branchages, retentit pour son plus grand plaisir. Fredonnant une mélodie célèbre, il finit par atteindre les conteneurs poubelles disposés en dehors du camping, lorsque sa copine lui envoie un dernier signe avant le décollage de son avion.

Emma

« Sur le départ. C'est tiguidou ! Nous allons nous payer la traite ! France, nous voilà ! Emma et Liam »

Declan

« Bon vol, les asticots ! PS : pour rappel, tu m'as jadis fait la promesse, chère Emma, de me ménager avec tes expressions québécoises. »

Emma

« Merci ! PS : tu ne vas pas brailler pour si peu ! »

Le voyageur chevronné se remémore ses excursions passées et futures. Souvenirs et espoirs s'entremêlent dans son cerveau. Il ouvre le couvercle de l'un des bacs à ordures, dans lequel il jette son sac-poubelle et fait malencontreusement tomber son mobile.

— Oh ! Oh !

***

L'atmosphère estivale a incité Cassandre à délaisser le confort de sa chambre et l'attractivité de la télévision. En compagnie de son fils, plutôt calme et silencieux, elle marche dans l'idée d'évacuer les tensions accumulées, principalement à cause de Tom et de sa profession.

Cher Tom... Tu m'exaspères sans être là. Je pense trop à toi, à notre histoire, à nous... Tu ne mérites pas cet honneur. Ta beauté insolente, celle dont j'étais fière au début de notre idylle, a décidément été mon fléau. J'ai accepté ton succès auprès des filles, les ai laissées nous séparer à de multiples reprises dans l'objectif de te garder. Vaine entreprise sur le long terme ! Rivaliser avec la jeunesse s'est vite avéré impossible avec le temps et ta fuite définitive vers les attraits qu'elle propose a été inévitable malgré mon indulgence. Je n'ai pas su te retenir. Nous ai-je négligés pour que le physique prévale finalement sur notre relation ? La cause de sa chute n'a quoi qu'il en soit plus d'importance. La nostalgie supplante régulièrement l'indignation désormais, alors j'imagine que mes blessures finiront par se refermer et leurs cicatrices, s'estomper.

La kermesse du lendemain organisée dans la cour de son école ne l'attire guère. Elle souhaiterait s'y soustraire. Le legging en coton grisâtre qu'elle porte, ainsi que le débardeur blanc délavé, sous lequel pointe ses seins libérés de la contrainte d'un soutien-gorge, reflètent son accablement.

La kermesse ! Pff !

— Nous n'avons jamais campé à la *Cigale*, remarque Charles en passant devant son hall d'accueil, un bâtiment d'un étage à l'allure chaleureuse qui surplombe l'ensemble du camping. L'endroit semble joli.

— Je crois que de nouveaux propriétaires en ont pris les commandes.

— Nous pou... Pourrons-nous y aller ?

— À quoi bon payer, alors que nous avons un décor identique dans le jardin de tes grands-parents et la possibilité d'y dormir gratuitement sous une tente ?

— Super ! ironise le garçon, le pouce levé.

L'enseignante sourit, mais la culpabilité s'empresse de crisper son visage.

— Mon bichon, je... je suis désolée de n'avoir rien programmé de particulier pour cet été, s'excuse-t-elle.

Elle frictionne ses paupières et ses joues, expire.

— Mon humeur lamentable n'est pas propice à...

— Pff ! Regarde, maman ! ricane subitement Charles peu attentif à son discours, à la vue d'un individu ayant le buste dissimulé derrière les parois d'un bac à déchets relativement profond.

— Bonsoir... se risque à formuler Cassandre, prudente, en apercevant à son tour dans la pénombre les jambes en l'air de l'inconnu, la tête logée entre les sacs à ordures. Avez-vous besoin d'aide ?

Inquiète, elle s'arrête à une distance raisonnable de la scène insolite, près d'un réverbère qui vient de s'allumer.

— Oh ! Bonsoir ! réagit un homme décoiffé qui se remet de ses déboires. Mon... mon téléphone m'avait échappé... Tout est dorénavant sous contrôle, merci ! garantit-il en brandissant l'objet.

— Ah ! Tant mieux !

La brune s'apprête à reprendre sa promenade au moment où son interlocuteur, qui époussette sa veste en jean et réajuste sa coiffure, la questionne.

— Connaissez-vous le vieux film réalisé par Francis Veber, intitulé *La Chèvre* ?

— Oui... Pourquoi ?

— J'ai quelquefois l'impression d'incarner à mes dépens le personnage interprété par Pierre Richard, le malchanceux François Perrin.

— À première vue, il est facile de vous croire, rétorque la jeune femme, amusée par la référence cinématographique.

— En tout cas, vous êtes drôle à voir, monsieur ! résume Charles, sincère, en dépit du coup de coude que lui donne Cassandre, gênée.

— Ha ! Ha ! Maigre consolation, mon petit ! réplique l'étranger dont le style détendu et l'amabilité savent mettre à l'aise.

— Petit ? Je suis au CM2 quand même ! J'ai sauté une classe. Je passe d'ailleurs en sixième avec d'excellents résultats.

— Oh ! Pardonne-moi, mon grand !

— Appelez-moi Charles, c'est plus simple.

— J'en prends note, Charles. Moi, c'est Declan, l'informe l'animateur, diverti par son sérieux.

— Et moi Cassandre, intervient cette dernière, habituée au tempérament parfois pédant de sa progéniture, mais nous devons rebrousser chemin. Il se fait tard.

— Nous n'avons pas beaucoup baladé, constate l'enfant.

— Tu te lèves tôt demain.

— Au revoir, donc. Encore merci de votre sollicitude, amis promeneurs ! les remercie Declan, pendant qu'ils le saluent et disparaissent dans la nuit.

La charmante professeure avance d'un pas rapide.

— J'aurais bien aimé allé jusqu'à la rivière, s'exprime Charles qui bâille à s'en décrocher la mâchoire.

— Une prochaine fois… Tu es épuisé et, personnellement, je ne pensais pas croiser quelqu'un et discuter avec ! As-tu vu mon accoutrement ? La honte !

— Tu t'habilles quasiment toujours mal en dehors du travail.

— Ton honnêteté est louable.

Cassandre hoche le menton.

— Tu as raison, Charlinou. Je devrais vraiment soigner mon apparence. Pour ma défense, le fait d'être à la montagne me dissuade de faire des efforts. La nature se moque de la mode.

— Ne t'en fais pas, ton cas est moins grave que celui de Declan.

— Declan ?

— Tu sais, Mister Poubelle !

La demoiselle est obligée d'approuver les paroles de son fils, tandis qu'ils entament l'ascension de la côte cahoteuse qui mène aux terres parentales.

— Punaise de punaise, de caillou à la noix ! peste-t-elle, après y avoir posé les orteils dessus. Que ça fait mal, cette connerie ! commente-t-elle en sautillant sur place.

— Tu jures.

— Je sais. C'est la faute de mes tongs de mer...

CHAPITRE 4

Samedi 27 juin 2020

À son arrivée devant le local de l'association *Les chats qui ont du chien*, pour laquelle elle œuvre bénévolement certains samedis sous les directives de Josiane, sa fondatrice énergique, surnommée Josie, Cassandre est déjà fatiguée. Elle gare son automobile sur le parking réservé au personnel, puis en sort sans entrain. L'air doux l'indiffère.

Où est passé ma flamme ? Mon désir d'aider les animaux n'est pas mort, pourtant ma motivation diminue.

Rapidement, la brune grimpe la dizaine de marches conduisant à l'entrée de ce qui ressemble à une maison ordinaire, construite entre des pins, dont la façade en pierre se marie joliment avec le paysage cévenol sublimé par la lumière matinale. Avant de pénétrer à l'intérieur, elle redresse machinalement une pancarte en bois suspendue près d'une fenêtre à petits carreaux, seule indication concernant le nom et le but de l'association qui accueille, soigne et protège les chiens ou les chats errants. L'espoir d'être délestée exceptionnellement des besognes ingrates l'envahit.

J'espère pouvoir câliner mes amis poilus aujourd'hui et pas seulement nettoyer leurs paniers ou leurs litières comme à l'accoutumée ! Ce labeur est primordial pour leur bien-être, mais j'ai l'impression qu'il est exclusivement attribué aux gens qui n'osent pas dénoncer les abus d'autorité ou l'injustice installée entre les employés et les bénévoles, au niveau de la répartition des tâches. Être la plus investie de mon groupe ne m'offre de surcroît aucun privilège. J'aimerais en bénéficier parfois...

— Enfin, te voici ! s'époumone Josiane, quadragénaire aux boucles châtaines, postée derrière le comptoir d'accueil. Pourrais-tu héberger un lama, le temps de lui trouver un foyer ?

— Un lama ! manque de s'étouffer Cassandre, la porte du hall à peine refermée.

— Tu as parfaitement entendu. Un cirque aurait abandonné cet animal et des bons samaritains, ne sachant pas quoi en faire, ont eu la mauvaise idée de l'apporter au refuge dans la semaine. Il est actuellement attaché à un poteau dans le jardin. Personne ici ne dispose d'un espace adéquat pour subvenir à ses besoins. Il est cependant dressé, docile, castré, relativement âgé. La longe n'est apparemment pas un problème pour lui et il suit facilement les humains. Dis-moi que tu peux lui donner un abri ! Tes parents ont une propriété, n'est-ce pas ?

— Euh ! Oui, mais…

— Affaire réglée alors !

L'institutrice en perd la voix.

Josie, constamment débordée, a tendance à prendre les bénévoles pour des esclaves. Son amour envers les animaux est indéniable, toutefois ses rapports avec ses congénères laissent à désirer. J'ai le droit de refuser sa mission. Il est d'ailleurs impératif que je la décline !

— Ne panique pas, Cassandre, cette solution est temporaire. Nous en trouverons une meilleure. J'ai contacté divers éleveurs et le zoo de Montpellier. En attendant leur verdict, tu sauras bichonner cette boule de poil ! Ton efficacité n'est plus à prouver.

— J'ai effectivement donné le biberon à des chatons et des chiots non sevrés à mon domicile. Ce qui ne veut p…

— Écoute, poulette, nous venons de recueillir huit chatons malades et trois chiens dans un état épouvantable. L'équipe entière s'affaire présentement auprès d'eux. De ton côté, débarrasse-nous de ce lama immédiatement, je t'en conjure ! la supplie Josiane. Tu te renseigneras sur l'espèce, je te fais confiance. Prends les clés de mon van, tant pis pour l'aspect sécuritaire, nous n'avons que ce moyen de transport là ! Tu me le ramèneras plus tard, reprendras ta voiture et me diras comment la cohabitation se déroule. File !

Cassandre, immobile, ne réalise pas encore la situation.

Un lama… Mon ignorance à ce sujet me terrifie.

Hésitante, elle récupère les clés du véhicule de fonction, ouvre une porte menant à l'extérieur, côté jardin, et fait face au fameux camélidé blanc qui la fixe avec deux yeux noirs.

— Punaise de punaise ! Mes parents vont me tuer… murmure-t-elle, alors que des chiens, prisonniers de leurs chenils, aboient. Tu es… gigantesque et… sale, mon vieux !

Elle se pince l'arête du nez.

Dans quoi me suis-je embarquée ?

— Tu ne vas pas me croquer ou me cracher dessus, si je te touche ?

Prudemment, la brunette s'approche de l'impressionnante bête et prend le risque de caresser son cou. Rassurée par leur premier contact positif, elle attrape sa laisse dans le dessein de la guider.

Je suis capable de m'occuper de cet être vivant. Il n'y a pas de quoi angoisser.

— Tu viens !

Pas à pas, Cassandre entraîne son compagnon sur pattes plutôt coopératif vers le van devant lequel, une fois le coffre ouvert, il devient brusquement récalcitrant.

— Grimpe maintenant, gentil lama ! lui ordonne-t-elle en tirant sur son lien. Vas-y ! Ne sois pas effrayé.

Dans l'impasse, elle se positionne derrière le rebelle et exerce une pression sur sa croupe poussiéreuse.

— Oh ! Tu pues ! C'est abominable !

La jeune femme tousse.

Josie aurait quand même pu m'aider à hisser cette masse malodorante dans son engin sur roues !

— Avance s'il te plait ! Rah ! hurle-t-elle en prenant appui sur ses jambes. Qu'est-ce que tu es lourd ! Fais attention, bourrique ! Je vais te reconduire à ton poteau, si tu n'y mets pas du tien ! Avance !

Alors qu'elle pousse de toutes ses forces, le lama en profite pour exécuter son commandement, action ayant la conséquence de la faire tomber de tout son long.

— Bordel de bordel ! Saleté de bestiole !

Cassandre se relève, époussette ses vêtements, enferme l'animal et prend la route.

— Ce n'est pas possible d'être si nulle ! rage-t-elle, frappant du poing sur le volant.

Ne puis-je pas m'imposer ? Je suis une simple bénévole, pas une servante ! Voilà que je me retrouve avec un boulet ! Incroyable ! La chef Josie et ses « patatati, patata, on est surchargé, gna gna... » m'énervent au plus haut point ! Je ne parle même pas de mes collègues de l'école ! Ces idiotes qui, au lieu de ranger avec moi le désordre laissé par le public à la suite de la kermesse, ont préféré bavarder. Je les déteste, elles et tous les autres !

Une trentaine de minutes plus tard, l'enseignante gare le van de Josiane en bas du chemin impraticable menant au terrain de sa famille et fait sortir le camélidé, non sans prudence. Lorsqu'elle ouvre le grand portail du domaine, elle voit l'expression faciale de sa mère et de son fils, occupés à jardiner, se décomposer.

Courage !

Anticipant les reproches maternels, elle mord sa lèvre supérieure charnue.

— Cassie ! Que fabriques-tu avec... avec... bégaie Manola.

— Waouh ! s'enthousiasme Charles, courant à la rencontre du lama. L'as-tu adopté ? A-t-il un prénom ? Puis-je l'appeler Kuzco, comme dans le dessin animé ?

— Non, je dois juste le surveiller, explique Cassandre. Il n'a pas de prénom, à ce que je sache. Tu peux a priori le nommer Kuzco. Ai-je répondu à toutes tes interrogations ?

— Oui ! C'est génial !

— As-tu perdu l'esprit, ma fille ? Où veux-tu mettre ce Kuzco ? Je refuse qu'il déambule à sa guise entre mes fleurs, déclare la matriarche, grincheuse et impulsive, en se ruant sur lui. Il va tout saccager, faire peur à mes chats et...

La bête, croyant à une agression, rabat les oreilles en arrière, claque la langue et crache sur la figure fine de Manola, sous le regard effaré de Cassandre qui étouffe un cri.

— Drôle de couleur, ce crachat ! commente le garçon, hilare.

— Quelle horreur ! pleurniche la victime. Dégoûtant...

— Cet incident n'est pas si dramatique. En revanche, ce malheureux a besoin d'un endroit provisoire pour vivre, dans l'attente de son adoption, insiste la jeune professeure, au bord de l'explosion de rire face à la détresse de son interlocutrice. Nous seuls disposons d'assez d'espace pour lui. Je suis désolée, je n'ai pas le choix, je dois m'en charger.

— Baliverne ! Tu n'as pas su refuser la requête saugrenue de ta Jo... Josiane ! Me trompé-je ? grimace Manola, de nature franche et spontanée, tandis qu'elle essuie la mucosité verdâtre, auparavant récoltée avec ses doigts, sur son tablier.

— Tu me connais…

— Pff ! Ma pauvre ! Tu oses te montrer têtu qu'en présence des gens extrêmement proches, notamment devant moi.

— Je le sais, hélas, mais cette fois, si j'ai eu la bêtise de ne pas avoir su imposer mon opinion, c'est pour la bonne cause. Je crois… précise Cassandre.

J'en viens à douter de mon rôle au sein de l'association. Perds-je mon temps ? Secourir les animaux est certes méritoire, mais à quel prix ? Devrais-je prendre du recul ? Quoi qu'il en soit, Charles semble euphorique à la venue inattendue de Kuzco et il est de mon devoir de le rendre joyeux en cette période douloureuse. Il cache souvent son chagrin. Je ne suis néanmoins pas aveugle. Son toit, son père, ses parents, leur bonheur lui manquent.

— Me promets-tu que le séjour de ton copain velu sera réellement temporaire, Cassie ? s'adoucit la maîtresse de maison, sensible, aimante et serviable sous ses airs de dragon.

— Oui, la recherche de son futur foyer est lancée.

— Si ce rustre doit rester, je veux qu'il soit attaché.

— Tout d'abord, laisse-moi m'informer sur sa race. Nous verrons ensuite la meilleure option à appliquer, propose Cassandre en sortant son téléphone de sa poche.

Au fond d'elle, elle bouillonne.

Et dire qu'il est également nécessaire de rapporter le véhicule de fonction à sa propriétaire et de récupérer le mien ! C'est bien connu, effectuer des kilomètres pour la gloire est ma passion secrète…

— Suis-moi Kuzco, je vais te faire visiter ! s'exclame Charles, après avoir pris sa longe.

— Charlinou, sois prudent avec ton nouvel ami, lui conseille la bénévole. Il est costaud, malgré son vieil âge.

— D'accord !

— N'est-ce pas dangereux ? se tracasse Manola.

— Les lamas sont inoffensifs, à ce que je sache, les défend Cassandre. Que dit Internet à leur sujet ?

Elle parcourt plusieurs sites Web, avant de lire silencieusement les caractéristiques principales de l'espèce.

PHYSIQUE
Taille : 1,50 - 2 m
Hauteur au garrot : 1 - 1,25 m
Poids : 130 - 160 kg
Fourrure : Épaisse et laineuse
Cri : Hennissement

ALIMENTATION
Régime alimentaire : Herbivore
Type de nourriture : Plantes herbacées, feuilles d'arbustes, racines, lichens

— Ils disent que ces créatures crachent uniquement quand elles se sentent menacées ou en colère, mais rarement sur l'homme.

— Mensonge ! se révolte Manola, encore choquée par sa mésaventure.

— Non, pas du tout, ma chère. Tu es fautive, en conclut la demoiselle. Tes hurlements et ta négativité ont fait peur à Kuzco.

— Rigole, rigole ! Tu riras moins quand ton padre rentrera du marché et fera la rencontre de mon agresseur !

— Je sais…

La main en visière pour protéger ses prunelles des rayons du soleil, Cassandre observe son fils discuter avec le camélidé devant un majestueux châtaignier, planté près du potager de Manola, où de nombreux plants de tomates s'épanouissent.

Quel tableau insolite !

***

Allongé sur le dos au bord de la rivière, Declan profite de sa liberté pour admirer son environnement. Un chêne lui offre sa protection contre l'ardeur de l'astre solaire ascendant, la brise apaise son corps en feu à la suite de son jogging matinal, le chant des cigales accompagne sa contemplation. En harmonie avec la nature, il se sent vivant. Le bourdonnement des abeilles, qui volent autour des buissons fleuris, lui fait momentanément oublier les problèmes liés au réchauffement climatique, l'inaction du gouvernement, le déni général de la population, la chute inévitable de l'ère industrielle et de la surconsommation, mais aussi l'extinction probable du genre humain. Impuissant contre la folie et la tragédie ambiante, il a jadis entrepris de se détourner des sentiments négatifs, afin de croquer le monde et jouir de ses merveilles, tout en réduisant drastiquement son impact écologique. Si ses voyages demeurent coûteux en énergie, son mode de vie nomade et minimaliste, en accord avec ses valeurs, lui permet d'accéder à la plénitude et le lâcher-prise que les rouages de la société moderne assassinent. Ainsi, son inquiétude quant à l'avenir s'amenuise dès lors qu'il revient à l'essentiel, s'isole, se délecte du présent.

Après l'effort, le repos se savoure. Quelle félicité... Un air frais, de l'ombre, de l'eau... Je n'aimerais pas être ailleurs.

Un oiseau choisit la pause relaxante et poétique du sportif pour déféquer en plein vol sur son front.

— Je n'y crois pas ! Beurk !

Declan rit et se débarbouille à l'aide de son T-shirt. Ce dérisoire déboire le rappelle à l'ordre. Il a des obligations à remplir avant l'arrivée des Canadiens.

Je n'ai plus qu'à retourner dans ma tiny, ôter mes habits de sport, me doucher et cuisiner !

D'un bond, il se relève, puis court d'une foulée souple vers l'entrée du camping, où sa vision semble lui jouer des tours.

Halluciné-je ?

Sidéré à la vue d'un lama et de son accompagnatrice, gravissant un sentier pentu et privatif, il ralentit sa cadence de course.

Je n'aurais jamais cru voir un camélidé en dehors d'un parc animalier et surtout pas aujourd'hui. Les hasards de la vie me fascinent.

En plus de son étonnement, il croit reconnaître la dame croisée un soir avec le gentil Charles.

Cassandre et un lama !

— Un lama ! Ha ! Ha !

Le joggeur hoche la tête et regagne sa maison sur roues. Il en ouvre la porte, pressé de se rafraîchir.

— Coucou, le Français ! le surprend Emma, fébrile.

— Surnomme notre hôte, l'Australien, de préférence, non ? Il est tout de même né là-bas, sœurette, la corrige Liam d'un ton éternellement posé.

— Vous ici ! Vous deviez m'appeler une fois parvenus à la Cigale !

Declan enlace vigoureusement ses amis.

— Surprise ! s'esclaffe la demoiselle pétillante.

— Ton oncle nous a montré où était garé ton havre de paix et nous a proposé de t'attendre à l'intérieur. J'espère que tu nous pardonneras.

— Évidemment, Lili ! Je suis si content !

— Et nous itou, quoique ton odeur corporelle pourrait me faire fuir, avoue Emma, dont la grande taille, incompatible avec le concept d'habitat léger, complique ses déplacements dans la maisonnette, à l'instar de son frère.

— L'activité physique a un prix, explique le coureur en haussant les épaules. Vous êtes-vous installés ?

— Pas entièrement. Nous avons pris des tentes qu'il nous faut monter, affirme Liam, pragmatique.

— Il y a une mezzanine dédiée aux invités, vous en souvenez-vous ?

— As-tu pu pousser tes vieux murs depuis notre dernière visite ?

— Aaah ! Même pour toi, ma déesse, je suis incapable d'agrandir ce lieu, s'excuse l'artiste avec un sourire ravageur.

— Tu sais parler aux filles...

— N'aie pas d'angoisse à ce propos. Nous évoluerons principalement à l'extérieur, garantit l'immense et séduisant Liam. Nous avons tant à faire, tant à découvrir de la France encore !

— Parfaitement ! Pendant que tu travailleras tel un esclave, nous jouirons de nos vacances, certifie l'américaine taquine en tressant sa raide chevelure blonde.

— Vous auriez tort de vous en priver.

Désireux d'entamer d'interminables conversations avec ses convives, Declan ouvre son réfrigérateur, ainsi qu'un minuscule placard chargé de vaisselles dépareillées, attrape verres et boissons, puis leur offre à boire.

— Avant toute chose, je vais me décrasser et je suis votre cuisinier, annonce-t-il.

— Il était temps ! se moque Emma. Si cela peut te consoler, ta brève absence va me peiner.

— Joins-toi à moi, ma douce… Te dire correctement bonjour serait un honneur.

— Pervers !

Fidèle à ses habitudes, le jeune homme rit et fait un clin d'œil à sa ravissante complice.

— Je cogne des clous, décrit subitement Liam, dont le bâillement sonore dévoile une bouche aux longues dents saines. J'ai de la misère avec le décalage horaire, bâille-t-il une seconde fois, après avoir frotté ses petits et amicaux yeux bleus.

— Les années défilent, mais vos expressions et votre accent traumatisent décidément toujours mes tympans… s'exaspère Declan, espiègle. Je suis maudit !

Celui-ci parvient à échapper au châtiment de la dynamique Emma en se glissant dans son étroite salle de bain, juste avant de recevoir l'un de ses coussins bariolés en pleine figure.

CHAPITRE 5

Samedi 27 juin 2020

— Tu es jolie avec ta robe blanche, maman.

— Merci, Charlinou.

— Pour qui as-tu fait cet effort vestimentaire ? Tu penses que nous… Euh ! Penses-tu que nous allons croiser à nouveau Mister Poubelle ? se reprend Charles, soucieux d'appliquer les règles de grammaire longuement apprises.

Cassandre rougit légèrement.

Mon bébé est perspicace. Ce Declan était plutôt charmant, si j'en crois mes souvenirs. Le revoir ne me dérangerait pas.

— Enfiler une robe n'a rien d'extraordinaire ou de complexe, mais je suis censée soigner mon apparence en dehors du cadre professionnel, rappelle-t-elle, afin de justifier sa coquetterie. Te souviens-tu de ma résolution à ce sujet ?

Je ne veux plus être embarrassée, notamment un soir de weekend. La probabilité de rentrer en contact avec des gens y est effectivement élevée. Mon maquillage discret m'apportera de surcroît le brin de confiance qui me fait défaut en cas de discussions impromptues avec des compatriotes. Ce raisonnement me désespère. Ne puis-je pas m'assumer sans artifices ? Mes tares font-elles de moi une épouvantable adulte ? Le suis-je simplement devenue un jour ?

— Oui, je suis fier de toi, confesse Charles. De toute façon, tu es belle en toutes circonstances.

La jeune femme est émue par la maturité dont son enfant fait souvent preuve. Cette qualité représente pour elle une aide précieuse au quotidien. Son amour pour lui est suffisamment fort pour la faire rayonner, en dépit de son vague à l'âme. Marcher en sa compagnie, sur la route faiblement fréquentée qui passe devant le camping de la *Cigale*, lui est bénéfique.

Si être Cassandre me fatigue. Être mère est un beau métier.

— Mon bichon, tu es un flatteur ! résume-t-elle en lui déposant un baiser sur la joue.

— Bonsoir, amis flâneurs ! s'écrie soudainement Declan, de retour d'une excursion à pied jusqu'à la rivière, sur la plage de laquelle il a effectué quelques accords de musique. Charles, mon grand, comment vas-tu ? s'intéresse-t-il, alors qu'il s'arrête à son niveau.

— Je suis en forme, merci ! Êtes-vous... Es-tu guitariste ? demande l'écolier en désignant l'instrument que l'homme tient en bandoulière derrière son dos.

— Oui, je suis musicien, entre autres. J'anime actuellement des soirées au camping de mon oncle. Je suis justement sur le point d'y aller.

— La *Cigale* ?

— Précisément.

— Et d'où viens-tu, avec ta guitare noire ?

— Charles, voyons ! Cela ne te regarde aucunement. Veuillez excuser sa curiosité, intervient l'institutrice, après avoir réajusté ses longs cheveux bruns.

— Il n'y a aucun souci, atteste Declan. Ca... Cassandre, la maman, est-ce exact ?

— En effet. De votre côté, monsieur François Perrin, avez-vous fait tomber un nouvel objet de valeur dans une benne à déchets aujourd'hui ?

— Non et c'est... miraculeux ! Au fait, est-ce bien vous la dame au lama que j'ai aperçue plus tôt dans la journée ?

— Pro... probablement. J'œuvre dans une association et je me suis retrou...

— Kuzco ! Il s'appelle Kuzco ! s'époumone le garçonnet en sautillant. Nous en avons la responsabilité jusqu'à son adoption.

— Oh ! Oh ! Je vois. Merveilleux ! Incroyable...

— Je ne choisirais pas ces termes pour décrire la venue de Kuzco, souffle Cassandre, dépitée. Mes parents n'ont, pour leur part, pas choisi ces mots quand ils ont su que leur domaine lui servirait de terrain de loisir.

— Peu importe maman, je l'adore, moi, ce lama ! lui assure Charles.

— Je comprends ton engouement. Ton Kuzco est un compagnon poilu pour le moins original. Tu as de la chance, formule Declan.

— Je sais.

— Il ne faut toutefois pas trop t'y attacher, bichon, lui signale Cassandre.

— Je sais, répète Charles.

— Bon ! J'aimerais continuer à parler avec vous, mais les campeurs attendent leur divertissement ! conclut l'animateur. À la prochaine !

— Ciao ! réplique le fils de l'enseignante. Ciao !

Cassandre observe Declan poursuivre son chemin. La brise, qui fait voltiger le tissu aérien de sa robe, embrasse son adorable minois.

La décontraction de ce bel artiste est exemplaire ! Il est... solaire. Une rare particularité...

***

Installé sur une estrade, Declan chante pour un public guilleret d'un début de saison prometteur. Il interprète, à la suite des recommandations de son oncle Jean-Claude, les grands succès de la chanson française et internationale en version acoustique. Uniquement accompagné par sa Marguerita, il répand sa bonne humeur, interrompant régulièrement son art dans le dessein de favoriser les interactions avec les gens attablés ou les individus chaussés de tongs, peu nombreux mais enthousiastes, qui se sont rassemblés à ses pieds. Il se sent bien.

Chanter pour une, dix, cinquante ou cent personnes est toujours un bonheur !

— Il paraît que nous avons des Parisiens aux tables de la *Cigale* ?

— Oui ! crient en chœur les concernés, assis devant des bouteilles de vin et des assiettes de frites.

— Ne soyez pas timides ! Vous êtes dans la région de l'accent chantant ! Venez danser ! Nous avons également des... des Canadiens !

Le chanteur désigne ses amis accoudés au bar qui jouxte la piste de danse et qui, embelli par ses guirlandes lumineuses, a des airs de guinguette. Pour lui, ce genre de bar et d'ambiance reflètent à la perfection le climat du Sud de la France, la douceur estivale, la convivialité des repas à l'extérieur et les festivités au bord de l'eau. Il apprécie sa chance.

J'exerce mes talents et je profite d'un paradis terrestre ! Fabuleuse existence !

— Yeah ! réagit Emma en soulevant un verre de cocktail vert, pendant que Liam mange une gaufre à la crème de marrons servie par une employée du camping aux tresses rousses.

— Bienvenus à vous ! Levez-vous et suivez-moi ! Place à la musique latine maintenant...

Tandis que Declan commence à se déhancher sur les planches et suivre le rythme imposé par ses doigts, il repense à Cassandre.

Sublime métisse au lama d'origine hispanique ou italienne, je suppose...

Sourire aux lèvres, il redouble d'ardeur à la tâche et distrait la serveuse rousse, sensible à ses charmes.

— Du nerf, les vacanciers ! Je veux voir vos ondulations de bassin ! Sexy !

CHAPITRE 6

Vendredi 03 juillet 2020

La veille des vacances d'été n'est plus synonyme de nostalgie pour Cassandre, malgré ses balbutiements dans le professorat. La mélancolie ressentie lors du départ de ses élèves à la fin de sa première année de titularisation, elle ne la ressent plus. Située à proximité d'une mairie et d'une église, à l'image de la plupart des établissements d'enseignement du premier degré en France, son école de village au cachet incontestable l'étouffe. Son atmosphère joyeuse, ses couleurs et ses odeurs liées à l'univers de l'enfance ne lui font pas oublier sa hiérarchie, ses collègues insupportables, l'odieuse Séverine, le travail chronophage qui empiète sur la sphère privée, le bruit, les hurlements, les pleurs, l'hyperactivité, l'insolence de certains enfants ou, plus généralement, l'énergie explosive des petits qui lui fait malheureusement défaut. En résumé, la période qui s'achève ne rend pas triste l'institutrice qu'elle est devenue. Elle est simplement lasse et languissante d'en finir avec les aurevoirs.

Du balai, la marmaille !

— Bonnes vacances, les loulous ! répète Cassandre à chaque fois qu'un groupe d'élèves s'en va.

Elle reçoit de la part de ces derniers des cadeaux, des baisers ou des dessins colorés. Un semblant d'émotion est présente, pourtant aucun d'entre eux ne lui manquera, elle le sait. La fatigue tire ses traits. Sa joie de clôturer l'année scolaire ne répare pas le stress qu'elle a accumulé.

Mon métier s'inscrit dans un cycle infini, un éternel recommencement infernal, dépendant d'un calendrier imposé. Tout y est minuté, routinier et accepté par des protagonistes qui se succèdent sur la scène d'un théâtre en piteux état. Pendant que les rouages de l'éducation continuent de fonctionner, la vieillesse tambourine à la porte des pédagogues qui assistent à un défilé de générations et voient grandir leurs anciens protégés. Prisonnière de ce tourbillon, je n'accepte plus ses lois, son organisation, ses dates, la pression de son horloge. Je refuse de vieillir entre ses murs décrépis. Je ne veux plus me soumettre à une destinée qui aspire à me cloîtrer au sein d'un système que je n'aurais finalement jamais quitté. Je ne désire pas mourir avant d'avoir détruit les barreaux de ma prison et respirer l'oxygène du monde. Aurai-je cependant le courage de changer les aspects insatisfaisants de ma carrière ?

Libérée de ses obligations, elle s'appuie contre l'encadrement de la porte vitrée ouverte sur la cour de récréation, dans laquelle des enfants retrouvent leurs parents en criant, sautant et gesticulant, puis se met à repenser à Declan.

— Étrange coïncidence, murmure-t-elle en apercevant l'homme de ses songes, joyeux et paternel à l'égard de Tony, un blondinet de grande section qui, juste après sa sortie fulgurante de sa classe, lui grimpe sur les épaules.

À l'instant où elle décide de saluer le musicien, celui-ci la distingue à son tour et se dirige vers elle. Elle se redresse. Ne sachant que faire de ses bras, elle les dissimule derrière son dos.

— Bonjour, maîtresse... Est-ce correct ? l'interroge Declan, surpris de la rencontrer à l'école.

— Oui, c'est maîtresse Cassandre, de moyenne section ! confirme Tony.

La jeune femme approuve la réponse donnée d'un mouvement de tête.

— C'est drôle, je n'aurais pas deviné votre profession, avoue le chanteur en déposant le garçonnet au sol.

— Ah oui ! s'étonne Cassandre. Et vous, êtes-vous le papa de Tony ?

— Oh ! No... non, hélas ! Ce bonhomme est mon... mon petit cousin, balbutie Declan, perturbé par la question. Je dois le ramener à ses grands-parents.

— C'est rigolo, mon papi c'est son tonton ! Il a une piscine à son camping. Je vais me baigner tout à l'heure.

— Je vois. Tu as raison, Tony. Il fait tellement chaud.

— Allez ! Direction la *Cigale*, moustique ! s'exclame l'accompagnant, tout en frappant dans ses mains.

— Au revoir, maîtresse !

— Au revoir Tony, amuse-toi bien, lui souhaite Cassandre.

— À bientôt, peut-être ! Maîtresse… sourit Declan, avant de partir.

— À bientôt.

Cassandre soupire. Ses problèmes reviennent la visiter. *Quand je pense que Tom, banquier obsédé par son entreprise, le profit et l'argent, ne se donne pas la peine de récupérer Charles où que ce soit… Enfin ! Il faudrait que je m'active. Remettre de l'ordre dans le matériel et les meubles ne se fera pas tout seul.* Elle s'enferme dans sa classe et consulte sa messagerie.

Maman

« Rentre vite Cassie ou je vais tuer ton lama ! Il a encore fait caca sur la terrasse. Tu as exigé de le laisser errer dans mon jardin et voilà le résultat ! Son bien-être est-il plus important que le mien ? Il ne cesse pas de cracher, de péter, de roter, de courir après mes chats, de jouer avec les légumes du potager… Insupportable ! »

— Punaise de punaise ! Cet abruti de Kuzco est la goutte d'eau qui fait déborder mon vase ! peste la brune.

Cassandre

« Je suis au courant de ses bêtises journalières. Je termine ce qu'il me reste à faire et je m'en occupe ! »

Cassandre enfouit son visage dans le premier placard qu'elle trouve. Le front posé contre une étagère surchargée de feutres, crayons, craies, peinture, bâtons de colle et papiers, elle rassemble ses forces.

— Rah ! Bon… Ultimes tâches ingrates et je suis en congé ! se motive-t-elle.

Positive, ma vieille !

***

— Bande d'escargots !

Declan trottine à reculons sur un sentier de montagne, en pente et bordé de fougères, afin d'attendre ses camarades de jogging qu'il ne se lasse pas de taquiner.

— As-tu vu cette… cette côte, Declanito ? Je suis épuisée ! se lamente Emma, hors d'haleine, à quelques mètres de lui. Tu es un … un tortionnaire !

— Faux ! Je suis un guide irremplaçable qui vous fait découvrir moultes paysages cévenols ! Pour les admirer, il faut le mériter et gravir des sommets, philosophe Declan, le nez levé vers des nuages filandreux.

— La beauté des lieux et la vue panoramique sont… indéniables, déclare Liam, en sueur, alors qu'il rattrape sa sœur plus endurante que lui. Par contre, cette chaleur est terrible pour… nous, même à l'approche du crépuscule.

— Ne t'inquiètes pas mon… mon Lili. On se vengera en lui faisant faire un… un footing dans la neige, la… la véritable neige !

— Ha ! Ha ! Avance sans bavarder, Emma bichette ! Je suis las de ta lenteur, la nargue le sportif, toujours à reculons. Si je suis en retard au travail, ce soir, tu en seras la fautive.

— Rah ! Goujat ! grogne Emma. Si je t'attrape…

— Essaie, inoffensive que tu es, mais je suis persuadé que tu aurais dû rester à la *Cigale*, à barboter dans l'eau avec mon Tony !

— Surtout, fous que vous êtes, laissez-moi en dehors de vos… querelles ! les prie Liam, concentré sur sa respiration.

Afin d'éviter le courroux de la Canadienne, Declan rit, lui tourne le dos, accélère et la distance facilement.

Le sport est une bénédiction pour le corps et l'esprit ! Courir me permet d'y faire le vide ou d'y multiplier les pensées. Sentir la terre sous mes chaussures, le parfum des arbres, le vent sur ma peau me rend heureux. Dès lors que je cours, je n'existe plus en tant qu'individu. Simple élément d'un tout, je fusionne avec mon environnement. Les voyages me procurent des sensations similaires. Liberté, je t'aime !

Il a l'impression de voler, à tel point qu'il en oublie de regarder où il pose les pieds et écrase une crotte de chien fraîche, déposée au milieu du chemin redevenu plat.

— Oh ! Non ! Berk ! Berk ! grommelle-t-il.

Coupé dans son élan, il secoue son basket dans l'espoir de le débarrasser des résidus d'excréments qui y sont collés.

— Ah ! L'univers s'est vengé de... de toi, Declanito ! le raille Emma essoufflée, avant de le rejoindre.

— Tu l'as dit ! rétorque Declan, bon joueur.

— Frotte toi dans une flaque d'eau pour dissiper la mauvaise odeur.

— J'adore tes conseils ! ironise le jeune homme. Vois-tu une « flaquounette » quelque part ?

Bras écartés, il bouge la tête et fait mine de chercher une flaque sur le sol sec et poussiéreux.

— En vois-tu une ? insiste-t-il, moqueur.

— Euh ! Tente le coup avec de l'herbe alors... ou un gros caillou !

— Quelle parfaite assistante tu fais !

— Je sais, je sais. Emma, pour vous servir !

— Je ferai appel à tes services dans le futur, en cas de mésaventures analogues à celle que je viens de subir.

— Je l'espère !

Tandis que la jeune fille renoue ses nattes, Declan abandonne sa bataille contre la matière gluante incrustée entre ses crampons.

— Les gens ne ramassent-ils... jamais les déjections de leur compagnon... canin, en France ? s'interroge Liam, le teint rougeâtre et le souffle court, après avoir rejoint son équipe à l'arrêt sous le soleil d'une fin de journée brûlante.

— Très peu, mon vieux, notamment en forêt.

— Les coupables ne doivent pas être loin, en plus... présume Emma.

— Tu es... rouge, Lili-Liam ! Est-ce que ça va ? se préoccupe le joggeur expérimenté en lui donnant une accolade.

— Bof !

— Rentrons à ma tiny ! Mes shoes resteront à son seuil, promet Declan, dégoûté.

— Trop aimable, le Français ! Toi qui as malmené mon frère, il ne manquerait plus que tu nous asphyxies en prime.

CHAPITRE 7

Jeudi 09 juillet 2020

Tom, est-ce obligatoire d'étaler ton bonheur sur les réseaux sociaux ?

La longe de Kuzco dans une main, son téléphone dans l'autre, Cassandre fixe la photographie que Tom vient de dévoiler à l'ensemble de ses contacts. Des mèches de sa chevelure épaisse, attachée en haut chignon décoiffé, obstruent son champ de vision, mais elle ne s'en soucie guère.

Tom, est-ce nécessaire de continuer à me blesser à travers un écran ?

Obnubilée par l'image qu'elle scrute malgré son amertume, elle ne prête plus attention au lama qui marche sereinement à ses côtés, le long de la route bordée de pins, pentue, tortueuse et habituellement déserte qu'elle emprunte régulièrement à l'occasion de ses promenades.

Tom... Ton éblouissant sourire éclipse presque la splendeur de tes yeux qui brillent. Ton émoi est palpable. Tu enlaces ta copine rayonnante de vitalité et mon cœur saigne, ma solitude croît, nos souvenirs reviennent me hanter. La chaleur de ton corps, je n'y ai plus droit. La jalousie, la rancœur et la colère coulent dans mes veines.

Des larmes perlent jusqu'à ses lèvres sensuelles.

Ma souffrance sera-t-elle éternelle ?

— Suis-je stupide, Kuzco ? Je pourrais arrêter de consulter l'actualité de l'imbécile ayant gâché et assassiné notre union, mais je n'en fais rien. Son emprise sur moi perdure, constate-t-elle.

Le camélidé qui hennit lui arrache un rictus et elle flatte son museau.

— Si ta fourrure a le mérite d'être impeccable depuis ta séance de toilettage, ta gueule pue irrémédiablement, décrit-elle. Pardonne mon honnêteté, Kuzco. Je la crois indispensable au développement personnel.

Repenser aux difficultés endurées avec Charles, lors de la toilette de l'animal, chasse sa tristesse.

La brutalité, le caractère, les bêtises de Kuzco m'agacent,
mais les instants mémorables qu'il crée à sa manière savent m'égayer
avec le recul. Il faudrait que je m'en souvienne à sa prochaine sottise,
au lieu de l'insulter, m'emporter ou rentrer en confrontation physique
avec lui. D'autant plus qu'il sait me tenir en respect, le vilain !

— Tu es un sacré numéro mine de rien, dit-elle, tout en lui chatouillant les oreilles. Oh ! Un message... Voyons voir...

Josie
« Deux autres éleveurs ont refusé le lama. Il leur serait inutile. Le fait qu'il ne puisse pas se reproduire est vraiment un souci. Au zoo de Montpellier, ils s'obstinent, quant à eux, à ne pas me répondre. »

La jeune femme range son mobile dans la poche de son short en jean.

— Notre histoire continue, cher Kuzco. Abstenons-nous d'en informer maman. Moins elle en saura, mieux nous nous porterons.

Cassandre remonte les bretelles torsadées de son débardeur rose, dégage ses yeux de ses cheveux. L'air d'une fin d'après-midi parfaite, qui provient du ravin ensoleillé sur sa droite, est doux ; l'ombre des conifères, appréciable.

— Hé ! Maîtresse ! l'interpelle Declan qui surgit derrière elle à vélo et ralentit sa vitesse dans le but de l'escorter.

Cassandre est surprise de revoir le visage amical, délicieusement symétrique, du cycliste, vêtu d'une tenue de sport noire et blanche et muni d'un sac à dos.

Suis-je présentable ?

— Oh ! Comment allez-vous ?

— À merveille, gente dame, et vous ?

— Je vais bien, ment Cassandre.

L'air interrogateur de Declan ne lui échappe pas, mais elle ne se confie pas à lui. Elle avance, un peu intimidée.

Dois-je entamer une conversation ?

— Un lama qui se promène, ce n'est pas... habituel.

— Je vous l'accorde. À dire vrai, j'ai remarqué que seule la randonnée apaisait Kuzco. J'en use depuis lors, car elle réduit sensiblement son impact négatif sur son entourage.

— Est-il si monstrueux ?

— Oui, c'est même indescriptible, renchérit la brune. Quand je le sors, ce gaillard est sympathique pourtant... Nos différents disparaissent momentanément et il remonte dans mon estime. Une chance pour lui ! Sa survie en dépend ! plaisante-t-elle.

— À vous écouter, vous formez un fabuleux et insolite couple tous les deux.

Cassandre pouffe de rire.

— Le papa de Charles n'est-il pas trop jaloux de ce qui se profile entre vous ?

— Le papa de... Oh ! Non, certifie la mère. Ce n'est pas son genre.

Elle gratte son cou, pensive.

Confiant, l'irrésistible Tom ne se préoccupait pas d'une potentielle rivalité lorsque j'étais sienne, alors il ne risque pas de se chiffonner pour cela maintenant. Les regards que ses confrères pouvaient poser sur moi l'indifféraient. J'étais simplement à lui, une fille parmi d'autres, un amour acquis, un amour dévoué que l'on ne craint pas de perdre. À mon grand regret...

— À ce propos, votre fils n'est-il pas dans le coin ?

— Non, il est avec sa mamie. Kuzco est très... câlin, pour ne pas dire pot de colle. Il lui faut souvent une compagnie exclusive.

— Cet animal me fascine, annonce l'homme, moqueur. Oui, il me fascine ! rajoute-t-il en descendant de son véhicule afin de poursuivre à pied la promenade.

— Voulez-vous l'adopter ?

— Disons que je n'ai pas la place suffisante chez moi.

— N'avez-vous pas une meilleure excuse ?

— Je n'ai pas mieux ! Je vis dans une tiny house.

— Une quoi ?

— Ne connaissez-vous pas le concept des habitats légers ?

— Non, pas vraiment.

— Une tiny house est une minuscule maison sur roues. La mienne fait quinze mètres carrés environ. Un Kuzco s'y sentirait à l'étroit.

— Effectivement… S'agit-il d'une sorte de caravane ou de… de mobil-home ?

— Une tiny peut se tracter. Elle est néanmoins mieux isolée et davantage confortable qu'une caravane ou un camping-car. Adaptée à une vie de nomade, elle est plus fonctionnelle et maniable qu'un mobil-home qui, lui, n'est pas véritablement conçu pour être déplacé, formule Declan, averti. Son originalité est liée à sa construction appropriée aux besoins de ses propriétaires. Ses meubles sur-mesure facilitent le rangement des affaires, son haut plafond permet d'y placer des mezzanines et son revêtement extérieur soigné est personnalisé. En résumé, c'est l'habitat idéal pour ceux qui veulent voyager ou se délester du superflu, tout en ayant l'impression de résider dans un studio décoré et aménagé conformément à leurs goûts, termine-t-il. Ah ! On dirait que je suis un vendeur de tiny et vient d'en faire la publicité. Je fais peur quelquefois…

— Au contraire, c'est très intéressant, bien que non conventionnel.

— Les conventions évoluent, vous savez. Le phénomène des tiny se répand sur la planète. Son succès principal demeure évidemment aux États-Unis, le territoire où les larges voies de circulation sont tracées à la règle et favorisent les déplacements, mais il grandit. En revanche, je reconnais que leur utilisation est plus complexe sur les axes routiers exigus de France.

— J'imagine, tout y est plus petit.

Cassandre assimile les informations fournies par son interlocuteur et sa curiosité la titille pendant qu'elle marche sur du bitume abîmé.

— Avez-vous aussi un logement ordinaire ? s'enquit-elle.

— Ma tiny me suffit amplement. Je n'ai aucune attache, mes tâches ménagères sont dérisoires, les factures sont minimes, j'ai peu de coûts. Vivre de mes passions est en conséquence envisageable. Les maigres cachets ne sont pas un obstacle. J'effectue des tournées dans des bars par exemple. Cet automne, j'assure des concerts intimistes en

France, puis au Canada, avant de revenir chanter dans l'Hexagone au printemps. J'ai également vécu des mois en Italie en tant que touriste, sans frais d'hébergement, après avoir travaillé dans un orchestre et économisé. Tout est possible grâce à la diminution de mes dépenses.

— Impressionnant. Vous semblez avoir déniché le domicile optimal pour vous et vos envies.

— Il correspond du moins à cette période de mon existence, précise Declan, enclin aux changements.

La belle est subjuguée par le récit de l'aventurier au vélocross qu'elle ose discrètement dévisager. Incapable de s'éloigner franchement du conformisme rassurant, elle ne peut que respecter sa marginalité, ses motivations, ses ambitions, sa volonté, ainsi que sa capacité d'adaptation.

Pierre Richard sur les bords, artiste qui apprécie les enfants, voyageur anticonformiste, Declan a de surcroît l'allure d'un sportif. À chacune de nos rencontres, j'en apprends plus à son sujet. Sa personnalité vaut le détour...

— Je suis peut-être trop indiscrète, mais je voudrais éclaircir un mystère. La société contemporaine est restrictive, elle a ses exigences, notamment en ce qui concerne le courrier ou les impôts, pour lesquels une adresse postale est obligatoire, si je ne m'abuse. De quelle manière gérez-vous cela ? s'intéresse-t-elle, pragmatique.

— De nos jours, la dématérialisation administrative aide. J'utilise cependant une adresse fixe, celle de mes grands-parents paternels. C'est pratique pour certaines paperasses. Se détacher complètement des normes est malheureusement irréalisable à mon sens, en dépit de l'attractivité que cela puisse représenter.

— Je le suppose.

Cassandre fronce les sourcils quand un automobiliste surgit d'un virage. Celui-ci ralentit, intrigué par la vision du camélidé en laisse, baisse la vitre de sa camionnette pour y voir plus nettement et les oblige, elle et son groupe, à s'écarter de sa trajectoire.

— Vous aviez encore une question, maîtresse, n'est-ce pas ? N'hésitez-pas... l'encourage le chanteur perspicace, tandis que le conducteur curieux poursuit son chemin sur l'étroite chaussée, répandant dans son sillage une persistante odeur d'essence.

— Oui, je suis démasquée. Avez-vous l'autorisation de stationner n'importe où avec votre maisonnette ?

— Vous soulevez un problème épineux. La réglementation étant encore floue autour des tiny, il faut en profiter. Pour ma part, je suis bien loti. Mon oncle m'octroie un emplacement à son camping, raconte Declan. Je suis libre de l'occuper à ma guise. Une aubaine !

— Tout cela est très étrange pour moi, mais vous me paraissez... épanoui.

— Je le suis.

Cassandre caresse Kuzco, tranquille. Sa situation privée la fait réfléchir.

Et moi, le suis-je, épanouie ?

Les minutes écoulées auprès du jeune homme positif lui ont fait du bien.

— Si cela vous tente de continuer à bavarder un moment, vous pouvez venir avec moi au bord de l'eau, suggère Declan. Je m'y rendais pour y passer la soirée avec des amis partis en vadrouille. Ils me rejoindront plus tard.

— Euh...

Prise au dépourvue, la métisse regarde instinctivement en arrière.

— Lama Kuzco pourra se désaltérer. Pour nous, j'ai des bières et de la limonade dans mon sac à dos.

— Je ne sais pas si... Je ne sais pas, hésite Cassandre, les doigts glissés dans son abondante chevelure.

— Je ne mords pas, je vous le jure.

***

— Voulez-vous boire quelque chose, maîtresse ?

Assis sur un rocher entouré par des hautes herbes, près de la rivière ombragée, Declan attrape son sac et en sort des boissons. Des insectes bizarres rampent à proximité de lui, sur les galets et sur le banc de sable étendus à ses pieds, mais il n'y fait pas attention.

— Avec plaisir, répond Cassandre qui, après avoir lâché la laisse de son lama, reste debout et vigilante, non loin du musicien, par crainte de le voir se sauver. Une limonade, je vous prie.

— Kuzco avait soif. Il s'en donne à cœur joie !

— Oui et il n'a pas l'air de vouloir fuir. C'est bon à savoir.

— Aïe ! Aïe ! crie soudainement Declan.

Il gesticule dans tous les sens avec ses deux canettes et effraie une libellule de passage.

— Que... que se passe-t-il ?

— Une guêpe ou je ne sais quoi m'a piqué le mollet ! décrit la victime, tout en frôlant la zone touchée de sa peau. Une... une... C'est bien une guêpe ! Rah ! L'insolente vient de s'envoler ! Les insectes volants sont... sont...

— Zut, ça va aller ? grimace la brune, compatissante.

— En doutez-vous ?

— C'est que...

— Les hommes sont tous des bébés, est-ce exact ?

— Vous m'enlevez les mots de la bouche !

— Ha ! Ha ! La faiblesse du sexe masculin est une triste réalité, soupire Declan, avant de s'asseoir à nouveau sur son rocher et d'examiner sa piqûre. Nous ne pourrions pas accoucher, c'est moi qui vous le dis !

L'autodérision est un moyen pour lui de minimiser sa malchance. Il en use fréquemment.

— Je confirme, approuve Cassandre, mutine. Un accouchement banal est une épreuve difficile à surmonter, ajoute-t-elle, plus sérieuse, mais s'il est cauchemardesque, il marque la chair comme l'esprit.

— Vous parlez par expérience.

— Oh ! Oui ! réagit la mère, frissonnante.

— Je suis ignorant en matière d'accouchement. La péridurale n'est-elle pas censée réduire la douleur, même en cas de complications ?

— Si, quand l'anesthésiste est compétent et quand elle fait effet.

— Voulez-vous m'en dire plus ?

Cassandre ne prend pas immédiatement la parole et le jeune homme devine la souffrance associée à un souvenir précis. Il se tait.

— J'ai… En bref, j'ai subi une césarienne d'urgence. La péridurale, posée trois fois au cours des contractions, n'a pas été efficace, expose la maman. Le personnel médical, pour le moins condescendant, n'a pas jugé utile de tenir compte de mes avertissements, n'a pas été capable de percevoir ma détresse avant l'incision. Lorsqu'il a réalisé, au son de mes hurlements, que je ne simulais pas, il était trop tard. En danger, Charles a logiquement été la priorité du gynécologue. J'ai… j'ai tout ressenti, en somme. Je vous passe les détails.

— Waouh ! Vous me décrivez un retour au Moyen Âge, une boucherie ! Je ne savais pas que ce type d'incident pouvait exister dans les maternités modernes, s'offusque Declan. C'est scandaleux ! Quel traumatisme cela a dû être pour vous…

— Oui, enfin, je ne sais pas pourquoi je vous évoque cet évènement. Mon Charlinou, je l'aime. Je n'ai aucun regret. Et puis je me suis renseignée par la suite pour me rassurer. J'ai entendu plusieurs témoignages similaires au mien de consœurs violentées, entre guillemets, « le jour le plus beau de leur vie », explique Cassandre, la main machinalement posée sur son bas-ventre. La maltraitance gynécologique est un fait, elle se cache simplement derrière la culpabilité des mamans à qui l'on rappelle qu'un nourrisson en bonne santé doit suffire à compenser leurs désagréments, que leurs lamentations, aussi légitimes soient-elles, font d'elles des égoïstes. En faire allusion est donc tabou, obtenir ne serait-ce qu'une reconnaissance de la violence pratiquée est impensable, mais de nombreuses femmes sont concernées. La dénoncer n'accélère toutefois pas le processus d'amélioration du traitement des patientes impuissantes.

— Je suis choqué par ce que j'entends, déclare l'animateur. Oh ! Tenez madame, dit-il en lui lançant sa boisson qu'elle rattrape habilement.

— Merci. Je dois avouer que j'ai mis des années à me remettre psychologiquement de cet épisode sanglant.

— Je vous crois. Avez-vous pu porter plainte ?

— Mon conjoint de l'époque a fait un rapport au directeur de l'hôpital, mais celui-ci a seulement sermonné son équipe. Je ne vais néanmoins pas me plaindre, je peux désormais parler de la naissance de mon fils sans pleurer, plaisante Cassandre qui s'installe près de Declan, soucieux de lui changer les idées.

— Il n'empêche que… les insectes volants sont fourbes !

— Fourbes ? répète la dame, amusée par le vocabulaire employé.

— Et vicieux !

Le moniteur soulève la languette de sa canette antérieurement secouée et le liquide gazeux gicle sur sa figure. Habitué à être humilié par sa maladresse, il rit, statique, pendant que des gouttes ruissèlent de ses cils à son cou.

— Oups ! se moque Cassandre, les lèvres pincées. J'ai un mouchoir propre dans la poche, affirme-t-elle en le récupérant. Prenez !

— C'est gentil.

— Quant à moi, je vais attendre un peu avant d'ouvrir mon soda.

— Servir d'exemple est un honneur.

Declan s'essuie. En dépit de ses efforts, il demeure collant.

— Génial, je vais être la cible des abeilles, maintenant ! se plaint-il. À croire que je suis réellement l'incarnation de François Perrin.

Alors que Kuzco hennit et souligne ses dires, à côté d'un tronc mort à moitié immergé au milieu de la vase, il range le mouchoir dans son sac, puis boit le restant de son jus de citron sucré.

— Maîtresse… Merveilleuse profession que la vôtre, n'est-ce pas ? passe-t-il du coq à l'âne.

— En apparence… Sur le terrain, c'est une autre paire de manches ! raconte Cassandre qui s'étire.

Celle-ci ne remonte pas la bretelle torsadée de son débardeur rose qui a glissé de son épaule et l'œil de Declan en est attiré.

— Vous devez avoir des anecdotes croustillantes dans vos tiroirs, présume-t-il, distrait par son imagination masculine.

— Énormément ! Si elles sont plus ou moins drôles et marquantes, j'aimerais en effacer quelques-unes de ma mémoire.

— Puis-je les connaître ?

— Non, je suis en repos, minaude l'enseignante, soucieuse d'avoir une posture correcte et féminine, malgré sa position inconfortable. En plus d'être en vacances en permanence, les fonctionnaires sont fainéants, c'est bien connu ! grommèle-t-elle.

— Les préjugés sont affreux, spécialement sur les métiers. Je les connais. Certes, je les ignore, mais ils gravitent également autour de moi.

— La pression sociale de manière générale est impitoyable, certifie Cassandre, les yeux rivés sur le tatouage qui encercle sa cuisse, une trace indélébile d'une folie de jeunesse, d'une rébellion, d'une intention de s'émanciper étouffées à l'aube de la maternité et des responsabilités.

— Quelle est la signification de votre tattoo ? Je ne veux pas être indiscret, mais il m'intrigue, signale l'artiste qui le contemple.

— Oh… Vous ne l'êtes pas. Lorsque j'ai fait ce tatouage, j'espérais que la terre entière l'admire, admet la demoiselle, nostalgique. Il n'est pourtant pas très original. Il s'agit de la célèbre citation « Ne rêve pas ta vie, mais vis tes rêves », une phrase que les lycéennes de mon lycée écrivaient sur leur agenda, les murs ou leurs classeurs. Elle m'inspirait. J'ai choisi l'écriture elfique en référence au livre de J. R. R. Tolkien…

— *Le Seigneur des anneaux.*

— Tout à fait.

— Hum ! Est-ce ce tattoo qui met en valeur votre jambe ou l'inverse ? Je ne saurais le dire.

Sincère, Declan offre à sa ravissante interlocutrice un sourire ravageur, celui dont il se sert généralement dans le dessein de badiner, séduire ou flirter. Voir ses pommettes rosir l'émeut.

Belle Cassandre qui fuit trop souvent mon regard, depuis combien de temps n'avez-vous pas entendu un compliment, une flatterie ? En plus de votre manque de confiance perceptible, je vous sens affligée. Votre aura rayonne faiblement. Que dissimule votre masque de citoyenne modèle ? Les espérances d'adolescentes représentées par votre tatouage se sont-elles matérialisées d'une quelconque façon ou sont-elles mortes ?

— Si cette tâche d'encre a encore une utilité, quelle qu'elle soit, je m'estime satisfaite, conclut la jeune femme, gênée.

— Vous me paraissez... malheureuse, se lance le voyageur, subitement sérieux.

— Moi !

— Vous.

— Je... je ne sais pas trop quoi répondre.

— L'êtes-vous ?

— Je... Non ! Je veux dire... bégaie Cassandre.

— Ma question est bienveillante, soyez-en sûre. Ne vous trouvez cependant pas dans l'obligation de vous justifier.

— Je... je ne pensais pas que ma peine était tangible à ce point.

— Puis-je vous aider à l'atténuer, cette peine ?

— Non, pas que je sache. La... la récente séparation avec le père de Charles est dure à digérer, mais il n'y a pas de remède contre l'affliction liée à une rupture, hormis la patience. Après onze ans de relation, je ne m'y attendais pas, je voulais l'éviter pour nous, pour mon fils. Je suis perdue dorénavant. Retourner chez mes parents à trente ans est un échec. J'ai... honte.

Declan frotte la fossette de son menton avec son index. À cet instant, un poisson fait onduler la surface de la rivière qu'il fixe quelques secondes.

— Où sommes-nous censés être à trente ans ? tempère-t-il, la bouche rieuse. Devons-nous suivre aveuglément une liste préétablie d'étapes obligatoires et linéaires imposées par nos contemporains, une liste qui ne tient pas compte des aléas du destin, une liste ayant le pouvoir d'anéantir notre bien-être si nous ne la respectons involontairement pas ?

— Les attentes de notre entourage, de nos pairs, de la société vont en ce sens. Sortir du cadre ou être en retard selon la norme occasionnent soit une source d'incompréhension, d'inquiétudes et de conseils malvenus, soit une porte ouverte aux critiques, aux moqueries et à la pitié. Dans ce contexte, la culpabilité et l'isolement nous broient. La spirale infernale dans laquelle nous nous retrouvons piégés est vite invivable et nous incite à nous reprendre, à corriger le tir, à être dans les clous.

— Se soumettre à ce tourbillon diabolique ou se conformer au bon usage écrasant ne sont pas nos uniques options. N'est-il pas préférable de faire fi des reproches, de pardonner l'ignorance, d'accepter les épreuves, de les affronter, de grandir en s'employant à les surmonter de notre mieux, d'exaucer nos désirs, de suivre notre instinct, d'être fiers de nos choix, de jouir de notre liberté ?

— Si, évidemment, mais les règles, les mœurs et le jugement d'autrui ont fatalement une influence sur le comportement des humains. Il est complexe d'y échapper.

— Impossible de nier cette vérité. Complexité ne signifie néanmoins pas impossibilité. Personnellement, je ne m'encombre d'aucune contrainte morale. Je suis le vent. Mon bonheur et mes actions ne concernent que moi. Les autres n'ont plus le droit de faire de l'ingérence dans ma sphère privée. J'ai dû batailler pour obtenir cette tranquillité, mais je n'ai pas de remords.

Le musicien marque une pause. Le soleil descendant transperce le feuillage des arbres afin de mettre en évidence un sac plastique déchiré et jauni, vestige des crues saisonnières, qui pend au bout d'une branche sur la rive opposée et lui rappelle la pollution omniprésente sur la planète.

— Quoi qu'il en soit, si les circonstances rendent votre chagrin inévitable, votre cheminement quel qu'il soit, celui qui vous permettra de le guérir, vous appartient. Le déshonneur que vous dites ressentir ne devrait pas vous tourmenter.

— Merci pour ce message d'espoir. Je vais emporter vos paroles et… votre limonade, décrète la brune, avant de se relever d'un bond. Je dois rentrer.

Declan fait un clin d'œil à Cassandre.

— Kuzco va-t-il coopérer ? chuchote cette dernière en le voyant allongé dans l'eau.

— Comment faut-il s'y prendre pour appeler un lama ?

— Je siffle d'ordinaire. Cette technique a plutôt fait ses preuves.

— Je demande à voir.

Un sifflement retentit, le camélidé accourt, s'ébroue, arrose la fille qui blasphème et divertit l'observateur.

— Satanée bestiole ! Je vais la tondre ! maugrée Cassandre qui secoue ses bras mouillés.

— Tel un mouton ?

— Oui ! En plus c'est vrai, un tondeur de lama vient dans ce but demain. J'ai appris qu'il fallait le faire chaque année avant l'été. L'ancien maître de Kuzco l'a visiblement négligé.

— C'est chouette, il sera beau.

— À mon avis, le cas de ce chenapan est désespéré, blague la marcheuse sur le départ, en attrapant la longe. Il sera au minimum présentable pour sa nouvelle famille.

Declan adopte la position du lotus, tandis que ses compagnons commencent à s'éloigner de lui et que les moustiques voraces décident d'abandonner leur cachette.

— Un… un concert ouvert au public aura lieu au camping samedi dix-huit au soir, annonce-t-il. Si le cœur vous en dit de venir y assister, je serai en représentation avec des confrères.

— Oh ! C'est noté, formule Cassandre par politesse, sachant que sa timidité l'empêchera certainement d'aller au spectacle.

— En attendant, essayer vous aussi de suivre le vent…

Joignant l'index et le majeur sur son front, le jeune homme souriant effectue un semblant de salut militaire que la belle imite.

CHAPITRE 8

Samedi 18 juillet 2020

Cassandre a longuement hésité avant de se rendre au concert organisé à la *Cigale*, mais la voilà qui, suivant les encouragements de sa mère inquiète quant à son moral désastreux, se faufile entre les gens, afin d'approcher l'estrade sur laquelle se tient déjà une chanteuse. Intimidée par la foule et gauche, elle regrette d'être sortie seule et en talons hauts.

Suis-une femme ou non ? L'impression de ne pas l'être m'épuise constamment. Je n'ai pas l'assurance des consœurs qui m'entourent. Il est inutile de mentionner les figures féminines des films pour qui les tailleurs et les escarpins sont une seconde peau ! La petite fille que j'étais me hante. Je traîne mes défaillances, ne parviens pas à les déguiser. Je ne suis décidément pas une adulte crédible. Mes anciens élèves de CM2 ne diraient pas le contraire. Pourquoi ai-je le sentiment d'être épiée, jugée ? J'aimerais être invisible.

Elle se poste à une distance raisonnable de la scène et de ses projecteurs, les pouces glissés sous les fines bretelles orange de sa robe décolletée.

Si je fumais, je pourrais au moins me raccrocher à ma cigarette ! Si j'avais une amie, je pourrais m'appuyer sur sa complicité. Ai-je bien fait de délaisser ma chambre, mon Charles ?

La discussion qu'elle a eu avec Declan à la rivière résonne encore dans son esprit et son écho l'invite à balayer ses réticences, apprécier le présent, minimiser son embarras. Elle a hâte d'entendre sa voix, se l'imagine.

L'art de chanter de monsieur Perrin ressemble-t-il à sa philosophie ? Va-t-il réussir à me surprendre à nouveau ? Probablement...

Des couples dansent autour d'elle et le père de son enfant fait irruption dans son cerveau.

Où es-tu, Tom ?

Les applaudissements qui éclatent lui indiquent la fin d'une chanson et elle suit le mouvement par réflexe. L'entrée remarquable de Declan la sécurise instantanément. Elle redresse les épaules, prête à découvrir son univers.

— Bonsoir la *Cigale* ! Je lance un S.O.S ! introduit le chanteur énergique, muni de sa Marguerita. Trois, deux, un...

« Présage, orage.
Il pleut sur les rêves.
Pas sage, volage.
Pourquoi ce manège ?

Le soleil flirte avec les étoiles.
La lune vexée sort la grand-voile,
Prend le large
Et, dans son sillage,
Abandonne la nuit.

Fissurent
Nos armures dont l'usure nous murmure la blessure
De nos cœurs,
Quand l'âme sœur a trouvé son bonheur
Loin, ailleurs.

S.O.S S.O.S
Je lance un S.O.S.
S.O.S S.O.S
Appel de détresse.
Le monde me blesse.
Les promesses vaines
Viennent sans cesse
Consumer ma vie.
S.O.S
Please, help me... »

Sous le ciel estival et étoilé, Cassandre est hypnotisée par le charisme de Declan, son expertise, son talent, sa simplicité, son efficacité, son énergie. Suspendue à ses lèvres, elle oublie tout. *Irrésistible homme...*
Les minutes s'égrènent.

— Ah ! Cruelle inconstance de l'amour... enchaîne le guitariste entre deux couplets d'une autre création musicale douce, mais puissante. Cruelles ladies... ajoute-t-il, alors qu'il aperçoit enfin la dame au lama au milieu du public. Vous aimer me tue !

« ... Car tu fuis, tu t'enfuis, abandonnes sans regret
Une âme qui, aujourd'hui, s'accroche à toi en secret.
Et tu pars, sans regard, embrasser ta destinée.
Et tu pars... Comment croire à ton départ insensé ?

Ne l'oublie jamais que l'on s'est aimé,
Du moins que je t'ai aimée... »

La chevelure de Cassandre voltige dans la brise, l'émotion la happe. Le texte chanté a un goût familier, amer.
Tom... Tu ne me quittes pas. Je te déteste pour cela.
L'estomac noué, elle tente de relativiser.

Le malheur amoureux touche des millions de personnes, je n'en ai pas le monopole et peux m'en consoler. Les récits de Declan, par exemple, sont relativement sombres et tristes pour la majorité d'entre eux. Ils ne correspondent toutefois pas à son tempérament enjoué. En dépit de cette jovialité, s'inspire-t-il de son expérience ou déploie-t-il son imagination ? A-t-il meurtri des partenaires ou a-t-il été malmené sans vergogne ? Quoi qu'il en soit, s'il n'a pas connu de déboires sentimentaux, il est un excellent interprète et s'il en a connu, il est à plaindre. Je le suis également, à plaindre ! J'ai attendu vainement une demande en mariage, j'ai sacrifié ma jeunesse, ma fougue, ma dignité à plusieurs reprises pour qui, pour quoi ? Je l'ai fait pour Tom et l'idée de vieillir à ses côtés. Je ressasse. Incorrigible dépressive, je suis...

« ... Mais tu ris, brûle tes nuits, en ignorant ma souffrance.
Sans répit, tes envies mènent sans cesse la danse,
Car tu pars, au hasard, en m'imposant ton absence,
Car tu pars, sans égard, avec ton indifférence.

Ne l'oublie jamais que l'on s'est aimé,
Du moins que je t'ai aimée... »

***

Durant l'entracte, Declan rattrape Cassandre sur le point de partir discrètement.

— Hé ! s'exclame-t-il. Votre présence ici me ravit.

Dans un élan convivial, il fait la bise à son invitée, légèrement troublée par ce rapprochement spontané, qu'il n'a pas revue depuis leur dialogue au bord de l'eau.

En plus d'être splendide dans sa robe colorée, cette créature porte un parfum fabuleux. Je devrais le lui dire...

— Vous êtes jolie tout plein ! affirme-t-il, naturel.

La lumière ambiante l'empêche de constater le rougissement de Cassandre.

— Oh ! Merci. Su... superbe prestation, bravo !

— Vous mentez, je le sais.

— Non ! assure la jeune femme. Qu'est-ce qui vous fait penser cela ?

— Vous étiez en train de vous sauver, justifie l'artiste.

— Ah ! En effet, je... je me lève tôt demain, prétexte Cassandre que l'interruption du show a ramenée à sa solitude et son inconfort. Je vous jure que la qualité du spectacle n'est pas à êt...

— Je vous taquine, maîtresse, l'interrompt Declan, les mains dans les poches de son bermuda beige.

— Que fais-tu, le Français ? Mon adorable frère jumeau, Lili, est au bar. Il t'a commandé un remontant, le prévient Emma qui surgit et se suspend à son cou. Hé ! Vous devez sûrement être la fille au lama, présume-t-elle en la voyant. J'ai entendu parler de vos péripéties animalières. Je suis enchantée de faire votre... ta connaissance !

— Pa… pareillement, bafouille Cassandre, saisie par le dynamisme débordant et l'accent singulier de l'immense Québécoise.

— Si tu te mets à tutoyer, la blonde, nous allons t'imiter je crois, souhaite Declan. N'est-ce pas, Cassandre ? Pouvons-nous passer au tutoiement, nous aussi ?

— Oui, volontiers.

— Je te présente donc Emma. Elle vient du Québec.

— Votr… Ta fiancée ? suppose la brune.

— Ce mangeur de grenouilles français est certes craquant, intervient la Canadienne, espiègle, avant de lui libérer la nuque, mais il est bien trop petit pour moi avec ses dix centimètres de moins. Selon la hauteur de mes chaussures, je ne vois plus que sa tignasse, décrit-elle en la lui tirant.

— Aïe ! peste Declan. Premièrement, miss végétarienne, je ne mange pas de grenouilles. Deuxièmement, je suis Australien autant que Français. Troisièmement, ma taille est plus que correcte. En revanche, toi et tes cent-quatre-vingt-huit centimètres, vous êtes un peu… bizarres.

— Je te l'accorde, capitule Emma, à l'aise avec sa morphologie. Quels magnifiques cheveux tu as, Cassandre ! change-t-elle brusquement de sujet. J'aimerais avoir ton volume, confesse-t-elle, tout en lui soulevant des mèches.

— Je n'ai aucun mérite, je le tiens de ma grand-mère. J'ai des origines espagnoles du côté maternel.

— Oh ! Oh ! Tu devrais te méfier du mangeur de grenouilles alors… Il a un faible pour les métisses.

— Je ne vais pas le nier.

Declan lève les bras, de bonne foi, souriant. Les bracelets de cuir usés, qui mettent en valeur ses poignets, semblent avoir une histoire. Tandis que la professeure, fière de ses racines, lui rend son sourire, il reçoit un coup de coude dans les côtes de la part de son amie.

— Si tu veux te désaltérer, le tombeur, dépêche-toi ! Tu vas devoir remonter sur les planches, lui rappelle Emma qui sautille, puis prend congé.

— Oui, chef !

— Je file, signale Cassandre. J'ai passé un agréable moment, ça faisait longtemps.

— Parfait, conclut Declan.

Il réfrène son impulsion tactile. *Si j'étais capable, en un câlin, de faire disparaître ce voile de tristesse qui assombrit ton minois charmant, je le ferais, maîtresse. Il n'est hélas assurément pas envisageable, malgré mes intentions amicales, de m'exprimer de la sorte. Être pris pour un psychopathe ne m'attire pas particulièrement et serait contre-productif.*

— Le trente, nous allons faire du canoë, les jumeaux américains et moi, annonce-t-il, alors que trois timides demoiselles espèrent obtenir son autographe et patientent à quelques mètres de lui. Veux-tu te joindre à l'aventure ? Charles peut t'accompagner, bien sûr !

— Cette proposition est aimable, s'étonne Cassandre reconnaissante, néanmoins peu encline à s'imposer dans un groupe par honte, peur de déranger ou ne pas être à sa place.

Le jeune homme devine l'hésitation de son interlocutrice.

— Mais…

— Ma fainéantise me dicte ses lois actuellement, avoue Cassandre. Je suis devenue casanière, c'est terrible !

— Précisément, sourit Declan. Le canoë te sauvera !

— Hum ! Si seulement…

— Échangeons nos numéros de téléphone. Tu pourras réfléchir et me tenir informé de ta décision.

— D'accord.

***

Cassandre ouvre le portail parental. L'obscurité l'enveloppe. Seul le flash de son mobile éclaire ses pas.

— Orage, présage… fredonne-t-elle, inconsciemment satisfaite de sa soirée et de ses échanges qu'elle est libre de consoler. Je lance un S.O.S…

Elle ne voit pas Kuzco qui jaillit d'un buisson pour la bousculer. Propulsée par sa puissance, elle atterrit sur les fesses, entre un pot de fleur et une brouette remplie de mauvaises herbes.

— Rah ! Pousse-toi ! Brute ! Idiot ! l'insulte-t-elle, alors qu'il la renifle gaiement et s'acharne à la brusquer.

Elle repousse le camélidé tondu d'une bourrade, se relève péniblement, claudique.

— Continue à m'embêter et je te rejette ! s'emporte-t-elle.

Selon Josie, aucun éleveur ne te veut. Une remise en question te serait bénéfique.

Le lama l'escorte finalement calmement et elle s'adoucit.

— Je suis désolée de crier, mais tu ne maîtrises pas ta force. C'est ardu. Tu es…

La noctambule soupire.

— Tu voulais simplement m'accueillir, n'est-ce pas ? Étais-tu joyeux ?

Cassandre s'arrête, pose son front contre celui de l'affectueux Kuzco, se connecte à lui.

— M'aimerais-tu, fripouille ?

CHAPITRE 1

Samedi 30 juillet 2020

6H00

L'aube dissipe les rêves de Cassandre. Elle bat des paupières. *Punaise, j'ai oublié de fermer les volets de la chambre. Quelle heure est-il ?*

Elle ouvre les yeux et la vision de Kuzco, le museau posé contre le rebord de sa fenêtre ouverte, la fait hurler de terreur.

— Andouille ! s'époumone-t-elle en lui envoyant son oreiller en pleine tête. Abruti de lama… marmonne-t-elle, pendant qu'il retourne vaquer à ses occupations.

— Est-ce que tout va bien, Cassie ? s'enquit Manola, apparue dans l'encadrement de sa porte.

— Oui ! Pardon, si je t'ai réveillée. C'est à cause de Kuzco. Il… il m'a effrayée.

— Je déjeunais, ne t'inquiète pas. J'ai préparé ton casse-croûte pour le canoë.

La belle en chemise de nuit frotte son visage endormi, s'assied, bâille. Sa chevelure en désordre forme une cascade soyeuse jusqu'à ses seins voluptueux.

— Mer… merci. Tu es choupinette, maman, la complimente-t-elle.

— Tu es trentenaire, mais tu restes mon bébé.

— C'est magique.

Cassandre étire ses membres engourdis.

— Qu'as-tu décidé à propos de Charles ? Vient-il avec toi ?

— Non, je ne préfère pas qu'il vienne.

— Il n'aurait pas à ramer si vous êtes deux adultes dans l'embarcation.

— Je le sais, mais je ne serais pas tranquille. L'unique fois où j'en ai fait avec papa, à onze ans, je ne l'ai pas aidé à pagayer. Mes compétences en la matière sont nulles ! Et puis je ne connais pas le circuit, ni les rapides que nous allons emprunter. Ils sont peut-être dangereux, redoute la jeune mère.

— Bon. Charlinou et moi, nous irons donc à la piscine. Il y a des croissants dans la cuisine, si tu veux m'y suivre.

Manola quitte la pièce et Cassandre scrute ses cuisses. Elle grimace.

Oh non ! J'ai oublié de m'épiler hier. Me rendormir un peu est en conséquence inenvisageable. Il va falloir que je m'y attèle. Quel enfer d'être brune ! Je dirais même plus, quel enfer d'être une femme dans cette société impitoyable.

— On dirait que je suis un ours ! maugrée-t-elle, les jambes tendues.

Si je vivais au Moyen Âge, mes poils seraient acceptés, je n'aurais pas la sensation d'être ignoble et ne serais pas encore complexée à trente ans !

Elle s'extirpe de ses draps.

Relativise, ma fille ! Si tu avais vécu entre le Ve et le XVe siècle, tu n'aurais sans doute pas dépassé l'âge de vingt-cinq ans. Tu aurais pu succomber à la famine, au froid, à la guerre, à la maladie, aux loups, à des brigands, à un assassinat, à une condamnation à mort pour sorcellerie ou à un emprisonnement dans un donjon sale et humide... De quoi te plains-tu ?

— Les viennoiseries d'abord ! L'épilation attendra, tranche-t-elle en se ruant vers la cuisine vintage, dans laquelle elle s'attable en face de sa génitrice et dévore un pain au chocolat.

— Je suis contente que tu sortes à nouveau, s'exprime Manola, devant une tasse de café. Tu es pâlichonne.

— Je te remercie, ironise la gourmande qui engloutit un croissant, se sert un verre de lait et le boit d'une traite.

— Tu ne prends pas assez le soleil. Par contre, es-tu sûre que les inconnus avec qui tu sors ne sont pas fous ?

— Dois-je te répondre ?

Cassandre arque un sourcil, moqueuse.

— Roh ! Tu as compris ce que je voulais dire, Cassie. Es-tu sûre que les inconnus avec qui tu sors ne sont pas malveillants ?

— Je ne suis pas une experte en voyance.

— Dans tous les cas, sois prudente et ne rentre pas trop tard. Kuzco multiplie ses bêtises en ton absence.

— Oui.

— Toujours pas de nouvelles quant à son sort ?

— Pff ! Josie s'est complètement délestée de ce problème. Il va falloir que je me débrouille par moi-même, réalise Cassandre. À moins que tu veuilles le garder ?

— Dois-je te répondre ?

La bénévole sourit.

10H00

Assise dans la navette de canoë-kayak, Cassandre écoute le monologue de sa voisine, Emma, dont l'exubérance détruit progressivement ses appréhensions. Elle ressent l'énergie positive de Declan qui discute avec le chauffeur à l'avant du véhicule, la gentillesse de Liam qui bavarde avec des étrangers, la joie des passagers.

Je me sens intruse dans ce bus. Cette position inconfortable est paradoxalement excitante. J'ai l'impression d'être une adolescente en colonie de vacances.

Rêveuse, elle s'imprègne du paysage champêtre qui défile à travers les larges fenêtres du fourgon. Les vignobles ensoleillés de l'Hérault suivent les courbes arrondies de terrains bordés de chênes et elle imagine les cigales cachées dans les arbres en train de chanter, encourageant les premiers raisins à grandir.

Nature verdoyante, je t'aime ! Où que tu sois, même loin des Cévennes, ta beauté conquiert mon âme.

10H30

Installé à l'arrière du canoë qu'il partage avec Cassandre, Declan commence à le faire avancer sur des eaux calmes et peu profondes. Le bronzage de son torse nu s'accorde parfaitement avec la teinte ambrée de ses iris et les reflets dorés de ses longs cheveux châtains. À l'aise dans son environnement, il ne pagaie pratiquement pas dans le but d'attendre les deux Canadiens, encore stationnés sur la berge du départ de leur circuit. Il savoure ainsi les couleurs de l'été, sa chaleur, son intensité, son éclat.

Le vert de la végétation et le bleu du ciel se mélangent au-dessus de la rivière pour me plaire. J'en suis ébloui.

— Prête pour le « rivière-trip », maîtresse ?

— Je ne sais pas, hésite Cassandre, avant d'ajuster son casque rose et son gilet de sauvetage par-dessus son maillot de bain une pièce.

— Le secret pour arriver à bon port, sains et saufs, c'est de ramer infatigablement dans les courants, ne pas les laisser manœuvrer notre barque à notre place et ne pas paniquer. Être devant est moins physique pour une débutante, mais peut impressionner.

— Me voilà rassurée ! ment la novice qui n'ose pas trop bouger. J'espère que tu ne regretteras pas que je sois ta partenaire.

— J'espère que tu ne regretteras pas que je sois le tien, réplique le sportif.

— Je croyais que tu étais doué à ce sport.

— De qui tiens-tu cette information ?

— Emma.

— Ha ! Ha ! Si j'étais aussi fort qu'elle le prétend, elle n'aurait pas embarqué avec son frère…

Declan voit Cassandre s'accrocher à sa pagaie et étouffe un rire, à l'instant où ses amis les doublent légèrement.

— On fait la course, le Français ?

— Passe ton chemin, la Canadienne, avant que je ne vous fasse chavirer, toi et Lili !

— Hé ! Je suis innocent, se défend Liam.

— As-tu entendu parler des dommages collatéraux, mon vieux ? lui demande Declan, tandis que son équipière se fait discrète et angoisse en silence.

— Ce n'est pas juste.

— Mets ton casque et ton gilet, croqueur de grenouille, au lieu de faire ton malin, riposte Emma.

— Je les porterai uniquement dans les rapides périlleux, explique Declan.

Il attrape ses lunettes de soleil, qu'il a antérieurement juchées sur son crâne, pour les mettre sur le bout de son nez.

— La liberté de mes mouvements est primordiale lorsque je navigue, estime-t-il.

— Et à la première vague, tu vas perdre tes affaires, devine Liam. Elles ne sont pas attachées.

— Possible.

— Je dirais que c'est inéluctable, car récurrent, nuance la blonde. Declanito. Tu es si prévisible !

— Possible.

Les yeux de Declan, entourés par des ridules, se font rieurs. Les fossettes de ses joues s'accentuent.

11H30

— Attention ! Attention ! s'agite Cassandre, aveuglée par son désarroi, avec des gestes désordonnés. Punaise de punaise ! Ne nagez pas au milieu du courant, voyons ! proteste-t-elle contre des baigneurs.

En arrière-plan de la scène, Declan rit. Les réactions désopilantes de sa coéquipière le déconcentrent et la trajectoire de leur bateau en pâtit.

— Poussez-vous ! Bordel de bordel ! jure Cassandre qui, en levant sa rame, contraint le jeune homme à redoubler d'efforts pour diriger l'embarcation.

Ce dernier mord sa lèvre inférieure.

Petite enseignante, dont la puissance vocale me surprend, tu fais fi de mes conseils de navigation ou tu les as totalement effacés de ton esprit. Heureusement, je ne me lasse pas de te voir gesticuler et je suis enchanté que tu aies pu venir voguer avec moi. Vous m'amusez, toi et ton accoutrement que je trouve adorable.

— Maîtresse, vois-tu l'énorme rocher rond que Liam et Emma viennent de contourner habilement ?

— Je ne vois que lui ! répond Cassandre, le corps entier crispé par l'effroi.

— Je le connais. Si j'en crois ma mémoire de matelot, il faut s'en éloigner ou l'impact et les remous à ce niveau nous ferons chavirer.

— Sans blague !

— À mon signal, nous pagaierons à droite simultanément et sans interruption, afin de nous en écarter, quitte à faire échouer notre chaloupe sur la plage. À trois ! Un, deux…

— Euh…

— Maintenant !

Malgré ses recommandations et la force qu'il exerce pour pallier les erreurs de la jeune femme, Declan ne parvient pas à leur épargner une chute spectaculaire. Attentif à sa sécurité, il délaisse l'ensemble de leur matériel, emporté par un flot d'écume, et l'aide à rejoindre la rive sablonneuse sur laquelle ils s'allongent.

— Tu avais raison, souligne Cassandre, ôtant son casque et toussant, c'était le lieu idéal pour faire un plongeon !

— Oui, pourtant ça m'a quand même fait un choc ! Est-ce que ça va ?

— J'ai bu la tasse, mais je m'en remettrai.

Le voyageur admire discrètement la poitrine de sa compagne dépeignée qui retire son gilet, le secoue afin d'en enlever le sable, le dépose sur son casque au sol, puis se relève.

« *Vous les femmes, vous le charme…* »

— La profondeur de l'eau nous a ménagés, formule-t-il en se redressant à son tour. Traverser des rapides peu profonds sur les fesses, c'est une autre paire de manches !

— Espérons ne pas vivre cette situation aujourd'hui !

— Quoi qu'il advienne, j'ai perdu mes lunettes et… l'un de mes vieux baskets, résume Declan. La Québécoise aura de quoi se moquer. Pff ! En cas de complications dans les courants, je déteste être pieds nus.

— Tes amis t'avaient prévenu, monsieur « La liberté de mes mouvements est primordiale lorsque je navigue » ! lui rappelle Cassandre, hilare.

— Oh non ! La Canadienne a déteint sur toi.

— Ne boude pas. Je vais essayer de retrouver tes biens.

— Ce n'est pas la… Ne t'embêt…

— Je ne garantis rien, mais si je reviens victorieuse de ma séance de pêche, Emma ne saura rien de ta mésaventure, je te le promets.

— Ah ! C'est très gentil ça !

— J'ai envie de vous remercier pour votre bravoure chevaleresque pendant notre naufrage, seigneur Declan, un accident dont je suis, j'en suis consciente, la fautive, se justifie la métisse, avant de se recoiffer à l'image d'une reine.

— Préserver dame Cassandre et son maillot bleu d'un funeste destin a été un honneur. Je n'ai accompli que mon devoir. Je vous fais dorénavant mes adieux ma mie. Ma prochaine quête consiste à récupérer mon équipement, nos pagaies et notre véhicule. Je les aperçois. Des branchages les retiennent en aval.

— Faites preuve de prudence, noble chevalier.

Friand des écrits sur l'amour courtois, le Graal et la légende arthurienne, Declan apprécie le petit jeu de rôle proposé par Cassandre. Il s'incline, puis se déplace vers l'amas de branches, alors que celle-ci plonge dans le but de ratisser le fond de la rivière.

Ah ! Le « fin'amor » !

13H00

Fière d'avoir pu rendre sa chaussure à son sauveur, qui a cependant dû accepter la disparition de ses lunettes, Cassandre se débarrasse de son gilet de sauvetage et de son casque, puis ouvre le couvercle du bidon étanche fixé à son canoë pour en sortir sa glacière portable. Elle a faim.

Manger est une obsession ! Si le Canadien, la tête penchée vers son sac, semble soumis au même problème que le mien, il fait quarante centimètres de plus que moi et pèse au moins le double de mon poids. Il n'est pas gros, mais il en faut des aliments pour le maintenir debout ! Quant à moi, je suis juste une goulue embarrassée.

À l'ombre d'un chêne, elle se réfugie avec sa glacière, timide, mais Liam l'imite et lui évite de se sentir exclue.

— « C'est un endroit qui ressemble à la Louisiane, à l'Italie… », chantonne Declan inspiré par la nature et le texte interprété par Nino Ferrer, pendant qu'il se déchausse et s'adosse contre le tronc d'un hêtre, non concerné par le repas de midi.

— « Il y a du linge étendu sur la terrasse et c'est joli... », suit Emma, d'une voix mélodieuse.

L'enseignante ressent un pincement de jalousie irraisonné lorsque la grande blonde se blottit au creux des bras du chanteur.

Quelle complicité !

— « On dirait le Sud... », enchaîne celui-ci, suivant le rythme imposé par les cigales.

— « Le temps dure longtemps et la vie sûrement plus d'un million d'années... ».

— « Et toujours en été... », clôture Declan, dans son élément.

— Que vous êtes mignons ! affirme le Québécois, après avoir croqué un morceau de son sandwich. Sympathique duo, mais l'heure de passer à table à largement sonné.

Cassandre approuve les dires de son voisin.

Oui ! Oui ! Oui !

— Allez-y, ne vous gênez pas. J'ai... laissé mon encas dans le réfrigérateur, avoue le guitariste désabusé. Je m'en suis aperçu au moment de charger les bidons. Pff !

— Roh ! Quel distrait tu fais ! grommèle Emma en repoussant gentiment le coupable. Tu ne changes pas. Nous partagerons comme d'habitude avec toi, mais après nous serons affamés. N'est-ce pas malheureux ?

— Pas de panique ! J'ai pris plusieurs croque-monsieurs, prévient la professeure, heureuse d'être utile.

Elle doit insister afin que Declan accepte sa nourriture.

Si je suis partisane de l'organisation et de la prévoyance, ma mère devrait avoir les honneurs pour ce pique-nique. Je m'en garde toutefois de le dire. Il est agréable de passer pour une héroïne du quotidien.

— Bon appétit, lance Liam.

Bouchée après bouchée, Cassandre fait des efforts considérables afin de ne pas paraître gloutonne ou disgracieuse.

Être goinfre et femme à la fois est horrible, puisque les mœurs interdisent presque ce mélange. Les miettes de pain dans les cheveux et les taches de sauce sur les habits ou la figure sont malheureusement mes spécialités. Je ne suis généralement pas sortable, mais la gloutonnerie est si jouissive ! Mes consœurs maniérées et délicates, perpétuellement au régime, devraient vraisemblablement me donner des leçons de bienséances.

— Que devient ton lama ? veut s'informer la Canadienne rayonnante.

— Oh ! Il est le cauchemar de ma mère, décrit la responsable du camélidé.

Résignée, elle hausse les épaules, se penche, ramasse des galets et les jette dans la rivière verdâtre sur laquelle défilent des gens en canoë, des couples, des groupes, des solitaires, des touristes avec des chiens, des enfants ou des coups de soleil.

— J'y pense ! intervient Declan. Ma cousine, la fille des propriétaires du camping, vient de se lancer dans un projet de ferme pédagogique qui complètera l'activité familiale. Je pourrais lui parler de Kuzco. L'adopter l'intéressera peut-être.

— Cette adoption serait… fantastique ! réagit Cassandre.

Elle trépigne.

Cet homme est porteur d'espoir !

— Essayer de te délivrer des griffes de ton dragon poilu sera ma mission alors, poursuit Declan. En attendant, mes chers camarades, je vais me baigner.

— Déjà ? Tu as à peine terminé ton dîner, remarque Emma, avant de boire à sa gourde.

— Je rentrerai doucement dans l'eau, maman ! plaisante le sportif.

— Je te suis. Nous avons un merveilleux cadre et la protection des arbres feuillus contre les rayons ultraviolets. Profitons-en. Délectons-nous des trésors de notre planète !

— Tu es un poète caché, mon Lili, le complimente Declan. Tu devrais quitter l'informatique.

Alors que les deux garçons, en quête d'adrénaline, décident d'aller sauter d'un rocher, l'institutrice sort une plaque de chocolat noir à moitié fondue de sa glacière. Elle en savoure un carreau en guise de dessert et en offre à Emma qu'elle apprend à connaître

Pétillante étrangère, tu sais me mettre à l'aise. Ton âme est pure. Je la perçois. Tu me fascines.

— Le Français, mon frère et moi, nous nous sommes connus sur le net au cours de notre adolescence. Inscrits sur le même forum, un forum sur le thème médiéval où les internautes discutaient et écrivaient des histoires communes, nous sommes vite devenus des amis virtuels. Une correspondance s'est ensuite insaturée entre nous par email et voie postale, sans parler du téléphone. Notre rencontre dans la vraie vie s'est déroulée de longues années après. Depuis, notre amitié perdure. Nous continuons à nous voir au Québec ou en France, dès qu'une occasion se présente.

— C'est... touchant, rare ! admet Cassandre.

— Oui, nous avons une relation exceptionnelle.

La brunette est envieuse.

L'amitié fraternelle, tactile et complice qui unit Declan à cette demoiselle rendrait jalouse n'importe qui. N'est-ce pas ?

— Et cet automne, notre vedette revient chez nous ! s'enthousiasme Emma, gesticulante. J'espère qu'elle va se souvenir d'acheter son billet, cela dit en passant. S'y prendre à la dernière minute est une manie chez elle.

— Declan m'a effectivement parlé d'un voyage au Canada, se remémore Cassandre qui le contemple, songeuse, pendant qu'il fait des pirouettes dans les airs.

Pourquoi cette perspective me dérange-t-elle ?

12H00

Les articulations douloureuses, Cassandre pagaie, harassée. Le dernier kilomètre du circuit à effectuer est difficile pour elle. L'absence totale de courant la décourage. Elle a hâte de s'écrouler sur le canapé moelleux de ses parents, mais n'en dit mot, ne se plaint pas. La compagnie de Declan lui plaît et elle souhaiterait en bénéficier plus souvent.

Je ne souffre pas ! Je ne... Je souffre ! J'ai mal, mais il est crucial d'en conserver le secret. Je dois faire croire que je suis une Lara Croft endurante, une Lara Croft qui reste superbe malgré ses problèmes de transpiration ou ses cheveux sales et collés !

— Maîtresse, ça te dirait d'entreprendre une randonnée dans les montagnes ?

— Refaire des activités est bon pour mon moral, sourit Cassandre, sans se retourner vers le capitaine de l'embarcation. Je ne dis pas non. J'aime la marche.

— Parfait ! Les Américains partent sur la côte d'Azur dans quelques jours et m'abandonne à mon sort plus d'une semaine, ces ingrats ! Nous arpenterons les Cévennes sans eux.

Un frisson parcourt l'échine de la jeune femme.

CHAPITRE 10

Mercredi 05 août 2020

Parvenue sur un point culminant d'un flanc de montagne, Cassandre reprend son souffle, tandis que son lama ne montre aucun signe de fatigue. Face à l'aurore, elle emplit ses poumons d'oxygène. Le somptueux paysage qui s'étend à ses pieds l'émerveille. L'énergie de Declan, debout à ses côtés, l'aide à affronter ses démons et renouer avec l'essentiel.

Cet homme a le don de me sortir de ma caverne. Sans son intervention, j'aurais raté une vision enchanteresse qui s'offre seulement aux gens matinaux ne craignant pas de grimper des pentes. Il est mon ange de l'été ! Il me donne envie de bouger, de me remettre en forme, de refaire du sport. Je reprendrais éventuellement le jogging... Pourquoi l'ai-je arrêté d'ailleurs ?

— Que c'est beau, les Cévennes !

— Effectivement, confirme Declan, aveuglé par la splendeur de la nature qui s'éveille.

— Existe-t-il un endroit plus magnifique ?

La brise surgit du ravin et flatte la chevelure de la marcheuse. Elle est apaisée.

Tom, j'essaie de revivre, vois-tu ? Je me ressource.

Des paroles malfaisantes de son ancien compagnon, enregistrées dans son cerveau, entravent hélas sa plénitude.

« Ton intérêt pour les randonnées m'échappe. Ne compte pas sur moi pour y participer. Si tu veux pratiquer un sport, tente la musculation plutôt. Il n'y a rien de tel pour galber la silhouette. Tu devrais tester ! ». Hum ! Tom, sache que je préfère irrémédiablement marcher dans un environnement protégé que de suer sur les engins de tes salles climatisées !

— Tu n'as pas trop voyagé, n'est-ce pas ?

— No... non. Je n'ai jamais quitté le pays.

— Crois-moi, la beauté a une centaine d'autres visages, certifie le voyageur chevronné.

— Je te crois, mais qu'importe ! Mes Cévennes et ses cigales seront éternellement sur le podium de la magnificence.

— Serais-tu chauvine ?

— Je suis une fanatique invétérée.

Cassandre minaude, incapable de se détourner du spectacle.

— Ma patriote fanatique, je m'en veux d'interrompre ta contemplation, mais il faudrait presser l'allure si nous ne voulons pas subir la chaleur, suggère Declan en se remettant en route.

À regret, Cassandre tire la longe de Kuzco peu enclin à la suivre sur le sentier que son accompagnateur a choisi d'emprunter.

— Viens, tête de pioche ! lui ordonne-t-elle.

Le camélidé, qui refuse de lui obéir, se précipite dans une direction opposée et la traîne sur plusieurs mètres en dépit de ses cris. Les doigts superficiellement brûlés par le frottement de sa laisse tendue, elle finit par la lâcher.

— Andouille ! Josie m'a jadis assuré que tu étais un animal docile ! Pff ! Il s'agit du plus gros mensonge de l'humanité !

— L'indomptable Kuzco a une préférence pour ce chemin étroit, constate le jeune homme, après avoir fait machine arrière. Il a peut-être un excellent motif de vouloir passer par là, présume-t-il lorsqu'il le voit trottiner gaiement entre les cônes répandus sur le sol.

La brune soupire, immobile et exaspérée.

— Tant que cet idiot ne m'oblige pas à aller le récupérer dans les ronces, je lui pardonne sa fougue momentanée et consent à céder à son caprice, se soumet-elle. Qu'il parte devant !

Les mains dans les poches de son short, Declan la dépasse et elle aperçoit son rictus.

— Cela dit en passant, tu sais merveilleusement bien faire le drapeau, mademoiselle ! la raille ce dernier.

Cassandre resserre les sangles de son sac à dos compact et rattrape le blagueur en deux enjambées.

— J'ai été formé dans cet objectif. Charles est témoin de mes prouesses. Il aurait pu te les rapporter, s'il nous avait accompagnés.

— C'est tout un art de s'occuper d'un lama, te côtoyer me l'a appris. À ce propos… J'attendais le moment opportun pour t'annoncer une nouvelle. Ma cousine peut l'accueillir dès que tu es prête, déclare Declan. Un enclos lui est réservé.

— Ah oui ! Super !

— En es-tu certaine ?

— Qu... Oui ! Pourq...

— Ne te manquera-t-elle pas, cette peluche sur pattes ?

Le cœur de la bénévole s'emballe.

***

Declan décèle une émotion attendrissante sur le minois de Cassandre. Ému par son affection pour le lama, qu'elle dissimule habituellement derrière des insultes, il perd sa vigilance et glisse sur des aiguilles de pin séchées, entassées sur un passage exigu. L'incident le conduit à débouler le long d'un talus rocailleux.

— Declan ! hurle Cassandre, accablée par son impuissance.

Des buissons et des racines permettent au randonneur de ralentir sa chute, l'empêchant ainsi de tomber dans un précipice, à l'instar des cailloux et de la poussière rougeâtre déplacés dans son sillage.

— Ouch ! se lamente-t-il, étendu au bord du vide. Waouh ! C'est... haut.

Ébranlé, il rampe péniblement afin d'atteindre la main tremblante que son accompagnatrice lui tend, puis regagne sa position verticale d'origine.

— Est-ce que ça va ?

— Euh... Je...

— Tu saignes, Declan, lui indique Cassandre.

— Oh !

— J'ai de quoi te soigner dans mon barda !

— Ce n'est pas la pei...

— Assieds-toi.

Le blessé exécute les ordres. Kuzco vient le renifler et il récompense sa sollicitude manifeste par une caresse, pendant que la jeune femme cherche des bandages et un désinfectant dans sa trousse à pharmacie.

— Tu es... prévoyante.

— Je suis une maman et une institutrice, rétorque Cassandre, habituée à transporter le matériel médical d'urgence pour son fils ou ses élèves.

— Explication logique.

— Approche ton genou. Attention, ça va picoter.

Declan coopère et la session de soin commence. Observateur détendu, il examine son infirmière.

Cassandre s'active adroitement sur mes plaies et j'ai le loisir de l'observer. Même sans ailes, elle ressemble à un ange. Lorsque son regard sombre et timide fusionne avec le mien au détour d'un hasard délicieux, ma douleur s'estompe.

— Être choyé par une soignante aussi jolie que toi me console d'avoir frôlé la mort, confesse-t-il.

— J'ai eu extrêmement peur, tu sais...

— Idem, flirter avec un abîme m'a secoué !

Cassandre rit nerveusement et le jeune homme, installé près d'un bouquet d'arbustes sauvages, note son anxiété. Il joue avec leurs feuilles.

— J'ai eu de la chance dans mon malheur, relativise-t-il.

— En ef... Rah ! Ces mouches et ces fourmis à la noix ! Fichez le camp !

Voir Cassandre chasser les insectes à coup de mollet amuse Declan.

Cette fille de petite taille a la manie de crier pour un rien. Elle me fait rire, tant sa crédibilité est nulle dans son rôle de personne aigrie. Elle est... touchante.

***

À l'abri du tumulte des villes, Cassandre se sent libre de dévoiler des bouts de son existence à son partenaire de promenade attentif, respectueux, inspirant et encourageant. La fraîcheur se dissipe progressivement, mais la végétation qui l'entoure la conserve encore suffisamment pour elle, pour lui, pour eux. La voilà qui, troublée par une amertume refoulée, évoque son goût pour l'écriture, dans un désir inconscient d'obtenir une approbation quant à sa décision de l'avoir mis entre parenthèses.

— Je partage ta passion, bien que l'univers romanesque soit étranger pour moi, avoue Declan, avant de boire à sa gourde d'eau et de la ranger dans son sac. J'ignore si j'ai la capacité d'écrire autre chose que des chansons ou des poèmes, mais lire les récits d'une institutrice me plairait. Qu'écris-tu de beau actuellement ?

— J'écrivais comme je respirais à une époque, mais l'énergie, le temps, l'inspiration me font défaut depuis longtemps. J'ai donc délaissé ce hobby chronophage pour endosser mes responsabilités d'adulte, raconte Cassandre. Sans être particulièrement une vocation, ma profession, chronophage également, a au moins l'avantage de me permettre de vivre.

— Ce que tu dis, maîtresse, est… triste, réagit le chanteur qui entrevoit l'un des points pour lequel celle-ci lui donne l'impression d'être malheureuse.

— Oh ! J'ai accepté de sacrifier mon loisir en toute logique. Je m'y adonnerai plus tard.

Cassandre voit l'expression faciale de Declan devenir sérieuse, alors que Kuzco la bouscule et part courir devant elle, faisant fi des ronces ou des toiles d'araignée qu'il percute à son passage.

— Ton amour pour la plume existe-t-il encore ?

— Oui, bien sûr. Ce genre d'amour est viscéral.

— Alors rassemble tes forces et recommence à manier cette plume dès à présent, sans te poser de question, tente de la motiver le guitariste. Ta flamme reviendra probablement en pratiquant.

L'enseignante se montre pensive, les yeux fuyant vers le plafond verdoyant formé par les arbres.

Sors de ma tête Tom, toi et tes mots : « Pff ! Tu aimerais être écrivain ! Il faut un talent inné pour percer dans ce milieu intellectuel car, sans lui, ce n'est pas un véritable métier. En plus, tes textes comiques sont puérils et la comédie ne rend pas crédible. Laisse-moi financer ta formation de professeur comme prévu et détourne-toi de tes chimères ! ». Tom, ne me contrôle plus, je t'en prie ! Sors de ma tête ! Sors de ma tête…

— Mon… Tom, le père de Charles, n'a jamais cautionné le fait que je m'isole pour, je le cite, « gaspiller ma jeunesse devant une feuille de papier ou un clavier d'ordinateur ». Tu as pourtant raison, je devrais tirer profit de mon célibat et de ma liberté pour me réconcilier avec mon stylo, se projette-t-elle.

— Je préfère entendre ce discours-là. S'épanouir dans un domaine est fondamental, j'en suis convaincu. Nul ne devrait interférer dans la réalisation des rêves d'autrui, notamment ceux de son conjoint. S'entêter à le faire est criminel, parce que l'âme dépérit fatalement sans une nourriture spirituelle adaptée à ses besoins.

— Parles-tu par… expérience ?

— Disons qu'aucune femme n'a supporté mes valeurs et mon mode de vie aléatoire… incertain, précise Declan, tout en se frictionnant la nuque.

— La gent féminine revendique effectivement souvent un cadre rassurant, stable, protecteur…

— Cette envie est compréhensible. La plupart de mes copines ont néanmoins cherché à me changer, me façonner, et j'en ai souffert. Renier qui je suis a été impossible.

— C'est normal : chassez le naturel, il revient au galop !

— Tout à fait. J'ai pourtant essayé à plusieurs reprises de combattre mes démons. J'ai fait des compromis. J'ai porté des costumes et travaillé en entreprise. J'ai payé un loyer, puis j'ai envisagé d'investir dans l'immobilier ou d'acheter un appartement. J'y ai cru, en vain. Je me suis senti pris au piège, incompris. Quand je me suis enfin affirmé, j'ai été traité d'irréfléchi, d'immature, d'utopiste… de fou, d'égoïste, égoïste de ne pas correspondre à ce que la société et le sexe opposé voulaient que je sois. J'ai été rejeté. À partir de cette étape, je n'ai trouvé aucune compagne avec qui vagabonder sur les routes. Ma soif de nouveauté a fait fuir les demoiselles, sauf une… que j'ai quand même fini par perdre, mais… pour un motif différent.

— C'est toi qui me rapportes de tristes propos maintenant, souligne Cassandre.

Intriguée par la mystérieuse dame perdue, elle ne creuse toutefois pas davantage ce sujet, visiblement sensible.

— Ne t'inquiète pas. Le passé n'est plus. Je me sens comblé d'avoir renoué avec mon moi profond. Je suis en accord avec lui, fier d'avoir été fidèle à ma nature. La solitude me convient. En ce qui concerne l'amour et ses implications, ils ne sont peut-être pas faits pour moi, imagine l'homme solitaire.

— Ne dis pas de sottises. Il paraît que l'on trouve toujours chaussure à son pied.

— Il paraît ! sourit Declan, optimiste, avant de cueillir habilement, sans entraver sa cadence de marche, des mûres sur un buisson épineux et de les déguster. Je ne l'attends pas en revanche, cette chaussure. Je ne la recherche pas, ne la réclame pas.

— Quoi qu'il en soit, monsieur le philosophe, que les relations amoureuses ont désillusionné, tu as mon admiration.

— Ah bon !

— Oui. J'aimerais entreprendre dans le futur une aventure semblable à la tienne, briser le quotidien, accepter l'inattendu et l'inconfort, mais je n'en aurais certainement pas le courage. L'imprévu a tendance à me gêner.

— Si ce souhait est sincère, tu finiras par expérimenter l'inconnu d'une manière ou d'une autre. Dans le cas contraire, autre chose sera fait pour toi et regretter de ne pas l'avoir exaucé sera inutile.

— Hum !

La belle visualise son avenir, grimace.

Si je finis ma carrière dans l'enseignement, comme il serait rationnel de le faire après ce que j'ai dû endurer dans le dessein d'y arriver, j'ai la sensation que je ne trouverais pas la paix. La logique m'énerve ! Elle veut me dicter ses lois, des lois que je trouve intelligentes, mais des lois qui me brident... Au lieu d'espérer tout bouleverser et me battre contre elle, je pourrais simplement associer ma profession à une sphère privée plus audacieuse, piquante, satisfaisante... Moi seule ai le pouvoir de modifier mon destin. Mon prochain ne le fera pas à ma place. Le réaliser est bon, mais n'explique pas comment atteindre l'épanouissement optimal. Les solutions se cachent-elles volontairement dans un brouillard déprimant, afin que seuls les plus motivés des humains puissent les trouver et en user ?

— Raconte-moi un peu ton parcours, s'il te plaît, que je puisse connaître ton secret du bonheur ! demande-t-elle, curieuse. Tu rayonnes ! Le sais-tu ?

Declan ralentit son pas et elle l'imite.

— Tu viens de me faire un sublime compliment. Si je rayonne, j'en suis heureux. Je peux ainsi avoir l'opportunité d'apporter un peu de cette lumière aux autres. Je n'ai cependant aucun remède magique contre les maux du siècle, la dépression ou le stress. Je n'ai pas de conseils fondés à donner, annonce humblement l'artiste. Selon mon avis, le bonheur sommeillerait en chacun. Il suffirait de s'écouter et de se respecter pour l'approcher, le stimuler.

— Admettons que ce soit la clé de la joie, du bien-être... Elle ne m'en dit pas plus sur ton cheminement, insiste Cassandre.

Elle repense soudainement au gouffre qui a failli engloutir Declan une heure auparavant. Elle frissonne.

J'espère que ce Pierre Richard ne souffre pas trop de ses blessures. Et dire qu'il aurait pu mourir. Quel gâchis cela aurait été... En tout cas, il n'a pas l'air d'avoir trop mal. Je connais des hommes plus douillets.

— Je devrais d'abord te parler de mes parents, suppose Declan en resserrant son chignon.

— Je suis toute ouïe.

— Mon père est médecin, comme l'a été son frère, mon oncle à la retraite qui tient désormais le camping de la *Cigale*. Il travaillait à Montpellier quand il a connu ma mère, pianiste relativement célèbre en déplacements réguliers, passionnée pour les voyages. Son attachement pour elle lui a donné envie de la suivre en tournée, de découvrir la planète, d'être nomade. Ensuite, ils ont momentanément posé leur bagage en Australie, où je suis né. Nous avons déménagé dans les Cévennes, près de la famille paternelle, des années après.

— Tu es un Cévenol alors, toi aussi ! s'exclame Cassandre, ébahie, évitant de justesse de piétiner une fourmilière.

— Oui, madame, je l'ai été à une certaine période !

— Tu le seras jusqu'à la fin. Cévenol un jour, Cévenol toujours !

— Dans un sens, tu dis vrai. Les Cévennes m'ont marqué, même si mes parents sont finalement partis en Allemagne. Ils y vivent dorénavant dans une tiny house. De mon côté, j'ai voulu voyager, fort de ma double nationalité. Posséder ma propre maisonnette sur roue pour explorer le monde a été une évidence. Voilà mon histoire dans les grandes lignes, conclut le randonneur, les paumes des mains ouvertes vers le ciel.

— Elle est peu commune. Si j'en crois tes dires, tes envies d'évasion sont naturelles. Elles sont génétiques, liées à ton éducation, à ta mère.

À cet instant, Kuzco pourchasse un écureuil roux et sa propriétaire se met instinctivement en travers de son chemin, afin de protéger la petite créature. Avant qu'elle ne se fasse renverser par le lama, Declan s'interpose, l'attrape et la retient in extremis. Alors que le camélidé poursuit sa trajectoire et perd la trace du rongeur, elle a l'occasion de ressentir la force de son sauveur, sa musculature rassurante, sa chaleur.

— Un accident suffit pour aujourd'hui, affirme Declan, après avoir relâché l'imprudente. Tu n'aurais pas pu arrêter un Kuzco en furie.

Cassandre rougit, reconnaît son erreur et se remet à avancer.

— Les lamas sont surprenants. Je ne connaissais pas spécialement cette race et je ne suis pas déçu.

— Le chasseur d'écureuil, Kuzco, est probablement l'unique spécimen de sa catégorie. Nous en avons d'ailleurs perdu le fil de notre discussion, relance la marcheuse lors d'une descente abrupte.

— Exact.

— Tu… tu pars au Canada bientôt, si je ne me trompe pas. Tes péripéties continueront.

— Et oui ! Je vais pouvoir profiter davantage de mes deux Canadiens adorés ! Ils m'ont promis multiples activités. Après un été brûlant en France, la neige saura me rafraîchir les idées, présume le voyageur. Elle m'inspire généralement.

Cassandre a brusquement peur de ses pensées.

Pourquoi m'imaginé-je prendre l'avion et m'enfuir avec Declan ? Pourquoi cette éventualité incongrue ne me dérange-t-elle guère ?

CHAPITRE 11

Jeudi 13 août 2020

Cassandre pianote sur le clavier de son ordinateur, tâchant de poursuivre la rédaction d'un roman humoristique abandonné à l'heure des désillusions et d'un goût pour le comique endormi. En pleine réflexion à propos d'éventuelles modifications à apporter à son scénario, elle cesse d'écrire et mâche le bouchon d'un feutre qu'elle cogne frénétiquement sur le rebord de sa table.

Devrais-je remplacer le bouc de mon héroïne par un lama ?

Elle rit.

— Un lama ferait vraiment un coéquipier idéal pour ma vieille Paulette ! s'exclame-t-elle.

Inspirée par Kuzco, elle décide de l'intégrer aux aventures de son personnage ridé et de supprimer son partenaire à cornes.

— Je suis désolée mon petit bouc têtu, je vais effacer ton existence au profit d'un animal davantage désopilant, murmure-t-elle en se mettant au travail.

Afin d'éviter des discordances dans son intrigue, elle relit attentivement le début de ses écrits. Une joue appuyée contre l'un de ses poings, elle soupire.

Me relire minutieusement après des années de renoncement à l'écriture est déprimant. Le recul que j'ai pris me permet de constater un fait cruel : je n'écrivais pas particulièrement bien à l'époque de ma soif de mots. Tom était sans doute impartial avec son : « Pff ! Tu aimerais être écrivain ! Il faut un talent inné pour percer dans ce milieu intellectuel » ? *Devrais-je en conséquence reprendre consciencieusement l'ensemble de mon histoire, au lieu de la continuer allègrement selon mon plan de départ ? De toute évidence, la réponse à cette question est affirmative. J'espérais cependant me relancer dans la vie de ma Paulette sans réfléchir, ni perdre du temps...*

— Cassie ! Cassie ! Cassie ! se sermonne-t-elle, le menton levé vers le plafond de sa chambre. Ne sors pas ta carte de fille perfectionniste, alors que tu renoues à peine avec ta passion ! Ne te lance pas dans une correction maladive des premiers chapitres imparfaits. Enchaîne ! Oublie les détails ! tente-t-elle de se raisonner à voix haute.

Mon insupportable cerveau m'ordonne de rechercher la perfection qu'il juge nécessaire, bien que subjective et impossible à atteindre, quitte à nous user tous les deux, nous dégoûter, nous entraîner dans les rouages d'un labeur disproportionné. Mon cœur souhaite inversement extérioriser librement ce qu'il accumule et faire vibrer sa sensibilité, afin de ressentir des émotions brutes qui se transmettront naturellement à des potentiels lecteurs. Aurais-je l'intelligence de prendre la direction du plaisir, du vrai ?
Elle regarde à travers la fenêtre ouverte de la pièce. La verdure des montagnes, le concert des cigales, la fraîcheur matinale l'invitent à se lever d'un bond.
Je dois lutter contre mes vices ! Et si j'allais courir pour respirer et les vaincre... Je peux aussi prendre Kuzco avec moi. Je ne parviens pas à réaliser qu'il ne sera plus sous ma protection dès cet après-midi. Lui accorder une dernière sortie est la moindre des choses. Il sera content de galoper !
En forme depuis sa récente reprise du jogging, elle n'hésite pas à délaisser provisoirement sa plume, afin de mieux la retrouver plus tard. Se recentrer sur l'essentiel l'aidera certainement à employer son énergie judicieusement, gagner en efficacité rédactionnelle et bannir le superflu. Reconnaissante envers Declan et la motivation qu'il a su lui insuffler, elle enfile une brassière de sport, un legging, une paire de baskets, puis gagne les sentiers cévenols en courant avec son lama, tandis que son fils dort encore profondément et ignore qu'elle s'emploie à récupérer les rênes de sa destinée.

***

— Kuzco a l'air... déçu de moi, remarque Charles en caressant le museau de son lama qu'il retient par sa longe, pendant qu'ils marchent côte à côte vers l'accueil du camping de la *Cigale*. Je le comprends. J'ai l'impression de le trahir, avoue-t-il, abattu. Savoir que nous allons le laisser tomber me rend malheureux.

Cassandre chasse son envie de faire demi-tour. Sa mine est grave. Elle presse une boîte de cookies en fer contre son abdomen. *Tu n'as pas les ressources suffisantes pour prendre en charge définitivement Kuzco. Ta mission est accomplie, tu lui as trouvé un refuge ! Arrête de culpabiliser pour cette brute sur pattes, ma fille ! Declan a de surcroît arrangé un rendez-vous avec sa cousine pour finaliser son adoption... Le mettre dans l'embarras serait impoli.*

— Nous n'allons pas le laisser tomber, Charlinou, lui certifie-t-elle, dans l'espoir de s'en convaincre elle-même. Nous allons au contraire lui offrir une existence de plein air, avec des animaux divers et variés. Il bénéficiera d'une parfaite retraite dans une ferme pédagogique que tu pourras visiter à ta guise. Il verra du mouvement, des gens...

Face au silence de Charles, elle sent sa carapace d'adulte craquer devant le hall ensoleillé de la *Cigale*. Heureusement, la cousine de l'animateur vient à leur rencontre, bienveillante.

— Vous devez être Cassandre, si j'en crois l'animal que vous promenez.

La bénévole acquiesce et serre la main que sa charmante interlocutrice bien portante lui tend.

— Mon cousin Declan m'a longuement vanté les mérites de votre animal, rapporte cette dernière. J'avais hâte de le voir ! Il sera mon premier pensionnaire.

— Kuzco est le meilleur lama qui existe sur la Terre, explique l'écolier, sérieux.

— Je n'en suis que plus honorée de l'accueillir dans mon domaine. À ce propos, suivez-moi ! Je vais vous conduire jusqu'à son pré et son abri. Il aura des hectares à sa disposition pour se dépenser.

Cassandre cherche des yeux le chanteur à qui elle souhaite donner ses gâteaux, spécialement cuisinés pour lui. Frustrée par son absence, elle suit la guide bavarde dans le camping tranquille et ombragé, où des tentes colorées et des caravanes désertées semblent faire une sieste au milieu de tables pliantes, de vêtements mouillés séchant sur des fils tendus entre des arbres, de jouets dispersés au sol et de voitures familiales, mais ne l'écoute qu'à moitié. Elle a mauvaise conscience.

Cassie, cesse de te tourmenter. Tu es idiote d'envisager faire machine arrière, de regretter... Il est trop tard ! Kuzco ne t'appartient pas.

Quelques minutes se sont écoulées et elle sent son émotion croître. Lorsque Charles cède la laisse du camélidé à sa nouvelle propriétaire, qui l'installe derrière une clôture électrique d'un vaste terrain attenant à la *Cigale*, elle n'est pas fière.

La tristesse de mon fils se lit dans son regard empli de larmes. Les miennes me guettent, aussi étrange que cela puisse me paraître... J'ai tant de fois voulu me débarrasser de Kuzco qu'il est impossible de les compter. Pourquoi notre séparation me peine-t-elle autant ? Avoir des terres à moi aurait peut-être pu l'empêcher...

— Je reviens, annonce la femme bien en chair. Je vais à la piscine, chercher mon Tony et lui dire que son nouveau copain l'attend. Vous pourrez ainsi faire vos adieux tranquillement.

La professeure sourit à la dame empathique qui s'en va sur un chemin terreux jonché de cailloux et de mauvaises herbes, tandis qu'un orage gronde dans sa poitrine. L'intimité accordée lui permet au moins d'être naturelle. Elle laisse Charles câliner longuement Kuzco, puis elle s'en approche à son tour.

Charlinou ne doit pas percevoir mon chagrin. Il en a suffisamment. Sois une adulte. Ne te laisse pas attendrir par les yeux tendres de ce lama infernal et... adorable !

— Bon ! Kuzco ! C'est le moment de se quitter, ma tête de pioche ! déclare-t-elle, émue, tout en lui flattant le cou. Tu... tu vas me manquer.

Kuzco lui lèche intégralement le visage et elle le repousse en jurant, pendant que Charles rit aux éclats.

— Je retire ma déclaration, gros puant ! proteste-t-elle, recouverte de bave. Ton haleine putride est... est...

— Abominable ? intervient brusquement Declan.

Cassandre se retourne et aperçoit le bel homme, torse nu, qui se dirige lentement vers elle, sous le soleil radieux de l'après-midi.

Waouh !

***

Tandis que Charles joue avec Tony, le petit cousin blond de Declan, et tâche d'oublier sa séparation avec Kuzco dans l'aire de jeux du camping, l'artiste, assis sur un banc en pierre à l'ombre d'un châtaignier, déguste les pâtisseries de Cassandre enchantée d'avoir pu le croiser.

— Tu ne paieras pas plus cher si tu t'assieds ou manges un cookie, maîtresse.

— La tentation est grande, mais j'ai repris le sport. Je vais me dispenser de ruiner mes maigres efforts, se retient Cassandre, distraite par le buste nu parfaitement musclé de Declan.

Celui-ci hoche la tête.

Superbe créature, j'ai beaucoup pensé à toi depuis notre randonnée, à ton rire, à tes jurons... Devrais-je te le dire ?

— Prends donc un gâteau ! Tu en as besoin, insiste-t-il.

— Qu'est-ce qui te fait dire ça ?

— Un mot : lama.

— Oh !

— Prends.

— D'accord, obéit Cassandre, gourmande. Laisser Kuzco dans ce champ m'a... coûté, avoue-t-elle, avant de s'installer auprès du moniteur, en face d'un toboggan en spirale jaune, et d'engloutir son cookie.

— Je le sais. Votre histoire tumultueuse ne trompait personne. Toi et cette bête poilue, vous êtes fait l'un pour l'autre.

— N'importe quoi ! rit la jeune femme, la gorge néanmoins nouée.

— J'ai quoi qu'il en soit fait promettre à ma cousine de te rendre ton Kuzco, si d'aventure tu le désires.

— Exiger le reprendre pour un quelconque motif ne serait pas poli, mais connaître cette option me soulage, dit Cassandre. Je te remercie.

Declan dévisage sa voisine.

Tes joues ont retrouvé des couleurs, maîtresse Cassandre. Tant mieux.

— Je t'en prie, répond-il d'une voix chaude. Alors... Quoi de neuf depuis notre promenade dans les bois ?

— J'ai... repris l'écriture d'un vieux roman.   À   la suite de notre discussion à ce sujet, je me suis lancée et j'espère le terminer, ce livre !

— Fantastique ! Je serai ton premier lecteur, assure le sportif, adoptant la position du lotus. As-tu retrouvé l'étincelle de l'écriture ?

— Hum ! Presque...

— J'en suis heureux. Il faut continuer sur cette lancée.

— Je m'y efforce. En ce moment, tu... m'inspires. Sans le savoir, tu m'aides à repenser mon quotidien, à me l'approprier à nouveau.

— Ah oui !

— Euh ! Oui, je... je ne pensais pas oser te le dire, mais je trouve important de faire des compliments mérités aux gens. Le... le positif appelle le positif, il paraît ! Me voici donc en train de t'avouer le bien que tu me fais.

Declan sourit, ses dents blanches resplendissent et ses fossettes apparaissent sur ses joues mal rasées. Le rougissement de la métisse qui fuit son regard le touche. Il se retrouve muet d'admiration devant sa fragilité, son honnêteté, sa timidité et son courage.

— Comme tu as pu le constater, j'ai essayé de te prouver ma reconnaissance en te préparant des biscuits, confesse Cassandre, souriante, tout en tressant et détressant machinalement ses longs cheveux noirs.

L'aventurier cherche à capturer les iris sombres de la belle, mais elle continue à lui échapper. Il gratte son menton piquant.

— Tes paroles sont un cadeau. Je ne suis pas certain de les mériter. Je suis toutefois chanceux s'il est exact que je t'apporte un soutien aussi infime soit-il et ce, sans même m'en rendre compte qui plus est, précise-t-il, franc.

Il époussette les miettes de son encas répandues sur son jean.

— Avoir une nouvelle occasion de manger ta délicieuse cuisine m'encouragera à t'inspirer encore, d'une manière ou d'une autre, formule-t-il, une main levée en guise de bonne foi.

— Maintenant que je connais l'ampleur de ta gourmandise, je pourrais en profiter et te soudoyer à volonté… réplique Cassandre que la gentillesse de Declan parvient à détendre.

***

Que m'arrive-t-il ? Flirté-je ouvertement avec un autre homme que Tom ? Ai-je perdue l'esprit ?

Cassandre déglutit. La chaleur lui monte à la tête.

Tom… Pour quelle raison pensé-je à toi ?

Elle observe son fils faire de la balançoire entre deux pins gigantesques et culpabilise de rechercher une présence masculine autre que la sienne.

Ai-je le droit de m'adonner à des jeux de séduction alors que l'explosion de notre famille a chamboulé Charles ? Puis-je seulement séduire à mon âge ? En suis-je toujours capable après onze ans de relation ?

— Et toi, au fait, qu'as-tu fait depuis notre randonnée ? se lance-t-elle, soucieuse de chasser ses pensées.

Inconsciemment, elle examine le corps d'une vieille femme et d'une demoiselle de vingt ans en maillot de bain qui, de retour de la piscine, contournent le square pour rejoindre les sanitaires du camping, en transportant du shampoing et des serviettes de toilette.

Concevoir sa vieillesse est difficile pour la jeunesse, imaginant avoir la capacité de s'y soustraire.

— J'organise tranquillement mon voyage au Canada, raconte Declan, les doigts enchevêtrés sur ses cuisses.

— Tu as de la chance. Tu n'as pas le temps de t'ennuyer, de ruminer.

— Veux-tu te joindre à Emma, Liam et moi, pour environ deux mois, maîtresse ? lui propose spontanément le voyageur, avec un grand sourire.

— Qu… quoi ?

Cassandre manque de s'étouffer.

***

Declan marque une pause avant de poursuivre le dialogue avec Cassandre dont le besoin de nouveauté et d'oxygène sont palpables. *Les problèmes familiaux de ma maîtresse préférée l'écrasent. Je ressens son envie d'évasion, d'envol. Pourrais-je l'initier aux voyages ou tout du moins l'accompagner vers cet objectif ? Mon pauvre idéaliste, et si tu apprenais à rester à ta place un peu ! Soutenir les gens est peut-être dans ta nature, mais tu n'es pas un super héros. Cassandre n'aspire sans doute pas à ce que tu le sois d'ailleurs. Elle ne te demande rien. En outre, en quoi son bonheur t'importe-t-il autant ?*

Choisissant d'écouter le bon samaritain en lui au lieu de le contrôler, il se tourne complètement vers la dame à secourir et se penche légèrement, afin de s'ouvrir à elle, la mettre en confiance, lui prouver la sincérité de sa démarche.

— Viens au Québec.

— Je ne le pourrais pas, même si je le voulais, décline Cassandre, fuyante.

— Pourquoi ?

— La liste de mes raisons est longue.

— Je ne suis pas pressé, mais curieux de l'entendre, cette liste !

Avec un air de défi, le musicien mord sa lèvre inférieure, remonte légèrement son menton, attend.

— Euh ! Pre… premièrement, je travaillerai durant la période où tu comptes par…

— Formalité, riposte Declan.

Il se veut taquin, imperturbable.

— Admettons que tu aies raison, que mettre mon métier entre parenthèse soit envisageable, facile, rapide… Je ne pourrais de toute façon pas partir sans Charles, annonce la jeune mère, sourcils froncés.

— Ton fils pourrait te suivre sans problème. Nous serions ravis de l'avoir près de nous, les Canadiens et moi ! Je me permets de parler en leur nom, car je les connais. Ils représentent la gentillesse incarnée et adorent les enfants.

— J'imagine, mais l'école reste obligatoire. Il…

— Formalité, enchaîne l'homme, espiègle.

— Il faudrait que j'abandonne temporairement le bénévolat dans mon association en faveur des animaux. Il faudrait que... Je ne sais même pas si mon passeport est toujours valide, murmure Cassandre, soudainement préoccupée par ce détail. Il n'a jamais servi. Celui de Charlinou non plus n'a jamais été utilisé, mais il est plus récent. Ils doivent être rangés quelque part dans mes classeurs. Je ne saurais dire lequel...

— Formalité... Formalité ! Formalité !

Declan chantonne en tapotant ses jambes.

— Tout paraît si simple avec toi, sourit la belle, le regard ancré dans le sol.

— Les démarches administratives sont fastidieuses, je ne peux le nier. En revanche, il est aisé de les entamer et, si tout se déroule parfaitement, de se laisser guider pas à pas jusqu'au moment de prendre l'avion.

— Les avions sont terrifiants, grimace Cassandre, amusée par sa remarque prosaïque.

— Ah bon ! Ne leur trouves-tu pas un petit charme ?

— Si je pouvais les décorer avec des autocollants fleuris, je les trouverais plus attirants, il va sans dire.

— Il faudrait vendre ton idée aux compagnies aériennes.

— Évidemment !

— Plus sérieusement, reprend le guitariste, les touristes se plaisent à le répéter, je le sais, mais l'avion est définitivement le moyen de transport le plus sûr.

— Hum ! Laisse-moi en douter.

— À toi de tester et de te forger une opinion sur le sujet.

— Tu me vends du... rêve. Un tel voyage demande cependant de l'organisation, je présume. Il faut s'y préparer à l'avance matériellement et mentalement. Il faut prévoir où loger, un budget...

— As-tu des économies pour te payer le billet d'avion ?

— Euh ! Oui, j'en ai. Je ne suis pas vraiment dépensière, confesse la brune, omettant de préciser que Tom, qui avait la main mise sur les dépenses de leur foyer, la laissait jouir de son argent selon son bon vouloir.

— Parfait ! En ce qui concerne le logement, je suis censé dormir chez Liam, mais Emma serait ravie de partager le sien et faire davantage connaissance avec toi. Elle t'apprécie, à ce que je sais.

Declan étire ses bras vers le ciel bleu, puis salue d'un mouvement de tête six sexagénaires, en tongs et en short, en train de prendre possession du terrain de pétanque, adjacent au parc pour enfant.

— Ne resterez-vous pas tous ensemble ?

— Mes poulets et moi, nous cohabiterions avec joie mais, faute de place, nous logerons séparément, raconte le chanteur, pendant que la partie de pétanque débute dans une gaieté communicative. Les garçons d'un côté et la fille, d'un autre ! Les filles, se corrige-t-il, pour le cas où tu te déciderais à traverser des frontières.

— Oh !

— En revanche, si tu crains la solitude, n'aie aucune inquiétude. Les deux Québécois sont célibataires, donc disponibles pour sortir et s'amuser en groupe. En plus, ils travaillent à domicile en tant que freelances, Liam dans l'informatique et Emma dans le design, rapporte Declan. Ils peuvent en conséquence s'occuper de leurs invités.

— Je te crois, monsieur Perrin, mais tu me parles comme si je pouvais m'envoler demain, se moque Cassandre.

— Cela ne serait-il pas merveilleux, maîtresse ? Je chanterai pour mon public canadien. Quant à toi, tu pourrais écrire, puiser ton inspiration ailleurs, te changer les idées et surtout... oublier les affres qu'engendrent une séparation, se risque-t-il à prononcer, à l'instant où l'un des pétanqueurs effectue un carreau magistral, encensé par ses coéquipiers admiratifs.

Cassandre se lève du banc et Declan regrette l'ingérence qu'il vient de commettre. Lentement, il l'imite et, ne sachant comment réparer sa maladresse verbale, observe Tony glisser du toboggan dans le sillage de Charles.

J'ai honte. Dériver autant de ma proposition de départ n'était pas mon but...

Il s'apprête à présenter ses excuses pour son insistance impolie, quand la jeune femme, perdue dans ses songes et nullement offensée par ses paroles, rebondit sur le thème de leur conversation.

— Quelle folie cela serait d'aller en Amérique... se projette celle-ci, un rictus rêveur au coin de sa bouche.

***

Enroulée dans ses draps, Cassandre repense à l'invitation impromptue de Declan au cours de l'après-midi. Elle bouge les pieds, fixe le plafond de sa chambre éclairé faiblement par la lune qui semble vouloir mettre en lumière ses rêveries. Son rythme cardiaque s'accélère.

Il faudrait que je m'arrange avec le futur proviseur de Charles s'il devait venir avec moi au Canada. Ne vaudrait-il toutefois pas mieux qu'il reste chez mes parents ou son père et vive sa vie de collégien normalement ? Il me manquerait terriblement dans ce cas de figure... Serais-je capable d'être séparée de lui durant des semaines ? Quelle maman indigne je serais, si je l'étais ! Je culpabiliserais fatalement, mais quel challenge cela représenterait pour moi de suivre une impulsion aussi... grandiose ! Je pourrais me dépasser. Ma marge de progression est conséquente et un rien me ferait avancer. Faire une collocation, par exemple, m'effraie presque plus que de voler au-dessus de l'Atlantique. Pour être franche, les deux situations sont inconfortables. Je suis exaspérante.

La joue écrasée contre le matelas, elle soupire, rejetant la possibilité exquise de quitter provisoirement la France, sa famille.

Suivre un homme récemment rencontré pour séjourner dans un autre continent pourrait, en plus de mettre en exergue mon irresponsabilité, être le début optimal d'un film d'horreur... Diantre ! Pourquoi cette perspective m'attire-t-elle malgré tout ?

Son ancienne armoire rose, ses bibelots, ainsi que ses vieilles peluches de fillette, entassés sur une étagère et conservés par Manola, lui rappellent la course du temps.

Cette perspective m'attire car la vie est courte, car la vie passe, car la vie se vit sans moi...

CHAPITRE 12

Cassandre replace l'avant-bras de Declan, impatient d'en retrouver son usage ordinaire, sous le jet d'eau froide qui coule depuis plusieurs minutes déjà dans son minuscule évier.

— Ne sois pas si hâtif, monsieur catastrophe ! Laisse l'eau se répandre encore un peu sur ta blessure, lui conseille-t-elle.

Elle exerce une douce pression de la main sur le bras du blessé, afin de s'assurer de sa coopération.

— Je n'ai presque plus mal, assure Declan.

— Attends. Crois-en mon expérience, de mère et d'institutrice, en matière de brûlure.

— Je ne discute plus.

Satisfaite, Cassandre libère son patient, s'adosse contre un plan de travail en bois, puis observe son environnement.

Cette maisonnette est adorable !

— Le mystère autour de ta tiny house est finalement tombé, dit-elle, contemplative. Elle est jolie. Son agencement judicieux donne une impression d'espace malgré sa faible superficie. Je suis agréablement étonnée.

— Les tiny sont effectivement magiques, renchérit le propriétaire. En refusant le superflu, elles autorisent un gain de place considérable.

— C'est vrai.

La jeune femme scrute davantage la disposition du mobilier, les ouvertures, le plafond, le plancher, les murs, la décoration. Le tout forme un ensemble homogène qui lui plaît.

Vivre dans une unique pièce ne me rebuterait pas, pour peu qu'elle soit coquette et propre.

— Comment le grand brûlé va-t-il ? questionne subitement Emma, après avoir frappé trois coups aux carreaux d'une fenêtre ouverte, placée derrière une cuisinière à gaz. Le repas va être froid, dépêchez-vous tous les deux !

— Je te remercie pour ta sollicitude, se plaint Declan, immobile.

— Pauvre chou, soupire la grande blonde... Et dire qu'un barbecue aurait pu te mettre au tapis !

— Et dire que, juste avant le drame, je faisais cuire ton hamburger végétarien... en plein cagnard !

— C'est la raison pour laquelle je me vois dans l'obligation de compatir à ta souffrance, le Français, mais j'insiste, hâtez-vous ! Charles et Tony sont en train de tout dévorer, rapporte Emma, débordante d'énergie.

— Nous vous rejoindrons juste après la phase « tartine à la Biafine », promet Cassandre qui semble ne jamais se séparer de sa trousse à pharmacie.

— D'accord. Nous pourrons enfin parler concrètement de voyage au... Canada ! s'exclame la Québécoise, taquine, avant de retrouver Liam et les enfants attablés devant la maison, près de sa tente.

La brune sourit et Declan arque un sourcil, interrogateur.

— J'aurais dû me douter que ton invitation à manger était un traquenard, formule-t-elle, amusée.

— Je plaide coupable. Je me fiais à mes amis pour te motiver à quitter le pays. Si cela peut te consoler, j'ai physiquement été puni pour avoir fomenté ce plan.

— Approche, vilain, que je te soigne !

Cassandre resserre sa queue de cheval, souffle sur les mèches de cheveux qui lui chatouillent le front, débouche son tube de crème, puis en dépose sur son index.

— Tu as décidément toujours tout ce qu'il faut dans ton sac. Maîtresse, pharmacienne et infirmière, tu cumules les emplois, constate Declan en coupant l'arrivée d'eau. J'ai de la chance de pouvoir compter sur tes talents.

— Ne change pas de sujet, conspirateur !

Les doigts de l'enseignante entourent délicatement le poignet du musicien et elle commence à appliquer consciencieusement de la pommade sur la rougeur causée par son accident.

— J'y ai longuement réfléchi et... l'Amérique m'attendra encore longtemps, je crois, confesse-t-elle, concentrée sur sa tâche.

— Les deux Canadiens pourraient être capables de te faire changer d'avis tout à l'heure !

— Hum !

— Espérons-le, murmure Declan, que la proximité partagée avec Cassandre rend brusquement charmeur, sérieux.

Désarmée par l'aplomb de son interlocuteur, la belle fuit comme à l'accoutumée ses iris ambrées dans l'espoir inutile de dissimuler le rougissement de ses pommettes.

Mon cœur s'agite anormalement. Declan me dévisage, je le sais. J'aime qu'il le fasse autant que j'en suis embarrassée. Depuis notre rencontre, il a le don de me déstabiliser, lui et sa manière de modifier drastiquement son comportement selon les circonstances. Du garçon maladroit, amusant et attachant, il passe facilement à l'homme posé, confiant et irrésistible, de quoi perturber la femme romantique que je suis.

— Je suis incapable d'accepter un refus catégorique de ta part, déclare le séduisant chanteur à la chevelure longue et désordonnée. J'aurais besoin d'une âme charitable telle que toi dans les contrées lointaines et enneigées qui m'accueilleront, d'une bienfaitrice qui saura veiller sur moi et ma malchance.

Cassandre immobilise momentanément ses gestes, rassemble son courage. Quand elle se décide à fixer Declan à son tour, une chaleur extrême l'assaille. Elle déglutit.

Le visage de ce cher guitariste exprime simultanément vigueur et tendresse. Il m'insufflerait presque l'envie de le suivre jusqu'au bout du monde, lui, son T-shirt noir qui met en valeur sa musculature séductrice et sa façon intense de me regarder.

***

Durant un court instant, Declan est muet, hypnotisé par la beauté naturelle de Cassandre qui soutient enfin son regard.

M'éloigner de tes grands yeux noirs et expressifs me paraît impensable, maîtresse. C'est étrange, devoir entreprendre mon voyage sans toi gâcherait certainement mon plaisir désormais. Tu me manquerais, toi et ton anxiété, tes jurons, ta bienveillance. Se laisser distraire de la sorte est cependant inconcevable pour le voyageur solitaire que j'aime être. Je m'interdis également d'être un égoïste. Ce périple, je te l'ai proposé exclusivement pour ton épanouissement, ravissante Cassandre, pour t'aider à surmonter tes peines et tes démons, non pour que tu puisses me tenir compagnie. Commencer à vouloir influencer ta décision sur ce point, uniquement dans un intérêt personnel, est en conséquence intolérable. Je m'emploierai dorénavant à rester positif, mais neutre pour toi.

— Tu me mets dans une impasse, Perrin, annonce la jeune femme, dans le dessein de briser le silence installé entre eux. Comment pourrais-je continuer à vivre en sachant qu'aucune aide-soignante digne de ce nom ne pansera convenablement tes maux au Canada ? lui demande-t-elle, avant de le lâcher, de reculer d'un pas et de ranger son onguent.

— C'est ce que je te disais, lui rappelle Declan, tu dois m'accompagner au pays des loups.

À ces mots, un papillon orange pénètre dans son logis, tourbillonne autour de lui et embrasse son front.

*** *** ***

— Charlinou ! Tu es bien énergique aujourd'hui, maugrée Cassandre.

Elle essuie le sirop de fraise que son fils vient de lui renverser sur son pantalon, frustrée d'avoir été interrompue dans la dégustation de son dessert au chocolat.

— Oups ! Pardon, grimace Charles en serrant les dents. Je crois que Declan déteint progressivement sur moi.

La jeune mère scrute sévèrement le coupable nonchalant, pendant que le garçon repart jouer avec Tony dans les allées du camping de la *Cigale*, où l'ombre des arbres côtoie la lumière du soleil.

— La maladresse est contagieuse, ricane Declan, avant de boire une gorgée de café. Je n'y suis pour rien.

— Ne nous écartons pas du véritable débat, intervient Liam, pragmatique.

— Exactement, ajoute Emma, la main posée sur la table entre des assiettes sales. Qui s'oppose-t-il à la venue de Cassandre sur notre terre natale ? questionne-t-elle, laissant un temps de réflexion au reste du petit groupe. Alors ? Personne ! Bon. La discussion est close, l'institutrice. Tu viens chez nous.

— Tu viens, poursuit le Québécois. Nous serons d'excellents guides et des hôtes attentionnés. Je t'en fais la promesse.

Cassandre hoche la tête, souriante, puis termine son dessert.

— Ce n'est pas une plaisanterie. Nous sommes sincères, certifie la grande et charmante blonde, tandis que le Français préfère rester discret et se taire.

— Avec tous les arguments que nous t'avons donnés au cours de la dernière heure écoulée, tu n'as plus le droit d'hésiter, conclut Liam, enjôleur.

Réalisant que la proposition initiale et spontanée de Declan s'est transformée en offre concrète et en objectif atteignable, la professeure attrape sa figure entre ses mains, perdue.

Sois une adulte, Cassandre. Exprime tes véritables pensées : tu as peur de sortir de ta zone de confort, de t'engager sur une voie qui te paraît semée d'embûches et impossible à emprunter. Cassie ! Je m'en remets à toi.

Face au trio qui la fixe, dans l'attente d'écouter sa réponse finale, elle recherche une aide quelconque de la part de l'artiste silencieux.

Pourquoi les yeux de Declan me parlent-ils ainsi, me sécurisent-ils, me transportent-ils aussi facilement au cœur de leur univers insondable ? Adossé contre sa chaise, détendu, cet homme semble appartenir pleinement au monde qui l'entoure. Son aura m'attire. Exerce-t-elle ce pouvoir sur les autres personnes qu'il fréquente ?

Cassandre se ressaisit, joue distraitement avec ses ongles.

— Vous êtes très gentils, commence-t-elle, mais j'ai…

— Oh ! Il y a un « mais » … souligne Emma, déçue, avant d'aspirer son jus de citron avec une paille.

La brunette inspire profondément.

— Si je vous disais qu'en fait je... Vous m'avez tellement vendu du rêve que maintenant j'aimerais le vivre, ce périple, avoue-t-elle, avec un soupçon d'hésitation dans la voix.

Le bonheur de Declan, à l'écoute de sa décision, se matérialise sur le coin de ses lèvres, mais la portée de ses dires l'effraie tellement qu'elle ne le remarque pas.

— C'est tiguidou ! s'exclame la Canadienne, ébahie. Tu te décides donc à aller au Québec, à dormir dans mon logement ? À nous les conversations de filles !

— Oui, je... Si l'Éducation nationale me permet d'obtenir une disponibilité de dernière minute et me donne l'autorisation de faire manquer l'école à mon Charles, ce qui m'étonnerait grandement, je serais contente de prendre l'avion.

Cassandre se cache le visage derrière une corbeille à pain vide.

— Punaise de punaise ! Je n'arrive pas à croire ce que je viens de prononcer ! rit-elle.

Suis-je dans mon état normal ? Je me sens heureuse, enthousiaste, en dépit de mon inconscience, mes doutes, mes craintes.

— Parfait. Nous allons pouvoir essayer de te convertir à nos coutumes, plaisante l'informaticien, après avoir croqué une part de gâteau à la framboise. Nous y sommes pratiquement parvenus avec notre Declanito.

— Vrai ! réagit Declan. Tu ne sauras pas en mesure, toi non plus, de résister au charme de Montréal et ses environs. Je pourrais t'aider à lutter, maîtresse, toutefois le combat sera inévitablement vain.

— Je me laisserais plutôt séduire dans ce cas, rétorque Cassandre, mais rien n'est fait encore. Encore faut-il franchir l'étape des démarches administratives.

Une vague anxiogène la traverse.

Vais-je savoir me renseigner correctement, agir efficacement ? Je pense qu'il faudra que j'assure la rentrée de septembre normalement, le temps d'avoir le feu vert ou non de mon employeur. Mon fils sera-t-il content de voyager ? Évidemment, quel petit garçon ne le serait pas ? Sa scolarité sera néanmoins bouleversée au moment de son entrée au collège. Devrais-je me pencher sur une autre solution pour lui ? Peut-être...

— Espérons qu'elles se fassent rapidement et se déroulent sans problème, souhaite Emma, enchantée à l'idée de faire une collocation. Quoi qu'il en soit, échangeons nos numéros de téléphone, afin que tu puisses nous tenir informés de leur évolution.

L'esprit en ébullition, l'enseignante obéit à sa consœur, tandis que des adolescentes passent devant la tiny house, sans se soucier du son trop élevé de la musique émise par l'un de leur smartphone.

Si je découvrais réellement un autre continent, mon roman pourrait prendre de l'ampleur, une autre dimension. Il pourrait se nourrir de mon expérience. Ma vieille et intrépide Paulette, qui ne veut pas croupir dans une maison de retraite et adopte un lama, pourrait se lancer dans un road trip passionnant en Amérique, en compagnie d'un auto-stoppeur barbu, énigmatique, mais hilarant qu'elle accueillerait dans sa camionnette de location...

CHAPITRE 13

Assise sous le majestueux châtaignier planté près du potager de sa mère, Cassandre travaille sur son roman alors que l'astre solaire décline. Le casque de musique qu'elle porte diffuse une mélodie propice à la création et permet de l'isoler, de la couper du reste de l'univers qu'elle préfère fuir. Ses doigts dansent sur son clavier d'ordinateur portable posé sur ses genoux et en inventent un nouveau, le sien. Les émotions qui la traversent depuis quelques temps l'inspirent. Une muse attentionnée semble chuchoter à son oreille. Elle l'écoute, lui fait confiance dans le but de lutter contre son perfectionnisme et d'accomplir sa tâche romanesque.

— Cassie…

À la vision du père de Charles, vêtu d'un costume trois pièces, l'écrivaine apprentie sursaute et manque de s'étrangler en avalant sa salive de travers.

Pourquoi Tom a-t-il constamment l'air de sortir d'un magazine de mode masculin ?

— C'est toi ! s'exclame-t-elle. Je ne t'ai pas entendu arriver.

Elle ôte son casque et l'accroche autour de son cou.

— Tu avais l'air ailleurs, remarque le directeur de banque.

— Oui, je l'étais. Que fais-tu là ? Ce n'est pas ton weekend de garde, si je ne m'abuse.

Cassandre rabat l'écran de son ordinateur, le dépose dans l'herbe à proximité d'un plant de lavande, chéri par Manola et convoité par les abeilles, puis se relève.

— Je le sais. J'avais simplement envie de te voir, ainsi que mon fils et tes parents.

— Ah ! J'avais oublié que mes parents t'aimaient autant que leur propre fille, réagit la jeune femme, amère.

— Malgré les différends et des circonstances qui nous ont éloignés, tous les deux, nous nous respectons mutuellement, je ne le nie pas. J'ai à leur parler.

Cassandre croise les bras devant sa poitrine, réfléchissant au statut de Tom.

Je n'arrive pas à comprendre mes parents. Naïfs, complaisants et non vindicatifs, ils admirent encore ce traître de banquier, à l'excellente situation financière, qui m'a trompée, humiliée, abandonnée et détruite. Ils devraient au contraire le mépriser, refuser de lui adresser la parole ou tout du moins éviter de louer ses mérites à longueur de journée, en m'incitant à le supplier pour qu'il me reprenne. Sa passion pour l'automobile identique à celle de mon papa, son caractère sociable, sa générosité, notamment sur le plan pécuniaire, ses manipulations habiles et le fait qu'il soit le géniteur de Charles ne sauraient tout excuser !

— Cours les rejoindre, je t'en prie, fais comme chez toi, commande-t-elle. Ils doivent être sur la terrasse.

Elle se prépare à reprendre l'écriture de son livre, mais Tom, qui demeure immobile, l'empêche de s'assoir et de s'y atteler.

— J'ai également dit que je souhaitais te voir, rappelle ce dernier, visiblement préoccupé. J'espérais effectivement discuter avec toi en priorité.

L'enseignante fronce les sourcils.

— Je te préviens, si tu es venu m'annoncer ton mariage ou la naissance prochaine de ton bébé avec ta... ta copine, se reprend-elle, avant de se lancer dans la verbalisation d'insultes regrettables, ne t'attends pas à une réaction positive de ma part, déclare-t-elle, inflexible.

— La colère ne t'a décidément pas quittée depuis nos derniers échanges, observe le jeune homme. Et dire que tu étais solaire au commencement de notre histoire ! Me fréquenter a certainement participé à te transformer en personne morose, mais j'aspire à me rattra...

— Tom... Qu'est-ce que tu me veux ?

— J'aimerais juste savoir comment tu vas, répond le père de famille, tout en glissant ses mains dans les poches de son pantalon impeccablement repassé.

— Pff !

Cassandre lève le menton au ciel, partiellement nuageux, souffle, puis récupère son outil de travail et se dirige au pas de charge vers la maison familiale.

— Je suis sincèrement venu prendre de tes nouvelles, Cassie, lui garantit Tom en la rattrapant et en lui saisissant l'épaule. Accorde-moi une poignée de minutes s'il te plaît, lui demande-t-il, après l'avoir lâchée.

Cassandre s'arrête, pince les lèvres, inspire, tourne la tête en direction de son ancien et charmant compagnon.

Pour quelles raisons les yeux de Tom, cerclés de cils noirs et épais, sont-ils si bleus, si grands, si merveilleux ? Ils savent me piéger, me retenir prisonnière.

— Que désires-tu savoir exactement ?

— Raconte-moi où tu en es dans ta vie, sourit le bel homme, rasé de près.

— Je suis en vacances, j'écris un roman et je prévois de partir en voyage, débite la brune. Ta curiosité est-elle satisfaite ?

— Un voyage… C'est…

— Étonnant, je sais.

— Quand programmerais-tu ton départ ? Où comptes-tu aller et avec qui ?

— Que de questions ! Tu es pire que mon père. Si cela peut t'intéresser, j'envisage de me rendre au Canada avec des amis durant l'automne et ce, pour plusieurs semaines.

— Ai-je entendu « plusieurs semaines » ?

Tout à coup, une punaise verte se pose sur le costume de Tom, qu'il chasse impassiblement du revers de son majeur, et fait reculer la belle lorsque, effarouchée, elle repart dans un détestable bruissement d'ailes.

— Tu n'es pas sourd, monsieur. Grâce à l'aide des syndicats, j'ai déjà commencé les démarches administratives nécessaires à la réalisation de mon projet, afin d'obtenir une disponibilité, décrit fièrement Cassandre qui savoure les joies de l'autonomie et des initiatives. Si je l'obtiens, je cesserais momentanément mon métier et mon rôle dans l'association *Les chats qui ont du chien*. La validité de mon passeport expire seulement dans un an, une aubaine !

— Es-tu sûre qu...

— Je t'interromps, excuse-moi, mais je suis lancée dans mes explications.

Le ton de la future voyageuse se veut cassant. Elle remplit ses poumons d'oxygène.

— Où en étais-je ? Ah oui ! Pour ton information, je suis aussi en pleine réflexion sur le fait d'emmener ou non Charlinou avec moi et je n'ai aucunement l'intention de te supplier pour avoir le droit de le prendre ou pas, affirme-t-elle. J'ose croire que tu auras l'amabilité de me laisser choisir la meilleure option pour lui.

— Attends un peu. Mettons de côté notre Charles pour le moment, propose Tom, stupéfait par l'attitude de Cassandre. Tu fais une sorte de... révolution, me trompé-je ?

— Non, pas spécialement.

— Tu ne vas quand même par fuir à l'autre bout de la planète !

— Pour quels motifs ne le ferais-je pas ?

— Les voyages ne sont pas faits pour toi, tu le sais. Il faut être aventureuse, adorer l'inconnu et les imprévus pour les mériter, les apprécier. Et je te connais, Cassinette, tu aimes ton confort, tes habitudes. Tu es émotive. Sans ma présence, je te vois d'ailleurs sombrer au fil des jours dans l'obscurité et j'en suis désolé. J'en viens à regretter de t'avoir expulsée de mon existence. Je te pensais capable de mener enfin ta barque sans mon soutien, mais tu es retournée habiter durablement chez tes parents. Ce fait me chagrine, je dois l'admettre. Accepte donc mes excuses, je t'en conjure.

— Tu divagues complètement ! formule Cassandre, interdite.

— Je suis lucide. En revanche, tu serais égoïste, tu dois t'en douter, de mêler notre enfant à ta folie passagère. Tu serais irresponsable de lui faire manquer l'école dans un cas et indigne de l'abandonner, dans l'autre. N'y pense plus, veux-tu. Reste avec nous, avec moi.

La maîtresse masse ses paupières, avant de fixer sévèrement le trentenaire contrarié, mais invariablement maître de lui-même.

— Tu nages en plein délire !

— Pardonne-moi, ma Cassie. Accorde-moi une seconde chance. Je n'aurais pas dû te quitter. Je l'ai réalisé trop tard, avoue posément Tom qui se rapproche d'elle.

— Par... pardon ?

— J'aimerais contribuer à te rendre le sourire que j'ai connu autrefois, à rattraper nos erreurs de couple, à...

— Arrête tes idioties !

— Écoute, je... je t'aime toujours. C'est dit.

La bouche de Cassandre s'ouvre et se referme aussitôt. Elle rit nerveusement, piétine.

— Tu me fais une blague. C'est une caméra cachée ! présume-t-elle.

Elle cherche la présence d'éventuels intrus dans les environs.

— Non, je te le jure, promet le séducteur, avec un rictus espiègle. Je suis tout à toi.

***

Cassandre ne trouve pas le sommeil. Ébranlée par la déclaration de Tom au cours de l'après-midi, elle n'atteint pas la sérénité indispensable à l'endormissement. Le bruit régulier de l'horloge murale de sa chambre l'obsède et ponctue ses pensées.

Récapitulons. Tom est aisé. Ses finances sont stables. Il a les pieds sur terre. Il est incroyablement séduisant. Son style vestimentaire est sophistiqué, son allure est élégante, ses iris sont incroyables. Leur couleur azurée m'a immédiatement envoûtée lors de nos débuts. Plaire à un homme tel que lui tient du miracle. En outre, il est et restera le géniteur de Charles. Restaurer notre relation amoureuse, en plus de mettre un terme à la pression sociale que je subis depuis son échec cuisant, rendrait une famille à notre bébé et me rassurerait, en me renvoyant à un rôle que je connais.

Mes sentiments envers lui ne se sont jamais véritablement éteints, mais son audace est inacceptable à la suite du mal qu'il m'a fait endurer ! Ses paroles cinglantes qu'il enrobe de miel m'excèdent. Il est expert en la matière et j'en ai suffisamment souffert. J'ai été trop clémente, compréhensive, patiente pour tolérer son dernier caprice et consentir à sa rédemption. Il a dépassé les limites, a anéanti ma dignité. Apprendre sa rupture avec sa copine, en toute logique, m'enchante. Son erreur de parcours me rend justice. Retourner avec mon bourreau ferait malheureusement de moi une personne influençable, stupide, faible.

Quelle ligne de conduite suis-je finalement censée suivre : ravaler ma fierté, oublier la peine causée par ses actes, sauver notre union ? Dois-je vraiment renoncer à l'aventure qui m'appelle, aux changements qui m'attendent, au profit de la raison, de la routine ? Je l'ignore. Mon affection récente et mon attirance pour Declan m'aveuglent-elle ? Faut-il alimenter cet émoi naissant ou l'éradiquer ?

CHAPITRE 14

Mercredi 26 août 2020

« *Il fait beau, il fait chaud* » ...

Attentif aux gazouillis des oiseaux, Declan chantonne en gravissant la côte endommagée qui mène au vaste domaine des parents de Cassandre.

Maîtresse, j'arrive !

Il est sur le point de sonner au portail de leur jardin entretenu, lorsque Tom, sur le départ, le surprend et se dirige vers lui, suspicieux.

— Puis-je vous aider ?

— Peut-être... Est-ce bien ici que réside Cassandre ? se renseigne le chanteur, alors qu'il s'approche du grillage de la propriété.

— Qui êtes-vous et que lui voulez-vous ?

— Je suis... un ami à elle, Declan ! Elle m'a dit de passer dans la semaine la voir à cette adresse. J'espère qu'elle est là.

— En quel honneur deviez-vous lui rendre visite ?

— En quel honneur je devais lui rendre visite... répète le visiteur, étonné par l'interrogatoire qu'il endure. Pour tout vous dire, nous devons discuter de notre voyage.

Ai-je réussi le test d'entrée, mon seigneur l'inspecteur ?

— Hum ! Cassie ne m'en a pas informé, déclare Tom, les sourcils froncés par la jalousie. « Votre voyage » ... marmonne-t-il soudain, avant de se remémorer leur discussion autour de ce projet.

— Eh bien ! Vous voilà prévenu.

Declan se pince les lèvres et, pensant en avoir terminé avec les questions indiscrètes, s'apprête à appuyer sur la sonnette électrique.

— Vous feriez mieux de vous en retourner, propose l'homme, élégamment habillé, tout en jouant avec le trousseau de clés de son automobile, un imposant quatre-quatre rutilant.

— Pardonnez-moi, mais... à qui ai-je affaire ? s'impatiente le sportif, interrompu dans son élan.

Il inspire bruyamment, bombe la poitrine, se tient sur ses gardes. Son expression faciale, originellement amicale, devient sévère.

Zen, il faut rester zen !

— Je suis Tom, le compagnon de Cassandre.

— Vous voulez dire son « ancien compagnon », rectifie Declan en se radoucissant.

— Non, nous allons nous remettre ensemble, elle et moi, prévient Tom, prêt à défendre son territoire, un territoire que ses beaux-parents, longuement soumis à ses boniments, aimeraient qu'il reconquière. Je vous conseille donc de la laisser tranquille.

— Je ne lui veux aucun mal.

Si le musicien se veut impassible, il éprouve des difficultés à accepter la déception qui le gagne, une déception qui met en exergue son attachement pour sa jolie maîtresse d'école.

— Je ne vous connais pas. Vos réelles intentions me sont inconnues et je m'en méfie, cela va sans dire, mais je déplore principalement le voyage absurde que Cassandre projette. C'est en effet une idée saugrenue qui, si elle se concrétisait, mettrait à mal son équilibre, sa profession, son cercle familial et surtout notre fils, insiste le grand brun, soucieux de souligner la légitimité de son opinion. Je suis incapable de cautionner pareille folie, notamment si vous devez l'accompagner.

— Il ne s'agit que d'un séjour, signale Declan, tandis que Tom époussette lentement sa cravate.

— Vous dîtes être l'ami de ma Cassie, n'est-ce pas ?

— Oui.

— Nous ne nous sommes pourtant jamais vus.

— Où voulez-vous en venir à la fin ?

— Disons que je trouve la situation… étrange.

— À qui le dîtes-vous ! renchérit le guitariste qui, lassé par la conversation, écarquille les yeux.

— Si vous étiez réellement proche de ma femme, vous sauriez qu'elle a besoin d'une vie structurée, non d'une expédition interminable en Amérique loin de ses proches qui comptent sur sa présence. Adoratrice de l'ordre, elle a tendance à paniquer facilement et inutilement lors d'évènements inattendus, alors l'inciter à prendre l'avion est irréfléchi.

Declan écoute courtoisement et silencieusement le monologue que son confrère a la ferme intention de poursuivre.

Zen !

— Vous savez, je m'efforce de prendre soin de ma Cassinette, de l'épauler, de gommer sa faiblesse, de la rendre raisonnable, de la maintenir sur le droit chemin, celui des adultes, celui que notre société juge acceptable. Il serait, en toute logique, inadmissible qu'elle devienne hippie à son tour, peste brusquement Tom, en dévisageant l'intrus.

— Qu... quoi ? ricane Declan, d'une voix grave.

« Hippie » ? Ce mannequin arrogant, sorti tout droit d'un défilé de mode, insinuerait-il que j'en suis un à cause de mes cheveux longs ? Non seulement il se montre agressif envers moi depuis le début de notre dialogue, mais il dénigre aussi ouvertement sa dame !

L'artiste frictionne sa barbe naissante, réfléchissant à une manière intelligente de réagir face au discours rétrograde et machiste qu'il vient d'entendre.

Notre Cassandre est loin d'être fragile. Il faudrait être un sot pour le croire.

— Vous m'avez parfaitement compris. Renoncez à entraîner ma copine au Canada, si vous tenez un tant soit peu à elle et à son bonheur. Maintenant, veuillez-vous écarter du passage, ordonne Tom, avant d'ouvrir l'immense portail. Je dois y aller et vais sortir ma voiture.

— Faites, ne vous gênez pas pour moi.

Pas particulièrement partisan de la paix, Declan maîtrise sa montée de colère par respect pour Charles et sa mère. Fort de son expérience dans les sports de combat, il imagine néanmoins une vingtaine de façons de clouer son adversaire trop confiant à terre. Il n'en fait évidemment rien et sans ajouter un mot de plus, le laisse s'installer derrière son volant. Toutefois, en le voyant quitter les lieux dans un nuage de poussière, en dépit du chemin cabossé et sans prendre la peine de refermer derrière lui le portail, il en vient à regretter le pacifisme dont il a fait preuve. Bien éduqué, il le fait à sa place et, au lieu d'appeler sa belle institutrice, quitte l'endroit d'un pas moins enjoué qu'à son arrivée.

***

— Declan ! l'interpelle Emma, alors qu'il pénètre à l'intérieur de sa coquette tiny house. Tout va bien ?

— Oui... Pourquoi ?

— As-tu vu ta mine déconfite ? Où étais-tu ?

Le jeune homme s'allonge sur son canapé, étroit et inconfortable. Les bras croisés sous sa nuque, il contemple son plafond en silence, sur lequel marche une minuscule araignée.

— Tu pourrais répondre, se plaint la demoiselle, en train d'éplucher une pomme, au-dessus d'une poubelle en plastique, à l'aide d'un couteau pointu.

— Pardon, Emma ! s'excuse Declan en la regardant. Que disais-tu ? J'étais dans la lune.

— Je dirais plutôt que tu étais dans une autre galaxie, nuance la blonde, avant de croquer son fruit.

Le chanteur plie les genoux, pensif.

— Cassandre ne voudra sûrement plus venir au Québec, annonce-t-il.

— Pour quelles raisons ne le voudrait-elle plus ?

— Son aimable copain a apparemment refait irruption dans sa vie, alors...

— Penses-tu que ce soit un motif d'annulation pour elle ? Elle me semblait motivée.

— Elle l'était.

— Elle viendra. Dans le cas contraire, je serai déçue.

— Il faudra aller te plaindre au playboy de la miss, ironise Declan.

— De toute façon, son employeur n'a toujours pas donné son accord, si je me fie à son dernier message, relativise Emma qui termine sa pomme, jette son trognon à la poubelle, rince son couteau, l'essuie avec un torchon propre et le range dans un tiroir à couverts.

Le musicien s'assied, frotte ses paupières, bâille.

— Effectivement, confirme-t-il. Je suis... fatigué. Je vais faire une sieste.

— Ne viens-tu pas te baigner avec nous à la piscine ? Liam y est déjà.

— Je vous y retrouverais plus tard dans l'après-midi, si je récupère ma forme d'ici là.

— Bizarre, bizarre… constate la Canadienne, dubitative. Un Declan fatigué n'est pas un vrai Declan.

Ce dernier sourit, se lève, puis se hisse sur sa mezzanine.

— Vas te baigner, madame Emma. J'ai mal dormi cette nuit et vais simplement rattraper mon sommeil, lui assure-t-il.

— Ok. À tout à l'heure !

Declan ôte ses chaussures, puis sa chemise. La porte de sa maisonnette claque après le départ de son amie et il s'étend sur son lit, en quête de quiétude. Son attention se porte sur l'étagère attenante à son matelas, dessus laquelle trônent trois billets d'avion qu'il a récemment achetés en secret pour lui, mais également Cassandre et son fils.

La prévoyance et l'espérance ont leurs défauts…

CHAPITRE 15

Jeudi 27 août 2020

Le cœur malmené par son ancien concubin, Cassandre est allée courir une heure sur les sentiers de ses chères montagnes, dans l'objectif d'oublier momentanément ses visites à l'improviste, ses longs messages et ses appels téléphoniques insistants. Elle rentre désormais au domicile de ses parents pour le repas du soir. Tandis qu'elle fait son entrée dans la salle à manger, elle est surprise d'y trouver Tom attablé aux côtés de Charles, comme si leur séparation n'avait pas existé.

Cet homme désirable ne cesse de me répéter qu'il m'aime depuis plusieurs jours, mais je ne parviens pas à le croire. Il m'a radiée de son monde. Il a brisé ma confiance. Pourrais-je la lui donner à nouveau ? Je sais au moins une chose : je suis mal à l'aise. Je suffoque.

— Tiens ! La plus belle ! Nous n'attendions plus que toi pour commencer à manger, avoue Tom, souriant.

Insensible à la flatterie de ce dernier, Cassandre arque un sourcil.

Ta stratégie manque de naturel, beau parleur que tu es ! Ton sourire éclatant et mutin ne suffit pas à faire de toi l'amant modèle que tu n'es pas.

— Te revoilà et un soir de semaine, en prime ! Ton travail ne te préoccupe visiblement plus autant qu'avant, remarque-t-elle, caustique.

— J'ai réalisé qu'il était important de passer plus du temps avec mon fils et son adorable mère, explique Tom en pinçant affectueusement les joues de son garçon.

— Dans ces circonstances, il est d'usage de dire « mieux vaut tard que jamais », mais je vais m'abstenir de le faire, ne m'en veux pas, soupire Cassandre.

Quelle mascarade !

Elle étire rapidement ses jambes près de la cheminée, puis se débarrasse de ses chaussures.

— Moi, je suis trop content que papa soit là, ajoute Charles, rayonnant.

— C'est bien normal, fiston ! Un papa, c'est précieux ! intervient Manuel, le maître de maison, de petite taille et en léger surpoids, qui revient de la cave avec une bouteille de vin rouge sous le bras.

Paupières closes, la jolie brune masse son front un instant.

Mon gentil papounet, crédule et magnanime, est tellement heureux depuis le grand retour de son gendre adoré qu'il en oublie la cruauté de ses actes passés ou n'en mesure pas vraiment l'ampleur, malgré mon traumatisme perceptible à la suite de notre rupture lorsqu'il a nous accueillis, mon chagrin et moi, sous son toit. Son unique obsession est de me renvoyer auprès de lui en dépit de son impardonnable conduite, soi-disant pour mon équilibre familial. Je suis pourtant sa fille, celle qui a souffert. Ne mérité-je pas sa compassion éternelle, son soutien inébranlable ?

Elle inspire et bat des cils.

Suis-je dans un mauvais rêve ?

Manuel chahute Tom et Cassandre est la spectatrice involontaire de leur tendresse mutuelle, de leur complicité, de leur lien solide qu'elle a jadis apprécié, mais ne comprend dorénavant plus.

Mon humiliation, ma peine, mon retour forcé au bercail ont décidément disparu de la mémoire collective. La mienne en a néanmoins conservé les moindres détails. Être rancunière est défendable après ce que j'ai enduré, mais j'ai la sensation que mes réactions sont illégitimes et que mes états d'âme ne comptent pas.

— Cassie, tu es enfin là ! s'exclame Manola qui sort de la cuisine, les bras chargés de plats. Nous mangerons à l'intérieur. Les moustiques tigres sont trop voraces et nombreux cette année pour profiter pleinement de l'extérieur. Quelle misère ! Notre magnifique pergola est inutile…

— Attends, je vais t'aider, maman.

— Non, non ! Va t'assoir !

— Il faudrait d'abord que je prenne une douche, dit Cassandre, en sueur.

— Va t'assoir ! répète Manola. Nous sommes affamés.

La jeune femme obéit et s'installe à proximité de son père.

Mes parents vont certainement me harceler jusqu'à ce que je cède aux avances de leur inestimable beau-fils, manipulateur, hypocrite et bon orateur, qui a réussi à les baratiner facilement, comme à l'ordinaire, au sujet de sa rédemption. Avec trois adultes contre moi, comment vais-je m'en sortir ? J'ai déjà des difficultés à faire le tri dans mes pensées. Mes émotions jouent avec mon corps et mon esprit. Je n'ai pas besoin d'une pression supplémentaire de la part de mes proches.

Se préparant à supporter la contrainte morale qui se profile, Cassandre resserre sa queue de cheval.

— Nous avons parlé de toi durant ton absence, ma puce, raconte Manuel, tout en débouchant sa bouteille d'alcool. J'ai plaidé pour toi, je te le promets.

— Je n'en suis pas étonnée, rétorque Cassandre, car mes oreilles ont sifflé pendant mon footing. Je l'aurais donc parié... En revanche, merci pour ton soutien, papou.

— N'écoute pas ton padre. Nous nous sommes tous mis d'accord sur un point, affirme l'hôtesse qui sert copieusement ses convives. Entreprendre un voyage avec des hippies n'est pas une excellente idée.

— « Des hippies » ! rit la professeure.

Elle s'adosse nonchalamment contre le dossier de sa chaise, se mord les lèvres.

— « Un hippie », si tu préfères, corrige Manola de sa voix sonore.

— Parlerais-tu de... Declan, maman ?

— Je parle du monsieur avec qui tu veux voyager. Charles m'a dit qu'il avait des cheveux longs, une guitare et une caravane.

— Être un musicien sans attaches ne fait pas de lui un hippie, certifie Cassandre.

Elle dodeline de la tête, attrape une feuille de laitue dans le plat à salade et la croque sans l'assaisonner.

— Declan est gentil et sa coiffure lui va super bien ! ajoute le garçonnet, avant d'ingurgiter ses pommes de terre.

— Cet individu ne m'inspire pas confiance, annonce brutalement Tom. Je l'ai trouvé... bizarre.

— Attends une seconde, tu... tu as rencontré Declan ! Quand est-ce que tu l'as vu ? veut savoir l'institutrice, abasourdie.

— Par hasard. Peu importe ! espère conclure le séducteur.

— Ah bon ! réagit Cassandre. Qu'est-ce qu...

— Hippie ou pas, ce saltimbanque ne doit pas t'écarter du droit chemin, chérinette, l'interrompt Manola, avant de s'attabler à son tour, à gauche de Manuel. Fuir avec lui serait dommage.

Le vocabulaire choisi par sa génitrice pour désigner Declan hérisse Cassandre qui préfère ne pas le faire remarquer.

— Je ne veux pas « fuir », rectifie-t-elle en formant des guillemets avec ses doigts. J'aimerais simplement profiter, me ressourcer, voir de nouvelles choses, se justifie-t-elle. Ce n'est pas la peine d'en débattre, vous savez ! Si j'en ai la permission de mon employeur, je visiterais le Canada. J'en ai envie.

— Cassie, ce n'est pas le moment de faire ta révolution. Tu as Tom, ici présent, ce bel homme disposé à se battre pour toi et votre famille, lui rappelle Manola, bienveillante. Tu sais, poursuit-elle en apercevant sa moue dubitative, tous les mâles sont imparfaits, enclins à faire des erreurs et à la stupidité, mais il faut parfois apprendre à ravaler sa fierté. Combien de fois ai-je pardonné à mon mari ses imbécilités !

— Hé ! se défend Manuel, alors que Tom se fait discret et boit une gorgée de vin que celui-ci vient de lui servir.

— Puis rappelle-toi dans quel état lamentable tu étais il n'y a pas si longtemps, insiste la maladroite bavarde. Ton père et moi, nous en avons été les témoins ! Tu étais dévastée par la fin de ta relation amoureuse et tu ne rêvais qu'à la...

Cassandre tape du poing sur la table.

— Pourrions-nous en discuter ultérieurement ? exige-t-elle.

La colère a fait accélérer son rythme cardiaque.

Perdre mon sang-froid devant mon Charlinou est détestable. Hélas, m'emporter est une vieille habitude que j'ai, que je hais et que je ne parviens pas à détruire.

— Par... pardon, chérie, mon intention n'était pas de te blesser, s'excuse Manola en posant sa main sur la sienne.

Cassandre se dérobe au contact maternel, non par ressentiment, mais par gêne, dégoût pour elle-même.

Je suis une fille dépendante et faible.

— C'est aimable à toi, chère belle-mère, d'essayer de m'aider à convaincre Cassie de mes nobles intentions, mais elle sait que je suis prêt à tout pour la reconquérir et réparer mes maladresses, intervient le banquier, afin de la sortir de son embarras. Ce soir, je voulais surtout lui préciser qu'elle peut revenir à notre appartement dès qu'elle le souhaite et...

— « Notre appartement » ! s'exclame Cassandre. Pff ! « Ton appartement », tu veux dire ! Je l'ai appris à mes dépens.

Le nez penché au-dessus de son assiette, elle s'amuse à disperser ses légumes avec son couteau.

J'aimerais disparaître.

— Écoute... Je serai patient, promet calmement Tom. Je ne veux rien brusquer. Tu as l'impression du contraire, mais je t'assure que je veux rien t'imposer. Je cherche juste à renouer le contact.

— Tu t'y prends plutôt mal, marmonne la maîtresse d'école, pendant que Charles termine tranquillement son repas sans se préoccuper des adultes.

— Je sais, confirme l'homme d'affaires dans un rire. Je ferai cependant tout pour me perfectionner.

Cassandre se confronte au regard bleu de Tom et la sincérité qu'elle y perçoit l'adoucit.

— L'avenir nous le diras... prononce-t-elle, sans conviction.

Elle hausse les épaules, résignée à subir sa soirée.

— Bon ! Et si nous mangions et cessions de bavarder, suggère Manuel ayant manifesté une étrange réserve tout au long de la conversation. Ses querelles d'amoureux m'ont mis en appétit ! lance-t-il en brandissant sa fourchette près de son crâne grisonnant.

La belle métisse lève les yeux au ciel, mais la bonne humeur de son père est si contagieuse qu'elle se détend progressivement.

— J'ai tout fini ! est fier de décrire l'écolier. Je peux... Euh ! Puis-je avoir une glace maintenant ?

— Oui, même deux. Va te servir, mon mignon ! l'autorise Manola, généreuse et gourmande grand-mère.

Cassandre regarde Charles courir vers son dessert, pensive, inquiète.

Qu'est-ce que la vie fera de toi, mon innocent bichon ?
Deviendras-tu un adulte honnête et respectueux du sexe opposé ?
Seras-tu un prince charmant, à l'image de celui que j'attends encore ?

***

Les étoiles tapissent les cieux, l'astre lunaire domine les Cévennes, les grillons chantent et la brise est douce lorsque Cassandre, qui s'est vue attribuer la mission de fermer à clé le portail de la propriété parentale après sa douche, raccompagne Tom jusqu'à sa voiture.

— Désires-tu faire une promenade au clair de la pleine lune ? propose le visiteur, parvenu devant son véhicule, stationné non loin d'un terrain recouvert de thyms odorants, utilisés en cuisine par Manola, satisfaite de les laisser proliférer librement. Je peux te protéger des loups-garous.

— Non. Sans façon, merci.

— Cassie… murmure Tom, subitement passionné, en l'attrapant par la taille.

Cassandre recule d'un pas.

— Qu'est-ce qui te prends ? Tu as excessivement bu et voilà le résultat, suppose-t-elle.

— L'alcool n'y est pour rien. Ne… ne me rejette pas. Je t'en conjure.

La jeune femme scrute son soupirant, alors que la lumière et l'obscurité jouent avec son visage parfait et font de lui un être mystérieux, viril, dangereux.

Une telle perfection devrait être illégale.

— Tu m'as trop fait souffrir, décrète-t-elle.

Sa chevelure mouillée encadre son minois. Ravissante dans son débardeur blanc presque transparent, elle est désirable sans en être consciente.

— Je le sais et je le déplore, mais je vais changer pour toi. Je t'en fais le serment. Je ne suis déjà plus le même. Ne le vois-tu pas ?

— Non.

— Je te le jure, persiste Tom. Je maîtriserai mes pulsions masculines, je ne…

— Quelle chanceuse je suis ! réplique Cassandre, cassante.
Elle croise les bras.

Suis-je seulement digne d'un compagnon qui doit lutter pour ne pas faire l'amour à toutes les femmes qu'il croise ?

— Ton ironie prouve la nullité de mes paroles.

— Rentre chez toi, ordonne la charmante brune en accompagnant sa requête d'un geste de la tête.

Décidée à aller se coucher sans remplir la tâche confiée par ses parents, elle s'éloigne de la source de son malheur.

— Je ne te délaisserai plus ! Tu seras ma priorité. Laisse-moi sauver notre histoire, souhaite Tom que l'intention chevaleresque commence à rendre persuasif.

Dos à ce dernier, Cassandre s'immobilise.

— J'ai été sot de la négliger, ajoute le coupable, de nous négliger. Je me battrai donc pour cicatriser tes blessures, effacer la trace de mes fautes, regagner ton amour. Je reconstruirai un nous, un foyer, un futur.

La jeune mère a tant attendu ce discours qu'elle en frissonne. Elle se retourne et fait face à Tom.

— Une partie de moi aimerait te croire, confesse-t-elle, la gorge nouée.

— Je suis disposé à persuader cette fabuleuse partie de ma bonne foi.

Au moment où son ancien partenaire s'avance jusqu'à Cassandre et lui caresse la figure, elle est incapable d'effectuer le moindre mouvement. La tendresse du baiser qu'elle reçoit de sa part réchauffe son corps. Elle le trouve rassurant, bien que dénué de piquant et de saveur, à l'image de leur union plutôt classique, raisonnable, inscrite dans les conventions. Alors, dans un élan d'affection viscéral, elle se blottit contre son torse, s'y agrippe, le respire, le touche. Une larme vient rouler sur ses joues dans le silence de la nuit.

Je hais Tom et ses mauvaises actions autant que je l'aime. Il a été ma boussole durant onze ans. Il a su me guider sur le chemin qu'il est essentiel de suivre dans cette société un peu folle. Il a été le rempart protecteur dressé entre ma fragilité et le monde. Puis-je accepter qu'il reprenne son rôle ? Aurais-je la force de le chérir comme avant ? Il fait quoi qu'il en soit partie intégrante de moi grâce à nos souvenirs, à Charles, à ce que nous avons créé. Cet homme restera le père de mon fils, un membre de ma famille. Ma rancœur vivace ne changera pas son importance. Pourtant, s'il m'a affreusement manqué, lui et notre routine, l'enlacer est atrocement douloureux. J'ai honte de ma faiblesse, honte d'être sur le point de lui céder, honte.

Elle retrouve doucement ses repères et se déteste, car elle adore cela.

— Ma jolie… chuchote Tom, après l'avoir repoussée légèrement pour mieux l'embrasser une seconde fois.

L'enseignante se rigidifie soudainement à la pensée de Declan.

Pourquoi pensé-je à quelqu'un d'autre tout à coup et pour quels motifs, alors que j'y pense, mon cœur s'emballe dangereusement ?

Effrayée par des sentiments contradictoires, elle rompt le contact charnel né entre elle et son amant.

Ma raison me crie de l'écouter, d'être clémente, de me réfugier dans le connu et la sécurité, quand ma folie me commande de l'ignorer, de goûter l'incertain, de courir vers l'inconnu et la passion qui sans nul doute existe.

Elle abaisse le menton.

— Je t'en veux toujours, Tom, lance-t-elle. Faire semblant du contraire serait stupide.

— Je le conçois. C'est normal.

— Tu n'as pas l'air de comprendre. Concevoir ma rancune ne suffit pas, me promettre monts et merveilles non plus, aussi tentantes soient tes promesses. Tu m'as expulsée sans ménagement de ton appartement. Tu m'as brisée pour vivre auprès d'une fille plus jeune. Tu m'as rejetée sans crier gare. Ce comportement est grave.

— Je saurai me racheter, je te l'ai déjà dit. Combien de fois devrais-je le répéter ?

— Tu essaieras de te rattraper, j'en suis convaincue. La question n'est pas là.

Cassandre sait qu'elle est en position de pouvoir et choisit d'en tirer avantage dans le dessein de ne pas commettre d'erreurs.

— Notre vécu ne doit pas interférer dans ma décision de te pardonner ou non, de revenir définitivement auprès de toi ou non. Je ne le veux pas, déclare-t-elle, les yeux humides de larmes.

— Veux-tu dire que tu dois encore réflé... Je croyais...

— Tu croyais que tout était gagné d'avance, n'est-ce pas ? Tu croyais qu'un peu de pommade pouvait suffire à panser mes plaies. Tu croyais que je n'allais pas mettre à mal ta patience.

— Non ! Enfin, je... l'espérais, formule le banquier.

— Tom... l'interrompt la jeune femme, soucieuse de clarifier la situation. Je te remercie d'avoir fait un premier pas vers moi, mais je désire prendre du recul. Il est vital que je réfléchisse. Je mérite d'en avoir l'occasion, ne crois-tu pas ?

— Bien sûr... Oui ! répond le beau brun, pris au dépourvu.

— Pour y parvenir, j'ai donc besoin que tu me laisses respirer.

— Je ferai des efforts en ce sens, conformément à ton souhait.

— Tom ! S'il te plaît, ne reviens plus me voir ici, ni où que ce soit, avant que je te fasse signe de le faire. C'est très important pour moi. Nous pourrons évidemment nous arranger par message pour la garde de Charles, mais je veux de l'espace.

Le jeune homme se gratte la nuque et Cassandre remarque son malaise.

— Je dois t'avouer que te reconquérir se sera pas aussi simple que je l'imaginais, mais le challenge n'en sera que plus intense. Je respecte ton choix, affirme Tom, aspirant à conserver sa dignité. Tu prends enfin une décision mature. Je suis... impressionné et t'aimes davantage encore.

La belle est soulagée. En gage de paix, elle s'approche de ce dernier, se met sur la pointe des pieds et l'étreint, tandis qu'une étoile filante traverse le ciel dégagé juste au-dessus d'eux.

***

Une étincelle devrait-elle s'éteindre avant d'avoir créé un incendie ?

Declan lance des pierres plates dans l'eau de la rivière, sans parvenir à faire des ricochets. Le feu de camp qu'il a allumé crépite, mais ne lui apporte aucun réconfort. Depuis sa rencontre avec le séduisant Tom, ses amis eux-mêmes n'arrivent pas à le distraire, à lui faire oublier son importance dans la vie de Cassandre qu'il doit désormais éviter de côtoyer. De mauvaise compagnie, il a en conséquence préféré prendre sa guitare et les fuir pour quelques heures. Entouré par la solitude, la nuit, les arbres, la végétation, il a dorénavant l'espoir de chasser son vague à l'âme.

Ma maîtresse mérite de reprendre son couple en main, pour elle, son fils, leur bonheur. M'éloigner d'elle est un sacrifice indispensable. Je n'ai qu'à reprendre le cours de mon existence en mouvance, ailleurs, content, libre...

Le musicien ramasse un caillou et se coupe le pouce avec ses aspérités tranchantes. Des gouttes de sang s'échappent de sa légère entaille qu'il regarde brièvement sans bouger. Au lieu de rire de sa malchance comme à l'accoutumée, il a envie de blasphémer comme le ferait Cassandre en semblables circonstances. Lassé de lancer des projectiles, il projette sa pierre tranchante dans des ronces, puis s'installe près des flammes, espérant échapper aux moustiques qui, en dépit de la mort lente de l'été, persistent à harceler leurs victimes habituelles.

Je hais ces bestioles buveuses de sang !

L'air du soir l'oblige à remonter la fermeture éclair de sa veste noire. Machinalement, il récupère les branches amassées près de son feu et le nourrit. Il ramène ensuite ses jambes devant sa poitrine, appuie son menton contre ses genoux et songe. Des mèches de cheveux dorés chatouillent son front mais, hypnotisé par la flambée, il la contemple sans ciller. Ses sublimes iris ambrées fixent ses ondulations orangées, sa puissance, sa beauté. Le spectacle éphémère le captive, l'apaise.

Ma parenthèse estivale touchera bientôt à sa fin et, pour la première fois depuis des années, l'automne qui attend de déployer ses ornements colorés m'attriste. La mélancolie s'empare de mon être.

Un frisson artistique assaille l'artiste qu'il est. Incapable de résister aux joies de l'inspiration, il accueille sa Marguerita au creux de ses bras, s'assied plus confortablement et, malgré sa coupure au doigt, commence à composer un morceau de musique. Il en marque le rythme avec des mouvements de pied et fredonne timidement sa mélodie, avant d'inventer le texte d'une chanson naissante. Seul au milieu de la forêt, sur une berge recouverte de galets, Declan chante ce que lui dicte son cœur, ses sens, son expérience, son imagination.

« Des regards insistants,
Tu le dévores des yeux.
Des sourires engageants,
Et tu adores le feu
Qui l'anime, le maquille, illumine son visage,
Sans jamais parvenir à tourner la page.

Tu n'acceptes pas encore
Son absence qui te peine.
Tu ne le sais pas encore,
Tu navigues dans mes veines.

Laisse-moi t'aimer, je guérirai tes blessures,
Te délivrerai de ce mal qui perdure.
Je te prouverai que l'amour même mort,
Renaît toujours, un jour plus fort.

Laisse-moi t'aimer, j'effacerai ta souffrance,
Te délivrerai, donne-moi cette chance.
Je te prouverai que les bienfaits du temps
Transformeront tes sentiments... »

CHAPITRE 16

Samedi 29 août 2020

Cassandre brosse soigneusement sa longue chevelure brune et met en valeur son volume. Optant pour du maquillage sobre, mais efficace, elle applique une légère couche de fond de teint sur sa peau, colore ses lèvres de rouge, puis allonge ses cils à l'aide d'un mascara noir. Elle recherche ensuite la tenue idéale dans la penderie de sa chambre. Plusieurs essais lui sont nécessaires avant d'arrêter son choix sur une robe évasée, à carreaux gris et blancs et au style rétro, dont le bustier noir met en valeur ses épaules dénudées et la ceinture blanche, sa taille fine.

— Où vas-tu habillée de la sorte, maman ? lui demande Charles qui entre en trombe dans la pièce.

— Tu m'as fait peur, mon bichon.

La jeune mère sourit à son enfant et son sourire rivalise avec l'éclat de ses boucles d'oreilles en argent.

— Je me rends au bal organisé au camping de la *Cigale*. Les propriétaires ont fait appel à un orchestre et Emma m'y attend, explique-t-elle. C'est d'ailleurs elle qui m'a invitée. Je pensais te l'avoir dit.

— Ah ! Oui ! Pardon, j'avais complètement oublié tout ça ! Tu verras probablement Declan, non ?

— Je ne sais pas, répond Cassandre.

J'aimerais...

Elle n'a pas revu le guitariste depuis une dizaine de jours, ni reçu un seul message de sa part, alors qu'ils devaient parler de leur voyage. Si elle s'en inquiète, elle tente de relativiser.

Ce n'est peut-être pas plus mal que Declan ne soit pas venu me voir pour discuter de notre séjour au Canada. Il semblerait que j'hésite encore à partir à l'aventure avec lui et ses meilleurs amis...

L'inspection académique ne lui a quoi qu'il en soit toujours pas accordé la disponibilité qu'elle réclame et savoir que son ex-copain aspire à ce qu'elle reste en France l'emplit de doutes.

Tom m'a fait la promesse d'être patient avec moi, mais j'ai peur de dépasser les limites, de le perdre et de regretter l'audace dont j'ai fait preuve, lorsque je lui ai commandé de me laisser tranquille. Ai-je exagéré ?

— Si tu le vois, peux-tu lui demander des nouvelles de Kuzco ? Il me manque, avoue Charles.

— Bien sûr. Compte sur moi.

— Merci. Bon ! Je dois y aller ! Mamie m'attend pour aller au cinéma. Je crois qu'elle est déjà dehors.

— Cours la rejoindre ou elle va grommeler, tu la connais !

La jeune femme chausse ses escarpins pendant que son fils s'apprête à sortir.

— Maman ! l'interpelle Charles, avant de refermer la porte derrière lui.

— Oui...

— Tu es belle. Papa a de la chance de t'avoir. J'aimerais avoir une amoureuse aussi magnifique que toi.

Cassandre remercie l'homme de sa vie qui s'en va profiter de son enfance, tandis qu'elle reste piégée avec ses incertitudes à propos de Tom et de leur relation.

Charles est un ange, mon ange, même si sa ressemblance avec son père me trouble souvent. La vitesse à laquelle il grandit n'entache heureusement pas sa candeur.

Prête à faire la fête, afin d'oublier l'angoisse de la rentrée de septembre, elle mire son reflet dans son miroir et n'y voit étrangement plus la femme fatiguée, pâle et cernée à laquelle elle ressemblait au début de la saison estivale. En ce samedi 29 août 2020, avoir trente ans n'est plus une faille pour elle, mais une force. La maturité transparaît au travers de son regard brun. Elle l'accepte, en est fière, veut la porter comme un bijou. Si le deuil de sa jeunesse, de ses vingt ans, de sa silhouette de jeune fille ne sera pas aisé à faire complètement, elle sait qu'il n'est pas trop tard pour jouir des merveilles de la décennie dans laquelle elle a mis un pied.

Dans cet état d'esprit, elle scrute son corps transformé par sa grossesse, ce corps longuement détesté après son accouchement, en dépit des efforts fournis pour l'entretenir. Elle l'observe et, sans aller jusqu'à le vénérer, reconnaît ses qualités : la splendeur de ses seins devenus plus volumineux, ses hanches plus larges, ses fesses davantage rebondies. Devenir mère l'a certes changée physiquement et moralement, mais au lieu de déplorer sa métamorphose, elle se met à l'estimer.

J'ai trente ans et je suis séduisante, particulièrement dans cette robe vintage ! J'ai trente ans. Je suis une femme.

***

Cassandre retrouve Emma devant la tiny house de Declan manifestement absent. Enthousiaste, elle la complimente pour sa toilette et la radieuse Canadienne, qui a hâte d'aller s'amuser, en fait de même.

Je me demande où est François Perrin. Peu importe ! Je suis venue pour Emma.

Les deux femmes prennent ensuite la direction de l'orchestre et l'atmosphère festive met en joie l'institutrice. La musique résonne dans sa cage thoracique, des odeurs de friture enchantent ses narines, le brouhaha de la foule s'élève et l'ensemble lui rappelle les fêtes de village auxquelles elle participait durant son adolescence. Nostalgique, elle a l'espoir secret d'en retrouver les délices, de revivre son euphorie d'antan, de ressentir son insouciance d'hier. Cependant, en passant devant des groupes de personnes qui discutent à l'écart du centre des festivités, elle se sent observée et le fil de ses rêveries lui échappe.

J'espère que ma robe n'est pas trop tapageuse…

Elle joint les mains devant ses cuisses, prenant garde à ne pas se tordre la cheville.

Je me fais certainement du souci pour rien. Ce que je porte n'a aucune importance. Je suis l'éternelle petite brune invisible. La demoiselle élancée qui marche à ma gauche, en revanche, éclipsera sans difficulté les dames qui chercheront à se pavaner ce soir. Elle a de l'allure, de la grâce et, pour couronner le tableau, elle est blonde.

Plus elle avance entre les gens, plus la concurrence féminine déforme l'image qu'elle se fait d'elle-même.

Pourquoi mes consœurs me semblent-elles toutes mieux que moi ?

Les paupières abaissées, elle perd progressivement sa lumière. *J'ai sommeil. Devrais-je rentrer à la maison ?*

Songer au charme de son ancien compagnon, lequel la trouve vraisemblablement à son goût, a le mérite de rassurer son égo.

Séduire un bel homme tel que Tom n'est pas anodin. Arrête donc de te dévaloriser, ma vieille ! Je croyais que tu avais dépassé ces enfantillages. Pour ta défense, tu as été trompée à plusieurs reprises par cet apollon. Remettre en question ton sex-appeal n'est donc pas totalement absurde...

Ses préoccupations mineures s'envolent finalement lorsque la grande Emma la secoue.

— Es-tu prête à te déhancher ? crie cette dernière, afin de couvrir le son émis par les enceintes acoustiques, à côté desquelles elle passe.

Cassandre acquiesce, les pouces levés. Deux chanteuses motivent le public timide rassemblé devant la scène où elle s'arrête, éblouie par leur talent, leur charisme et leur costume à paillettes provocants. Alors que son corps ressent l'envie de bouger, son cerveau n'y consent pas, mais l'énergie de la québécoise, qui danse déjà, rayonne et la conduit rapidement à l'imiter. Au lieu de s'occuper du jugement des autres, elle choisit de lâcher-prise, de savourer le présent, la nuit. Heureuse, elle tournoie, saute, effectue des pas de salsa, plus ou moins bien exécutés, et ses cheveux noirs voltigent à chacun de ses mouvements.

***

Accoudé au bar qui jouxte la piste de danse, Declan observe les artistes au travail sous le feu des projecteurs, satisfait de ne pas avoir à jouer son rôle d'animateur habituel. Pendant que Liam discute avec des inconnus et s'alcoolise, il imagine le budget colossal que son oncle et sa tante ont dû débourser pour organiser un évènement musical digne de ceux financés par certaines communes du Midi durant l'été.

Les vacanciers sont joyeux. L'objectif de ma famille semble atteint.

Pensif, il gratte son cou et bâille quand il aperçoit l'élégante Cassandre arriver au milieu des danseurs avec son amie Emma. Sa respiration se coupe un instant. Il se redresse, cligne des yeux et comprend la raison pour laquelle son moral est désastreux depuis sa mauvaise rencontre avec Tom.

Est-ce légal d'être aussi superbe ?

Il dévisage la jeune femme visiblement intimidée, qu'il a plaisir à revoir. Dès lors que celle-ci se met à danser, à rire et à s'amuser sans plus se préoccuper du monde, il est ému. Les filles qui l'entourent n'existent plus, il ne voit qu'elle, elle et son sourire éblouissant.

***

Une musique romantique remplace brusquement les rythmes enjoués, au grand désespoir de Cassandre qui voit sa partenaire Emma accepter l'invitation d'un bel étranger à partager le moment de douceur. Esseulée, elle s'écarte des couples qui se forment autour d'elle, afin d'écouter le chanteur à l'œuvre. La puissance vocale de ce dernier l'envoûte et, bercée par ses émotions, elle s'abandonne à la chanson, à sa mélodie, à ses paroles.

— Salut, maîtresse, lui dit à l'oreille une voix masculine qu'elle reconnaît immédiatement.

Cassandre se retourne et fait face à Declan. Agréablement surprise par cette apparition virile, elle lui fait la bise et profite de leur contact pour frôler ses beaux biceps, mis en valeur par son T-shirt noir et moulant. Un flot de bonheur la submerge. Son minois resplendit.

C'est fou ! Le visage de ce musicien m'avait tant manqué ! La frustration de son absence prolongée s'évapore...

Lorsque Declan lui présente son bras, l'invitant explicitement à pratiquer le slow avec lui, elle n'hésite pas, elle s'y accroche et le suit au milieu de l'assemblée sans mot dire. Rougissante, elle se rapproche de lui. Tandis que les doigts du séduisant artiste glissent dans le creux de son dos et encerclent sa taille, elle place les siens sur ses épaules robustes. Contente de revivre les délices d'un rapprochement avec un autre homme que le père de Charles, elle frémit.

Mon adolescence renaît de ses cendres.

Pas à pas, Declan la conduit dans une bulle privative où elle peut déployer ses ailes.

Une main de fer dans un gant de velours...

Au lieu de fuir le regard brûlant de son cavalier secrètement fasciné par les traits fins de sa figure, la brillance de ses immenses yeux bruns, le dessin parfait de ses lèvres appétissantes, elle plonge dedans, s'y noie. La tendresse et le désir s'y mélangent, mais elle n'en est pas effrayée. Elle se sent féminine, en bonne compagnie.

Le sexe opposé est souvent une source de déception. Tom en est un excellent exemple. En dépit de ma part de responsabilité dans la déchéance du nous, il m'a broyée. Je pensais ne pas m'en relever. Ma longue chute dans les abysses de la désillusion a pourtant pris fin, lentement, sûrement.

En regardant Declan ce soir, mon espoir en l'être masculin renaît à l'image de mon moi profond. Sa gentillesse, son humeur égale, sa simplicité me donneraient effectivement l'envie de croire en l'humanité, en la fidélité et en l'harmonie de l'amour. Étonnant, il affronte l'adversité avec sa guitare, sa volonté, ses objectifs, ses rêves, sa bienveillance et, malgré son mode de vie particulier, il a le don de m'apaiser.

Il ne promet rien d'impossible à autrui ou à lui-même. Il ne se projette pas dans l'avenir. Il vit simplement, en retenant le meilleur de ses expériences. Son art de vivre fabuleux n'oppresse pas, n'emprisonne pas. J'aime l'éclat singulier de cet art, celui qui parvient à illuminer ma route lorsque je le fréquente, celui qui me manque en son absence, celui que je perçois maintenant plus que jamais à travers son attitude, son aura, sa faculté à remplir l'espace par sa présence.

Puis-je affirmer qu'il serait le compagnon idéal ? Non, comment pourrais-je savoir ce qu'il cache ? Comment pourrais-je connaître ses plus abominables défauts, des défauts que seules les unions pérennes peuvent révéler ? Comment pourrais-je parier sur notre comptabilité sur le long terme ? Si je ne suis pas devineresse, je suis au moins certaine d'une chose : Declan est un soleil. Il m'aveugle, me réchauffe, me surprend, m'inspire !

L'impact qu'il a sur moi depuis le début est indiscutablement intéressant. Il bouleverse positivement ma manière de percevoir le vivant, l'environnement, la société, la fille que je suis. Il sait troubler ma zone de confort, brutaliser mon essence, me montrer un aperçu des infinies possibilités que peut revêtir un chemin de vie. J'aime son influence.

***

Declan est enivré par le parfum de sa cavalière maladroite qu'il aimerait enlacer, mais s'y refuse par respect pour elle et sa situation amoureuse en évolution. Sa retenue n'excuse néanmoins pas sa conduite, le fait de la tenir par les hanches à la place de Tom.

Pourquoi a-t-il fallu que je coure vers l'interdit ?

— J'espère vraiment pouvoir voyager avec toi, lui confesse Cassandre, après avoir compris que ses dernières incertitudes sur la question n'existaient plus.

Le bel homme, qui résiste à la tentation d'étreindre la jeune femme, est étonné par ses propos.

—Ah bon ! Tu souhaites toujours visiter le Québec ! s'enquit-il en haussant le ton dans le but de se faire entendre.

— Pourquoi ne le désirerais-je plus ? réplique Cassandre qui, bien que déterminée, culpabilise à l'idée de vouloir partir à l'aventure pour de mauvaises raisons.

— J'ai croisé ton… petit ami. Il m'a paru… Comment dire ? Il m'a paru réticent à notre projet, résume Declan.

— Il est vrai qu'il l'est et que son retour m'a perturbée. J'ai d'ailleurs failli renoncer à notre périple à cause de cela. J'ai longuement hésité, mais je suis dorénavant sûre de ma décision. Si obstacles il doit y avoir entre-temps, Tom n'en sera pas un, explique la brunette. J'attends évidemment encore la réponse de mon employeur au sujet de mon congé sabbatique, précise-t-elle, mais les syndicats sont optimistes et je le deviens également.

— Quel suspense intenable !

— Il est monstrueux ! J'ai l'impression d'attendre les résultats du baccalauréat !

Cassandre rit, avant de se nicher contre le torse solide du guitariste qui, grisé par l'odeur de sa chevelure et sa chaleur, contemple la voûte céleste, rêveur.

Apprendre que l'exécrable top-modèle ne représentera pas un écueil entre ma gentille maîtresse et la concrétisation éventuelle de son baptême du ciel est encourageant. L'attente de la bénédiction de l'Éducation nationale sera en revanche longue pour nous deux. En cas de succès, je pourrais enfin lui offrir ses billets d'avion et l'aider à franchir les frontières qui la séparent des découvertes, des merveilles, de la nouveauté. Telle est la mission que je me donne. Et si je les lui donnais après le bal ?

***

— Nous nous sommes bien amusés, déclare Cassandre.

Trop peut-être...

Elle prend conscience que son été s'achève devant le hall d'accueil du camping de la *Cigale*, jusqu'où Declan vient de la raccompagner, et son allégresse disparaît.

Et c'est le temps qui court...

Savoir que le chanteur quittera les Cévennes en début de semaine pour assurer en septembre et en octobre des animations diverses et variées, mais également des concerts intimistes dans le sud de la France, ne l'aide aucunement à chasser sa mélancolie grandissante.

Mon soleil est sur le point de se coucher. La nuit, qui me guette, ne m'attire guère.

— Je suis d'accord. Voir Liam gesticuler sur le dancefloor était épique ! se moque gentiment Declan. J'emporterai ce souvenir mémorable en tournée.

— Par quelle ville commenceras-tu ?

— Je débuterai dans des salles et des bars à Montpellier, puis prendrai la direction de Nîmes, d'Avignon, d'Aix-en-Provence, de

Toulon et ainsi de suite. Grâce à ma tiny house, je me sentirai chez moi partout.

L'institutrice soupire, envieuse.

— Ton métier me fait rêver. De mon côté, je retournerai à l'école pour y retrouver des enfants qui crient, des parents en colère, des collègues ennuyeuses, du bruit ininterrompu, des fiches de préparation infinies, des réunions interminables, des papiers administratifs inutiles, des rhumes à répétition, des poux, une routine éreintante, j'en passe et des meilleurs, se plaint-elle en levant le nez vers les étoiles à la recherche d'oxygène, d'un sens à son existence, d'un miracle qui la sauverait de ses obligations professionnelles.

— Ce programme attractif n'a pas l'air de te réjouir, ironise le voyageur.

— Disons que la rentrée des classes est une torture que je supporte de moins en moins.

Cassandre laisse retomber sa tête devant sa poitrine, les bras ballants.

— Je peux comprendre, certifie Declan. Tu mimes parfaitement la détresse, le sais-tu seulement ?

La jeune femme rit. Elle se redresse, arrange sa coiffure. La musique de la fête, qui continue au loin, la ramène à la douceur du slow partagé avec le guitariste.

Inoubliable danse...

Elle regarde des couples, épuisés mais joyeux, quitter le bal de la *Cigale* et regagner à pas lents leur automobile stationnée sur un bas-côté exigu sans parapet, derrière une file de voitures mal alignées, en raison de la courbe de la route et la position de certains arbres de la forêt qui entoure le camping, situé en contrebas.

Il en faut de l'adresse au volant pour réussir à se garer au bord du vide, en haut d'une pente de montagne dont l'inclinaison est dissimulée par l'obscurité !

— Par contre, quand j'étais écolier, je ne m'imaginais absolument pas que les professeurs pouvaient avoir une vie en dehors de l'école, des soucis ou l'envie de se suicider le premier jour de leur reprise, annonce Declan, sur un ton léger. Pour moi, ils existaient uniquement en tant qu'enseignants. Je pensais que c'était leur nature, leur identité. Je n'avais pas l'impression qu'ils exerçaient une profession.

Cassandre ouvre grand la bouche, soumise à une révélation.

— J'avais une vision comparable à la tienne ! s'écrie-t-elle. C'est sûrement à cause de cela que je souffre de désenchantement cuisant aujourd'hui. La dure réalité et sa vérité ont remplacé mes chimères.

— Aïe ! J'ai entendu dire que ce genre de maladie était très compliquée à guérir, mais qu'entreprendre un séjour en Amérique pouvait y remédier.

— Voilà qui me console, cher docteur, et me comble d'espérances.

La belle frictionne ses bras. La fraîcheur de la nuit l'enveloppe. Son maquillage a légèrement coulé sous ses yeux, mais leur donne une dimension encore plus profonde. Elle voudrait éterniser l'instant qu'elle vit avec Declan, repousser l'heure de leur séparation.

Immortaliser les joies éphémères rendrait-il les humains plus heureux ?

— Je te prêterais ma veste, si j'en avais une sur le dos, s'excuse l'animateur, observateur. En revanche... j'ai quelque chose de mieux pour toi, dit-il tout en récupérant les passeports et les billets d'avion de Cassandre antérieurement glissés dans la poche arrière de son jean.

La maîtresse fronce les sourcils, intriguée.

— J'ai temporairement retenu en otage ton passeport et celui de ton fils dans le but d'acheter vos billets pour le Canada, raconte Declan. Tiens, prends-les. Je te les offre.

Perplexe, Cassandre reçoit les cadeaux que son interlocuteur lui tend, ainsi que les pièces d'identité dont la disparition, passée inaperçue, la trouble.

— Quoi ? Com...

— J'ai pris les devants afin que nous puissions être placés sur des sièges voisins durant le vol, poursuit Declan, pendant que des chauves-souris affamées virevoltent dans les airs et avalent des moustiques. Je voulais attendre les nouvelles de ta hiérarchie avant de te les donner, mais j'en ai été incapable. Je les ai sur moi depuis un moment déjà, traquant la meilleure occasion pour te surprendre. Si tu n'obtiens pas ta disponibilité, tu pourras les jeter, ne t'en fais pas ! ajoute-t-il, avec un geste désinvolte de la main. Il était de toute façon nécessaire de les acheter en avance. Si j'avais manqué le coche, Emma m'aurait tué !

— Je ne com... Co... comment as-tu eu ces passeports ?

— Peu de temps après le barbecue que nous avons fait à la *Cigale*, le jour où tu m'as dit que tu étais véritablement partante pour voyager, j'ai fait mes recherches sur les réseaux sociaux, puis j'ai contacté ton père qui a eu la gentillesse de me les apporter, à la suite de mes explications au sujet de notre projet de groupe.

— Ah bon ! Mon père ! Manuel !

— Ton père, Manuel, était plutôt content pour toi.

— Mon père... répète la dame perdue et incrédule, tandis que des jeunes gens enivrés font la course le long de la côte reliant les premiers emplacements des caravanes et des tentes au bâtiment d'accueil.

— Surprise ! s'exclame le musicien en bougeant les doigts. J'espère que tu ne trouves pas mon initiative trop étrange. Je me suis laissé emporter par...

— Non ! Si ! Enfin... Le prix ! Punaise de punaise ! Tu as dû te ruiner ! Tu es... fou !

Cassandre malmène ses joues, embarrassée.

— Je gagne correctement de l'argent, mes riches parents me gâtent souvent, j'ai eu une prime de travail en juillet, décrit Declan, et je voulais que tu en profites. Pour être honnête, c'était plus du piston qu'une prime. Mon oncle y tenait, alors...

— Pourquoi dilapider cette prime pour moi ? Je ne sais pas quoi dire...

— Je t'aime bien, madame Morena. Et oui, ton nom de famille n'a plus de secret pour moi désormais ! Il a fallu que je dérobe ta pièce d'identité et rencontre ton papa pour le connaître, mais je t'ai démasquée.

Cassandre s'empourpre, envahie par une vague de chaleur irradiante.

— Je ne peux pas accepter cette folie, formule-t-elle, étourdie. Je te rembourserai, monsieur... Oh ! J'ignore également ton nom, je te signale !

— C'est Rouanet et non, tu ne me rembourseras pas.

La professeure se mord les lèvres, ferme les paupières, les rouvre. Elle ne rêve pas.

— Merci, conclut-elle en proie à l'émotion. Ta générosité est indécente. Elle me met dans une position épouvantable. Je ne pourrai probablement jamais te rendre la pareille, mais elle me touche... vraiment.

Sa voix tremble.

— Je n'ai plus de mot.

— Je n'attends rien de ta part, jure l'artiste. Je souhaite juste que tu puisses avoir la chance de découvrir le continent qui existe de l'autre côté de l'Atlantique.

Sous la lumière orangée des réverbères qui bordent la chaussée, Cassandre écarte les bras, s'approche de Declan, puis l'enlace. Les minutes semblent suspendre leur course et, reconnaissante, elle le retient longuement, permettant à leur cœur de se synchroniser.

Décidément, étreindre cet homme me plaît.

***

Declan savoure le contact prolongé que Cassandre lui accorde.

Sublime fille au lama que l'été a mis sur mon chemin, nous reverrons-nous si jamais le destin décide de te couper les ailes, avant que tu puisses atteindre le pays de la neige et des grands espaces avec moi ?

— Je pense que c'est la meilleure manière de se dire au revoir, suppose-t-il, avant de briser la précieuse étreinte qui le relie à Cassandre.

— Oui...

Le voyageur solitaire contemple le merveilleux visage de la jeune femme qui, encore prêt de lui, le regarde intensément pour la première fois. Dans un élan d'affection et d'attirance, il lui caresse le menton du revers de son index, essayant de lutter contre son envie de l'embrasser.

Ressaisis-toi ! Ta maîtresse Cassandre a un Tom dans sa vie et un fils qui a besoin d'eux. Tu n'as pas le droit de t'immiscer dans leur famille et mettre en péril son bonheur.

Hypnotisé par les lèvres magnifiques de Cassandre qui semblent appeler les siennes, il s'en approche dangereusement, désireux d'oublier sa raison.

Honte à toi !

La lumière blanche des phares d'une voiture qui passe devant l'entrée du camping l'interrompt, lui évitant ainsi d'atteindre un point de non-retour. Il recule d'un pas, toussote.

— C'est... aimable à toi d'avoir proposé de raccompagner les Canadiens à l'aéroport après mon départ, affirme-t-il soudainement.

Et le champion des transitions médiocres est...

— Oh ! réagit l'institutrice, l'esprit embrouillé, les sens en alerte, le rythme cardiaque élevé. C'est la moindre des choses après tout. Emma va peut-être m'héberger, alors...

— La blonde avait elle aussi l'air contente d'apprendre que tes retrouvailles avec ton... ton copain ne t'empêchent pas de vouloir te joindre à nous. Elle a assurément eu un coup de foudre amical pour toi.

Declan regrette aussitôt d'avoir parlé à nouveau de Tom.

Suis-je stupide ?

— Je... Nous... Je ne sais pas si... Emma est adorable, elle est... adorable. Elle l'est ! balbutie Cassandre en plaçant des mèches de cheveux derrière ses oreilles.

Face au malaise de son interlocutrice, qui a subitement peur de renvoyer une image de fille volage à la suite de la soirée singulière qu'ils ont vécu ensemble, le jeune homme voit son regret croître.

Je suis stupide, c'est définitif.

— En ce qui concerne le papa de Charles, il est évidemment revenu, mais j'ignore si je pourrais pardonner ce qu'il m'a fait endurer... si je le pourrais sincèrement. Partir à des kilomètres de lui pourrait sans doute m'aider à y voir plus clair, avoue Cassandre, dans le dessein d'être franche au sujet de sa relation amoureuse. Il semble avoir accepté mon besoin de réflexion et vouloir m'attendre, alors...

Declan masse l'une de ses omoplates, gêné.

Je passe lamentablement pour le roi des curieux et gâche tout.

— Il n'était pas dans mon intention de recueillir des informations détaillées sur ta vie privée, promet-il, tout en se grattant le front. Pardonne-moi, si j'ai manqué de tact ou...

— Non, ne t'inquiète pas ! Je n'ai rien à cacher. Pour être honnête, me confier à toi me permet de réaliser une excellente chose : j'ai eu le courage de repousser Tom à son tour. Il devra ainsi patienter jusqu'à ce que je sois en mesure de prendre une décision pour notre couple. Je ne m'en serais pas crue capable. Enfin... Merci de m'avoir raccompagnée jusqu'ici, lance la brune qui triture la ceinture de sa robe.

— Avec plaisir.

Le sportif essaie de sourire, mais son enthousiasme agonise devant des songes inopportuns.

Comment pourrais-je retenir Cassandre ? Pourquoi aimerais-je autant y parvenir ? Cette envie est inconvenante puisqu'elle dépasse, je le crains, le cadre d'une simple amitié. Chère maîtresse, quoi qu'il en soit, en tant que mère, tu aspires probablement à donner un toit, un quotidien, un contexte familial normaux et rassurants à ton garçon. Tu as déjà retrouvé son père. Quelle serait donc ma place au milieu de tout ça, que pourrais-je t'apporter, moi qui suis le vent, parcoure la terre, traverse les frontières en quête de sensations, de souvenirs inégalés et d'air ? Il est essentiel pour nous deux que je m'interdise de penser à toi d'une manière romantique.

— Il se fait tard. Nous devrions aller dormir, lundi ne va pas être tendre avec nous.

— Oui et il ne le sera particulièrement pas avec toi, si j'en crois ta description de la rentrée.

— Non, boude Cassandre dont les longues vacances se terminent. Il me reste toutefois deux nuits pour rêver que je trouve une échappatoire. En attendant, je te souhaite bonne chance pour ta tournée, termine-t-elle en étouffant un bâillement. Tu vas assurer, je le sais.

— C'est gentil, mais dépêche-toi donc de rejoindre Morphée ! Tu tombes de fatigue.

— Exact !

Au lieu d'opter pour la traditionnelle bise, Declan choisit d'éteindre l'institutrice en guise d'adieu. Bien que ses gestes se veulent amicaux, il la respire, s'imprègne de sa chaleur, de son corps, d'elle. La déplaisante éventualité de ne plus la revoir le perturbe.

À bientôt, je l'espère !

— À bientôt, belle Cassandre, lui murmure-t-il, après l'avoir relâchée. Prends soin de toi.

— À bientôt, monsieur Per... Rouanet !

Alors que sa nouvelle muse se volatilise dans l'obscurité de la nuit avec ses billets d'avion, le poète retourne à pas lents au bar, où les deux Québécois doivent l'attendre, ivres, dévergondés et insouciants.

***

L'esprit accaparé par le voyage qu'elle souhaite absolument vivre, Cassandre se sent légère.

Le congé sabbatique, que j'ai demandé et qui originellement m'effrayait, m'attire désormais irrémédiablement. Advienne que pourra ! J'ai les moyens financiers de survivre à cette parenthèse sans emploi. J'ai également le temps de planifier mon futur, de décider où j'habiterais à mon retour, de pardonner ou non Tom. Je veux absolument l'approbation de ma hiérarchie concernant ma demande ! Je l'attends impatiemment. Sans elle, j'ai l'impression que je manquerais un tournant décisif de mon existence. Sans elle, reverrais-je un jour Declan ? Sans elle, nos chemins se sépareront-ils ?

— Oh ! Non ! Je n'ai pas pris des nouvelles de Kuzco ! réalise-t-elle à haute voix, après avoir refermé la porte de la maison familiale.

— Ma puce, est-ce toi ? l'interroge son père, occupé à se restaurer dans la cuisine.

Cassandre rejoint Manuel. Le découvrir en sous-vêtement, en train de grignoter des gâteaux à la fraise près du garde-manger, l'amuse. Elle en est attendrie.

Fidèle à ses habitudes, papa est en slip et mange à n'importe quelle heure de la nuit. Son ventre rondelet est d'ailleurs la preuve d'une gourmandise démesurée. Il ressemble de plus en plus à un petit ours grisonnant et poilu. Et dire qu'il ne fait que dix centimètres de plus que maman et moi ! Nous sommes pourtant minuscules ! Atteindre une taille de femme acceptable était logiquement perdu d'avance. Peu importe ! Mes parents sont excessivement mignons !

— Que fais-tu encore debout ? Il est tard ! déclare-t-elle, résistant à l'appel de la nourriture.

— J'ai fait une insomnie. Ta mère et ton fils sont rentrés tôt du cinéma. Ils ronflent comme une forge maintenant. Et toi, raconte-moi ta soirée ! Tu as l'air contente.

La jeune femme agite ses billets d'avion au-dessus de sa tête.

— Je le suis plutôt, oui ! Tu es un cachotier ! Avoir fait passer mon passeport et celui de Charles à Declan a été très gentil, chuchote-t-elle du mieux qu'elle peut. Il nous a fait un précieux cadeau, bien que je n'aie toujours pas le feu vert de l'Éducation nationale pour en profiter. J'espère le pouvoir, dans le cas contraire je me sentirais terriblement mal pour lui, grimace-t-elle. Il a dépensé une fortune !

— Ce garçon est généreux. Il l'est un peu trop peut-être…

Cassandre pose les inestimables billets et les pièces d'identité sur la table, puis se sert un verre d'eau minérale, sans prêter attention à la remarque paternelle.

— Et dire que je pensais que vous étiez tous contre mon voyage ! C'est fou ! s'exclame-t-elle, avant de boire goulument. Je comprends pourquoi tu étais étrangement silencieux jeudi soir, quand nous parlions du Canada : tu savais ce qui se tramait !

Elle essuie sa bouche d'un revers de la main et constate l'embarras de Manuel qui termine ses biscuits.

— Qu'est-ce qu'il y a ? s'étonne-t-elle.

— Ma puce… J'ignorais que mon gendre referait surface dans ta vie le lendemain même de ma rencontre avec ton ami Declan.

— Regretterais-tu de l'avoir aidé à me faire une surprise ?

Cassandre rince son verre dans l'évier, puis le dépose sur un égouttoir en plastique vieillot, disposé devant des carreaux de faïences aux motifs démodés.

— Non, non ! certifie l'homme gourmand. Disons que lorsque j'ai accepté de jouer le jeu avec ce charmant guitariste, je pensais qu'un séjour avec d'autres personnes de ton âge te serait bénéfique, te changerait les idées, te ferait avancer, oublier ton chagrin et…

— Tu avais vu juste !

— Oui, mais tout a changé depuis. Je ne suis plus sûr de rien. Tom est revenu vers toi. Il veut te reconquérir. La fois où il m'a tout expliqué, il était ému, il...

— Ne te fais pas de soucis, je lui ai parlé. Il sait que j'ai besoin de remettre de l'ordre dans mes sentiments. Il m'attendra, paraît-il ! En allant au Québec, j'aurais ainsi l'occasion de réfléchir à notre histoire et trouver éventuellement la force de lui pardonner ses erreurs.

L'enseignante gratte son cuir chevelu.

— Tu n'es pas convaincu, suppose-t-elle.

— Non, je ne le suis pas. J'ignore si t'éloigner de Tom est une excellente idée. Je ne sais pas comment il pourrait accepter ton départ.

— Il m'a fait atrocement souffrir ! Il ne manquerait plus que je renonce à mes plans pour lui !

— Je le sais, mais je le crois sincère dans sa démarche.

— Il est sincère ou ses manipulations habiles nous aveuglent, t'aveuglent !

— Espérons le meilleur ! En revanche, ne trouves-tu pas étrange que ton copain Declan te gâte autant, en te payant le vol pour deux passagers ? Il ne m'avait pas spécifié cette volonté. Tu devais le rembourser plus tard. Ce changement d'avis me contrarie. Il ne faudrait pas qu'il s'immisce entre toi et Tom...

— N'importe quoi !

Cassandre rougit.

— En outre, je te le répète, Tom m'a brisée. Plaire à un autre que lui serait un moindre mal pour son ego, n'est-ce pas ?

— Je ne veux que ton bonheur, assure Manuel, avant de jeter son paquet de gâteaux vide à la poubelle. Le lave-vaisselle a fini son cycle de lavage ! observe-t-il soudainement. Si je le vidais sans faire trop de bruit, la patronne serait moins grincheuse demain !

La belle brune aide son géniteur serviable à ranger la vaisselle.

— Tu as toujours adoré Tom, soupire-t-elle, mais il ne fait pas mon bonheur actuellement. Je suis encore en colère contre lui. Le comprends-tu ?

— Oui, je... Oui, répond Manuel, après avoir ouvert un tiroir surchargé pour y placer des couverts en acier inoxydable.

— Tu as cependant soulevé un point important : je dois absolument rembourser Declan, d'autant plus si mon employeur m'empêche de quitter mon travail. La somme qu'il a déboursée est... disproportionnée !

Fatiguée, Cassandre masse ses paupières, étalant son maquillage sur ses joues.

— Ne t'angoisse pas pour moi, papa, conclut-elle, les yeux cerclés de noir. Sache seulement que si j'ai l'opportunité de mettre un pied en Amérique avec mes nouveaux amis, je le ferais.

— Je t'ai déjà entendu parler ainsi, alors tu aurais sans doute raison de survoler l'Atlantique pour fouler le sol américain, présume Manuel, magnanime. Tu es déterminée. C'est positif.

La future aventurière sourit.

— Merci pour ta compréhension, mon papounet. Je te laisse te charger du rangement des tasses. Je suis éreintée. Bonne nuit.

Cassandre caresse affectueusement les bras poilus de son père, puis va se coucher, sans prendre la peine de se déshabiller.

Ai-je réellement des courbatures ? Les prémices de la vieillesse me dépriment.

Alors qu'elle essaie de s'endormir, enroulée dans ses draps, le visage du chanteur ne quitte pas ses songes. Ses fossettes, sa voix chaude, son accent australien, son sourire, l'intensité de son regard, son charme et son corps magnifique, contre lequel elle a eu le loisir de se blottir à plusieurs reprises, la hantent.

Declan me ferait presque oublier la rentrée et ses désagréments. Le savoir géographiquement encore proche de moi m'inciterait à courir le retrouver avant qu'il ne s'en aille, à profiter de son rayonnement, de lui. Que lui dirais-je alors ? « Excuse-moi de te réveiller, j'ai eu envie de discuter avec toi. Puis-je rentrer dans ta tiny house et m'allonger à tes côtés ? ». Il me prendrait pour une aliénée. Mes hormones me jouent vraisemblablement des tours. L'adolescence serait-elle de retour avec son lot d'émotions ridicules ? Je le suis, moi, ridicule. Il est vital que je dorme ou les élèves me tueront lundi ! Je suis exténuée. Monsieur Rouanet, veux-tu bien arrêter de me distraire ?

Elle se tourne et se retourne, à la recherche d'une position optimale, quand son téléphone portable vibre sur sa table de chevet. Elle l'attrape et consulte le message reçu. Une chaleur délicieuse se répand immédiatement dans ses veines.

Declan

« Une pensée pour toi, avant de sombrer dans le sommeil. Que tes rêves soient beaux et que ta nuit soit douce… »

CHAPITRE 17

Jeudi 24 septembre 2020

Cassandre rentre de l'école, épuisée. Avant de sortir de son véhicule, elle appuie son front contre son volant, tâchant d'oublier les cris des enfants qui résonnent encore à ses oreilles. Le sien, qui se trouve chez son père, lui manque pourtant. Cette situation désagréable lui rappelle qu'elle ne peut décemment plus loger chez ses parents. Elle leur impose sa présence depuis trop longtemps. Leur maison et leur patience sont certes immenses, mais elle brise leur intimité, leurs habitudes, leur tranquillité. Elle a de surcroît survécu à la tempête causée par sa rupture avec Tom. Ce dernier souhaite même réparer ses fautes et l'attend, elle, la grande indécise. Plus aucune excuse valable ne lui permet de continuer à importuner Manuel et Manola. Deux choix s'offrent à elle : embrasser l'autonomie grâce à son salaire ou retourner gentiment dans le luxueux appartement de son ancien compagnon.

Qu'attends-je pour me lancer ?

Elle récupère sa mallette de classe, sort péniblement de son automobile trop basse, l'esprit encombré par ses devoirs, ses fiches de préparations, son roman qui ne progresse pas vite à cause de sa profession chronophage, puis marche sur le chemin abîmé jusqu'au portail de ses parents.

Comment fait Tom pour ne pas endommager sa voiture quand il la gare directement dans le jardin familial ? Il ne l'endommage pas car c'est un quatre-quatre, pardi ! Un coûteux quatre-quatre !

— Cassie, viens ramasser des châtaignes ! l'appelle Manola, accroupie sous un châtaignier. La nuit nous guette !

Cassandre soupire. Pensant que c'est la moindre des choses d'aider sa mère, en dépit du travail qui l'attend, elle dépose ses affaires à terre et la rejoint, elle et son chapeau de paille surdimensionné. Elle enfile les gants qu'elle lui propose et commence à remplir un sac de châtaignes.

Que le sol est bas ! Que les bogues de châtaignes sont nombreuses !

— Au fait, tu as reçu du courrier de la part de l'Éducation nationale, annonce Manola, affairée et énergique.

L'espoir anime la jeune femme.

— Puis-je aller l'ouvrir ? Je reviendrai t'aider, promet-elle en suspendant son activité. C'est peut-être la réponse de...

— La lettre est dans ma poche.

— Oh ! L'as-tu lue ?

Le silence de la maîtresse de maison est éloquent et Cassandre fronce les sourcils.

— Je n'y crois pas ! maugrée-t-elle, tout en lançant une châtaigne contre le tronc du châtaignier.

— Tu as l'autorisation de prendre ta disponibilité.

— Quoi ?

Au comble de la joie, la jolie brune oublie l'indiscrétion dont Manola a fait preuve. Elle ôte ses gants, s'empare du document et prend connaissance de son contenu à son tour.

— Je serai donc remplacée dès le début de la seconde période scolaire. C'est fantastique ! s'exclame-t-elle, une main plaquée contre sa bouche ébahie.

En plus de partir au Canada, je vais être débarrassée de ma classe turbulente !

Face à sa mère dépitée, elle se relève et sautille sur place.

— Je ne te comprends pas ton employeur, peste Manola, sans cesser de remplir son panier de fruits. Autoriser un fonctionnaire à quitter son poste pour aller visiter un autre pays est scandaleux ! C'est à peine croyable ! Je ne pensais pas cela envisageable. Je suis déçue.

Cassandre range le courrier à l'intérieur de sa veste, s'agenouille, remet ses gants, puis reprend son travail.

Maman n'a jamais approuvé mon projet d'évasion, mais elle a raison. Je suis privilégiée.

Son bonheur est tellement intense qu'il lui est impossible de grommeler.

— J'approuve ta remarque, formule-t-elle. Sans l'appui des syndicats, je ne pense pas que j'aurais pu parvenir à mes fins d'ailleurs ! Sache toutefois qu'il y a une condition à cet arrangement de dernière minute, plutôt inhabituel, je dois l'admettre. La disponibilité que j'ai obtenue m'interdit effectivement de reprendre mes fonctions avant septembre prochain. Le savais-tu ? Mon absence exceptionnelle profitera donc à un collègue remplaçant qui pourra gérer ma classe à sa convenance durant quatre périodes consécutives.

— C'est horrible. Tu ne seras pas payée pendant toute une année.

— Raison de plus pour essayer de louer un appartement avant ma dernière fiche de paie. J'imaginais avoir le temps d'y songer, mais je vais devoir effectuer des recherches dès ce week-end si j'aspire à avoir mon indépendance. Pour le reste, j'ai les économies suffisantes pour survivre à mon retour du Québec et aux mois sans emploi qui se succèderont.

L'enthousiasme de l'enseignante lui donne une énergie inespérée. Elle termine de remplir un deuxième sac de châtaignes.

— Je trouve cette histoire abracadabrante et financièrement dangereuse, s'entête Manola. En outre, que fais-tu de ton amoureux ? Tu le fais trop attendre et cela m'inquiète. Tu pourrais retourner vivre chez lui au lieu de rechercher un logement.

Cassandre joue avec le feu, elle le sait.

Monsieur Tom souffrirait-il du fait que je le fasse patienter ? Peut-être ne voudra-t-il plus de moi à mon retour en France. Cette possibilité effrayante me laisse paradoxalement indifférente. Cet homme a visiblement endurci mon cœur et je ne veux rien planifier pour nous deux. Je voyagerai et j'improviserai par la suite. Oh ! Est-ce bien moi qui parle de la sorte ? Ma spontanéité d'antan, enfouie sous les ruines de mon adolescence, resurgirait-elle timidement ?

— Ne connaissant pas mon avenir, maman, je dois anticiper et me mettre à l'abri au cas où je ne me réconcilie pas avec Tom, déclare-t-elle.

La contrariété palpable de Manola, étrangement silencieuse tout à coup, gâche son allégresse. Elle décide de l'imiter et poursuit sa tâche en silence.

***

Enfermée dans sa chambre de jeune fille, à l'image d'une adolescente en désaccord avec l'autorité parentale, Cassandre fuit sa mère et sa négativité. Elle refuse de laisser mourir son euphorie à cause des angoisses de ses parents. Elle en cultive suffisamment de son côté. Impatiente d'annoncer l'excellente nouvelle de sa journée, elle envoie un message à Emma, puis à Declan.

Cassandre

« Disponibilité accordée ! Canada, me voilà ! »

Elle se jette sur son lit et, une fois allongée sur le ventre, bouge frénétiquement ses jambes d'avant en arrière, les yeux rivés sur son écran de téléphone portable qui ne tarde pas à lui transmettre les mots du musicien.

Declan

« C'est merveilleux ! Je suis très content pour toi. Tu viens de me remonter le moral ! »

Cassandre

« Convaincre le proviseur de Charles de me le prêter, alors qu'il rentre à peine en classe de sixième, sera certainement une « formalité » désormais, puisque le plus dur est fait... Pourquoi as-tu un faible moral ? Que t'arrive-t-il ? »

Declan

« Une « formalité » ... Je t'ai corrompue et j'en suis ravi. Pour le reste... Il n'y a rien de grave, ne t'inquiète pas. J'attends simplement une dépanneuse, près d'Avignon. Ma tiny house a perdu un pneu. Je t'épargne les détails, mais je n'avais encore jamais vu, au cours de mon expérience d'automobiliste, une roue me doubler dans un virage. »

La jolie brune sourit, mord ses lèvres. La scène décrite par le jeune homme malchanceux se matérialise parfaitement dans sa tête.

Cassandre

« Je compatis, mais je ris de ta mésaventure. Je me le permets car tu n'es pas blessé, évidemment. En revanche, rien de m'étonne plus quand il s'agit de toi et de ta malchance. »

Declan
« Je suis maudit, est-ce cela que tu insinues ? »

Cassandre
« Peut-être. Quoi qu'il en soit, tu es à plaindre. »

Cassandre s'étend sur le dos, respire profondément, tâchant de visualiser son futur. Le défi qui l'attend l'attire et la déstabilise autant que Declan sait l'ébranler. Le souvenir de leur danse au bal du camping de la *Cigale* le lui rappelle souvent.

Declan
« Alors ne te gêne surtout pas et plains moi autant que tu le souhaites. Oh ! Je devais te gronder, j'ai failli oublier ! Je t'appelle immédiatement. »

L'institutrice surprise se lève d'un bond et, intriguée, accepte l'appel.

***

— Qui donc a bien pu te fournir mon relevé d'identité bancaire ? Je t'écoute, annonce Declan, son téléphone portable collé contre son oreille.

— Oh ! s'exclame Cassandre, lèvres pincées.

— Ne me dis rien. C'est la blonde, n'est-ce pas ?

Le chanteur lève un doigt accusateur devant sa figure éclairée par la lumière des phares de son pick-up, garé sur le bas-côté broussailleux d'une route départementale entourée de vignoble.

— Quelle perspicacité ! J'ai en effet demandé de l'aide à Emma pour obtenir ton RIB.

— Comment se fait-il que cette Québécoise le connaisse ?

— Elle a remué ciel et terre pour le trouver et me le faire parvenir. Personnellement, je n'aurais jamais eu le courage de contacter tes parents...

— Je vois. Tout le monde est dans le coup, à ce que je comprends, constate Declan, amusé. Enfin bref ! Pourquoi as-tu effectué un versement sur mon compte, maîtresse ?

Il remonte la fermeture éclair de sa veste de lainage, scrutant la chaussée à la recherche du véhicule de dépannage qu'il a contacté.

— Tu dois t'en douter. Je devais absolument te rembourser les billets d'avion, explique Cassandre en haussant les épaules.

— Bien sûr que non, je t'avais fait un cadeau.

— Je ne te remercierai jamais assez pour ce geste, mais je ressentais le besoin de te rembourser. Emma m'a aussi aidée, cela dit en passant, à connaître le prix que tu avais dépensé pour Charles et moi.

— Cette Canadienne a décidément le don de mettre son nez dans les affaires des autres. Ses yeux, qui traînent partout, voient absolument tout. Elle ne paie rien pour attendre !

— Emma est... formidable.

— Oui, elle l'est, avoue le musicien, clément. Il n'empêche que tu n'aurais pas dû me rendre cet argent.

— Si. Je me sens mieux dorénavant, affirme la professeure.

— Très bien. Je peux comprendre.

— Merci.

Declan effectue quelques pas, puis s'arrête près de sa maisonnette d'où il contemple le ciel étoilé. Des nuages fins défilent devant la lune qui semble lui sourire.

— Es-tu encore là ? s'enquit l'enseignante, étonnée par son silence.

— Oui, je... je suis content d'entendre ta voix, déclare le voyageur.

Il réalise que, depuis le bal estival à la *Cigale*, Cassandre et lui ont exclusivement discuté par le biais des réseaux sociaux. L'entendre réchauffe donc son âme.

Sans ma maîtresse, mon train de vie me semble plus fade...

— Au fait, enchaîne-t-il brusquement, j'ai parlé à ma cousine comme tu le voulais. Elle accepte que tu ailles régulièrement chercher Kuzco pour des promenades en forêt.

— Ah oui ! Si elle est d'accord, c'est fantastique !

— Elle est même plutôt contente que tu veuilles sortir ce lama de son enclos. Entre son travail de comptable, son Tony et la ferme pédagogique qu'elle développe, elle n'a effectivement pas le temps de lui accorder ce genre d'attention.

— Parfait ! Il me manque beaucoup, ce puant ! Je n'osais pas lui rendre visite.

— Ose maintenant, ma jolie ! Je t'enverrai les coordonnées téléphoniques de ma cousine, afin que vous puissiez vous organiser, mais je présume que tu pourras récupérer et ramener ton « puant » librement.

— Je te remercie, Declan.

— Avec plaisir.

Le jeune homme est comblé de pouvoir aider Cassandre. Les fossettes de ses joues qui se creusent attestent ce sentiment.

— Oh ! Le sauveur de ma tiny arrive ! prévient-il. Je te laisse. À plus tard.

**

Cassandre enfile un jogging, une paire de baskets et un gilet. Avant de partir courir, elle attache ses cheveux et, réalisant qu'il fait nuit, cherche une lampe de poche dans les tiroirs de sa chambre.

Suis-je suicidaire de vouloir faire du sport à cette heure-ci ? Il fait noir, il pourrait y avoir des sangliers, j'ai école demain et mes cours ne sont pas prêts... Évacuer l'adrénaline qui s'accumule en moi est cependant essentiel si je ne souhaite pas exploser.

Elle glisse la lampe trouvée dans sa poche, puis commence à s'échauffer, prête à brûler l'énergie que l'accord de sa disponibilité a créé, lorsqu'un SMS de Tom vient lui briser son élan.

Tom

« Ta mère m'a dit que tu avais obtenu ton congé. J'ignore si je dois être content ou non pour toi. Es-tu toujours décidée à aller au Canada ? »

Cassandre

« Oui. »

Tom

« Si personne ne peut t'en empêcher, je te prie au moins de me laisser Charles. Il me manquerait trop s'il partait. Il s'est endormi sur le canapé et sa présence est réconfortante. »

Cassandre

« Je te crois, mais j'ai son billet. »

Tom

« Lui as-tu au moins demandé s'il voulait partir ? Il n'en a pas l'air. »

La jeune femme gratte son cuir chevelu, embarrassée. L'opinion de son fils, au sujet du voyage qu'elle projette pour eux, lui est inconnue et elle le déplore.

Je suis une mère indigne...

Elle s'en garde toutefois de le dire à son ancien compagnon à qui elle ne voulait pas particulièrement parler.

Pourquoi maman a-t-elle prévenu Tom ?

Tom

« Ne pars pas, s'il te plaît... N'as-tu plus du tout de compassion pour moi ? Je t'ai attendu et j'ai fait preuve de patience, non ? J'ai enfin droit à une réponse de ta part concernant notre couple, ne crois-tu pas ? Je t'aime encore. Toi aussi, tu m'aimes. Que dois-je faire pour te dissuader de quitter la France ? »

Cassandre soupire, mais s'entête à vouloir réaliser son rêve d'évasion.

Cassandre

« Un mois ne suffit pas à choisir sa voie. Je veux vivre pour moi, me retrouver, me purifier, respirer afin de ne pas me tromper dans mes décisions à venir. Le Québec sera l'endroit idéal pour cela. Je l'espère. N'insiste plus pour que je reste, s'il te plaît. »

CHAPITRE 18

Cassandre masse sa nuque. Sa tête tourne. Sa respiration s'accélère. Devant l'intransigeance de son fils au sujet du voyage au Canada qu'il refuse de partager avec elle, elle en perd ses mots. Les coudes appuyés contre la table de la salle à manger de sa mère, elle le regarde et l'émotion lui noue la gorge. Elle pensait sa compagnie acquise, logique. Son erreur lui coûte cher.

Je croyais que Charles me suivrait aveuglément n'importe où. Je croyais que moi seule, une fois Tom écarté de la partie, avais le pouvoir de décider de son sort, de le contraindre à rester en France ou non. Je n'ai pas eu l'intelligence de le questionner sur ses désirs. Il n'est encore qu'un enfant, mais il a une vie, une vie que son père et moi avons d'ailleurs trop bousculée. Quel tortionnaire serais-je si je l'emportais de force dans mes valises ?

— Ne veux-tu même pas y réfléchir encore un peu, mon bichon ? J'ai… j'ai acheté ton billet, tu sais, souligne-t-elle dans l'espoir de le faire changer d'avis.

— Non, maman. Je suis vraiment désolé, mais je veux rester ici et continuer à aller au collège avec mes amis. Nous avons des projets communs à rendre et je fais partie du club d'échecs cette année. Il y a les tournois, la compétition…

Cassandre se frotte le nez, pensive.

— J'aurais dû t'en parler avant, t'écouter… Je n'ai pas le droit de te kidnapper, je présume, n'est-ce pas ? s'oblige-t-elle à sourire. Je comprends tes arguments, mais n'as-tu réellement pas envie de découvrir l'avion, de voir un autre pays, de fouler un autre continent ? N'es-tu pas intéressé par les activités hivernales que nous ferons avec Declan, Emma et Liam ?

— Si, mais il y a les cours durant la période où tu comptes partir et si je veux rester premier de ma classe, je dois poursuivre mes efforts, insiste Charles.

— Je te ferai rattraper ton retard, Charlinou. Ce n'est pas grave de manquer un...

— Cassie ! l'interpelle Manola en faisant irruption dans la pièce, avec une assiette de gaufres croustillantes pour le goûter, ainsi que des pots de miel, de crème de marrons et de chocolat.

Cassandre tâte nerveusement ses lèvres, presque résignée.

— Laisse Charles tranquille. Il sera très bien auprès de Tom ou de nous ici, en France. Son année scolaire ne doit pas être bouleversée à cause de tes rêves. Je me suis abstenue de te faire part de mon opinion à son sujet, mais maintenant que ce petit s'exprime concrètement, je me permets de le soutenir, annonce la maîtresse de maison.

— Pff ! Ne me fais pas rire. Tu n'as jamais voulu que je parte. Tu étais catégorique pour moi. Pourquoi n'as-tu rien dit avant pour Charles ? questionne l'institutrice, agacée.

— Je réfléchissais, se défend Manola. J'attendais d'en savoir davantage sur l'évolution des choses.

Cassandre ferme brièvement les paupières, pendant que la cuisinière se charge de la garniture des gaufres.

— Mon bichon, j'ignore si je suis capable de te laisser. Si je partais sans toi, je serais égoïste, irresponsable et... triste, décrit-elle.

Elle attrape les mains de Charles et plonge dans son regard bleu, doux, fragile et fort à la fois.

— Il faut que tu partes, au contraire, assure le garçon qui, bien qu'attristé par cette perspective, se montre courageux et déterminé. Papa et moi, nous t'attendrons et mes grands-parents seront de fabuleuses nounous.

— Charles a raison, Cassie. Tu dois aller au bout de l'aventure, d'autant plus que tu as droit à ton congé.

— C'est toi qui dis ça ! s'étonne Cassandre, serrant toujours les doigts de son gentil prince.

— Oui, j'ai changé mon fusil d'épaule en ce qui te concerne, affirme Manola. J'ai pris conscience, grâce à ton père, je dois le reconnaître, que mes réactions et mes paroles envers toi ont été excessives ces derniers temps. Je ne voulais évidemment que ton bonheur, mais te surprotéger ne t'aidera pas à aller de l'avant. Quoi que j'en pense, ce séjour, qui n'est pas aussi long que l'on s'imagine finalement, semble important pour toi et ton épanouissement.

— Oui, il l'est devenu contre toute attente, avoue l'enseignante.

Elle libère Charles, le contemple.

Mon ange, mon tout… Pourquoi voudrais-je m'envoler, si tu ne me suis pas ?

— Je dois admettre que depuis ta rencontre avec tes copains hippies, tu as repris des activités, tu souris, tu sors, tu as l'air moins triste, moins pathétique, moins…

— Je te remercie pour cette remarque des plus charmantes, maman ! réagit Cassandre. En outre, si Declan n'est pas un hippie, Emma et Liam le sont encore moins !

— Tu m'as comprise, résume Manola de sa voix sonore, les yeux levés au ciel.

— Tu es légèrement moins angoissée aussi, je trouve, intervient Charles, souriant.

— Exactement, confirme la grand-mère. Le mieux à faire pour nous est donc de t'encourager à t'évader, mais notre collégien doit rester.

La jeune femme sent ses larmes monter.

— Je ne sais pas si je le pourrais… murmure-t-elle, envahie par des sentiments contradictoires.

Alors qu'elle visualise son départ à l'aéroport sans Charles, elle éclate en sanglots.

Punaise !

Le garçonnet l'enlace aussitôt, Manola suit le mouvement et elle les retient. Elle les aime.

***

— Que penses-tu de ma situation, Kuzco ? Charles me paraît décidé à renoncer à des vacances au Québec. Ses propos ont été explicites tout à l'heure.

Cassandre s'immobilise au sommet d'une pente de la forêt qu'elle parcourt régulièrement, tandis que le soleil de l'automne rencontre déjà l'horizon. Le paysage orangé qui s'offre à elle, derrière les troncs des pins bordant le sentier de promenade, lui rappelle à quel point elle aime sa région, la nature magnifique, la tranquillité. Prêts à perdre leur chevelure enflammée, les châtaigniers roux, mélangés aux chênes et sapins verts, comblent son âme d'écrivain.

La saison des châtaignes et des feuilles brunâtres a le mérite d'être sublime, malgré la fraîcheur des jours humides qui raccourcissent et me démoralisent parfois. Elle prend tout son sens en milieu rural. L'environnement rayonne. Qui pourrait-il affirmer le contraire ?

Elle est convaincue d'avoir été chanceuse de grandir dans un cadre environnemental préservé. Fière de ses racines, elle ne voudrait pas vieillir ailleurs. L'écrin de verdure, où ses montagnes cévenoles dominent des vallées arrosées par des petits cours d'eau limpides, représente son royaume.

La splendeur dont je me délecte est malheureusement peu accessible aux citadins, notamment aux habitants des métropoles. Le déplorent-ils ou non ? Aiment-ils réellement leur lieu de vie ou sont-ils contraints de s'y accommoder ? Passent-ils à côté de la véritable beauté de l'existence ? Ils bénéficient certes des commodités qu'une ville, berceau de la consommation, peut proposer mais, à force d'évoluer dans un univers grisonnant, bétonné, pollué, bruyant, nauséabond, insipide et considéré comme normal, ils ont probablement tendance à oublier les merveilles de notre planète, son spectacle quotidien, sa richesse.

J'y suis plutôt sensible et pourtant, selon mes préoccupations, mon humeur et mes tâches, je ne perçois moi-même pas toujours les présents du monde alentour. Il m'arrive également de ne pas les apprécier à leur juste valeur. En conséquence, j'imagine que des personnes endoctrinées par la société moderne font fi de ces trésors, de l'écologie, du rapport de l'Homme à la terre... Pourquoi ai-je ces pensées ? Qu'importe ! De mon côté, je continuerai à aimer les arbres, les animaux, l'isolement, l'air frais, les Cévennes et son climat singulier jusqu'à ce que la mort m'en prive. Je les laisserai m'inspirer, nourrir mon esprit, me ravir, me faire souffrir indéfiniment, afin que je puisse écrire et vivre sereinement.

Nostalgique face au temps irrémédiable, bénéfique ou meurtrier, qui passe et transforme l'aspect de son territoire au fil des mois, elle porte son attention sur le camélidé qu'elle tient par la longe. Ses grands yeux noirs semblent lui parler et le bonheur qui les relie lui fait momentanément oublier le refus de son fils de visiter une parcelle de l'Amérique en sa compagnie. Elle caresse ses douces oreilles droites, émerveillée par la singularité de son espèce.

— Tu m'as manqué, mon puant, chuchote la jeune femme, avant de coller son front au sien. Il paraît que tu as des colocataires mâles et femelles depuis peu. Tu dois être content. Vivre seul pour un lama n'est pas l'idéal à ce que j'ai appris. Tant que tu te souviens de moi, je t'autorise à côtoyer tes semblables et...

Elle secoue la tête.

— Je parle à un animal, remarque-t-elle, un animal qui ne doit absolument rien comprendre à mon langage et qui n'a que faire de ma mièvrerie.

Elle avance d'un pas, mais Kuzco refuse subitement de bouger. Elle tire sa laisse, l'appelle, lui commande de la suivre, en vain.

— Tu veux que je te lâche, je suppose. Hum ! Je ne sais pas si je peux te faire confiance, mon gros ! Je t'ai abandonné dans un champ inconnu après tout. Peut-être nourris-tu une rancune contre moi et souhaites-tu fuir dès que possible...

Cassandre fait la moue.

— Tu aurais tort de m'en vouloir. Je t'ai laissé pour une meilleure vie, non ? Bon. Essayons de nous entendre à nouveau, espère-t-elle.

Elle détache prudemment Kuzco, s'attendant à le voir partir en courant, mais la liberté qu'elle lui accorde ne paraît pas le bouleverser. Narquois, celui-ci la scrute, immobile, imperturbable, hilarant et irritant à la fois puis, d'un pas nonchalant, la dépasse pour aller manger des plantes sans se soucier d'elle qui, face à son comportement suffisant, se met à rire.

Quel prétentieux, ce gros dinosaure !

Bien que l'absence de Charles, ayant refusé de participer à la sortie dans les bois avec Kuzco au profit de ses devoirs, la chagrine, elle tâche de profiter de l'instant.

À force de persécuter Charlinou à propos de ses résultats scolaires, ai-je fait de lui un intellectuel obsédé par le travail ? Le fait qu'il choisisse les mathématiques à la place de son cher lama, dont il parle pourtant constamment, est inquiétant. Il grandit. Il m'échappe... Mon bébé devient progressivement un adolescent, un jeune homme. Son entrée au collège le change irrémédiablement. M'envoler pour le Canada m'éloignera sans doute davantage de lui, puisqu'il ne veut pas m'accompagner. En aurait-il besoin ?

Elle s'accroupit pour refaire ses lacets. En resserrant ceux de sa chaussure gauche, elle lève machinalement le regard et aperçoit Kuzco qui s'éloigne doucement mais sûrement d'elle dans les broussailles. Tandis qu'elle s'occupe de son deuxième basket, elle le siffle dans l'espoir de le faire revenir auprès d'elle.

La cousine de Declan le prendrait logiquement mal si je perdais le premier résidant poilu de sa ferme.

Heureuse de voir le camélidé accourir dans sa direction au signal qu'il reconnaît, elle reporte son attention sur son pied. Hélas, emporté par sa lancée, celui-ci la heurte au lieu de la contourner et le choc de son corps contre son visage lui donne l'impression de voir une pluie d'étoiles. Elle en tombe à la renverse. Le nez douloureux, elle se relève, le touche. Du sang ruisselle de ses narines.

— Punaise de punaise ! J'hallucine ! grommèle la victime, les doigts souillés, la figure ensanglantée. Es-tu aveugle, Kuzco ? Tu n'as pas changé !

Elle cherche un mouchoir qu'elle n'a pas dans ses poches et a des difficultés à arrêter son saignement. Lorsque le responsable de sa blessure a la mauvaise idée de revenir en arrière pour lécher son minois, elle le repousse violemment, mais sa forte corpulence la réduit à l'impuissance. Elle jure un moment, avant d'accepter sa douleur, sa faiblesse et la bave de Kuzco. Alors que ce dernier repart jouer au lama entre les arbres, elle se remet lentement de ses émotions.

— J'aime à croire que nous sommes quittes à présent, le puant ! lui crie-t-elle. Je t'ai placé, tu m'as frappée. Repartons sur des bases saines, veux-tu ?

Une fois son hémorragie contrôlée, elle tente d'évaluer les dégâts physiques en mirant son reflet sanglant dans l'écran éteint de son téléphone portable.

— Bon, ça n'a pas l'air joli...

Cassandre se prend en photo et le résultat confirme ses dires. Au lieu de se lamenter sur son sort, elle préfère en plaisanter. Dans cet élan optimiste, elle se photographie en grimaçant, puis envoie son chef-d'œuvre à Declan, accompagné d'un message explicatif.

Cassandre
« J'ai été percutée par un Kuzco. »

Son mobile à la main, la randonneuse reprend le cours de son excursion, malgré l'obscurité qui se profile. Celui-ci vibre rapidement et la fait sourire.

Declan
« Je viens de recevoir ta photo et je m'interroge. Dois-je en rire ou appeler les secours ? Que s'est-il passé ? »

Cassandre
« Mes retrouvailles avec mon amant sur pattes se passent admirablement, comme tu as pu le constater. La souffrance provoquée par notre collision a diminué. J'ai survécu, ne t'inquiète pas. »

Declan
« Votre relation est explosive, je persiste à le dire, mais votre amour saura tout surmonter. »

Cassandre regarde ses mains rougies par son sang, du sang qui lui évoque la fragilité humaine, quand Josiane, prévenue de son indisponibilité prochaine, la contacte, réveillant ses angoisses liées à son voyage au Canada.

Josie

« Es-tu sûre de ne pas être disponible pour l'association en novembre et décembre ? »

La belle brune hésite une fraction de seconde avant de donner sa réponse.

Cassandre

« Oui, je suis sûre. »

La peur envahit Cassandre. Elle respire profondément. La liste des choses considérables à faire avant son départ la paralyse. *Qu'emporterais-je dans ma valise ? Devrais-je convertir mon argent ? À quel moment faut-il le faire ? Puis-je véritablement abandonné Charles ? Oui, je le dois pour lui, pour moi, pour nous. À ce propos, il nécessaire que j'avertisse Emma, qui devait nous héberger tous les deux, de son absence. Cette réalité reste difficile à accepter. Mon cœur saigne.*

Elle se cramponne à son téléphone et décide d'informer Declan de ses craintes par SMS.

Declan

« Je comprends, mais je suis là et je t'aiderai. Je te le promets. »

La mère de famille apprécie le soutien du musicien à qui elle doit encore avouer sa grande déception : le choix de son garçon.

Cassandre

« Une dernière chose… Charles ne souhaite pas voyager en période scolaire. Il restera donc en France. »

Declan

« Je t'appelle. »

CHAPITRE 19

Samedi 31 octobre 2020

À l'aéroport de Marseille, où des voyageurs, souvent désorientés, exténués, pressés ou chargés de bagages, circulent, Cassandre enlace Charles et Manola qui pleurent avec elle, sous le regard attendri de Manuel. Émue, elle ne remarque pas l'humeur maussade de Tom que les interminables adieux exaspèrent.

— Nous échangerons des messages via les réseaux sociaux ou les emails, Charlinou. Mamie, papi et papa te permettront d'utiliser leur ordinateur et leur téléphone dans ce but, le rassure-t-elle.

— D'accord… Tu vas me manquer, maman.

— Toi aussi, mon bichon… Je te tiendrai informé de tout, jure Cassandre. Travaille bien, mais amuse-toi aussi. Je reviendrai vite.

Elle essuie ses yeux trempés de larmes d'un revers de la main et embrasse bruyamment son beau garçon sur les deux joues. Elle le dévisage ensuite, l'estomac noué. La tristesse et la culpabilité la tourmentent.

Comment croire à ce que je suis en train de vivre ? Aucune mère respectable ne pourrait abandonner son enfant pour des vacances. Que fais-je ?

Elle repense aux appels de Declan durant le mois d'octobre, à son réconfort, son soutien, son énergie. Elle se souvient alors des motifs pour lesquels il est vital qu'elle explore de nouveaux horizons. Elle doit se redécouvrir, se renouveler.

Je ne fais rien de mal et dois sauter dans l'inconnu !

— Tu vas finir pas manquer ton vol, Cassie, la prévient calmement Tom, avant de l'entraîner légèrement à l'écart de leur groupe.

— Je ne pensais pas que tu allais venir, confesse Cassandre d'une faible voix. Tu sais ce que j'en p…

— Pardonne-moi.

— Pourquoi es-tu venu perdre ton samedi matin ici ?

— Je désirais évidemment te voir avant que tu ne partes loin de moi ! Je ne suis certes pas partisan des longs aurevoirs, mais je tenais quand même à te dire un mot, explique l'homme d'affaires.

La jeune femme réajuste son écharpe. Éternellement sensible au charme de son ancien compagnon, elle admire sa perfection, la regrette.

Pourquoi Tom est-il constamment aussi élégant, parfumé, coiffé ? Il n'en a pas besoin. Il est attractif en n'importe quelles circonstances et cette qualité est d'ailleurs devenue mon pire cauchemar au fil des années. Combien de filles sont-elles tombées dans son piège ? Combien d'entre elles m'ont éloignée de lui ?

— Pars en toute tranquillité, ressource-toi, réfléchis et reviens-moi s'il te plaît, poursuit l'homme brun. J'attendrai que tu m'accordes l'ultime chance dont je rêve, déclare-t-il. Nous le méritons, nous et... notre fils.

Cassandre est muette, incapable de trouver une fin appropriée à leur conversation, et Tom en profite pour lui donner un baiser. Elle ne le rejette pas, accepte son geste d'affection, respire son parfum, savoure la douceur de ses lèvres et de sa peau parfaitement rasée.

— Maman, maman ! Declan est arrivé ! l'informe Charles en le désignant.

***

Declan parcourt à pas légers l'aéroport de Marseille, en traînant sa valise derrière lui. Muni de sa guitare, rangée dans un étui noir qu'il transporte sur son dos, il est sur le point de rejoindre Cassandre et de s'envoler pour le Canada où ses amis, ses chansons, son public l'attendent. Alors qu'il traverse un hall surchargé de monde, il aperçoit son institutrice préférée au milieu de la foule en train d'embrasser Tom à côté de ses proches. Déçu par la présence de l'homme arrogant dont il a gardé un mauvais souvenir, il ralentit sa cadence de marche, mais Charles l'a déjà repéré.

Oh ! Oh !

Ne pouvant plus faire machine arrière, il se dirige vers Cassandre qui, perturbée par son arrivée, s'écarte de Tom, rougissante.

— Bonjour à tous ! lance-t-il poliment au groupe.

Le banquier est le seul à ne pas le saluer en retour, mais il ne s'en offusque pas. Il ne voit que sa belle compagne de vol, aux yeux humides et au nez rougi, qu'il prend plaisir à retrouver.

— Declan, réagit Cassandre, avant de s'avancer vers lui et de lui faire la bise, ça me fait drôle de te revoir après huit semaines de séparation.

— Idem, maîtresse, sourit le voyageur. Alors… Es-tu prête pour ton premier trajet dans le ciel ?

Il sent l'inquiétude et la méfiance de Manola qui le scrute sévèrement.

— On peut dire ça… soupire Cassandre, stressée.

— Je vois que l'émotion est au rendez-vous, souligne Declan.

— Oui ! Elle n'arrête pas de pleurer depuis notre départ de la maison, raconte le collégien.

— Ne te moque pas de moi. Si tu es un peu plus courageux que moi, tu ne fais pas ton malin non plus ! rétorque la professeure en caressant machinalement le dos de Charles.

— Au fait, mon grand ! l'interpelle le chanteur. Promets-moi de te joindre à nous la prochaine fois.

— Seulement si vous partez pendant les vacances, annonce Charles, intransigeant.

— Je le note, réplique Declan, tandis que Tom le fusille du regard. Bon, je crois qu'il est temps d'aller au comptoir d'enregistrement, maîtresse Cassandre, dit-il. Je te laisse quelques instants avec ta famille. Je vais t'attendre près du banc là-bas, lui indique-t-il.

— Très bien, acquiesce la jeune mère, alors que la peine de quitter son fils la submerge totalement. Viens par-là, mon bichon ! lui ordonne-t-elle, avant de l'étreindre.

Le guitariste tâche de partir discrètement quand Manuel vient lui offrir une accolade virile.

— Prenez soin de ma puce en Amérique, jeune homme, je compte sur vous !

— Vous le pouvez, monsieur, lui certifie Declan.

Il fait un clin d'œil à Charles, toujours dans les bras de Cassandre, prend congé et s'éloigne des deux parents inquiets. Tom le suit malencontreusement jusqu'à l'endroit où il voulait patienter.

Que va-t-il encore m'inventer, ce mannequin ?

— Laissez-moi deviner... Vous allez me sermonner, présume-t-il.

— J'aimerais m'y employer, mais je n'en ferais rien par respect pour ma copine et sa décision. Je n'ai dorénavant plus à m'interposer entre elle, ses désirs et ses nouveaux amis, se livre Tom. Elle s'est montrée... obstinée et j'ai fini par admirer sa détermination.

L'artiste est surpris par le discours de son confrère. Il estime toutefois les progrès de ses rapports avec lui satisfaisants.

— J'aspire simplement au fait que ma Cassandre soit en sécurité au cours de votre séjour. Vous en êtes le responsable, en quelque sorte. Ne me faites pas regretter la confiance que je place en vous, conseille Tom, rongé par une jalousie monstrueuse qu'il essaie de dissimuler derrière un semblant de courtoisie. Êtes-vous en mesure de me ramener Cassie saine et sauve ?

— Euh ! Oui, bien sûr ! Je m'engage à... à protéger Cassandre, proclame Declan, amusé par l'étrange situation dans laquelle le place son interlocuteur.

— Je l'espère. Cassinette m'est précieuse et nous avons tant de choses à vivre ensemble encore... J'ai déjà hâte qu'elle rentre au bercail auprès de moi et de notre enfant.

Le musicien fixe Tom, non pour le provoquer mais pour conserver la dignité que celui-ci tente de lui arracher en ne le quittant pas des yeux. Confronté à ses iris bleus et froids, rappelant la splendeur dangereuse de l'eau piégée entre des blocs de glace, il comprend la raison pour laquelle Cassandre a jadis plongé dans cet océan envoûtant, s'y est perdue, puis s'y est noyée.

***

Cassandre s'affole. Le décollage imminent de son avion la terrorise. Elle examine les hublots alignés de part et d'autre de la cabine, la moquette du sol, l'éclairage artificiel du plafond, le fauteuil vide de

Charles, les hôtesses de l'air et les passagers. Son comportement distrait Declan, qui l'observe gesticuler avec tendresse, sans qu'elle ne s'en aperçoive.

Et si nous mourions tous à cause d'une explosion, comme les personnages du film : Destination finale ? Je ne reverrais plus mon Charles... Quelle horreur ! Quelle tragédie !

— L'aventure commence, maîtresse, lui murmure le jeune homme en lui attrapant la main dans l'espoir de l'apaiser. Après nos huit heures dans les nuages, nous serons enfin au Québec.

Ce contact chaleureux rassérène brièvement Cassandre, reconnaissante.

— Tout se déroulera bien, certifie Declan, alors qu'une voix résonne dans des haut-parleurs pour annoncer le départ.

La passagère novice panique. Son cœur s'agite.

— Je veux retourner auprès de... de mon fils ! balbutie-t-elle entre deux sanglots.

Elle essaie de se détacher, de se lever, de s'enfuir et de renoncer à ses folies.

— Il faut que l'on me laisse sortir ! Il faut... Je ne veux plus partir ! décrète-t-elle.

Les ongles plantés dans les accoudoirs de son siège, mais également dans la peau de son voisin tolérant, protecteur et bienveillant qui lui murmure des mots rassurants, elle pousse un cri au moment du décollage.

***

Declan ressent l'envie de consoler Cassandre. Si celle-ci a retrouvé son calme depuis qu'ils ont pris de l'altitude, son mutisme l'isole, tandis que son visage porte les traces humides laissées par ses larmes, des traces qu'il souhaiterait effacer, des larmes qu'il voudrait sécher.

Le chanteur Richard Cocciante, ses mots et sa Marguerite me viennent à l'esprit : « Et pendant qu'elle dormira, moi, je lui construirai des rêves pour que plus jamais, au réveil, elle ne se lève les yeux en pleurs. »

— Est-ce que ça va, ma jolie ? l'interroge-t-il prudemment.

— Oh ! Oui… Euh ! Excuse-moi pour mon numéro ridicule de tout à l'heure. Ma séparation avec Charles ne m'a pas aidée à… à…

— Qu… Tu n'as pas à t'excuser de quoi que ce soit.

— Je me sens… stupide d'avoir crié, se confie Cassandre, cachant momentanément sa figure derrière son coude. Je me suis donnée en spectacle.

— Tu n'es pas la première à hurler lors d'un décollage et ne seras pas la dernière, crois-moi.

Le musicien se tourne vers son amie, ouvert et compatissant.

— Tu es une excellente mère, affirme-t-il comme s'il percevait l'ampleur des doutes de Cassandre. La preuve en est l'éducation que tu donnes à ton fils.

Une larme roule jusqu'aux lèvres de la jeune femme qu'il essuie avec son index. Encouragé par le timide sourire qu'elle lui offre, il soulève doucement son menton, avant d'accrocher son regard sombre et merveilleux.

Cassandre…

— Tu es une maman formidable. Sois-en assurée… commande-t-il.

Il libère le minois de sa voisine émue, avant de reprendre une position normale contre son dossier. Pensif, il se tait une minute. Une imperceptible tristesse assombrit ses iris ambrées. Soucieux de la faire disparaître, il se racle la gorge.

Ressaisis-toi.

— Par ailleurs, ton… ton courage est louable. Je… je n'ai pas d'enfant, mais je suppose qu'être amené à s'en séparer doit être difficile. De manière générale, même si leur métier est complexe, les parents me donnent tous l'impression de faire au mieux, de faire bien, juge-t-il.

— Je suis sûre, qu'en tant que père, tu t'en sortiras toi aussi à mer…

Résultantes de turbulences atmosphériques, des secousses interrompent Cassandre, apeurée par les vibrations de l'avion, au grand soulagement de Declan qui remercie finalement les cieux de ne pas avoir à poursuivre davantage la conversation qu'il a lancée sur la parentalité.

— Écouter de la musique te tenterait-il, monsieur Rouanet ? demande la belle, une fois l'appareil stabilisé. Je dois me changer les idées, ajoute-t-elle, pendant qu'elle cherche son smartphone et ses écouteurs dans ses poches.

Declan accepte la proposition de Cassandre. Il met en place l'écouteur que celle-ci lui tend, puis rapproche sa tête de la sienne, découvrant ainsi ses goûts musicaux hétérogènes.

— Te « changer les idées », disais-tu ? Hum ! se moque-t-il. Les chansons que tu me donnes à entendre donneraient plutôt envie de se suicider immédiatement.

— Je le sais. Elles ressemblent un peu aux tiennes, non ? se défend la jolie dame, railleuse.

Le compositeur imite le rire cette dernière.

— Ce fait est... déprimant, souligne-t-il.

Je suis désespérément un écorché vif.

Les paupières closes, il commence à se détendre et profiter de son voyage, visitant en silence l'univers musical de Cassandre dont les membres tremblent toujours légèrement. Progressivement, il sent son cœur vibrer aux sons et aux textes qu'il entend, aux sons et aux textes qu'il partage.

CHAPITRE 20

Samedi 31 octobre 2020

Cassandre

« Nous sommes arrivés à destination. Tout va bien, mon bichon. Je t'appelle dès que je suis installée. Tu me manques déjà. Bisous d'amour à toi, papi et mamie. »

Désorientée par son arrivée sur le sol canadien, Cassandre découvre son nouvel environnement à travers la fenêtre du taxi qui la conduit, elle et Declan, chez Emma. Contemplative, elle tient malgré tout fermement son téléphone portable dans l'espoir inconscient de conserver un lien avec son pays et sa famille. Son teint est pâle, ses cheveux noirs sont emmêlés. Elle bâille, appuie son front contre la vitre fraîche du véhicule.

J'ai l'impression de perdre une nouvelle fois ma virginité, une virginité liée à l'univers du voyage que le monde entier semble pourtant vénérer, mais pour lequel je n'éprouve aucune attirance particulière ou démesurée. En éprouverai-je une véritable dans le futur ? Ma fragilité dans le domaine est quoi qu'il en soit terrifiante. Mon innocence me terrorise. Qu'ai-je bien pu encore manquer depuis ma majorité ? Quelle adulte suis-je ? Serais-je trop sévère envers moi-même ? Peut-être. Après tout, je ne suis certainement pas la seule à me contenter de ma patrie, à protéger ma zone de confort, à m'accrocher à mes repères, à les aimer. Un chose est sûre : la sensation d'être sur un continent lointain est étrange. Un océan me sépare des miens. J'en ai le vertige, sans vraiment réaliser ce que je vis.

— Tu t'y feras, maîtresse, affirme le bel homme assis à ses côtés sur la banquette arrière de la voiture. Je parle du décalage horaire, précise-t-il en percevant son regard interrogatif. Six heures de décalage avec la France, ce n'est pas rien.

— Oh ! Oui…

— Comment te sens-tu ?

— Je suis à l'Ouest !

— C'est le cas de le dire, sourit Declan.

La présence du musicien détendu sécurise Cassandre. Elle le regarde, lui et ses magnifiques cheveux châtains aux reflets dorés, sa barbe naissante, son sourire charmant, ses fossettes amicales. *Si le soleil disparaissait derrière les nuages, je conserverais sa chaleur en restant simplement auprès de Declan. Cette vérité revient au demeurant souvent dans mon esprit comme un doux refrain...* Elle rougit soudain, embarrassée par sa dépendance aux autres. *Est-ce mal de vouloir m'appuyer sur mon compagnon de route, ce compagnon solaire et plaisant ? Serais-je une touriste confiante sans lui ? La réponse négative à cette interrogation me démoralise, car s'il venait à se lasser de jouer les chaperons au cours de notre séjour que ferais-je ? Me rabattrais-je lamentablement sur mon hôtesse Emma ?*

Alors qu'elle traverse en automobile, au rythme de ses pensées vagabondes, la principale ville du Québec et la plus grande ville francophone d'Amérique, elle note la singularité de ses gratte-ciel, ses bâtiments aux pierres grises, ses nombreuses églises et ses somptueuses demeures victoriennes. Au niveau du centre-ville de cette métropole insulaire et portuaire du fleuve Saint-Laurent, édifiée au pied des rapides de Lachine, la variété des constructions à vocation industrielle ou commerciale l'étonne.

— Je ne m'imaginais pas Montréal aussi... vaste, avoue-t-elle, admirative.

— Cette ville est surprenante, tu pourras le vérifier très vite. Nous avons de la chance en tout cas. La météo est plutôt clémente, malgré la saison avancée. Apparemment, il aurait déjà neigé plus au Nord.

— Oui, c'est... splendide et la blancheur de la neige doit sûrement tout intensifier.

Entre émerveillement et mélancolie, la jeune femme tente d'accepter son inconfort, la nouveauté. Un message de son fils vient cependant la ramener à sa tristesse, sa culpabilité.

Charles

« D'accord. Ne te fais aucun souci pour moi. Avec mamie et papi, je suis le roi. Profite, maman ! Je t'aime. »

La gorge nouée, Cassandre lit et relit les mots de son garçon, avant de lui transmettre plusieurs images de cœurs.

Mon bébé...

La fatigue et l'émotion sont trop intenses pour elle. Discrètement, elle tente de dissimuler son chagrin derrière un mouchoir usagé qu'elle a retrouvé au fond de ses poches.

— Oh ! Bichette... la plaint Declan qui l'entend renifler. Tu as fait le plus dur, je te l'assure, la console-t-il en se penchant vers elle et en posant une main sur son épaule. Te voir dans cet état me tue. Loin de moi l'idée de te faire culpabiliser, mais... je vais finir par m'en vouloir de t'avoir enlevée, confesse-t-il sur le ton de la plaisanterie. Serais-je un... un sadique ?

Cassandre apprécie cette touche d'humour. Elle inspire profondément, se ressaisit.

— Que vas-tu chercher ? Tu ne m'as pas mis le couteau sur la gorge pour m'obliger te suivre à l'autre bout de la Terre. Je suis ici de ma propre volonté figure-toi, spécifie-t-elle, mutine. Ne t'inquiète pas, je sanglote autant que je ris.

— Je crois que je m'en suis aperçu. Je te connais de mieux en mieux, tu sais. Bon ! Si je ne suis pas sadique, il ne te reste plus qu'à savourer tes vacances, conseille finalement le boute-en-train, tout en se redressant. Carpe diem !

— Carpe diem... prononce la jolie brune qui rêverait de mettre en application cette formule quotidiennement.

Carpe diem, Cassandre...

Elle masse ses paupières.

— Nous y sommes, maîtresse ! annonce soudainement Declan en désignant la maison-conteneur design de la Canadienne, tandis que leur chauffeur se gare le long d'un trottoir.

Cassandre s'extirpe de l'habitacle du véhicule. Ébahie devant l'originalité de l'habitation qu'elle observe, bâtie sur un terrain non clôturé à la superficie raisonnable et à la pelouse impeccable, elle oublie de s'occuper de ses valises. Pendant que le guitariste s'en charge, elle scrute également les environs, sans remarquer le départ de leur taxi.

— Soucieuse de contribuer à sa manière à la préservation de l'environnement, Emma, la blonde, a décidé de vivre, non pas dans une tiny house, mais dans deux conteneurs juxtaposés, explique Declan, avant de déposer tous les bagages à ses pieds. Son formidable gazon est lui aussi entretenu sans l'aide de produits nocifs pour le sol, m'a-t-elle dit. Enfin bref ! Incroyable rendu final, n'est-ce pas ? s'exclame-t-il, alors qu'il étire ses jambes engourdies.

— Exactement ! Je ne connaissais pas ce type de... de domicile.

— Il s'agit d'un mode d'édification méconnu, relativement écologique, peu coûteux et donc avantageux.

— Hum ! En parlant de son logement, Emma m'a donné la description d'un appartement, pas d'une... œuvre artistique ! raconte l'enseignante en écartant les bras. Le mélange de bois et d'acier est harmonieux, sans mentionner les formes originales des fenêtres ! Oui, c'est une œuvre d'art.

— Notre blondinette en est la conceptrice et a effectivement bon goût en matière de décoration et d'aménagement mais, comme tu le constateras, la surface habitable modeste de ce petit nid fait de lui un genre d'appartement. À ce que je sais, l'espace qu'il propose est toutefois largement suffisant pour elle.

— En quoi est-il écologique au fait ?

— Oh ! Les vieux conteneurs ne sont pas forcément destinés au recyclage et les transformer en foyer leur permet d'avoir une deuxième vie. L'empreinte carbone est ainsi réduite, d'autant plus qu'ils ne nécessitent pas de gros travaux.

— Intéressant...

Cassandre repense brusquement à ses recherches immobilières infructueuses et aux problèmes d'hébergement qui l'assailliront dès son retour dans l'Hexagone.

— Il y a tant de façons de se loger... comprend-elle, de moins en moins attirée par le conformisme et l'argent colossal qu'il exige.

— Oui, seulement peu de gens en sont informés ou souhaitent changer radicalement leurs mœurs, présume le chanteur, après avoir placé son étui à guitare sur son dos.

— Toi, tu me donnes l'impression de toutes les connaître.

— Détrompe-toi. Je me suis juste énormément renseigné sur le sujet au moment de choisir mon refuge, afin qu'il soit en accord avec mes valeurs. Nous… nous devrions nous hâter, cela dit en passant. Liam et Emma nous attendent probablement avec impatience, enfin je l'espère.

— Declan… Es-tu un écologiste, un vrai ? le questionne subitement la professeure, curieuse et visiblement non languissante de rejoindre les Québécois.

— Euh !

— Je te demande cela car, si je ressens le besoin de protéger notre planète, je ne peux hélas pas prétendre être une écologiste digne de cette appellation. Toi qui es différent de la plupart des citoyens, et ce fait n'est pas péjoratif, tu sembles le pouvoir, non ?

— No… non, absolument pas, parce que, tout d'abord et à mon humble avis, le terme écologie et ses dérivés ne devraient plus être utilisés, se justifie l'artiste.

— Ah bon !

Cassandre remonte la fermeture éclair de son manteau, sourcils froncés.

— Disons que le vocabulaire employé nuit vraisemblablement aujourd'hui à la noble cause sous-jacente, puisque son existence même insinue que l'écologie est un mouvement de sauvegarde marginal séparé de la société ou de l'essence de l'Homme. La protection de la nature devrait au contraire, j'en suis convaincu, être placée naturellement au centre des préoccupations de l'ensemble des humains et non rester un concept abstrait isolé. Ce n'est évidemment pas le cas. À mon échelle, je fais certes de mon mieux pour agir en ce sens, comme beaucoup de mes compatriotes d'ailleurs, mais le combat me paraît… vain, déclare Declan en tirant sa valise sur le sentier en pierre qui serpente jusqu'à la porte de sa copine de longue date.

L'institutrice récupère ses affaires à son tour et suit le jeune homme.

— Nous sommes en effet impuissants, poursuit ce dernier désireux d'aller au bout de son argumentation. Je ne prends aucun risque à l'affirmer. Nous sommes dépassés par les évènements et les décisions gouvernementales. En outre, en dépit de mon mode de vie minimaliste, je suis loin d'être exemplaire, notamment en raison de mon adoration pour les voyages, les découvertes et l'aventure gourmands en pétrole. Je suis moi aussi prisonnier de mon temps que je le veuille ou non. En résumé, je ne me considère définitivement pas comme un écologiste, mais plutôt comme un minuscule élément d'un immense tout qui lui échappe et méprise ses maigres efforts à minimiser son impact négatif sur lui.

— C'est la première fois... réagit Cassandre, espiègle.

Elle s'immobilise et Declan se retourne vers elle.

— La première fois que...

— C'est la première fois que, malgré tes sages paroles, je te sens... pessimiste monsieur Rouanet, décrit la séduisante dame, amusée.

Le rire délicieux de Declan résonne et la séduit.

J'aimerais enregistrer ce son dans le seul but de pouvoir l'entendre indéfiniment lors de mes jours gris, mes jours de pluie, mes jours d'orage.

— Tu commences à bien me connaître, souligne le voyageur. Tu marques un point. J'ai une opinion passablement déprimante quant à la destinée de l'humanité. Je m'efforce néanmoins d'avancer dans la joie et d'entretenir la paix de mon âme.

— Punaise de punaise ! soupire Cassandre.

Elle frictionne son cuir chevelu.

— Qu'est-ce qu'il y a ?

— Si la personne la plus positive que je connaisse n'a plus d'espérance en ce qui concerne l'avenir de notre civilisation, tout est perdu !

— Suis-je réellement la personne la plus positive que tu connaisses ? se moque Declan.

La maîtresse d'école réfléchit une seconde.

— Assurément, répond-elle, lèvres pincées.

— Quelle... tristesse ! Ma pauvre fille, je vais tâcher de te faire oublier tout ça.

— Hé ! Vous deux ! les interpelle la grande Emma, postée au seuil de son insolite maison. Arrêtez de bavarder dans mon jardin et venez m'embrasser ! Il fait plus chaud à l'intérieur !

Cassandre lève les yeux vers son adorable colocataire dont la bonne humeur contagieuse sait parfaitement amoindrir sa timidité et ses angoisses.

Cette ravissante et sympathique Emma, que j'ai appris à mieux connaître grâce à nos échanges de messages, me rappelle que je suis au Canada, un territoire ayant la réputation d'être le pays des gentils par excellence ! Cet endroit ne peut que me plaire. À moi de jouer !

***

Entouré de ses amis, dans une ville qui l'inspire et au sein de laquelle son public l'attend, Declan est heureux. Le repas végétarien, mais copieux, que la radieuse et avenante Emma a préparé pour lui et Cassandre, tous deux perturbés par le décalage horaire, lui a redonné de l'énergie. Installé confortablement dans son canapé en simili cuir beige, il se sent chez lui. Les joues de sa belle institutrice ont retrouvé des couleurs et la sentir relativement à l'aise lui fait plaisir. Il croit en elle, en sa capacité à lâcher prise et à jouir de son séjour qu'elle ne regrettera pas quoiqu'il advienne, il pourrait le parier. En conséquence, il n'est pas mécontent de l'avoir aidée à dépasser ses craintes et incitée à quitter ses montagnes dans le dessein de chercher à vivre pleinement, au lieu de continuer simplement à survivre. Découvrir autre chose, voyager, se surpasser permettent de grandir spirituellement, de comprendre son moi, de savoir l'écouter, puis d'avancer dans la bonne direction, il en est persuadé. Il souhaite donc à tout un chacun de trouver cette voie, de marcher sur un chemin qui lui est propre, de goûter à la satisfaction et à la plénitude qui en découlent. Conscient de l'importance de l'altruisme et de l'enrichissement qu'il apporte, sans parler de sa propension à accompagner autrui sur la route du bonheur, il songe aux métiers liés au développement personnel qu'il aurait pu ou pourrait exercer.

Pourquoi n'ai-je pas fait coach de vie ? Je n'ai pas envisagé cette profession sûrement parce que prétendre être un professeur de la vie est affreusement prétentieux. Seuls les respectueux sages expérimentés et désintéressés peuvent à la rigueur être crédibles dans un rôle de guide. Ils n'éprouvent de surcroît ordinairement pas le désir d'être rémunéré pour leurs bienfaits ou de se faire appeler « coach ». Ceux qui en portent actuellement le nom, principalement en Occident, sont me semble-t-il majoritairement illégitimes. Soutenir son prochain étant en revanche essentiel et bon, ils ne sont sans doute pas tous inutiles, arrivistes ou malintentionnés, en dépit du fait qu'ils suivent une mode et répondent à un besoin actuel d'une catégorie sociale aisée. De plus, être un saltimbanque des temps modernes me comble. Comment renier ma nature ? Pourquoi voudrais-je abandonner ma profession ? Elle me donne la clé pour m'envoler, m'évader, ressentir, extérioriser, partager, exister...

Son humilité et sa passion pour les arts finissent par le convaincre d'avoir pris les bonnes décisions au cours de son parcours. Il est et restera un artiste.

— Dès que possible je te ferai visiter Montréal, Cassandre, lui propose son hôtesse, vêtue d'un ample pull en laine rose, après avoir bu une gorgée de café.

— J'ai hâte. Être dépaysée me sera bénéfique, imagine la vacancière en train de terminer son dessert, une savoureuse tartelette à la pomme, servi dans l'espace salon.

— Nous pourrons aussi nous rendre dans des boutiques pour te trouver d'authentiques vêtements d'hiver, suggère Emma. Je suppose que tu n'en possèdes aucun dans tes sacs qui puisse te protéger convenablement du froid à venir.

Le musicien étouffe de rire.

— Ne suppose pas, ma vieille, c'est une certitude : notre Cassandre n'en a pas, intervient-t-il. Tu parles à une Française qui vit toute l'année au soleil et ne connaît pas le froid.

— N'importe quoi. Il y a des hivers glacials dans les Cévennes, réagit la montagnarde.

— Tu es mignonne, décrit Declan.

Il s'adosse nonchalamment contre des coussins, enivré par l'odeur ambiante de café, de sucre et de fruit.

— Cela dit, personne au monde n'est préparé à endurer le blizzard canadien, mis à part les Russes, peut-être, expose-t-il, certain de l'isolation optimale de la jolie maisonnette conteneur qu'il examine. *Ma tiny house garée en France me manquerait-elle ? C'est le plus chou des logements, je n'en démords pas !*

— Nous n'allons pas te donner tort, ricane Liam, discret mais attentif à la discussion.

Le chanteur fait un clin d'œil à son ami, habillé comme un sexagénaire, qu'il tient en haute estime.

La constance et le bon caractère de Liam me réchauffent toujours le corps. J'aime le fréquenter. Sa simplicité est un cadeau. J'ai de la chance de l'avoir. Si je devais lui choisir une chanson, j'arrêterais mon choix sur celle de Georges Brassens intitulée « Auprès de mon arbre ». L'air entraînant de ce titre s'oppose délicieusement à son tempérament posé d'informaticien, quand l'arbre évoqué dans le texte le représente à la perfection. En plus, son fabuleux et atemporel interprète me fascine. Je l'écouterai à nouveau dès que possible.

— Voilà une raison supplémentaire pour aider Cassandre à correctement se vêtir, insiste Emma qui, après s'être débarrassée de sa tasse à café, adopte la position du lotus. As-tu des dollars canadiens ?

— Oui, Declan m'a aidée à changer mes euros à notre arrivée, rapporte fièrement l'enseignante. Je m'en faisais une montagne mais, avec les distributeurs automatiques, la manœuvre est assez simple. Je suis opérationnelle.

— Parfait ! Nous n'avons plus qu'à aller dévaliser les magasins.

— Les filles feront du shopping, c'est noté, résume le guitariste, désenchanté. Ne devrions-nous pas maintenant discuter d'un programme davantage… palpitant et d'activités plus… attractives que nous pourrions faire ensemble ?

— Ma sœur adorée a tout prévu, pas de panique, certifie le spécialiste en informatique avec un soupçon d'excitation dans la voix. Nos jours de repos seront bien remplis.

— Soit. Je m'en remets alors volontiers à Emma, la déesse de l'organisation, capitule Declan en inclinant la tête.

— Dès lors que tu me traites de la sorte, tu es irrésistible, le savais-tu ? minaude Emma, avant de s'approcher de son flatteur et de lui octroyer un bruyant baiser sur la joue.

— Vos flatteries mutuelles récurrentes sont… désespérantes, se lamente Liam. Mariez-vous une bonne fois pour toutes à la fin ! commande-t-il sérieusement, bien que son expression faciale trahisse son amusement.

— Impossible ! Ta sœurette est… géante, réplique Declan, prêt à jouer.

— Impossible ! Ton confrère est trop petit, riposte Emma, reprenant une posture confortable près de lui.

— Elle est blonde.

— Il mange des grenouilles.

— Elle a un épouvantable accent.

— Il est bête, clôture la Canadienne, tout en ramenant un genou plié vers sa poitrine.

— L'amour avec un superbe « a », en somme ! proclame le charmant entremetteur.

Declan ébouriffe les cheveux raides de la belle Emma qui lui rend l'appareille. Aveuglé par son divertissement, il ne perçoit pas la gêne de Cassandre.

— Des enfants ! Vous êtes des enfants, mes chéris, conclut Liam, les jambes croisées et l'air faussement adulte.

— Vous… Je me demandais… bégaie la professeure en s'adressant aux deux Québécois, dans le but de recentrer la conversation. Vous parlez correctement le français. Je veux dire… Les personnes avec qui nous avons discutées depuis notre arrivée ici s'exprimaient toutes bizarrement par rapport à vous ou… vos vedettes, par exemple. Elles, je ne les ai pas parfaitement comprises. Com…

— Nous savons tous adapter notre langage à nos fréquentations et aux différentes situations du quotidien, selon nos envies, répond le grand homme. Lorsque nous sommes entre nous, le naturel reprend le dessus, je ne peux pas le nier mais….

— Peu importe, mon Lili ! Votre dialecte est affreux, me contredire serait risible, le coupe le Français, caustique. Si vos efforts sont méritoires, votre accent est... tenace et vos expressions, abominables, grimace-t-il, avant de se faire frapper le bras par sa voisine.

— Quel effronterie ! s'exclame Emma. Tu oses critiquer notre noble langue à Montréal !

— Oui, ma poulette, je la critique à Montréal et ailleurs sans m'en priver, la taquine Declan, avec un rictus provocant.

— Tu exagères, soulève Cassandre, une main posée sur sa bouche.

— J'aime profondément le peuple du Canada, réagit le voyageur, qu'il n'y est pas de malentendu ! Cependant, en toute objectivité, la façon de parler de ses habitants n'est-elle pas horrible, maîtresse ? N'aie pas honte. Sois honnête.

Le rougissement de Cassandre au centre de l'attention amuse Declan.

— Exprime-toi en toute tranquillité, très chère invitée, l'encourage Emma qui tresse machinalement sa chevelure dorée. Nous en voudrons uniquement au rustre qui se prétend être notre frère de cœur.

— Euh ! C'est... Oui ! Euh ! Disons que votre manière de... C'est... particulier, bredouille Cassandre.

Le groupe se met à glousser et Declan, un pouce entre ses dents, observe la brunette avec tendresse.

— On nous le dit fréquemment. Nous n'avons cependant aucun complexe à ce sujet. Ne te tracasse pas, confesse Liam dont le regard sympathique a le don de convaincre Cassandre, le teint empourpré.

— Nous nous moquons surtout totalement de l'avis d'un poète adorateur d'amphibiens, ajoute la blonde, un poète qui, au lieu de nous importuner, devrait dès à présent partir avec mon frère, afin de laisser les femmes entre elles. Mon hôte aimerait certainement prendre une douche, se reposer et me confier ses malheurs, dit-elle tout en se levant.

Declan se met debout à son tour, chassant de son esprit la vision de Cassandre nue dans un bain.

— Quels malheurs ? s'étonne-t-il.

— Notre gentille maîtresse était avec toi pendant les huit heures d'avion, à ce que je sache, formule Emma, en pleine forme.

— Très drôle... soupire le jeune homme fatigué. J'accepte néanmoins de m'éclipser dignement, cède-t-il. De mon côté, il faut que je dorme. Je dois contacter les gérants des bars dans lesquels je dois chanter et surtout répéter mes chansons.

***

Cassandre quitte sa place du canapé en même temps que Liam. Face au départ de Declan, elle a peur, peur de le laisser partir, peur de le perdre de vue, peur qu'il l'abandonne, peur d'être seule face à l'inconnu malgré la présence de la conviviale Emma.

J'aimerais retenir cet homme. Que pourrais-je lui dire pour l'obliger à rester ou à m'emmener avec lui ? Je me sens vulnérable ici sans lui. Pourquoi ? Je suis ridicule. Declan doit travailler à l'instar des deux Américains. Quant à moi, j'ai un roman à poursuivre et n'ai pas le droit de les déranger. Je saurai m'occuper. J'appellerai ma famille, j'écrirai, je créerai des liens plus solides avec Emma, je découvrirai son univers...

Elle respire, se mord la langue afin de ne pas prononcer des paroles regrettables. Se concentrer sur son livre sera un excellent moyen de vaincre ses démons. Elle doit les affronter sans rien attendre des autres, ces autres qui ont également une existence à vivre, des projets à mener, des problèmes à résoudre. Elle n'a pas traversé l'Atlantique dans le but de reproduire les erreurs du passé ou d'entretenir une attitude néfaste pour sa santé et sa dignité, mais pour progresser. Elle n'a effectivement pas quitté son cocon pour s'accrocher désespérément à un rocher aussi attractif soit-il. Elle l'a fait dans l'espoir d'apprendre à se détacher des gens et de retrouver le goût de vivre intensément pour elle, pour l'adolescente qu'elle a été, pour Charles. Elle s'est lancée à la poursuite de l'inconnu afin de devenir un modèle à suivre, plutôt que de continuer à être une pathétique créature pleurnicharde qui inspire de la pitié ou pire encore. À la suite de sa rupture sentimentale avec Tom, elle l'a particulièrement été. S'en rappeler l'écœure.

J'ai été... pitoyable quand mon soi-disant amour s'est enfui !
Pour ma défense, n'importe qui l'est un peu dans ces circonstances.
N'est-ce pas ?

— Je compte sur toi maîtresse pour écrire et t'amuser, lui dit Declan avant de se diriger vers la porte d'entrée.

— Je me remets à ma plume dès que possible, jure Cassandre, croisant les mains devant son ventre.

Sa faiblesse trop envahissante l'irrite. Elle ne la supporte plus. La battre un jour serait libérateur pour elle. Elle en rêve.

Ma vieille, tu dois arrêter d'être une petite fille, de faire la petite fille. Il est vital que tu t'améliores, du moins que tu trouves un axe d'amélioration et avances, avances, avances... Es-tu d'accord avec cette démarche ? Réponse : oui, je suis d'accord avec cette démarche. Arriveras-tu à cet objectif ? Voici le véritable mystère... Heureusement, les pensées humaines ne sont pas accessibles. Dans le cas contraire, on penserait probablement que j'ai un trouble mental. J'en ai peut-être un...

— Bon, je vous dis à très bientôt, mesdames, leur promet le musicien, avec son éternel sourire généreux, un sourire que Cassandre a des difficultés à oublier.

Les hommes partent finalement et la jeune femme l'accepte. Elle s'installe dans la coquette chambre que la Québécoise, préférant dormir dans son bureau où se trouve son matériel de travail, lui a gentiment préparée. Elle observe la décoration sobre mais chaleureuse qui l'entoure, ainsi que le délicieux paysage qui s'offre à elle derrière la fenêtre ovale de la pièce. Elle se trouve chanceuse.

Emma m'a formidablement bien accueillie. En plus d'avoir un toit original et un joli cadre extérieur, j'ai une consœur d'exception. Que pourrais-je désirer de plus ?

Sa nervosité danse avec une excitation qu'elle avait presque oubliée, une excitation liée à l'aventure. Hélas, sa solitude la rattrape. Une larme glisse soudainement le long de sa joue et ses beaux yeux, fixés sur le décor extérieur, ne voient plus ni les arbres, ni le ciel, ni les bancs, ni la chaussée, ni les voitures ou les promeneurs qui passent dans la rue. Ces yeux humides lui renvoient seulement l'image du visage de son fils.

Que pourrais-je désirer de plus ? Charles, mon bichon... Je pourrais l'avoir auprès de moi.

CHAPITRE 21

Mercredi 04 novembre 2020

Allongée sur le canapé en plein milieu de la journée, Cassandre regarde la télévision. Elle ne fait rien de constructif et n'est pas fière de sa fainéantise. Elle a déjà passé son lundi entier à dormir, mais sortir sans Emma ne lui semble toujours pas envisageable. Celle-ci travaille dans le bureau et, bien qu'elles doivent déguster du popcorn et visionner de vieux films romantiques ensemble en début de soirée, elle languit. Leur promenade au cœur de Montréal, la veille, lui a énormément plu. Elle est sûre d'avoir acheté le manteau parfait pour survivre aux basses températures à venir, mais aimerait dorénavant goûter à la nourriture locale.

Suis-je la seule femme au monde qui, après avoir mangé, continue à saliver pour le prochain repas ?

Son appétit colossal la déprime. Lassée de la télévision et de son défilé de femmes minces et sublimes, elle l'éteint, puis compose le numéro de sa mère. Sa voix et celle de son garçon lui manquent constamment en dépit de ses appels fréquents. L'oreille collée contre son téléphone portable, elle attend, espérant qu'ils ne soient pas déjà couchés.

— Allô ! C'est Cassie, précise-t-elle, déçue de tomber sur la boîte vocale de ses parents. Il doit être… Euh ! Il doit être un peu plus de vingt-trois heures en France. Vous devez dormir. Je n'arrête pas de vous envoyer des messages et nous nous sommes aussi parlés tout à l'heure, je le sais, mais je… Bon ! Je… je vous laisse en paix. Pardon. Je n'aime pas ce décalage horaire. Bisous à tous. Je vous aime.

Elle raccroche et, d'un bond, se lève. Une pensée lointaine concernant son livre lui revient en mémoire.

Avant de partir en voyage, je me suis dit que si je découvrais un autre continent, mon roman pourrait prendre de l'ampleur, une autre dimension, et pourrait se nourrir de mon expérience. Qu'attends-je pour me remettre à l'œuvre immédiatement ?

— Je suis ici pour aller au bout de mon projet d'écriture, non pour procrastiner, marmotte-t-elle en regagnant sa chambre d'un pas léger.

Motivée, Cassandre ouvre l'écran de son ordinateur, s'assied par terre sur une moquette beige et s'adosse contre son lit. Au lieu de continuer à rédiger son histoire, elle relit l'intégralité de ses chapitres. Replonger complètement dans son ambiance est important pour elle. Son inspiration en dépend souvent. Les minutes se succèdent, la nuit tombe, le silence l'entoure et son perfectionnisme lui est finalement utile puisque, en parcourant les lignes de son texte, une idée de titre surgit.

— *La vieille, le lama et l'auto-stoppeur*, murmure-t-elle à plusieurs reprises, afin de s'imprégner de l'association de ces mots.

« *La vieille, le lama et l'auto-stoppeur* » *respecterait le genre humoristique de mon bébé de papier.*

Elle sourit, séduite par sa trouvaille.

Ma vieille et hardie Paulette qui, ne voulant pas mourir dans une maison de retraite, a adopté un lama et s'est lancée dans un road trip en Amérique avec un étrange auto-stoppeur qu'elle a laissé monter dans sa camionnette, est devenue un boute-en-train irremplaçable dans la vie de ses compagnons. Je l'aime, cette Paulette !

Fière de la forme que prend le périple de sa surprenante héroïne que rien n'arrête plus, elle la visualise en chair et en os, accompagnée de son camélidé et de l'homme barbu. Alors qu'elle se met à dactylographier la suite de sa folle excursion, quelqu'un frappe à sa porte, puis l'entrouvre.

— Le popcorn est prêt, madame ! lui annonce Emma.

— Qu… quoi ?

Absorbée par son univers romanesque, Cassandre a du mal à renouer avec le présent.

— Quelle heure est-il ?

— Il est vingt-et-une heure. Je n'ai pas osé venir te déranger avant, mais je suis affamée.

— Moi aussi ! avoue la brune, tout en frictionnant sa figure.

Satisfaite d'avoir pu écrire, Cassandre délaisse son ordinateur et suit son hôtesse jusqu'au salon, où une soirée entre filles n'attend plus qu'elles.

CHAPITRE 22

Declan a débuté ses concerts dans les bars de Montréal, où il chante en anglais et en français des reprises de chansons connues, mais également des compositions personnelles. En ce samedi 07 du mois de novembre, sur l'estrade d'une brasserie à l'atmosphère tamisée, il dévoile un talent certain pour la musique country. Parmi les spectateurs, majoritairement attablés devant des hamburgers et des boissons, se tiennent ses amis. Ces derniers le soutiennent et lui insufflent l'énergie nécessaire pour exceller dans son art. Ses doigts dansent sur les cordes de sa guitare noire, sa voix résonne, son corps frisonne, son cœur tambourine. Assis sur un haut tabouret, son instrument sur les genoux, il partage sa passion, ses émotions, son expérience, ses joies, ses peines et son bonheur d'être sur scène. Les uniques moments où sa concentration vacille sont ceux où ses yeux se posent sur la belle Cassandre qui le fixe elle aussi et l'admire en secret. Si ce détail lui est inconnu, il est envoûté par son regard pétillant, cet éclat qui l'éblouit depuis qu'il la connaît, cette lumière qui le distrait, le désarme, lui parle.

***

À la sortie du bar, Cassandre félicite Declan pour sa performance, tandis que Liam et Emma discutent avec des connaissances un peu plus loin, sur un trottoir verglacé que l'éclairage public fait scintiller. Les habitations du quartier, dont les rideaux des fenêtres sont tirés, semblent dormir, les vitrines des boutiques éteintes n'attirent plus les passants pressés, les voies de circulation seules sont animées et, au milieu de ce décor urbain, elle a froid. Elle resserre son écharpe autour de son cou, enfile ses gants, évite de grommeler.

Je déteste la froidure.

— Oui, tu as bien travaillé monsieur Rouanet, certifie-t-elle. N'es-tu pas trop fatigué désormais ?

— Non, je suis plutôt en forme.

— Comme toujours !

— Comme toujours… sourit Declan, avant de réajuster son étui à guitare sur son dos. Il n'y a rien de magique à cela, toutefois. L'adrénaline liée au spectacle doit encore circuler dans mon sang. Et toi ?

— Moi !

— Comment se déroule ton séjour chez la blonde ? N'est-elle pas trop pénible ? Je n'ai pas pu passer un soir pour manger avec vous, à cause de mes obligations professionnelles, mais ça changera.

La jeune femme croise les bras dans l'espoir de se réchauffer. Elle regrette de ne pas porter le chaud manteau qu'elle a récemment acheté en centre-ville.

Je suis idiote de ne pas avoir anticipé cette température glaciale. Pour ma défense, nous ne sommes qu'en automne. J'ai dû mal à m'acclimater. Tant que je séjourne sur le sol québécois, il ne faut plus que je choisisse mes tenues vestimentaires en fonction du climat français. Ne pas tomber malade est ma mission prioritaire maintenant !

— Tout se passe à merveille, même si tu n'es pas venu nous rendre visite. Emma est parfaite ! reconnaît-elle, sans parvenir à se défaire de son infime, mais agaçante, jalousie à son égard.

— Je m'en doute, réplique le chanteur, sincère. Qu'as-tu fait de beau quand tu étais loin de moi ?

— Pour faire court, j'ai dormi, couru, visité, acheté, téléphoné et visionné des films, énumère Cassandre. J'ai aussi écrit. Je suis inspirée et mon roman avance relativement vite.

Raconter ses progrès d'écriture à Declan lui permet de lui prouver qu'elle suit ses précieux conseils et lui donne l'impression d'obtenir une sorte de validation de son travail.

— Fabuleux ! J'attends de te lire, tu le sais.

— Je sais, confirme la voyageuse motivée à l'idée de voir un jour le musicien le nez plongé dans son livre.

En attendant, elle se contente d'imaginer les sensations que les écrivains ressentent lorsqu'ils brandissent un manuscrit achevé.

Si seulement fournir des efforts pouvait suffire à être publié… En plus d'être difficile, l'existence humaine est d'une complexité !

204

J'envie celle des animaux qui vivent au présent et de manière
instinctive, sans futur, ni superflu.

— Tu grelottes, constate Declan qui commence à enlever son blouson. Prends mon bl...

— No... non, merci ! s'exclame Cassandre en effectuant de grands gestes avec ses mains. Tu es gentil, vraiment ! précise-t-elle, avant de refermer machinalement les boutons du manteau de son chevalier servant. Je ne veux cependant pas que tu attrapes la grippe.

— Ne me rhabille pas. Laisse-moi être un gentleman, maîtresse, l'implore le guitariste, la tête penchée sur le côté.

Le teint de Cassandre rosit.

— Impossible, tu ne pourrais plus assurer tes concerts avec un rhume. Tout est de ma faute, je n'avais qu'à m'habiller plus chaudement. Garde donc ton blouson, insiste-t-elle.

Son téléphone vibre dans sa poche et une petite sonnerie retentit.

— C'est sûrement mon Charlinou ! dit-elle, rayonnante.

Elle consulte son message avec empressement, ce qui empêche Declan de se rebeller contre sa décision.

Tom

« Comment vas-tu ? Le Canada est-il fait pour toi ? J'espère que tu en profites. Tu me manques, ma Cassie. Je suis inquiet. J'attends ton SMS. Ne m'oblige pas à te poser un ultimatum. »

La mère de famille soupire, déçue par l'expéditeur et sa menace.

Mon fils doit dormir. Il est tôt en France...

Elle tire avantage de l'arrivée de la jolie Emma, suspendue au bras de son frère, pour répondre sommairement à Tom.

Je ne rentrerai pas dans le jeu ou la guerre ouverte du père de mon enfant.

Cassandre

« Tu es déjà debout ! Je vais bien, merci. Je trouve mes marques. Je vais me coucher. À plus tard. »

Elle range son mobile. Son agacement est palpable.

Je n'avais pas prévu d'apporter mes soucis de couple dans mes valises. Que cherche Tom exactement ? Il connaît la signification de mon voyage, il sait que je souhaite une pause, une vraie. Est-il réellement amoureux de moi ? Puis-je me fier à ses mots doux ? Le fais-je trop attendre ? Suis-je trop rancunière ? Les semaines défilent et je ne parviens pas à trouver de réponses à ces interrogations.

Pendant que son groupe bavarde sous le ciel étoilé sans y prêter attention, Cassandre contemple les étoiles qui l'embellissent et songe à sa relation amoureuse, à son existence, à l'immensité de l'univers qui la dépasse.

***

Le comportement distant de Cassandre n'échappe pas à Declan qui connaît pertinemment la cause de son malaise, l'auteur de ses maux. Discerner son trouble lui rappelle la tendresse qu'il éprouve pour elle et son envie de l'épauler.

Tom harcèle ma maîtresse. J'ignore si cet homme est honnête avec elle et quelle place il occupe encore dans son cœur. De mon côté, j'aimerais l'aider à retrouver le bonheur de l'amour et le chemin de sa cellule familiale, mais je serais malvenu de m'immiscer dans ses affaires. Si j'écoutais mes sentiments, je l'éloignerais définitivement de cet arrogant personnage et je deviendrais alors prétentieux et égoïste à mon tour. En effet, je ne suis pas en mesure de le remplacer, j'en suis conscient depuis longtemps. Je ne suis pas un père, je ne suis pas sédentaire, je suis simplement moi. En somme, je ne détiens pas la formule magique pour faire disparaître les tourments sentimentaux de ma belle aux cheveux bruns. Ce qui ne m'empêche pas de le désirer.

Préoccupé par les éventuelles mauvaises raisons qui lui dictent de jouer les héros et par son incapacité à y parvenir, il écoute distraitement les paroles de Liam et de sa sœur qui l'interrompt régulièrement afin de préciser leur pensée commune en ce qui concerne les projets écologiques de la ville, évoqués dernièrement par la municipalité.

— Vouloir construire un éco-hameau autonome en énergie est à l'évidence une excellente idée, souligne calmement le Canadien.

— Ce genre d'initiative est hélas trop rare pour avoir un impact considérable sur les mentalités, explique Emma qui porte un élégant béret vintage beige. Les futurs habitants du village resteront des marginaux aux yeux de la population. Ils ont toutefois tout compris.

— Exactement. En plus d'être éveillées, notamment au sujet de la surconsommation morbide, du système économique aberrant et de l'urgence climatique, ce sont ces personnes qui agissent vraiment ici et là sur la planète, affirme Liam. Elles sont admirables.

Le musicien approuve les dires de ses interlocuteurs sans véritablement entrer dans leur débat.

Dois-je présenter quelqu'un de respectable à Cassandre et la soutenir lorsqu'elle tournera la page d'un passé sentimental que je crois malsain ? Est-ce cela la solution pour la voir heureuse ? Non, mon intrusion toucherait également Charles et je ne sais finalement pas grand-chose de sa relation avec Tom. Je ne fais que supposer en fonction de ce que je vois, entends, comprends, ressens. Je ne suis de surcroît pas digne de cette mission que je me donne. Je ne suis pas un ange gardien. Pourquoi voudrais-je l'être et intervenir dans une histoire qui n'est pas la mienne ? Suis-je fou ? Mon affection pour la dame de mes pensées ne me donne aucun droit.

Son illégitimité à secourir Cassandre, sa demoiselle en détresse, l'exaspère, tout comme le fait d'envisager être un entremetteur en faveur de Tom ou d'un autre.

— En comparaison, mes actions en faveur de la nature sont dérisoires, se dénigre l'informaticien, alors que Cassandre, concernée par le thème abordé par les Québécois, a chassé son vague à l'âme et s'est progressivement intéressée à la discussion en cours.

— Tu n'es pas loquace, Declan, remarque Emma. Dès qu'il s'agissait de défense environnementale, tu n'étais pourtant pas le dernier, dans mes souvenirs, à vouloir te battre et à partir au quart de tour. As-tu au moins vu les récentes conférences d'Aurélien Barrau ou de Jean-Marc Jancovici ? Elles sont inquiétantes.

— Pardon, j'étais un peu ailleurs, s'excuse le chanteur en massant ses omoplates. Oui, j'étais l'homme que tu décris. À force d'en souffrir, j'ai néanmoins légèrement changé ma façon de réagir face au drame qui se déroule autour de nous.

— Ah bon ! Tu ne nous as rien dit à ce propos... s'étonne Liam.

— Il y a peu à dire en vérité. J'essaie juste d'être en accord avec moi-même, se confie Declan. J'ai trouvé mon équilibre au quotidien et je me sens plus serein. Sans oublier que le monde dépérit et que la bataille pour le sauver est vain, à mon avis, je lutte pour conserver ma paix intérieure, tout en faisant au mieux pour le préserver. Je m'y emploie non par égoïsme, mais par choix, le choix de vivre, car il le faut, et le choix de mettre entre parenthèse le chaos, car il rend malade. Mon inquiétude quant au futur s'atténue dès lors que je reviens à l'essentiel et j'en suis comblé. Savourer le présent est l'unique action importante à notre échelle en définitive, la seule chose sur laquelle nous pouvons avoir un réel pouvoir.

— Hum ! Tu es devenu philosophe avec les années, mon vieux ! se moque la grande femme, impressionnée par la sagesse qu'il a acquise. Félicitations.

— Tu n'espères donc plus œuvrer pour l'organisation Greenpeace ?

— Si, Lili, pourquoi pas ? Qui sait ! formule Declan, alors que le bruit d'un autobus sur la chaussée couvre partiellement sa voix. Mes convictions n'ont pas changé, sache-le. J'utilise toujours du savon, du shampoing solide et des produits cosmétiques ou ménagers naturels, si cela peut te rassurer. Je ne gaspille d'ordinaire pas l'eau, ni la nourriture. J'évite d'acheter du plastique, je tris et réduis mes déchets. Je donne mes affaires au lieu de les jeter, je pratique le troc. Je privilégie la marche ou le vélo plutôt que la voiture. Je mange bio et local de préférence, je bannis la viande industrielle et en consomme peu et cetera, déclare-t-il en haussant les épaules. Avoir mon propre potager serait aussi l'idéal, je n'en démords pas. Quand nous sommes engagés sur la voie de la raison, nous ne pouvons plus la quitter.

— Ha ! Tu me rassures, l'artiste ! réplique Liam. Dans le cas contraire, je serais venu te chercher pour te ramener vers cette raison. Heureusement, tes efforts écologiques perdurent et surpassent même les miens sur plusieurs aspects. Par contre, personne ne peut rivaliser avec

Emma, ma sœurette végétarienne. Entre ses marches pour le climat, son régime alimentaire strict et son implication au sein d'associations vertes, elle est mon héroïne ! la flatte-t-il, tandis qu'elle minaude. La brise se fait... glaciale ! constate-t-il brusquement, avant de réajuster son bonnet en laine.

— À force de vous écouter parler tous les trois ces temps-ci, je m'interroge, intervient l'institutrice, après s'être raclé la gorge. Vous me semblez alarmistes quant en l'avenir de l'humanité. Est-ce dramatique à ce point ? Le réchauffement climatique, l'agonie de la biodiversité, la pollution, les déchets plastiques, la famine, les guerres et autres calamités qui ravagent la Terre, nous en sommes tous plus ou moins informés, mais l'Homme ne peut-il pas y faire face grâce aux progrès de la science et de la technologie ? L'écologie au quotidien est une préoccupation majeure pour la plupart des Français par exemple. Le peuple est de plus en plus éduqué et...

— Je suis désolée, je t'arrête, ma chérie ! la coupe Emma, saluée par un copain motard qui, en passant devant elle sur sa grosse moto, donne un bref coup de klaxon et obtient en échange un éclatant sourire de sa part. Où en étais-je ? réfléchit-elle une seconde. Ah, oui ! Avant d'approfondir cette réflexion à propos de l'écologie, as-tu lu le livre de Pablo Servigne : *Comment tout peut s'effondrer* ?

— Non, confesse Cassandre, curieuse. Pourquoi ?

— Je te conseille la lecture de cet ouvrage. Tu n'en ressortiras pas indemne, je te préviens, mais elle t'aidera à comprendre notre raisonnement actuel et notre cheminement, précise la blonde, sans prétention. Le bilan qui en ressort est impartial, brutal et réaliste.

Un vent glacé ébouriffe violemment les chevelures des quatre noctambules et Declan se plaît à regarder sa brune préférée, au visage pratiquement recouvert par la sienne, tenter de la dompter.

« On l'appelait nez rouge. Ah ! Comme il était mignon... »

— Oui, s'il y a un livre à découvrir en premier pour appréhender l'état déplorable de notre société, c'est bien celui-ci, certifie l'ingénieur en informatique. Ses deux auteurs décortiquent les ressorts d'un possible effondrement et présentent un tour d'horizon interdisciplinaire de ce sujet qu'ils nomment la « collapsologie ».

— En bref, reprend Emma, la « collapsologie » est un courant de pensée, apparu dans les années 2010, qui envisage les risques d'un effondrement de la civilisation industrielle et ses conséquences.

— Oh ! Je... Entendu, note Cassandre interloquée. Je me documenterai.

— Arrêtez-vous, bande de psychopathes ! commande le guitariste dans un rire. Vous allez finir par terroriser ma maîtresse !

— Il est vrai que vous avez réussi à m'inquiéter, confirme Cassandre, sensibilisée aux problèmes environnementaux. Mes prochaines lectures ne seront donc pas joyeuses, à ce que j'ai compris.

— Et non ! conclut Liam avec une moue amusante.

— Bon ! L'organisatrice de sorties, si tu nous disais maintenant en quoi consiste celle de mercredi ? s'impatiente Declan. Il est plus que l'heure de nous séparer, d'aller nous réchauffer et de nous coucher !

Les derniers clients de la brasserie dans laquelle il a chanté sortent, puis se dispersent en silence. Emma dévoile enfin son programme et il s'en réjouit.

— Ce que tu as prévu pour nous est fantastique, mais la saison des activités hivernales ne commence-t-elle pas en décembre ? s'inquiète-t-il.

— *Les Expéditions des cent lacs* proposent des randonnées en traineaux avec ou sans neige, car l'entreprise, qui affichait complet de décembre à février au moment où j'ai fait la réservation, possède des véhicules équipés de roues, explique la demoiselle en charge de l'expédition. Je sais que, dans ces circonstances, la magie opère surtout lorsque les sentiers sont enneigés, mais paysages et chiens seront quoi qu'il en soit au rendez-vous. Toutefois, cher Declanito, j'ai appris qu'il avait fortement neigé à cet endroit, alors...

— Tout sera fabuleux ! s'écrie la Française, enchantée à la perspective de la journée en plein air organisée par Emma.

Cassandre avoue n'avoir jamais fait du chien de traineaux et Declan, aventurier chevronné, sensible à son euphorie, est ravi de l'apprendre.

Les étincelles que font les yeux de cette femme m'émerveillent à chaque fois que sa candeur fait son apparition.

Avant de parcourir les rues désertes avec son ami Liam, en train de chahuter sa sœur jumelle sur le trottoir, Declan souhaite une douce nuit à Cassandre et lui fait la bise. La sentir s'attarder sur sa joue le surprend, à l'instant où des flocons de neige tourbillonnent autour d'eux. Il aimerait écouter les frissons qui parcourent sa peau et l'étreindre. Il aimerait lui décrire les sensations qui le traversent et les faire durer.

J'aimerais...

CHaPiTRe 23

7H00

Liam, Emma, Declan et Cassandre profitent de leur trajet de deux heures en voiture pour chanter, bavarder, raconter des blagues, rire ou débattre de sujets politiques. La bonne humeur est contagieuse et la jolie brune, assise sur la banquette arrière, contemple la neige qui tombe à l'extérieur et a déjà recouvert la nature d'un tapis immaculé.

Quand les larmes du ciel deviennent blanches, la douceur et la quiétude ne tardent pas à se joindre à elles. J'apprécie ce calme et cette beauté. Il est regrettable que le ski et la vitesse ne m'attirent guère. Sur les sommets des montagnes enneigées, les skieurs disposeraient apparemment de panoramas magnifiques... Comment en douter ?

Liam conduit prudemment et son automobile est correctement équipé contre les intempéries, alors Cassandre évite de penser à un éventuel accident de la route. Elle préfère être dans le présent. Elle le sent, est à l'affût du bonheur qui l'entoure. Sa joie vibre en elle. Son excitation est palpable. Rencontrer des chiens et partager quelques heures avec eux la met en joie.

Je suis restée une enfant. Je le resterai vraisemblablement jusqu'à mon dernier soupir. « La chanson des vieux amants » de Jacques Brel me revient d'ailleurs en mémoire. Ce talentueux interprète chantait : « Finalement, finalement, il nous fallut bien du talent pour être vieux sans être adultes ». Le corps vieillit, non l'esprit. Est-ce le sort de tout un chacun ?

Si l'absence de Charles la chagrine, elle ne la paralyse dorénavant plus. Elle le sait en sécurité et heureux en France, comme il n'a de cesse de le lui clamer lors de leurs échanges téléphoniques. En revanche, elle regrette qu'il ne puisse participer à son aventure.

Mon bichon aurait adoré passer du temps avec des huskies... Quel dommage !

— Donc mes cocos, j'ai pris la formule à deux-cent-cinquante dollars pour quatre heures et pour quatre personnes, rapporte Emma, enjouée. Nous ferons une excursion de quarante kilomètres environ et il y aura six chiens par traineau. Vous me rembourserez plus tard.

— Aurais-je moi aussi un traineau ? demande la novice ébahie.

— Affirmatif ! s'exclame la Canadienne. Un moniteur sera à notre service pour nous initier ou nous remémorer les bases de la conduite d'attelage.

— Je croyais que nous nous ferions tracter, porter, ou... Je ne suis pas certaine que... bégaie Cassandre.

— Ne t'en fais pas, maîtresse, lui conseille Declan, installé à l'avant de l'automobile. Tu apprendras vite, ce n'est pas compliqué, la rassure-t-il en se retournant vers elle. Dans le pire des cas, tes mésaventures seront un excellent divertissement pour nous.

— À ta place, je ne me moquerais pas, annonce le conducteur, concentré sur la trajectoire de son véhicule. Il me semble que ta malchance t'a laissé en paix depuis trop longtemps. Ne trouves-tu pas ?

— Oiseau de malheur ! riposte le chanteur, avant de donner un coup de poing amical dans l'épaule massive de Liam. Si je me brise les os en tombant aujourd'hui, tu en seras le seul responsable, Lili. Sache-le, le menace-t-il, ses index levés en l'air.

— Si tu ne veux pas que nous fassions des tonneaux, je te suggère de ne plus me bousculer, formule Liam sur le ton de la plaisanterie.

— Ne vous disputez pas, les garçons ! Je serai à la hauteur, c'est décidé, affirme Cassandre.

Elle sourit. La compagnie de Declan rend son séjour plus intéressant, elle ne saurait pas le nier. De son point de vue hétérosexuel, elle est persuadée que les relations entre les sexes opposés fonctionnent généralement grâce à ce genre de magie.

Il est incroyable qu'un homme puisse encore me donner envie de me maquiller, de prendre soin de moi, de sortir, de m'amuser... L'autre sexe a définitivement le don de motiver les gens dans la sphère privée, comme dans la sphère professionnelle. Durant mes études littéraires, effectuées principalement par des étudiantes, cette motivation m'a cruellement manqué. Mon métier offre hélas une rengaine similaire, puisque le féminin y domine irrémédiablement. Le flirt et la séduction, même innocents, sont pourtant primordiaux. Ils pimentent l'existence.

Bien sûr, il est important de soigner son apparence et sa santé pour l'estime de soi et le bien-être, mais prétendre ne le faire que dans cet objectif est un mensonge. Le jugement des autres nous affecte continuellement et les efforts que nous fournissons, afin de rentrer dans la norme esthétique de notre époque, sont liés à notre envie de plaire, d'être acceptés, d'être aimés. N'ai-je pas raison ? Peu importe ! Personnellement, je sais que sans contact social ou besoin de séduire, je resterais facilement en pyjama des jours entiers et ne prendrais plus vraiment la peine de me pomponner. L'animal en moi resurgirait, la nature reprendrait ses droits sans que ma confiance en moi en pâtisse. Serais-je la seule dans ce cas de figure ? Impossible...

***

11H30

Après un commencement laborieux, Cassandre manœuvre désormais convenablement son traineau. Confiante en l'expertise du moniteur, elle suit ses conseils et ses instructions, tout en mesurant ses progrès. Tombée sous le charme de ce dernier, Emma ne manque aucune occasion pour converser avec lui, le suivre, le dévorer des yeux et l'institutrice croit enfin en sa relation platonique avec Declan.

Comme le fredonne Mylène Farmer : « C'est une belle journée » !

Sentir la caresse du vent sur son visage, entendre les huskies impétueux aboyer, être témoin de leur splendeur, de leur jeunesse, de leur ardeur, bénéficier de leur expérience, vibrer avec eux, admirer le décor somptueux qui l'entoure et glisser sur la neige en bonne compagnie lui procurent des sensations merveilleuses. Les immenses sapins forment des forêts fabuleuses qu'elle se plaît à parcourir depuis qu'elle sait accompagner ses compagnons sur pattes dans l'effort. Fière d'avoir appris à les atteler, les appeler, les reconnaître, les commander, elle a l'impression de voler, de profiter de la promenade, d'oublier le monde.

Cette liberté, cette fraîcheur, cet oxygène, comment pourrais-je les effacer de ma mémoire une fois de retour dans la pollution des villes ? Son attelage suit celui du chanteur. Ce dernier se retourne d'ailleurs régulièrement vers elle afin de l'encourager et elle apprécie leurs échanges de regards complices. Elle aime sa vitalité. Pendant qu'il interpelle Liam positionné devant lui et s'apprête à le doubler, en dépit de la prudence recommandée par leur guide en début de parcours, elle le visualise sur scène, resplendissant sous la lumière des projecteurs, sensible, doué.

Je ne me lasse pas d'écouter Declan chanter. Devrais-je prochainement retourner le voir travailler ? Non, il serait raisonnable de le laisser tranquille. En suis-je certaine ? Pourquoi me priverais-je de la musique de cet artiste ? Je ne le dérangerais pas ! Pourquoi me priverais-je de son univers musical ? Pourquoi ? Parce que tu as ton livre à écrire, ma vieille ! Parce que tu n'es pas une groupie ! Parce que tu es effrayante à débattre silencieusement...

Au moment où elle rêve de la voix de Declan, celui-ci anticipe mal un virage et, avant même d'espérer dépasser le Québécois, il évite de justesse une collision avec un arbre. Malgré ce coup de chance, elle assiste à sa perte de contrôle qui le projette hors du chemin, pendant que ses chiens, au pelage noir, gris, roux, sable et blanc, et le reste du convoi poursuivent leur route. Grâce à un réflexe naturel, elle appuie sur son frein, se cramponne à son guidon, puis s'arrête à son niveau. Elle place son ancre au sol, comme le moniteur le lui a montré, et rejoint le musicien enseveli sous de la poudreuse. Elle s'agenouille pour l'aider à se relever.

— Rien de cassé, j'espère !

— Non, je n'en ai pas l'impression, répond Declan en se hissant sur ses jambes. Quelle chute ! s'exclame-t-il, après avoir secoué son bonnet, son manteau et ses cheveux entièrement blancs.

Cassandre sourit.

Mes idées comiques ne tariront jamais avec cet imprudent ! Mon roman se nourrit de cette sorte d'extravagance.

Si elle trouve Declan attachant et drôle, elle lui rappelle que son traineau est parti sans lui. Taquine, elle pointe du doigt ses six huskies sibériens haletants, stoppés par leur propriétaire réactif à une centaine de mètres de leur position.

— Tu es chanceux. Tes amis poilus ne sont pas loin, affirme-t-elle.

— Certes, mais je me faire gronder par leur maître, je le sens.

— Tu te feras houspiller que si nous avouons aux autres tes bêtises. Quelle folie de vouloir faire une course au milieu des sapins !

— Je suis d'accord. Ne rapportons pas mes exploits ! propose le guitariste, lorsque le moniteur, vêtu d'une doudoune matelassée à capuche en fausse fourrure, fait un demi-tour pour le rejoindre.

— Quoi qu'il en soit, les jumeaux vont probablement te faire passer un mauvais quart d'heure.

— Aucun doute là-dessus ! Ne les entends-tu pas déjà se moquer ?

La belle tend l'oreille.

— Je les entends et surtout je les vois rire, annonce-t-elle en reprenant place sur son attelage.

— Ont-ils raison ?

— Hum !

Cassandre resserre sa queue de cheval.

— Oui, déclare-t-elle, un sourire dessiné sur ses lèvres.

***

12H15

Mains jointes contre sa nuque, Declan est muet d'admiration devant un vaste lac qui ondoie sous les effets de la brise et se confond avec une brume magnifique. Le ballet des flocons de neige a également le don de l'hypnotiser. Assister à leur rencontre avec la surface grise de l'eau le transporte dans des rêveries poétiques. Il inspire profondément. Debout, face à la pureté, il s'en imprègne, reconnaissant envers l'existence.

La vie a un sens.

Seuls les aboiements des chiens de son groupe à l'arrêt brisent le silence du lieu et perturbent sa contemplation. En tournant la tête, il aperçoit la fascination de Cassandre, comparable à la sienne. La voir émue et radieuse, au milieu d'un paysage féerique qui lui correspond, le touche.

Maîtresse, ta chevelure brune offre un délicieux contraste avec le cadre immaculé que nous observons. Le sais-tu ? Le sais-tu que ta chaude beauté, ta candeur et ta douceur sont une source d'inspiration pour moi, à l'image de la nature engourdie par le froid ? Te l'ai-je déjà dit ? Bien sûr que non. Du moins, je ne le crois pas. Je n'en suis plus sûr... Devrais-je tout dire ? Bien sûr que oui... non ! Je l'ignore.

Alors que le chanteur regarde Cassandre s'extasier de la magnificence de l'environnement canadien, Emma le scrute elle aussi, persuadée que son attirance perceptible pour l'enseignante est réciproque. Sans se douter de la perspicacité de son amie quant à son émoi adorable, Declan s'agenouille et câline ses six huskies sibériens qui réclament de l'attention. Sa préférence va à Fantasio, un superbe mâle marron et blanc dont les yeux caramel arborent une couleur semblable à la teinte des siens.

— Quel gentil et beau toutou ! le complimente-t-il en lui grattant le ventre.

— Il te ressemble, déclare Cassandre, avant de venir s'accroupir près du chien. Sa robe dorée et son... son regard noisette me font penser à toi, précise-t-elle, légèrement rougissante. Vous êtes parfaitement assortis, conclut-elle, tandis que Fantasio choisit ce moment pour sauter sur elle et la lécher énergiquement.

Soumise à cet élan d'affection débordant, la jeune femme perd l'équilibre et tombe sur les fesses devant le guitariste qui ne parvient pas à la rattraper à temps.

— Brrr ! C'est gelé ! grommèle Cassandre tout en repoussant son prétendant canin. Brrr ! punaise de punaise ! Je pue la bave maintenant, berk ! se plaint-elle, alors qu'elle essuie sa joue et se relève à la hâte. J'ai de la neige dans mes bottes aussi ! Non, non, non ! Ma chaussette est trempée ! Brrr !

Declan frictionne le dos du coupable, amusé de voir la belle brune gesticuler. Il ne se lasse pas de l'entendre maugréer pour rien.

— Je l'aime bien ce Fantasio, déclare-t-il, souriant.

— On peut dire qu'il est énergique comme toi, constate Cassandre, avant de retirer sa botte et de l'agiter, afin d'en extraire la neige. Pourquoi les animaux se croient-ils tous obligés de m'embrasser ?

— Le sais-tu ?

— Quoi ?

— Tu n'es absolument pas crédible quand tu jures et t'énerves.

Moqueur, le jeune homme flatte le museau de son husky favori. Son sourire creuse ses fossettes.

— Je ne le suis jamais. C'est mon malheur, se lamente l'institutrice en rechaussant sa chaussure.

— Peut-être, mais les lamas et les chiens t'adorent !

Declan se remet prestement sur ses jambes, ôte son bonnet, ébouriffe volontairement ses cheveux dans le but de leur redonner du volume.

— Je les aime aussi, admet Cassandre. Euh ! Le sais-tu ?

— Quoi ?

— Tu as l'air d'un lion avec ta crinière.

Le musicien noue des mèches sur le sommet de son crâne, pendant que le moniteur, un grand, robuste et charismatique brun, discute avec Liam et Emma au bord du lac.

— Je suis un Viking, tu veux dire, un Viking tel qu'ils sont représentés dans la célèbre série du même nom, celle de Michael Hirst. N'est-ce pas ?

— Hum ! hésite la professeure qui prend sérieusement son rôle de juge. Oui, tu ressembles à un Viking ou à... un Celte, mais en beaucoup plus sexy, formule-t-elle sans vraiment le vouloir.

Voir Cassandre s'empourprer soudainement séduit Declan, ayant la courtoisie de ne pas l'embarrasser avec ce détail. Il savoure son compliment et décide de le prendre avec humour.

— Merci, maîtresse, réagit-il. Il en faut pour être sexy dans une doudoune !

Entouré par la neige fine qui tourbillonne, il dévisage Cassandre qui se tait, le menton abaissé, les pommettes rosées, le minois malicieux.

— Nous repartons, les tourtereaux ! les prévient le guide en leur faisant un geste avec son bras. Nous mangerons plus loin.

***

15045

Cassandre éprouve des difficultés à faire ses adieux aux chiens qui ont partagé sa journée et sont encore attachés à son traineau, près d'un hangar de matériels professionnels construit avec de larges planches de sapin. Elle les cajole, les chahutent, les remercie, puis utilise son téléphone portable pour les photographier.

J'enverrai mes photos à Charles.

Avant de partir, elle ne peut également pas s'empêcher de retrouver Fantasio et ses iris singuliers. Une fois devant l'attelage de ce sublime husky, elle s'incline vers lui et lui offre un peu de tendresse.

L'innocence canine, quel trésor !

— Je tenais à te dire, mon beau, que je pardonne ton effronterie de tout à l'heure ! annonce-t-elle, alors qu'elle lui flatte le cou. Tu n'embrasses pas si mal que ça...

— Aurais-tu la fâcheuse habitude de tomber amoureuse de toutes les créatures qui te malmènent, maîtresse ? lui demande Declan, adossé contre la façade du chalet pittoresque de leur moniteur en plein dialogue avec Emma, à proximité de la porte d'un vaste chenil agrémenté par des niches garnies de paille, des abris en bois et des structures de jeu. Kuzco, Fantasio...

Le prénom d'une personne en particulier résonne dans le cœur de Cassandre.

Tom...

— Tom... murmure-t-elle, évitant ainsi au guitariste de prononcer ce nom, un nom auquel il pensait lui aussi sans oser en faire mention.

Méditative, elle perd le présent. Si le père de son fils l'a rendue heureuse à une époque, il est inconsciemment et parallèlement parvenu à la détruire sur le long terme, pour finir par la rejeter cruellement. Sa récente menace d'ultimatum, elle ne l'oublie pas, mais elle songe dorénavant à sa part de responsabilité dans le dépérissement de leur amour, de sa flamme personnelle, de son énergie et de son aura. Plus elle y réfléchit, plus elle est persuadée en revanche d'être l'unique responsable du parcours individuel chaotique qu'elle a traversé ses dernières années. Elle n'a pas su réagir contre sa descente aux enfers, ni su se battre contre ses faiblesses. Tom ne l'a simplement pas secourue, ce qui ne l'exempte évidemment pas d'être fortement impliqué dans la chute de leur vie sentimentale à laquelle il a asséné un coup fatal. Quoi qu'il en soit, comprendre ses impairs l'aide à grandir.

Nous sommes tous logiquement maîtres de nos choix, de ce que nous tolérons ou non, de ce que nous entreprenons ou non... Nous sommes les créateurs de nos échecs, de nos fautes, de nos réussites. Continuer à blâmer Tom pour tout et n'importe quoi ne me sera d'aucune utilité. Il a ses défauts, j'ai les miens. Nos erreurs de couple nous appartiennent, bien qu'il m'ait abandonnée férocement. Quand je repense à son acte, je suis certes irrémédiablement bouleversée. Il m'a... répudiée. Il a franchi un cap qui m'a traumatisée, mais ce fait est bel et bien passé, n'est-ce pas ? Pourquoi donc lui en vouloir encore ? Il a sans doute juste achevé une union à l'agonie. Lequel de nous deux est le véritable fautif, le véritable monstre, dans cette histoire ? Sommes-nous finalement coupables ? Sommes-nous réellement compatibles ? L'avons-nous été une seule fois ? L'aimé-je toujours de la bonne façon ? Je suis perdue.

En croisant par hasard le regard de Declan, la jeune femme y perçoit une infime tristesse, une gêne, la gêne de l'avoir potentiellement offensée. Elle décide de chasser immédiatement son embarras et de dédramatiser sa situation.

— Peut-être suis-je victime de malédiction chronique en matière de relation en tout genre, plaisante-t-elle, tandis qu'elle chatouille le nez du chien marron et blanc. À moi de trouver comment conjurer le mauvais sort. Puis entre nous, Kuzco et Fantasio ne sont pas si terribles.

— C'est vrai, confirme le bel homme qui s'approche de Cassandre. Puis-je te photographier avec ton soupirant du jour ? Tu en garderas un souvenir.

— Faisons plutôt un selfie tous les trois.

La jolie brune s'agenouille. Elle entoure Fantasio d'un bras et Declan l'imite, avant d'immortaliser ce moment.

— Voilà. Je t'enverrai la photo plus tard, promet ce dernier, après s'être relevé. Nous devrions rejoindre Liam dans la voiture. Observe-le, conseille-t-il en le désignant.

Cassandre pouffe de rire lorsqu'elle aperçoit le Québécois, le front appuyé contre son volant, en train de bâiller à s'en décrocher la mâchoire. Elle se hisse à son tour sur ses jambes.

— Je le comprends, sa sœur lui manque, explique-t-elle. Elle ne veut décidément plus quitter son guide adoré.

Elle frotte ses genoux, afin de les débarrasser des résidus de neige qui y sont collés.

— Olivier, elle l'appelle Olivier maintenant ! souligne le chanteur, tout en hochant la tête. L'as-tu entendu ?

— Oui ! ricane l'enseignante. Elle semble s'éprendre de lui.

Elle s'étire.

— Bon ! Au revoir, les toutous ! s'exclame-t-elle, alors qu'elle les regarde tous une ultime fois et les salue d'un geste ample de la main. Soyez sages, courageux et surtout en forme !

Accompagnée par Declan, elle commence à se diriger vers l'automobile de Liam, stationnée derrière la clôture de la propriété du moniteur, entre deux pins gris. Leurs pas font craquer la neige au sol, que la lumière du crépuscule rend davantage blanche, et elle aime cette sensation.

— Je me demande ce que notre Emma a prévu pour nous mercredi prochain, se questionne-t-elle à voix haute. C'était tellement... formidable aujourd'hui !

Elle se sait chanceuse. Financièrement aisée et délestée de ses obligations familiales, elle possède les ingrédients idéaux pour se divertir.

Faut-il être riche et ne pas avoir la garde ou la responsabilité de ses jeunes enfants pour profiter pleinement des expériences de la vie moderne ? L'argent ne fait pas le bonheur soit-disant ! Je n'y crois pas. Il est vrai que les bonheurs simples existent et sont essentiels pour la santé, l'équilibre mental et l'humeur, mais l'argent reste la base de tout au sein de notre société. Il est la clé qui permet d'ouvrir des portes scellées. Avec lui, tout est accessible.

Grâce à mes économies par exemple, j'ai pu voyager et je découvre le Canada. Je suis une privilégiée. Grâce à mes parents et Tom, Charles est en sécurité et n'a pas besoin de moi dans l'immédiat. Je suis une privilégiée. Je mène actuellement une vie de petite bourgeoise en somme. Moi qui n'aie jamais dépensé, ni délaissé mon fils, j'en suis abasourdie !

Ma fatigue actuelle est une fatigue saine, la fatigue des vacances ! Elle ne ressemble en rien à la fatigue écrasante ressentie les soirs de semaine, après le travail. Elle n'est pas liée à un effort physique ou psychique pénible. Cette fatigue n'est que le résultat d'une montagne de joies et de plaisir qui n'exigent rien en retour, des trésors auxquels peu de gens ont accès. Je suis définitivement une privilégiée.

— À ce que je sais, notre escapade débutera dès cinq heures du matin, rapporte l'artiste.

— Ah bon !

— Oui, du moins si la blonde daigne laisser son Olivier un jour ou l'autre, se moque Declan. Quel suspense, elle nous inflige !

Avant de grimper dans le véhicule, Cassandre jette un coup d'œil à Emma.

— Elle me fait rire, dit-elle.

— Savez-vous ce que fait ma jumelle ? demande Liam en ouvrant sa portière. Il va faire nuit si elle continue à traîner !

— Elle se trouve un mari, rit le voyageur.

— Cet Olivier… Il a l'air gentil, mais je n'aimerais personne d'autre que toi en beau-frère !

— C'est trop d'honneur que tu me fais, aimable Lili.

— Quand vous aurez terminé de vous lancer mutuellement des fleurs, vous me ferez signe, les garçons ! les interpelle la professeure qui prend place sur la banquette arrière.

Elle retire son blouson encombrant et attache sa ceinture, pendant que Declan s'installe à ses côtés.

— Je te fais signe, maîtresse ! la prend au jeu ce dernier, tandis qu'il enlève son manteau à son tour et la fixe. Veux-tu des fleurs toi aussi ?

— Qu... No... non ! rit Cassandre. Par contre, fermez les portières, s'il vous plaît, messieurs, leur commande-t-elle. Sans doudoune, nous allons nous congeler sur place.

Elle étire son col roulé étriqué.

— À tes ordres, madame, s'exécute Liam.

— Es-tu sûre de toi ? insiste le poète, charmeur. Car je pourrais, par exemple, te dire que tu es belle, si tu en as envie. Je ne dirais que la stricte vérité et cette vérité ne serait hélas pas la flatterie que tu attends, mais un compliment sincère.

— Tu es couillon ! rétorque Cassandre.

Elle donne un léger coup de coude dans les côtes de Declan.

— Quel beau parleur, Rouanet ! réagit le Canadien, en train de le regarder à travers le rétroviseur.

— Nous ne pouvons plus être honnête dans ce pays sans passer pour un « couillon » ou un je ne sais quoi, se plaint Declan dans un soupir.

— Tu n'as pas tort et je te l'accorde, se reprend Liam, notre institutrice est plus que ravissante.

Cassandre devient aussi rouge que le pull du conducteur. Elle fuit le regard des deux hommes et saute sur la première occasion pour changer de sujet.

— Emma prend enfin congé de son Olivier ! remarque-t-elle tout en la pointant du doigt.

— Mettons-nous d'accord ! commence Declan, subitement sérieux. Dès que la blondinette pose ses fesses dans le véhicule...

— Nous lui tombons tous dessus !

— Tu as tout compris, Lili !

— Je marche avec vous, certifie la brunette.

Elle tapote ses cuisses. Son sourire est généreux.

Je suis belle...

CHAPITRE 24

Mardi 17 novembre 2020

Cassandre referme derrière elle la porte de la maison-conteneur de son hôtesse qui lui a aimablement confié le double de ses clés. Encore essoufflée par son jogging, elle retire ses baskets et son manteau, puis les range dans le placard de l'entrée. La chaleur qui émane de la cheminée à foyer fermé en fonte irradie vers elle et, reconnaissante de cette source de réconfort, elle se précipite vers les flammes afin de sécher le bas de son pantalon.

— Je suis folle d'aller courir dans la neige, dit-elle à voix haute, pendant qu'elle éponge la transpiration de son front avec sa manche.

Au Québec, il n'y a qu'une Française qui puisse aller faire du sport alors que la température extérieure est négative ! J'ai failli tomber plusieurs fois. La honte ! Il faudrait que cessent mes imprudences ou le Canada me tuera.

À trop rester près de la cheminée, la jeune femme finit par avoir excessivement chaud. Elle enlève ses deux pulls, les dépose sur une chaise, puis réajuste son sous-pull. Elle s'assied ensuite en tailleur à proximité du feu et consulte ses messages en attendant Emma. Si elle en a reçu un de sa mère, de Tom et de Declan, seul celui du chanteur, accompagné de leur photographie avec le husky Fantasio, la fait sourire.

Je n'oublierai pas l'aventure des chiens de traineaux, les sensations et la liberté éprouvées, la splendeur des lacs, le bonheur de partager cette expérience avec mes amis...

Ses yeux s'attardent sur le visage symétrique de Declan, ce visage auquel elle songe trop fréquemment, ce visage qui alimente ses rêves et ses fantasmes imprévisibles parfois, ce visage qui lui plaît, ce visage qu'elle se refuse le droit d'aimer.

Devrais-je ignorer ma morale ? Imaginer sortir avec un autre homme que Tom est une chose, agir dans la réalité en est une...

Cassandre sursaute au moment où, de retour d'une marche pour le climat à laquelle elle n'a pas eu le courage d'assister, Emma pénètre bruyamment dans son domicile et claque sa porte.

— Oui, faisons cela, conclut la Canadienne. À samedi alors ! Bonne fin d'après-midi ! Bisous, termine-t-elle sa conversation téléphonique, avant de déposer son sac et son blouson à terre.

Le contraste entre l'intérieur sophistiqué de la maison-conteneur de la belle Emma et son penchant pour le désordre amuse l'institutrice.

— Étais-ce Olivier ? demande-t-elle, curieuse et taquine.

— Je ne peux plus rien te cacher.

— Entre le moniteur et toi cela devient assez sérieux, n'est-ce pas ?

— Je l'espère… Nous discutons beaucoup depuis notre rencontre. Il est engagé comme je le suis pour l'environnement. Il a même participé à la marche avec moi tout à l'heure. Nous devions confirmer le lieu de notre prochain rendez-vous par téléphone, une fois trouvé.

— Oh ! Tout s'explique. Tu n'as pas insisté pour que je t'accompagne, à cette marche, à cause de ton Olivier !

— Peut-être… minaude la Québécoise, sautillante. Quoi qu'il en soit, à la prochaine manifestation, tu devrais me suivre et la faire !

— Avec plaisir. En plus, si parcourir les rues de Montréal dans le froid et la foule ne m'attirait pas, j'ai eu la mauvaise idée d'aller faire un footing en solitaire. L'effet a été le même je crois. J'ai eu les poumons gelés.

— Je ne vais pas te plaindre, annonce Emma en haussant les épaules.

— Tu as raison. Peux-tu au moins avoir l'amabilité de me dire où nous allons demain avec les garçons ? Je suis impatiente de savoir.

— Non, c'est une surprise !

— S'il te plaît !

— Sache qu'il faut t'habiller chaudement.

— Depuis que je vis dans ton pays, j'en ai pris l'habitude.

— Je veux dire « très » chaudement.

— Punaise ! Ne me dis pas qu'il existe des endroits au Québec où il fait encore plus froid qu'ici.

— Si, je te le dis, et nous ne sommes qu'en automne !

— Les cigales et le soleil me manquent tout à coup, soupire Cassandre.

Elle étend ses jambes.

— Espérons que demain, tu n'y penses plus. Je regrette juste la période à laquelle tombe notre sortie, confesse la blonde qui rajoute une bûche dans l'âtre, puis s'allonge sur son canapé en simili cuir beige. Si seulement, toi et Declanito, vous étiez venus en Octobre ou en Septembre…

— Pourquoi ?

— Tout est de ma faute. J'aurais probablement dû vous conduire vers cette surprise dès votre arrivée, afin d'avoir plus de chance… Liam m'avait prévenue.

— Plus de chance pour quoi ?

— Pour ma défense, en sachant que la saison de votre venue été peu propice à ce que j'avais prévu pour vous, j'ai longuement hésité à programmer cette promenade particulière et je ne me suis pas méfié du timing.

— Tu m'intrigues officiellement en ignorant délibérément mes questions, déclare la brune tout en se levant. Tu ne comptes rien me révéler, je présume.

— Tu devines parfaitement.

— Ton frère sait-il tout de tes manigances ?

— Oui, mais il ne te dira rien, même si tu l'appelles.

— Il m'a donné son numéro l'autre fois. Hum ! Je peux toujours essayer.

— En vain, cela sera ! Sois patiente, préconise Emma.

— Hum !

— Dommage qu'Olivier ne puisse pas se joindre à nous aux aurores… murmure la demoiselle à la chevelure dorée, les yeux dans le vague.

Cassandre sourit. Elle connaît l'état émotionnel dans lequel se trouve Emma, soumise au manque de l'autre. Elle n'en est pas fière.

Je ne devrais pas ressentir ce que ma consœur ressent actuellement, ou il serait plus sain et logique que je le ressente exclusivement pour le père de mon fils. Celui-ci ne me manque malheureusement plus depuis longtemps... Mon cœur, qu'est-il en train de faire, à quoi joue-t-il ?

Pensive, elle récupère ses pulls, puis se dirige à pas lents vers sa chambre, laissant Emma à ses rêveries.

CHAPITRE 25

Mercredi 18 novembre 2020

5H00

Installé à l'avant de l'automobile de Liam, Declan souhaiterait prolonger sa courte nuit. Alors qu'Emma chante énergiquement sur la banquette arrière, il s'avachit, luttant contre son irrépressible envie de dormir. Il se doute pertinemment de leur destination. L'aube se fait désirer, le trajet sera long, selon les indices récoltés avant de partir, et il connaît bien la Canadienne. Il se tait néanmoins, ne voulant pas ruiner ses efforts et gâcher la surprise de Cassandre. Malgré sa fatigue, il est heureux, bercé par le roulement des pneus, engourdi par l'obscurité extérieure, enveloppé par la chaleur qui émane du chauffage allumé.

Une journée d'émerveillement commence.

***

12H00

— Et ton gâteau, Cassandre ! N'as-tu plus faim ? l'interroge Emma, attablée dans un café restaurant de Tadoussac, charmant village situé au bord du fleuve Saint-Laurent.

L'enseignante admire la plage déserte et le port qui lui fait face à travers les fenêtres de l'établissement. Le soleil fait fondre la neige scintillante sur les trottoirs, où quelques passants déambulent, et son imagination se déploie à la vue de l'étendue d'eau bleutée qui l'appelle.

Sublime…

— Ce que nous allons faire après notre repas est tellement grandiose que j'en ai perdu ma gourmandise, explique-t-elle. Mange mon dessert si tu veux, je t'en prie, ne te gêne pas.

Elle tend son assiette à son interlocutrice, puis avale une gorgée d'eau.

— As-tu... peur ? Aurais-je dû attendre le dernier moment pour te parler de notre activité ? demande Emma, tout en dégustant la pâtisserie offerte.

— Je suis angoissée, mais surtout enthousiaste ! confesse Cassandre alors que Declan et Liam reviennent à la table avec des cafés. C'est fabuleux ce que tu nous proposes, j'en ai souvent rêvé. Je n'ai jamais vécu ce genre de chose. J'en tremble presque.

Elle montre ses mains à la Canadienne.

— Tu vas adorer, maîtresse, lui certifie le chanteur qui s'assied en face d'elle, souriant.

Cassandre regarde les traits virils de Declan que ses cheveux tirés en arrière mettent en valeur.

Cet homme me donne l'impression d'avoir tout tester au cours de sa vie.

13H00

À bord d'un zodiac transportant sur le fleuve Saint-Laurent une quinzaine de passagers équipés de vestes, conçues spécialement contre le froid et faisant également office de gilets de sauvetage, par l'équipage, Cassandre n'est pas rassurée. La sensation de proximité avec l'eau profonde et mouvante l'impressionne. Elle sent son cœur bondir dans sa poitrine à l'idée de pouvoir observer des bélugas, extraordinaires mammifères marins méconnus. L'excursion de deux heures qui l'attend promet d'être mémorable. Elle contemple le merveilleux paysage qui s'étend devant elle et en oublie parfois de respirer.

Je découvre un monde inconnu, un monde qui m'attire et me rappelle mon insignifiance sur la Terre, mon insignifiance dans l'univers dont les mystères me dépassent, mon insignifiance perceptible sur ce tapis bleu qui ondoie au-dessous de moi et dissimule des profondeurs magiques, terrifiantes, envoûtantes... Impossible de ne pas y être sensible ! Impossible de ne pas se sentir minuscule !

Tandis que le bateau s'arrête à plusieurs centaines de mètres des premiers animaux observables, selon les informations des professionnels, elle est attentive à l'exposé de ces derniers au sujet des cétacés, n'oubliant pas les consignes de sécurité données avant le départ de son groupe. Assise à droite de la belle Emma, elle ne ressent pas le mal de mer. Sa curiosité et son excitation se lisent sur sa figure et attendrissent Declan, installé à gauche de sa voisine.

— Comme nous vous l'avons déjà annoncé sur la rive, la période idéale pour entrevoir une diversité de baleines débute en juillet et se termine en octobre, déclare l'un des membres de l'équipage d'une voix puissante. Aujourd'hui, vous pourrez possiblement apercevoir des bélugas, habitants permanents du fleuve, et des phoques. À titre informatif, le béluga, surnommé baleine blanche, est très sociable. Il se déplace avec ses congénères. Quant à son physique, il possède une épaisse couche de graisse sous la peau. Celle-ci lui sert d'isolation et de réserve d'énergie. Une proéminence sur la tête lui permet de s'orienter et de trouver ses proies grâce à l'écholocation. Vous allez, je l'espère, pouvoir le remarquer par vous-mêmes, seul le béluga adulte est blanc. En effet, les nouveau-nés sont bruns ou gris et pâlissent pour devenir totalement blancs vers huit ans. En ce qui concerne ses autres caractéristiques, sachez qu'un adulte peut peser près de…

La jeune institutrice est ravie d'en apprendre plus sur les créatures qu'elle va avoir l'opportunité de rencontrer. Surexcitée, elle scrute déjà les vagues à leur recherche.

— Finalement, les femelles donnent naissance aux petits en juillet ou en août, après une période de gestation de quatorze mois et demi environ, explique l'homme, manifestement passionné par son métier.

La main en visière, Cassandre ne perd pas une minute d'observation.

— Le zodiac vous permettra d'être au centre de l'action. Vous ne regretterez vraisemblablement pas ce choix, assure le guide. Toutefois, il est important de savoir que les Hommes ont un impact sur l'alimentation et l'existence des mammifères géants, à cause de leurs activités industrielles ou touristiques. Le fleuve, porte sur l'Amérique, est effectivement devenu une autoroute commerciale et de croisière, source de pollution et de bruits qui troublent les baleines, le son étant un sens primordial pour elles, que ce soit pour naviguer, communiquer ou chasser. Les niveaux sonores et la vitesse des navires dans cette zone protégée sont néanmoins limités. Ce sont des mesures indispensables, notamment durant l'été, la saison des naissances.

La jolie brune est attristée. La réalité construite par les humains lui déplaît fréquemment. *L'Homme est parvenu à altérer des espaces censés être et rester sauvages. Les atrocités qu'il fait subir à l'écosystème des milieux naturels qu'il conquiert sont difficiles à croire... Je participe hélas moi aussi à ce manège infernal, en particulier lors de cette sortie extraordinaire. En effet, je m'introduis égoïstement dans un endroit qui n'est pas le mien et le pollue. Désirer voir ce que le quotidien et ma nature humaine ne me permettent pas de voir, alors que l'assouvissement de ce désir perturbe la faune et la flore alentour, est strictement égoïste, inconscient, dangereux. Je sais que mon indiscrétion et mes actes sont mauvais pour la planète en ce jour, mais le bonheur que la découverte me procure m'invite à croire que j'ai le droit d'en profiter pour soixante dollars et que le mal occasionné est finalement moindre. Quelle hypocrisie !*

Pendant qu'Emma, adoratrice des cétacés, souhaite des précisions à propos des problématiques environnementales, elle contemple toujours les flots, patiente, emplie d'espoir et de culpabilité.

Je ne devrais pas être ici...

C'est alors que des silhouettes blanches surgissent au loin et l'interpellent. La respiration coupée, elle donne un coup de coude à la demoiselle blonde, trop bavarde. Autour d'elle, les gens s'émerveillent tour à tour, puis se taisent, surpris par leur rencontre privilégiée avec les mammifères qui encerclent leur bateau. Cassandre devient également muette. Le temps suspend son vol, elle n'existe plus vraiment. Spectatrice de la beauté à l'état brut, elle fait partie d'un tout.

Ces êtres sont... irréels.

Entourée par un silence intense, elle a l'impression de rêver. Seul le clapotis de l'eau et les cris singuliers des bélugas charment ses oreilles. À l'image des marins envoûtés par le chant des sirènes, elle est captivée par leur voix. Elle aimerait tendre les mains vers eux, pouvoir les toucher, leur transmettre l'amour qui la traverse. Si passer par-dessus bord et les rejoindre la terroriserait, elle est indéniablement attirée par leur grâce, leur unicité. Elle est hypnotisée. Ses yeux luisent, son esprit voyage.

Anges des eaux, ils incarnent l'innocence, la pureté... Les protéger de la folie humaine est une nécessité, une évidence ! J'aimerais me fondre momentanément dans le décor, me métamorphoser sans avoir peur des abysses, plonger avec eux pour ressentir le présent, la plénitude, suivre les courants, fréquenter la magnificence de la mer, des océans.

Conquise par la magie de l'instant, elle sourit, émue, fascinée, sans savoir que Declan la dévisage et la trouve adorable.

Ai-je trop visionné le dessin animé « La Petite sirène » de Walt Disney ? À ce propos, le beau prince Éric, cette figure masculine ayant marqué mon enfance, ressemble étrangement à Tom... Quel est le rapport avec mon besoin d'évasion sous-marine ?

La Française détourne son regard des animaux majestueux et croise celui du séduisant chanteur.

Declan serait-il un nouveau prince ?

***

12H00

Assise sur le capot de la voiture de Liam, garée sur un parking de Tadoussac, Cassandre envoie un message vocal à son fils sans doute endormi depuis longtemps. Pendant que ses amis discutent avec un auto-stoppeur efflanqué, désireux d'effectuer le trajet de retour jusqu'à Montréal avec eux, elle lui raconte rapidement ce qu'elle a vécu, ce qu'elle a vu, ce qu'elle a ressenti en compagnie des baleines. Son euphorie est intacte, sa mémoire, saturée de belles images, son envie d'écrire, puissante. Son œuvre romanesque touche presque à sa fin et cette dernière ligne droite la galvanise.

Je noterai toutes mes idées avant d'aller me coucher. Peut-être me serviront-elles à poursuivre et clôturer les aventures de ma Paulette ! Le temps libre et la solitude que mon séjour au Canada m'offre, je les mets à profit sans m'en rendre compte. Quelle joie de progresser ! Ma fierté est plutôt en forme.

Elle termine son message pour Charles par des mots d'amour.

— Tu aimes énormément ton Charlinou, c'est beau, affirme Emma qui, après avoir quitté la conversation des hommes, s'assied sur le capot auprès de sa colocataire.

— Oui, je l'aime à la folie !

Cassandre plaque son téléphone portable contre sa poitrine.

— Il est enfant unique, souligne la Canadienne. Est-ce par hasard, par simple volonté, par empêchement quelconque ou par choix écologique ?

La jeune mère fronce les sourcils.

— Cette question est... bizarre, rit-elle.

— Si elle est trop indiscrète, tu n'es évidemment pas contrainte d'y répondre, précise Emma en tressant ses longs cheveux.

— Ne t'inquiète pas pour cela, mais qu'entends-tu exactement par « choix écologique » ?

— Personnellement, je n'aspire pas à enfanter, par exemple. Ce vœu n'engage que moi, mais je ne voudrais pas donner la vie dans cet impitoyable monde en perdition, ni participer davantage à la pollution de notre précieuse Terre.

— Ah bon ! Je l'ignorais.

— Ne me dis surtout pas que j'ai le temps de changer d'avis ! Les membres de mon entourage adorent me sortir ce genre de phrase insupportable, tout comme mon gynécologue ! Ils pensent que je suis immature et que mon instinct maternel se réveillera tôt ou tard. Ils se trompent. N'ayant pas réellement le droit de me faire stériliser à mon âge, ni la patience de lutter pour trouver un médecin consentant, il m'est impossible de leur prouver ma sincérité, mais mon engagement...

— Ta décision raisonnable, correspondant à ton tempérament, ne me choque absolument pas, intervient Cassandre. Je ne la critiquerai jamais. Je connais d'ailleurs plusieurs femmes qui tiennent un discours similaire au tien. Elles sont épanouies, tout à fait normales et saines d'esprit. Pour quels motifs ne le seraient-elles pas finalement et pour quelles raisons l'accouchement et la maternité devraient-ils être obligatoires ?

— Exactement ! Pourquoi la pression sociale s'exerce-t-elle à ce point sur la féminité ? Pourquoi ? s'exclame la Québécoise, le menton levé au ciel.

La jolie brunette gratte sa joue, dubitative.

Pour qui, pour quoi, pourquoi ?

Elle range son mobile dans l'une des poches de son manteau.

— Le patriarcat serait-il intégralement responsable de cette fatalité ?

— Je le crois. Cela dit en passant, tu n'as pas répondu à ma première interrogation, constate Emma, les bras croisés.

— Oh ! Oui ! Euh ! À vrai dire, j'ai... j'ai toujours souhaité avoir une grande famille.

— Ah bon !

— Oui, j'ai toujours espéré avoir trois enfants, quatre dans l'idéal, deux filles et deux garçons, raconte Cassandre, tandis que Declan prête discrètement une oreille à son récit. Trois ans après la naissance de Charles, je suis à nouveau tombée enceinte, mais Tom, qui ne désirait qu'un seul héritier, m'a forcée à aller... corriger cette erreur de parcours. L'avortement était en effet l'unique option pour lui, confesse-t-elle, soumise à une avalanche de souvenirs désagréables.

— Non ! s'écrie la demoiselle blonde, la bouche grande ouverte.

— Je veux dire... Euh ! Tom ne m'a pas « forcée » au sens propre du terme ! Il m'a juste fait parfaitement comprendre que si je m'obstinais à poursuivre ma grossesse, il allait devoir rompre avec moi. Sa colère était tangible, sa détermination, sans failles, son ultimatum, extrêmement clair. Pour lui, un enfant suffisait amplement. De mon côté, je l'aimais, je ne pouvais pas le perdre. De plus, faire subir la séparation de ses parents à Charlinou était inimaginable pour moi. J'ai par conséquent accepté les arguments de son père et...

— Ce que tu me dis est d'une tristesse ! avoue Emma. Je ne souhaite pas devenir une maman, mais j'aime les bébés, la vie et... Je suis triste pour toi.

La Française fixe le sol du parking et, sûr de haïr définitivement Tom à l'écoute de son histoire, le guitariste discret serre les poings.

Quand je pense que mon maître-chanteur a malgré tout fini par me chasser de chez lui...

— J'ai... détesté cette période de mon existence. Je ne peux pas le nier, reconnaît-elle, méditative.

— Faire resurgir cette époque n'était pas dans mon intention. Je suis désolée, Cassandre.

— Il n'est pas sage de s'attarder sur le passé, soupire la brunette, avant de masser sa nuque. Je me suis laissée influencer. J'étais jeune, j'étais amoureuse et dépendante de cet amour. Aujourd'hui, face à la même situation, je ne réagirais certainement pas de la même manière. Je me battrais. Aucun homme ne m'imposera plus rien.

Le rictus de Cassandre est équivoque.

***

22H30

Assis au milieu de la banquette arrière de l'automobile de Liam, entre le maigre auto-stoppeur et Cassandre, Declan repense à l'avortement de celle-ci. Ce sujet le perturbe. Il le rumine. Le chauffage ambiant l'étouffe, son pull lui tient chaud, sa peau le démange.

La vie est un trésor et des gens choisissent de la détruire, de jouer avec, de ne pas en mesurer l'importance. D'autres en rêveraient pourtant... Dès lors que deux adultes amoureux sont fautifs de s'être aimés sans prendre leurs précautions, ils devraient logiquement assumer la responsabilité de leurs actes. Me trompé-je ? Peut-être... La question mérite débat, j'en suis conscient.

Quoi qu'il en soit, s'il est impensable d'être extrémiste sur ce thème particulier, trop de jeunes s'amusent sans en mesurer les conséquences ! Ils ne sont hélas pas les seuls ! Personnellement, je crois donc être contre l'interruption volontaire du processus de grossesse lorsque des personnes majeures, censés être responsables, en santé et en couple décident, suite à leur manquement, d'y avoir recours par facilité, par lâcheté ou encore par égoïsme, alors que l'embryon ne présente aucune anomalie.

En ce qui concerne les nombreux autres cas, il n'existe probablement pas de bonnes ou de mauvaises décisions. Le mieux étant d'agir librement en fonction de sa situation. Les femmes mineures, par exemple, violées, abandonnées par leur compagnon, fragiles psychologiquement ou physiquement doivent évidemment pouvoir être libres de se diriger vers l'avortement, notamment quand la santé du bébé est en péril. Que dis-je ? Toutes les dames doivent pouvoir, en leur âme et conscience, embrasser leur liberté dans n'importe quelles situations ! Suggérer le contraire signifie seulement que je perds ma lucidité !

À ce que j'ai compris, ma maîtresse a malheureusement été la victime de l'insensibilité de son homme et a renoncé au bonheur qu'elle voulait à cause de lui. Comment lui en tenir rigueur ? Elle aurait cependant pu lui résister. Elle aurait pu garder son bébé. Elle aurait pu le choi... Juger est mal. Je juge. Je juge en 2020 et j'en suis honteux. Qui suis-je pour le faire ? Où sont allées ma tolérance, ma compassion, ma compréhension ? Je n'étais pas là lors de cette épreuve lointaine. Me torturer à ce propos n'a aucun sens. Celle qui en a visiblement souffert se trouve à ma droite en ce moment. Du reste, Cassandre a tant sacrifié pour Tom que j'en ai fini par le détester.

Le musicien refuse finalement d'émettre un jugement définitif sur une pratique médicale qui le dépasse et touche indiscutablement sa corde sensible.

Ma souffrance, ma cicatrice, mon regret n'appartiennent qu'à moi...

Il frictionne sa barbe naissante. La radio allumée diffuse une chanson romantique. Il l'écoute, se laisse emporter par ses paroles, sa mélodie.

L'amour inspire le monde entier. Il est universel.

Il aimerait fredonner l'air entêtant qui le fait vibrer, mais les passagers du véhicule somnolent ou dorment, à l'exception évidente du conducteur. Il refoule cette envie. À cet instant, sa belle voisine se penche doucement vers lui et il en est troublé. Lorsque celle-ci trouve refuge contre son épaule, il retient sa respiration quelques secondes, immobile.

Ce rapprochement tactile est-il réel ?

Il regarde de biais Cassandre qui ne dort manifestement pas. Heureux de respirer le parfum de ses cheveux, il se détend, accepte son élan de tendresse soudain, agréable. Son rythme cardiaque soutenu trahit son émoi.

Pourquoi cette fille fantastique est-elle prisonnière des griffes d'un bourreau ? Dois-je la sauver, la délivrer de son emprise ou la laisser tranquille ? Lui porter secours ferait-il de moi son chevalier, son amant potentiel ou son ennemi, celui qui n'aurait rien à lui apporter et gâcherait tout ?

Qu'attend-elle de son Tom ? Pour quelles raisons ne lui exprime-t-elle pas clairement ses intentions ? Aspire-t-elle à le quitter, à le retrouver ? A-t-elle peur de détruire son fils en s'éloignant de son père ou s'accroche-t-elle à leurs souvenirs, à leur attachement, à leur famille, à une flamme qui ne serait pas morte entre eux ? Veut-elle inversement s'enfuir, l'oublier, tourner la page et avancer ?

Qu'espère-t-elle de moi, de notre relation ? Que représenté-je pour elle ? Devrais-je être plus que son ami ? Le voudrait-elle ? Comment puis-je agir sans savoir de quoi il retourne ? Comment agir proprement sans connaître ce que Cassandre désire, ce qu'elle espère ? Comment agir pour elle dans l'ombre d'un autre ? Serait-il approprié de la questionner ouvertement sur ses sentiments ? Elle est à la croisée des chemins. Moi, où me trouvé-je ?

Declan est perdu. Au lieu de chercher absolument à retrouver sa route, à comprendre ce que la jeune femme ne comprend sans doute pas encore concernant sa vie sentimentale, il ose appuyer sa joue contre sa tête.

Surprises de l'existence, je vous aime !

Cassandre ne bouge pas à son contact, il se sent en paix. Dans le silence de leur étreinte timide, il oublie l'homme qui les sépare malgré son absence. Il assassine tout ce qui commence à lui procurer des angoisses incompréhensibles. Lui qui a pris l'habitude de fuir l'inquiétude sous toutes ses formes, il ne désire pas l'inviter à entrer dans son corps maintenant. Reconnaissant envers le présent, il se sent vivant.

Le bonheur se matérialise de diverses façons. J'aime la simplicité qui l'habille en cette soirée d'automne.

***

Sans effectuer de mouvements brusques susceptibles de briser son lien physique avec Declan, ce lien précieux qu'elle a eu des difficultés à créer, Cassandre récupère son téléphone portable qui vient de vibrer. Constamment inquiète d'apprendre des mauvaises nouvelles familiales, elle consulte discrètement le message reçu.

Tom
« Je fais une insomnie. Tu me manques. Tu hantes ma nuit, cette longue nuit de solitude... Je souhaiterais te laisser profiter de tes vacances, mais c'est extrêmement compliqué de me discipliner. L'aube ne tardera pas à illuminer la France et je voudrais la partager avec toi. »

La jeune femme mord ses lèvres. Agacée par l'attitude du père de son enfant, elle range rapidement son mobile, ferme les paupières, priant pour que son insomnie ne perturbe en rien la magie qui la relie au chanteur.

Profitant de l'obscurité et de la somnolence de nos camarades, je me suis permise de voyager jusqu'à l'épaule de Declan et Tom ou ma culpabilité n'ont pas le droit de m'importuner à l'heure de mon audace ! Je ne regrette pas ce grain de folie qui m'a donné des ailes pour franchir la frontière invisible érigée entre nous, ce grain de folie qui n'engage à rien, ce grain de folie qui peut ressembler à un excès d'amitié, à un excès de bien-être. Sentir cet homme aussi près de moi me plaît. Mon approche câline ne l'a pas choqué, la sienne m'a enchantée et ma parenthèse risquée avec mon téléphone ne semble pas l'avoir dérangé. Tant mieux. Suis-je déraisonnable ? Non, mon geste d'affection est innocent. L'est-il ?

Elle ouvre les yeux, les étoiles et leurs constellations les rencontrent.

***

Declan essaie de chasser sa jalousie. L'expéditeur du message envoyé à Cassandre ne lui a pas échappé. Il n'aurait pas dû en lire une partie, mais sa curiosité a été plus forte que sa politesse.

Tom... Voilà un prénom exécrable !

Feignant le naturel, il reste en position, ignorant l'inconfort de son pull. La chevelure de sa maîtresse sent si bon qu'il rêverait d'y passer les doigts.

La journée se termine délicieusement. Il serait dommage de ruiner cette apothéose à cause du fantôme d'un confrère que je méprise. Ne puis-je pas la faire durer plutôt ?

Dans la tiédeur de l'habitacle, collé contre sa jolie Cassandre qui s'est endormie sans un bruit, il finit par accueillir lui-même le sommeil. Égaré dans son univers chimérique, il n'a pas l'occasion de voir l'expression mutine de la grande Emma assise à l'avant près de Liam qui, après s'être retournée vers eux afin de leur parler, les a surpris en train de dormir l'un contre l'autre et a jugé bon d'immortaliser le spectacle en les photographiant avec son téléphone et son flash peu flatteur.

CHAPITRE 26

Declan pénètre sans frapper dans la maison-conteneur de son amie Emma, confortablement installée dans son canapé en simili cuir, un livre épais entre les mains.

— Où ma maîtresse se cache-t-elle ?

— Euh ! Bonjour, monsieur le Français qui ne daigne pas sonner à la porte des gens, avant d'être invité à rentrer chez eux ! maugrée la Canadienne, sans se lever.

— Excuse-moi, mon Emma ! tente de se faire pardonner Declan en venant l'embrasser sur le front.

Il ôte ensuite son élégant manteau, qu'il dépose sur le dossier d'une chaise. Parfaitement vêtu, coiffé et parfumé, il est prêt pour sa sortie au cinéma en compagnie de Cassandre qu'il n'a pas revu depuis leur excursion à Tadoussac.

— Ton empressement ne peut signifier que deux choses, mon grand ! affirme la demoiselle, joueuse, tout en le regardant par-dessus son roman.

— Je t'écoute.

— Soit le septième art t'a terriblement manqué, soit… c'est ma colocataire qui t'a manqué.

Declan sourit. Ses fossettes se dessinent.

— Cassandre est dans la salle de bain, déclare finalement Emma, magnanime. Si tu t'es fait beau pour elle, je crois qu'elle veut également te faire honneur aujourd'hui.

Le jeune homme réajuste le col de sa chemise, légèrement nerveux.

— Quel film avez-vous prévu de voir ?

— Nous verrons celui que ma dame voudra, annonce Declan, avant de vérifier l'état de sa coiffure dans un miroir suspendu au mur près de la cheminée.

— Naturellement, ce n'est pas le film qui t'intéressera le plus, souligne la Québécoise qui fait semblant de lire. À ta place, j'aurais plutôt choisi une séance en soirée. L'activité est moins... romantique en fin de matinée.

— Préviens-moi quand tu auras terminé de dire des bêtises, soupire le musicien. Ce soir, je travaille et dans l'après-midi je dois répéter.

— Tout s'explique, comprend Emma, après avoir refermé son livre. Declan ! l'interpelle-t-elle en tournant la tête vers lui. Arrête donc de te mirer dans la glace. Tu es... parfait.

Le chanteur mord sa lèvre inférieure, dubitatif. Le cœur en fête, Cassandre sort de la salle de bain, ravissante dans son collant noir et sa robe rouge, et il en oublie son nom.

***

Prétextant gagner en confort, Declan soulève l'accoudoir qui le sépare de Cassandre sur le siège à deux places de l'espace cosy du cinéma pratiquement désert, dans lequel ils viennent de s'installer, et la jeune femme, en train de déposer son manteau sur le fauteuil adjacent, n'en est pas mécontente. Le film d'horreur qu'ils ont choisi de visionner commence et elle n'est déjà pas tranquille. L'idée de pouvoir se blottir contre lui en cas de panique la rassure, puisque ce genre cinématographique, outre le fait de la terroriser durant le visionnage, emplit sa mémoire d'images épouvantables et lui procure des sueurs nocturnes à long terme. Friande des frissons engendrés par les histoires de fantômes, elle l'apprécie néanmoins. Assise dans la pénombre, elle fixe le grand écran, intriguée, curieuse et nerveuse à la fois.

Pour rappel, tu ne risques rien, ma vieille ! Il s'agit d'une fiction ! Ne sursaute pas comme un enfant à la moindre occasion !

Le popcorn acheté par le chanteur au guichet la met en appétit. Elle hésite à en prendre. La faim ne la taraude pas. Sa gourmandise seule lui dicte sa loi.

Sois raisonnable, ma grosse ! Essaie d'être féminine et distinguée. En cas de silence au cours d'une scène, les spectateurs autour de toi t'entendront mastiquer goulûment. Ce détail te dérange, tu le sais !

L'appel du sucre supplante sa retenue. Elle pioche timidement dans le pot rempli de popcorn que Declan lui fait passer, puis s'efforce de manger lentement en faisant le moins de bruit possible, tandis que les personnages principaux font progressivement leur apparition au sein d'un manoir lugubre.

Cette maison est le lieu idéal pour y mourir d'effroi !

Elle entend son voisin rire discrètement dès lors que ses prévisions au sujet du scénario, plutôt classique, se confirment. Elle est heureuse, heureuse de partager un moment avec lui. En le regardant brièvement, elle aperçoit ses fossettes aux joues.

Declan est détendu. Il semble amusé par les répliques des protagonistes, pourtant en danger. Pourquoi les films d'épouvante n'effraient-ils jamais la gent masculine ?

Les minutes défilent, il n'y a plus de popcorn, une musique angoissante a construit patiemment une ambiance horrifique efficace et, à la première apparition d'un esprit maléfique, elle tressaille. Instinctivement, elle se rapproche du guitariste. Le contact de sa cuisse contre la sienne la ramène à la réalité, à l'agréable réalité. Elle ressent sa chaleur. L'intrigue de l'œuvre filmique ne l'intéresse plus. Elle feint le contraire. Obnubilée par son rapprochement physique avec Declan, elle observe ses doigts d'artiste proches des siens. Elle pourrait décoller sa jambe de la sienne, rétablir une distance raisonnable entre eux, mais refuse de bouger. Quand un nouveau démon surgit à l'écran, elle se pelotonne contre lui, lui enserre le bras, le maintient.

Avoir le rôle de la fille craintive a des avantages.

Elle rougit subitement. Le désir l'anime, des pensées érotiques submergent son cerveau. Elle en a presque honte.

Des pulsions primaires embarrassantes s'emparent de mon être. Je n'ai pour une fois pas l'intention de les renier ou d'en avoir peur. Je les comprends. Elles sont... normales. Du moins, j'en ai l'impression. L'homme de mon âge que je touche est extrêmement séduisant. Je l'imagine faire l'amour... me faire l'amour. Une vive chaleur m'envahit. J'imagine son corps nu en action, sa vigueur, ses muscles... Je l'imagine...

Elle aimerait se tortiller, tenter de calmer ses ardeurs, mais préfère l'immobilité, la sécurité. Son étreinte avec Declan, malgré sa chaste apparence, est délectable. Briser ses fantasmes inavouables est inconcevable.

***

Declan ne voit plus les décors, les acteurs. Il n'entend plus leurs dialogues. Leurs aventures n'ont plus d'importance pour lui. Le parfum vanillé de Cassandre, qui retient son biceps gauche entre ses deux mains, l'enivre. Profitant d'un passage particulièrement angoissant, il les lui saisit.

Avoir le rôle du garçon protecteur a des avantages.

Une tension sexuelle l'unit à la jolie brune vêtue de rouge. Il pourrait le parier.

Au diable Tom ! Je suis libre de désirer sa femme en silence, en secret. Si penser à elle romantiquement est dangereux, je suis libre de penser à elle sexuellement. Je suis libre d'imaginer les formes de ses courbes dévoilées, de l'imaginer mienne, belle et désirable, d'imaginer plusieurs manières de nous aimer. Je suis libre. Je suis libre dans ma tête, même si rester sage en dehors de ce cadre est essentiel. Je crois.

***

Vers quatorze heures, Cassandre est incapable de résumer l'histoire qu'elle vient de découvrir en compagnie de Declan. Ce dernier lui ouvre la porte d'entrée de la maison d'Emma, occupée à préparer leur repas dans la cuisine, et elle le remercie d'un regard appuyé, empreint de timidité, d'audace, mais aussi de gratitude, la gratitude d'avoir pu savourer une complicité tactile avec lui dans la salle obscure du cinéma. Elle pénètre la première à l'intérieur surchauffé. À l'image du jeune homme, elle se débarrasse rapidement de son manteau.

J'ai chaud !

— À table ! annonce la Canadienne en secouant son tablier à carreaux. À table, mes poulets ! claironne-t-elle, fière d'avoir cuisiné et de les avoir attendus pour manger.

— Tu es adorable, Emma, ça sent bon ! la complimente l'enseignante.

— J'ai surtout envie que vous me parliez de votre film !
Installez-vous, je vais vous servir ! propose la blonde.

— Euh ! sourit Declan, coupable de ne pas avoir été
suffisamment attentif durant la séance.

Cassandre gratte son avant-bras.

*Je n'aurais qu'à prétendre que le film était médiocre et qu'il
ne mérite pas de s'y attarder.*

Elle se déchausse dans le but d'enfiler des chaussures
davantage confortables. À ce moment-là, quelqu'un sonne à la porte et,
conformément au vœu de la grande Emma, elle laisse le chanteur se
charger de l'ouvrir.

— Tom ! s'exclame Declan à la vue de l'homme d'affaires.

— Surprise ! Cassie est-elle là ?

— Ou... oui.

— Je me permets d'entrer.

Cassandre manque de s'étouffer avec sa salive lorsqu'elle voit
Tom dépasser le musicien, essayant quant à lui d'abattre son agressivité
importune et son amertume, une fois la porte refermée. Sa stupéfaction
est telle qu'elle en fait tomber les escarpins qu'elle tenait.

Oh ! Punaise !

— Bonjour, ma Cassie ! Tu es sublime, la complimente le
banquier, les bras grands ouverts. Tu as retrouvé ta coquetterie d'antan.
Les tracas de mon voyage n'ont plus d'importance désormais.

Cassandre ne réalise pas la situation.   Soumise   au
regard des trois personnes présentes dans la pièce, elle aimerait
disparaître.

*Cette scène n'est pas réelle. Il est improbable qu'elle le soit.
La présence de Tom au Canada est illogique. Que fait-il ici, avec ses
superbes yeux bleus rivés sur moi ?*

— Que... que fais-tu là ? balbutie-t-elle, immobile.

— Tu n'as pas l'air ravie de me voir.

Le mutisme de la jeune femme est éloquent.

— J'ai décidé de te rejoindre au Québec pour quelques jours.
Et me voilà !

— Je t'avais dit que... Tu devais... À quoi joues-tu ?

— J'ai agi par impulsivité. Tu me manquais. Il est de toute manière temps que nous parlions.

— Qu'as-tu fait de Charles ? s'inquiète brusquement Cassandre.

— Il est sous la surveillance de tes parents, ne t'angoisse pas pour cela.

— Bon ! Nous allons vous laissez tranquilles, propose Emma en se dirigeant vers son bureau.

— Ce n'est pas la peine, merci. Cassie et moi, nous allons quelque part, assure l'intrus.

— Non, je suis désolée. J'ai déjà prévu quelque chose, précise Cassandre, intransigeante. Nous étions sur le point de dîner.

Elle recherche l'appui visuel du guitariste, mais celui-ci, en train de subir la déplaisante ambiance créée par l'individu indésirable nouvellement arrivé, fixe le canapé, l'air absent.

— Je m'en doute, réagit Tom, mais j'ai fait un long chemin pour venir jusqu'à toi et...

La jolie brune inspire profondément. La colère monte en elle. *Je ne t'ai rien demandé, monsieur !*

— Annulons notre petit programme, intervient soudainement Declan, le visage assombri. Je vais en profiter pour aller répéter ma musique, dit-il, tandis qu'il récupère son manteau, agacé par sa déception, ses illusions, Tom et la rivalité installée entre eux.

— Non, voyons ! réplique Cassandre, déçue. Je...

— À plus tard, les filles, termine le chanteur, avant de regagner l'extérieur.

— À plus... tard, formule la Canadienne, alors que la porte se referme bruyamment derrière Declan.

***

Renonçant à contrecœur à son déjeuner entre amis, Cassandre remet ses escarpins et suit le père de Charles dans la rue où le taxi, qu'il a fait patienter, les attend. Elle y grimpe, attache sa ceinture, manque d'oxygène. La voiture démarre, elle se sent piégée.

Aurais-je dû renvoyer Tom en France ou devrais-je remettre en question mon comportement ? Ma décision de fuir loin de lui, de réfléchir, de respirer n'était peut-être pas la plus adaptée à notre couple. J'ai sûrement trop attendu avant de lui donner mon verdict. Il sera nécessaire que je le fasse prochainement. Ma couardise doit cesser !

Elle joue avec ses ongles, muette. Elle se sent coupable, coupable de s'amuser avec les sentiments de son geôlier, coupable de vouloir retarder l'inévitable choix qu'elle a l'obligation de faire, coupable d'agir n'importe comment, coupable de désirer autre chose, coupable d'espérer naïvement atteindre une évasion inaccessible, une relation authentique, une passion inconditionnelle.

Ma couardise doit cesser !

— Allais-tu vraiment manger avec ton hippie dans cette... incroyable robe ?

— Tom... soupire l'enseignante, tout en se massant le front.

— Pardonne-moi de ressentir les affres de l'émulation.

— Pff !

Cassandre ricane.

Quelle blague !

— Cassie... débute l'homme, assis à ses côtés, en lui prenant tendrement la main. Je t'aime et te voir fréquenter un autre que moi me rend jaloux. N'est-ce pas naturel de l'être ?

— Si tu n'as aucune raison d'éprouver de la jalousie, au moins tu ressens un peu ce que j'endure quotidiennement auprès de toi.

Cassandre fuit le regard de Tom, son contact, ses paroles. Elle se concentre sur le monde qui s'agite par-delà sa fenêtre.

Ma couardise doit cesser !

— Je suis désolé pour tout, insiste ce dernier en tapotant ses cuisses. Je te l'ai déjà dit. Je veux me racheter. Tu ne m'en donnes hélas pas l'opportunité. Je suis perdu, Cassie. Je suis... exténué, avoue-t-il, sincère.

— Je le sais.

Cassandre sent des larmes poindre. Elle les refoule. Le chauffeur du taxi a le mauvais goût de l'observer régulièrement à travers son rétroviseur depuis le départ et, n'acceptant pas son intrusion dans son intimité, elle lui demande d'arrêter son véhicule. Une fois son désir exaucé, elle s'en extirpe précipitamment. Bouleversée, elle entame une marche accélérée sur les trottoirs de la ville, tandis que Tom, après avoir payé le conducteur, est obligé de courir dans son sillage afin de pouvoir la rattraper.

— Cassie ! Attends-moi ! Cassie ! hurle le brun, avant de parvenir à son niveau. Que fais-tu ? Que fais-tu des baisers que nous avons échangés à la fin du mois d'août ? l'interroge-t-il en lui saisissant le bras pour l'immobiliser et la contraindre de le regarder en face. Que fais-tu de l'espoir que tu as fait naître en moi ? Que fais-tu de nous, de notre fils ?

Cassandre se met à pleurer. Un orage la traverse. Soumise à l'attraction néfaste que son ancien compagnon exerce sur elle, elle ne voit pas les passants qui déambulent autour d'eux, ni les nuages sombres qui s'accumulent dans le ciel.

Pourquoi les yeux de Tom ravivent-il nos souvenirs ? Pourquoi me désarment-ils ? Pourquoi me tuent-ils ? Je suis leur prisonnière. Je l'ai toujours été. Ne pourrais-je jamais me délivrer de leur joug ?

— Je l'ignore, confesse-t-elle, alors que le tonnerre gronde au-dessus d'elle.

— Je suis las de t'attendre. Je suis... Je veux savoir. Je veux connaître ta sentence. Ta froideur perdure et me glace le sang. Je... je ne la supporte plus, déclare Tom sans lâcher le bras de sa captive. J'ai traversé l'océan pour mettre fin à mes tourments.

— Excuse-moi. Je...

Une averse empêche Cassandre de terminer sa phrase. Elle est aussitôt entraînée par le bel homme sous un porche, attenant à un restaurant italien bondé.

— Quel temps ! s'exclame-t-elle, imaginant pouvoir se dérober à ses responsabilités.

Tremblante de froid, elle essuie l'eau de pluie qui ruissèle de sa chevelure mouillée jusqu'à ses joues. Ses collants et ses chaussures inconfortables sont trempés. Elle semble fragile. Sa beauté sauvage trouble Tom qui la scrute, les sourcils légèrement froncés, le cœur au bord de l'explosion. Elle perçoit son émoi débordant, cet émoi faisant écho au début de leur histoire.

— Cassinette, je t'aime, murmure l'homme, désespéré. Je n'ai plus que ces mots à te dire, à te répéter ! formule-t-il, après lui avoir caressé la figure du revers de son index.

Cassandre frissonne. Son besoin d'amour, de retrouver un équilibre sentimental, de sauver sa famille l'aveugle. Ainsi, lorsque Tom, manipulateur redoutable, s'approche d'elle, elle ne le repousse pas. Pendant que la pluie continue à tomber sur la ville, elle laisse ses lèvres frôler les siennes, les trouver, les goûter.

***

Cassandre contemple le plafond de la luxueuse chambre d'hôtel réservée par Tom, parti se délasser sous la douche. Dévêtue sous des draps impersonnels, elle ressent une douleur à la poitrine, une douleur engendrée par ses incertitudes. Elle a retrouvé le lit de son compagnon, mais son âme n'est pas en paix. Elle l'aime sans réellement l'aimer et ce paradoxe effrayant, elle ne l'explique pas. Se blottir à nouveau contre son corps a en tout état de cause réveillé d'anciennes blessures, un dégoût, une frustration sexuelle.

J'ai détesté retrouver les rassurantes caresses familières de Tom. Ne pas réussir à oublier la fille qu'il a touchée et qui l'a éloigné physiquement de moi ne m'a pas aidée à apprécier pleinement nos retrouvailles. Je les visualise souvent nus, enlacés, débauchés et j'en souffre. Quand je songe à ses imperfections d'amant, je n'ai pas à rougir des miennes et me demande si ses autres conquêtes déplorent elles aussi son manque de passion et de générosité. Existent-ils, le véritable partage charnel, l'intensité, l'abnégation ?

— Que veux-tu faire ce soir ? demande-t-elle en haussant la voix, dans le but de se faire entendre.

Elle tend l'oreille, Tom coupe l'arrivée d'eau.

— Que dis-tu ?

— Je voulais savoir ce que tu voulais faire durant la soirée.

— Oh ! Je suis fatigué. Le décalage horaire fait mal…

— C'est vrai, marmonne la dame déçue.

Elle attrape un oreiller, l'écrase de tout son poids. Une solitude inexplicable l'assaille. Son partenaire finit par quitter la salle de bain et elle contemple sa nudité attractive, ses cheveux noirs en bataille, sa virilité.

L'assurance de Tom décuple son charisme. A-t-il déjà été aussi beau ? Il l'est. À quoi donc lui servirait-il de faire des efforts dans l'art d'aimer ? Je suis méchante envers lui. Il a traversé l'Atlantique pour moi !

En regardant cet homme, elle s'estime chanceuse qu'il se soit battu pour elle. Cet acharnement a le mérite de lui avoir donné l'impression de compter pour lui. Sans cette obstination, elle n'aurait certainement pas pu revenir vers lui.

Je suis méchante.

— Je crois que nous allons rester dans cette chambre tout le weekend, annonce Tom qui s'étend sur le matelas. Je retourne en France mardi, alors je dois reprendre des forces. Je n'ai en outre pas envie de te partager avec la foule, précise-t-il avant d'allumer la télévision.

Cassandre boude. Devant l'écran allumé, les défauts insupportables du brun, vraisemblablement exténué, lui reviennent en mémoire. Sa propension à procrastiner, à la fainéantise, à ne rien désirer faire lors de ses journées de repos a fini par gangréner leur quotidien, elle n'a aucun doute à ce sujet. Elle repense à sa paresse excessive, à ses excuses agaçantes, à sa façon de la considérer comme un simple objet de son décor, à sa manière sournoise de ternir l'éclat de la vie, de leur vie, de leur couple, malgré ses efforts à vouloir le sauver, l'embellir, le renouveler.

Le passé resurgit violemment et des émotions lointaines me submergent. Dès l'instant où je proposais à Tom de sortir avec moi, il me répondait inlassablement : « Non, je me repose. » ou « Non, je suis épuisé ! » ou encore « Non, j'ai travaillé dur toute la semaine. Voir du monde ne me dit rien. », quand ce n'était pas « Non, j'ai déjà fait du sport. Va promener seule ! ». Dès l'instant où je lui demandais un service, sa mauvaise volonté me tuait. Dès l'instant où j'espérais le voir accomplir une tâche quelconque, je devais la réaliser moi-même plus tard.

De déceptions en déceptions, j'ai pleuré, j'ai pardonné, j'ai continué, j'ai recommencé à espérer, puis je me suis essoufflée, je me suis fanée devant lui, j'ai renoncé. En conséquence, en le voyant aujourd'hui devant la télévision et en l'entendant justifier son indolence, l'amertume de ce tourbillon infernal me brûle la gorge. Pourtant, il semble avoir raison. Son discours cohérent se défend, il se défend toujours, et je me résigne à l'accepter. Il doit être affaibli par son voyage. Suis-je égoïste de le lui reprocher ? Je le suis ce soir, mais penser à toutes les fois où je ne l'étais pas et où lui, il l'était, me torture.

Attirée par le réconfort, la tendresse, elle refuse finalement de donner de l'importance aux imperfections de son amant, aux siennes, à leurs erreurs d'autrefois et à celles qu'ils commettront irrémédiablement. Si changer de personnalité est impossible, elle sait que les compromis aident à entretenir l'union de deux personnes, leur permettant de vieillir côte à côte. Persuadée de leur pouvoir, elle s'allonge près de Tom et l'étreint.

La perfection est inatteignable et l'herbe n'est pas plus verte ailleurs ! L'essentiel est de trouver un coéquipier, puis de savoir le garder.

Elle croit avoir trouver la sérénité, quand l'image de Declan s'amuse à venir la détruire.

CHAPITRE 27

Dimanche 22 novembre 2020

Torse nu, face à la fenêtre de l'appartement de Liam, Declan observe la ville endormie, son ciel grisonnant, ses arbres dénudés, ses bancs, ses trottoirs humides, ses caniveaux, ses panneaux de signalisation, ses réverbères, ses magasins fermés, ses maisons, leurs escaliers, leurs balcons et leurs couleurs harmonieuses. Maussade, il chantonne l'un de ses textes, celui que ses sentiments lui ont commandé d'écrire à la fin de l'été.

> « Laisse-moi t'aimer, je guérirai tes blessures,
> Te délivrerai de ce mal qui perdure.
> Je te prouverai que l'amour même mort,
> Renaît toujours, un jour plus fort. »

Suivant son élan artistique, il récupère sa guitare noire, sa Marguerita, s'installe en tailleur devant l'âtre du salon, puis se met à jouer et à chanter plus fort.

> « Laisse-moi t'aimer, j'effacerai ta souffrance,
> Te délivrerai, donne-moi cette chance.
> Je te prouverai que les bienfaits du temps
> Transformeront tes sentiments… »

Pris par la mélodie, il ignore Liam qui sort de sa chambre en pyjama et traverse la pièce pour aller se préparer un petit-déjeuner.

— Heureusement que je ne dormais pas, monsieur « je fais du bruit un dimanche matin » ! se plaint le Québécois, de retour de la cuisine, une tasse de café et un fruit entre les mains. En revanche, que fais-tu des voisins ?

Declan n'a aucune réaction. Il se contente de se taire.

— Ta mauvaise humeur ne t'a pas encore quitté, à ce que je constate. Elle s'est cramponnée à toi vendredi et ne te lâche plus depuis, déclare Liam, avant de s'asseoir lourdement dans son fauteuil.

Le chanteur pose son instrument de musique sur le grand tapis rond disposé devant la cheminée. Ses yeux ambrés fixent le feu qui crépite.

— Quand tu boudes, tu ne le fais pas à moitié ! continue l'immense homme, dont l'objectif est de faire réagir son ami. N'as-tu pas froid en caleçon ?

— Ne suis-je pas à ton goût, ainsi vêtu ? répond enfin Declan, sans se retourner vers Liam.

— Tu l'es constamment, toi et ton corps musclé, mais j'ai actuellement un copain dans ma vie, alors…

Le Français sourit, mélancolique. Il reste néanmoins immobile et se réfugie dans un silence qui ne lui ressemble guère.

— Ma sœur, qui me raconte tout, aurait-elle raison ? se demande le Canadien, après avoir bu sa boisson chaude. Je commence à le croire.

— À quel sujet ?

— Cassandre, prononce simplement Liam, bienveillant.

Declan se détourne des flammes un bref instant.

— Cassandre ? répète-t-il.

— Tu l'aimes, n'est-ce pas ?

CHAPITRE 28

Lundi 23 novembre 2020

Attablée en face de Tom, au restaurant richement décoré, situé en bas de leur hôtel fastueux, Cassandre lui raconte en détail sa rencontre avec les bélugas. Coiffée d'un haut chignon, elle est très chic. Cette coiffure met en valeur ses immenses yeux, ses longs cils, son minois fin et son cou gracile.

— Tu t'es amusée, Cassie, c'est l'essentiel ! dit le jeune homme, plus concerné par le décolleté d'une jolie serveuse, qui déambule entre les tables, que par leur conversation.

Cassandre termine son assiette, attentive à la musique d'ambiance diffusée dans le dessein de créer un fond sonore discret et agréable. Impressionnée par l'élégance et les bonnes manières des clients qui l'entourent et dégustent calmement des plats savoureux disposés sur des nappes immaculées, elle s'évertue à les imiter ou tout du moins à atténuer son côté cévenol.

Mes parents et moi, nous ne pourrions pas venir dans un endroit pareil ensemble ! Notre accent, notre voix puissante, notre naturel prendraient le dessus, trahiraient nos racines et feraient de nous, les joviaux paysans, d'étranges objets de curiosité.

— Mercredi, tu m'as dit que vous… Où allez-vous déjà, après mon départ ?

— Emma m'a tout expliqué. Nous ferons du rafting sur la neige, répond la vacancière. Je dois avouer que je redoute un peu ce…

— En plus d'avoir des gros seins, elle a des fesses renversantes, cette serveuse ! constate Tom qui l'admire sans faire preuve de discrétion. Ne trouves-tu pas ?

Cassandre arrête de parler, désappointée.

Mon supplice ne prendra-t-il jamais fin ?

— N'ai-je plus le droit de dire la vérité ? rit le séducteur au sourire ravageur.

— Je… n'ai pas fait attention aux caractéristiques sexuelles de la demoiselle dont tu me parles, mais je veux bien te croire.

La brunette gratte son front.

— Ma remarque n'enlève évidemment rien à la perfection de ta poitrine ou de tes fesses. Je ne les mettais d'ailleurs pas en comparaison, certifie Tom, prudent. Ne te vexe pas.

— Hum !

Cassandre aimerait parvenir à ne pas s'offenser, à garder l'esprit ouvert, à prendre l'indélicatesse du père de son enfant avec humour, à approuver sa franchise comme elle y arrivait avec brio avant, mais la force lui manque dorénavant. Elle ne souhaite plus se mentir, elle ne désire plus jouer à ce petit jeu.

Tom, je ne suis pas ton copain, le copain à qui tu peux te permettre de confier tes inclinations pour telle ou telle dame, à qui tu es libre de tout dire et d'en rire ! Je n'affectionne plus ce rôle, ce rôle que tu m'as jadis donné ! Pour ta gouverne, je ne me rappelle de surcroît pas avoir été contente de l'endosser un jour !

Certes, nous avons parfois ri à l'unisson lors de nos échanges francs, en particulier lorsque j'essayais de te narguer à mon tour en évoquant mon attirance pour un acteur, un chanteur ou une célébrité de mon choix, cependant mes sarcasmes cachaient souvent l'état déplorable de mon orgueil.

Ma fierté en pâtissait effectivement dès que tu te retournais pour regarder une fille dans la rue, dès que tu affichais sur tous tes écrans des photographies de mannequins nues que je voyais par mégarde, dès que tu parlais à des inconnues sur Internet, dès que tu vantais le physique avantageux des consœurs de mon entourage... Tolérer cette mascarade ne voulait pas dire que je l'adorais. Faire semblant d'être courageuse ne donne pas du courage ! Croire ou espérer être ouverte ne signifie pas l'être concrètement !

— Il n'empêche que c'est incompréhensible... Dès lors qu'un homme parle d'une autre femme que la sienne, celle-ci a indéniablement tendance à se comparer, à se froisser ou à se dénigrer. C'est absurde ! Heureusement, tu es différente, croit le ténébreux monsieur.

— Les filles sont toutes pareilles, affirme l'institutrice, avant de boire une gorgée de limonade.

— Non, tu es la meilleure.

Cassandre se tait, embarrassée par son fantasme d'amour courtois, exclusif.

Si seulement…

***

Devant le restaurant à la devanture attrayante, Cassandre remonte la fermeture éclair de son manteau, met son écharpe, puis enfile ses gants. La neige tombe sur son chignon noir. Celui-ci se teint progressivement de blanc. Il fait nuit, l'air est froid et elle respire.

— M'accompagneras-tu à l'aéroport demain matin, Cassie ? espère Tom. Si tu as peur de te perdre pour le retour, tu pourrais prendre le même taxi que pour l'a…

— Je ne crois pas que cela sera possible, je suis désolée. Emma m'attend assez tôt pour une sortie entre filles, prévue depuis plusieurs jours, ment instinctivement Cassandre.

Son comportement regrettable l'amène à réfléchir à sa cause.

Mon mensonge inexplicable me rend méprisable. Qui suis-je devenue ? Ne sais-je plus aimer ? Ne sais-je plus aimer le père de mon fils ? Savoir qu'il part bientôt ne me rend pas joyeuse, mais ne me chagrine pas outre mesure. Ma neutralité est terrifiante. Elle me met mal à l'aise.

Elle n'est pas fière de ce qu'elle ressent, de ce qu'elle ne ressent pas. Mal dans sa peau, elle hésite à revenir sur ses paroles.

— Très bien, ce n'est pas grave, répond Tom. Marchons un peu, comme tu le souhaitais. Je n'ai pas les chaussures adéquates pour le climat canadien et j'ai hâte d'aller me coucher au chaud avec toi.

La Française donne la main à l'homme qui lui tend la sienne, à l'homme qu'elle connaît, à l'homme qui la connaît. Ils ont traversé une décennie ensemble et le réaliser l'émeut.

Tom n'est pas quelqu'un de mauvais. Il est juste lui. Ses forces et ses défaillances, n'ont pas de secrets pour moi. Ce fait est rassurant. Je sais à quoi m'attendre.

Les ruelles se désertifient et elle apprécie cette tranquillité, cet espace qu'une ville offre rarement. Entendre la neige craquer sous ses pas lui procure du plaisir.

— J'aimerais te mettre dans mes valises, tu sais, soupire le brun. Tu pourrais y rentrer, cela dit en passant ! Tu as minci, me trompé-je ?

Cassandre marmonne.

— Je te faisais un compliment.

— J'ai... repris le sport. J'ai dû perdre quelques kilogrammes, présume la sportive, satisfaite de ce résultat.

— Le temps n'a pas d'emprise sur toi, Cassie, affirme Tom en la faisant tourner sur elle-même.

— N'importe quoi !

Cassandre rit et finit par tomber dans les bras de son cavalier.

— Si tu savais à quel point tu es jolie, ici et maintenant, entourée par ces flocons blancs, souligne ce dernier.

Envoûtée par les iris de Tom, la jeune femme sourit, sensible à sa gentillesse. Elle lui caresse la joue et l'embrasse sur la bouche. Si elle a décidé de sauver leur relation, la peine ayant succédé à leur rupture reste toutefois gravée dans son être. Sa colère envers lui n'est pas morte, son cœur est un champ de ruines à reconstruire. Leurs faiblesses demeureront, elle en est consciente. Elle l'enlace pourtant, en tentant de s'accrocher à leur bonheur, à celui qu'ils devront apprendre à apprivoiser à nouveau.

Est-ce folie de poursuivre une histoire au passé tumultueux ?
Est-il possible de la réparer ?

Ses nombreux doutes n'entachent pas la douceur du moment qu'elle partage avec le père de son garçon, ce garçon qu'elle a le devoir de préserver, de rendre heureux.

Est-ce risqué de poursuivre une histoire au passé tumultueux ? S'il est impossible de la réparer intégralement, Charles mérite au moins que j'essaie.

CHAPITRE 29

Mercredi 25 novembre 2020

7H30

Cassandre bâille. Sa nuit après le départ de son compagnon a été agitée. Les quatre heures de route nécessaires pour atteindre le populaire parc de Saint-Jean-de-Matha, situé dans la région de Lanaudière et détenant les pistes de glissades les plus rapides du Québec, lui semblent interminables.

Qu'il est bon de dormir au lieu de se lever ! Qu'il est bon de veiller au lieu de se coucher !

Elle s'est fait deux tresses avant de partir pour sa nouvelle aventure. Cette coiffure lui donne un air mutin et la rajeunit. Son état d'esprit est plutôt positif. Elle se sent plus légère, moins perdue, depuis la reprise en main de son couple. Si elle n'a plus à s'en inquiéter, elle tourne néanmoins à regret le dos à un jeu de jeunesse, celui de la séduction, du flirt. Ce jeu, elle l'a redécouvert auprès de Declan, elle ne saurait nier ce fait. Ce jeu, elle voudrait ne pas être contrainte d'y renoncer. Y rejouer sans le vouloir, sans l'espérer, sans oser l'admettre lui a donné l'impression d'être vivante au cours des derniers mois. Elle en vient même à s'interroger sur sa signification profonde, sur les liens qui l'ont reliée au musicien et sur ceux qui la relient encore à lui.

Me suis-je mal conduite à l'égard de Declan ? De quelle manière a-t-il perçu mon attitude avec lui après notre rencontre avec les baleines ou durant notre sortie au cinéma ? De quelle façon perçoit-il maintenant que Tom est revenu définitivement ? Si je ne lui ai pas annoncé ouvertement cette vérité, il s'en doute probablement. Que pense-t-il de ma décision ? J'aimerais qu'il n'en sache rien. Je voudrais-je la lui taire, la nier, continuer à vivre dans notre douce et irrésistible bulle…

Lorsque j'ai posé ma tête contre son épaule dans la voiture qui nous ramenait à Montréal ou lorsque je me suis blottie contre lui devant le film d'horreur au manoir hanté, je ne recherchais pas son amitié. Je le sais, il doit le savoir ! Que recherchais-je exactement en m'approchant de lui de la sorte ? Je ne saurais le dire exactement, mais j'ai honte, honte d'avoir envie de recommencer et déçue que l'opportunité de le refaire un jour ne puisse plus exister. Je suis frustrée, terrifiée à l'idée d'avoir éteint une étincelle, celle qui, j'en suis certaine, me liait à cet homme ces deux journées-là...

— Le versant rafting est idéal pour les amateurs de sensations fortes, vous verrez ! assure Emma, au volant de la voiture de son frère. La vitesse lors des descentes peut aller jusqu'à cent kilomètres par heure ! C'est incroyable !

— Euh ! Je ne suis pas particulièrement adepte des sensations fortes, confesse l'institutrice, assise à l'avant du véhicule.

— Quant à moi, je n'ai jamais fait du rafting sur neige, alors je ne peux pas me prononcer, réplique Declan, à moitié endormi sur la banquette arrière à côté de Liam, mais aussi de l'écologiste Olivier, invité par l'organisatrice.

— Ah bon ! s'étonne Cassandre qui cherche à se débarrasser de ses interrogations sentimentales. Hum ! Tu n'as donc pas tout vu et tout fait...

Espiègle, elle se retourne momentanément vers le voyageur qu'elle trouve pâle et morose. Son généreux sourire lui manque. Privée de sa lumière, elle a froid, se sent fautive et présomptueuse de ressentir ce sentiment de culpabilité.

Mon soleil ressortira-t-il en ce jour grisonnant ? Se cache-t-il à cause de moi, de mes choix ? Ai-je involontairement créé un nuage qui en dissimule l'éclat ? Non, je ne suis pas le centre de l'univers, de son univers !

— Il faut croire que non, maîtresse, formule posément Declan, amusé par sa réflexion.

— Nous avons de la chance que le parc soit ouvert en cette période, notamment en milieu de semaine, précise le propriétaire du véhicule. Habituellement, il n'ouvre qu'en janvier et ses horaires d'ouverture sont décevantes. Ses gérants ont sûrement investi et misé sur la neige artificielle.

— Pour quelles raisons auraient-ils fait cela ? Il neige en automne et visiblement beaucoup ! souligne Cassandre.

Elle contemple le paysage à la blancheur immaculée qui s'étend à perte de vue.

Immensité ! Face à toi, je suis humble.

— Oh ! Chaque année est différente, tu sais, ajoute Liam.

— Évidemment ! rétorque la jolie brune, contente de pouvoir profiter des attractions de glisse en novembre.

Elle entortille ses nattes autour de ses doigts.

Mon Charlinou, je suis certaine que tu aurais été heureux, ici, avec moi ! Nous reviendrons tous les deux au pays de l'hiver afin que tu puisses expérimenter ce que je vis !

Soudainement, elle décide d'envoyer un message à son gentil Charles, trop loin d'elle, de ses câlins, de son amour. Elle déverrouille son téléphone portable et commence à lui écrire longuement.

— Ce n'est pas tout, vous savez ! enchaîne Emma, énergique, pendant que Cassandre raconte ses récentes péripéties à son fils. Il y a trente pistes au total et elles sont éclairées en soirée ! s'exalte-t-elle. J'aurai dû ne rien vous dire à propos de cette sortie. Pourquoi ai-je parlé ? Quel dommage ! Quoi qu'il en soit, en plus des glissoires, d'autres activités hivernales sont proposées : tour de calèche, raquette, ski de fond…

— Tu n'es pas obligée de nous en faire la publicité ! se moque le guitariste. Nous sommes persuadés de passer une belle journée. Ne t'angoisse pas sur ce point.

— Je ne m'angoisse pas, mon cher Declan ! Sachez juste que, et je l'exige, nous ferons en priorité des glissades sur les canots ! Ils peuvent contenir jusqu'à douze personnes ! décrit la blonde, euphorique. J'adore !

La mère de famille lit la dernière réponse de son garçon. Sa gorge se noue.

Charles

« Au fait, papa est venu me chercher devant le collège tout à l'heure. Il m'a dit que tu l'aimais encore et que nous revivrons tous les trois dans l'appartement très bientôt. J'en étais sûr ! Mes parents ne pouvaient pas vivre séparés pour toujours ! J'ai hâte de retrouver notre chez nous ! Je dois y aller. Papi et mamie t'embrassent. Bisous. »

Elle range son mobile dans la poche de son jean, pensive, vindicative.

« Notre chez nous » ... J'ai été répudié loin de ce lieu où la tromperie a engendré mon humiliation, mes tourments ! Pourrais-je m'y sentir chez moi lors de mon retour en France ? Mon Charles, mon bichon innocent, toi qui ignores tant de choses, tu as malgré tout le droit d'avoir un père et une mère réunis sous le même toit ! Il est de mon devoir d'y veiller et de soigner ma dignité le mieux possible.

Elle hait son ressentiment envers Tom, mais se voit dans l'obligation d'avancer pour elle, leur enfant, leur avenir.

— Nous te faisons confiance, certifie Olivier, comblé d'avoir été invité par la radieuse Emma. Tu me donnes envie de découvrir l'endroit, en tout cas !

— Tu es la reine de l'organisation, blondinette ! Nous le savons et t'en remercions chaudement. Maintenant, un peu de silence, je te prie, que nous puissions terminer notre nuit dans le calme ! espère l'artiste grognon, avant de fermer les paupières.

En guise de vengeance, Emma allume la radio, puis se met à chanter à tue-tête, ce qui provoque l'hilarité générale et un sursaut de Cassandre. Celle-ci choisit d'écarter sa fatigue, ses regrets, ses incertitudes, son tempérament versatile dans le but de profiter de l'euphorie ambiante.

***

11H30

Declan rit enfin pour la première fois depuis longtemps, lors de la première descente en canot de son groupe. Voir Cassandre, décoiffée et terrorisée, hurler en face de lui le distrait. Tandis qu'il la filme avec son téléphone portable sans qu'elle s'en aperçoive, il oublie de profiter des sensations de glisse.

Cette vidéo restera dans les annales du rire ou de l'embarras de l'extrême !

Occupé à immortaliser le désarroi de l'enseignante, il n'anticipe pas la brutalité d'un virage et son mobile lui échappe des mains pour terminer sa course dans la neige.

— Non ! s'écrie-t-il en regardant derrière lui, impuissant.

La descente se poursuit, il a perdu son sourire.

— Oups ! crie Emma, sa voisine de canot qui, après avoir vu la scène, ne parvient pas à calmer sa crise de rire.

Résigné, le caméraman amateur accepte son sort, la perte de son téléphone et celle de ses photographies. Il octroie simplement un coup de coude à la demoiselle qui glousse, puis essaie de profiter du reste de la glissade.

***

14H00

Cassandre est ravie. Après un repas savoureux, durant lequel le fromage fondu, les pommes de terre et le vin chaud ont eu du succès, faire un tour de calèche à travers les bois du parc lui convient tout à fait.

Quoi de mieux pour se relaxer qu'une promenade de vingt minutes en traîneau à chevaux ! L'idéal aurait été d'être moins de cinq personnes dessus. Or, nous sommes plus du double ! Enfin, est-ce si grave ? Je suis bien une Française, à me plaindre et protester pour rien ! La foule me dérange, ce n'est toutefois pas de ma faute !

Engourdie par un froid qu'elle apprend à connaître, elle se laisse bercer par la brise, le mouvement du véhicule, l'odeur et le hennissement des équidés bruns au pas. Elle se sent apaisée, inspirée, ailleurs. Ses amis discutent entre eux, mais elle reste discrète, préférant réfléchir à son roman, à sa fin. Elle songe surtout à son personnage principal, à son affection pour lui.

L'âge avancé de ma Paulette n'a pas été un obstacle pour elle, son formidable road-trip, sa soif de vivre, son énergie, sa joie ! Il ne l'est pas et ne le sera pas jusqu'à la conclusion de son histoire ! Sa maison de retraite n'est plus une menace désormais, elle n'en est plus effrayée. Sa camionnette, son lama et l'auto-stoppeur barbu continuent à l'aider à aller au bout de son projet. Elle est courageuse, étonnante !

Son évolution au fil des pages me passionne. Elle a expérimenté, entre autres, ce que j'ai expérimenté au Canada, puis expérimentera ce que j'expérimente aujourd'hui et expérimenterai demain dans ce pays. Je m'assurerai qu'elle poursuive son rêve et termine en beauté son voyage !

Lorsqu'elle n'écrit pas, Cassandre pense constamment à écrire. Ne jamais avoir l'esprit libre l'épuise, mais elle a été mise au monde pour mettre à l'écrit ses émotions. Que ses mots soient lus ou non par ses pairs, elle en a besoin. Par ce biais seul, elle peut extérioriser ses sentiments, son excédent de sensibilité.

***

15ʜ15

Après avoir louer le matériel nécessaire à leur randonnée en raquettes, le groupe de Declan part sur les sentiers de montagne. Désireux de se purifier, celui-ci distance rapidement ses compagnons. Explorer la forêt enneigée est un excellent moyen pour lui de respirer, de se retrouver. Il manque d'oxygène. Ses efforts pour galvaniser son moral ne paient pas. Il lutte pour retrouver son équilibre psychique, sa forme, son entrain. Il déteste ne pas être maître de lui-même. Il avance, ne se retourne pas, en quête de solitude, d'un remède contre le mal d'amour qui manifestement le ronge.

Mes ailes sont paralysées et me rappellent ma faiblesse, la faiblesse d'un homme aisément piégé par l'attrait d'une muse à la beauté cruelle, une faiblesse qu'autrefois j'ai été contraint d'assassiner, une faiblesse que je hais, une faiblesse que je retrouve à regret. Ces ailes qui se sont déployées cet été de la plus fantastique des façons, ces ailes que j'imaginais infaillibles, depuis mon envol vers la vie, se montrent subitement récalcitrantes. Elles m'abandonnent, refusent de me rendre ma liberté, m'obligent à marcher, tel un pauvre hère, lamentable et tourmenté par ses remords. Je ne vole plus. J'en souffre.

J'ai eu l'arrogance de croire en mon indépendance affective, celle que je me suis efforcé de forger face à l'adversité, celle que j'espérais solide, celle qui me plaisait. Je me suis fourvoyé. J'ai cru pouvoir maîtriser mon cœur et je me suis leurré. Il a pris ses aises. Sans attendre ma permission, il s'est mis à battre différemment. Il s'est mis à cogner pour elle. Il bat pour elle, inaccessible dame que je n'attendais pas, que je ne voulais pas et qui appartient à un autre ! Elle, vulnérable, influençable, désirable créature, elle aurait pourtant pu, en dépit de ses obligations, trouver refuge dans mes bras !

J'aurais effectivement eu le pouvoir de la détourner du droit chemin, de lui tendre un piège, de lui faire renoncer à son passé, de la faire succomber à la tentation, de la posséder, pour finalement la garder sous mon joug, près de moi ou à distance. Au lieu de saisir cette chance, j'ai opté pour le respect, la prudence, la patience, l'espérance secrète de la voir venir à moi, lentement, consciemment. Cette envie, je ne parvenais pas à me l'avouer. J'étais dans le déni. Suis-je déraisonnable, déraisonnable d'avoir désirée Cassandre, de la désirer, de ne pas chercher à la conquérir ou d'espérer y parvenir ? Le suis-je ?

Des branches mortes craquent à son passage, des oiseaux s'envolent, la brume s'élève entre les conifères odorants et frémissants dans le vent. Lui, il semble avoir perdu l'odorat, être sourd et aveugle, être loin, très loin.

Le suis-je ?

***

23H00

Declan conduit depuis près de trois heures. La silencieuse Cassandre assise à ses côtés le tourmente. Son envie de s'entretenir avec elle est plus forte que sa fatigue. Liam, Emma et Olivier, enfin endormis à l'arrière de la voiture, lui offrent l'occasion de lui parler en privé. Il éteint l'autoradio, décidé à soigner son âme.

Resterait-il un espoir ?

— Euh ! commence-t-il, hésitant, alors que la jeune femme tourne la tête vers lui, étonnée par l'arrêt de la musique. Tu as pris ta décision.

— Ma décision…

— Je veux dire… Tu retournes avec Tom, je suppose.

— Ma colocataire, qui s'est empressée de tout savoir sur sa visite, t'a fait son rapport, n'est-ce pas ? sourit Cassandre, avant de regarder la route éclairée par les phares de l'automobile.

Le guitariste n'était pas prêt à connaître la vérité.

Pourquoi suis-je déçu ? Je n'ai rien à donner à ma maîtresse, me trompé-je ? Je ne suis pas en mesure de lui apporter le mode de vie qu'elle attend, me fourvoyé-je ? À long terme, une liaison entre nous mourrait certainement. Malgré tout, serait-ce mal de vouloir en profiter ensemble sans se préoccuper de son éventuel trépas, d'essayer de la sauver, de la rendre indestructible ? L'intéressé-je seulement ? Je divague. Je suis en train de me torturer pour une histoire qui pourrait ne jamais avoir été à ma portée et pourrait ne jamais l'être ! L'adolescent que j'étais a survécu. Le poète en moi est une malédiction, ma malédiction.

Au lieu de dramatiser la situation, d'imaginer ce qui aurait pu se produire ou ne pas se produire entre Cassandre et lui, il tente de se raisonner, de clarifier ses pensées. À son avis, son incapacité regrettable à la rendre heureuse est en définitive la résultante de son goût excessif pour l'aventure, le nomadisme ou la découverte et de son aversion pour le conformisme, la sédentarité normative ou encore les dogmes. En parallèle de son inaptitude à la combler au regard de ses penchants pour la marginalité, il lui est de surcroît impossible d'affirmer que son émoi est ou a été réciproque. Ainsi, en dépit de ses réflexions objectives, la réalité le peine. Il se sent ridicule, ridicule de rêver, d'aimer à tort, d'éprouver de la frustration. Celle-ci persiste néanmoins, s'amusant à le rendre fou. Il essaie vainement de l'ignorer, de lutter contre ses démons intérieurs et de les apprivoiser.

Qu'est-ce qui m'a pris de jouer les curieux ? Je dois faire machine arrière.

Il toussote, renonce à répondre à la question posée. Il perd la bataille qui se déroule dans son cerveau et souhaite la fuir.

— Je… Si je… me fais trop indiscret, balbutie-t-il, ne te…

— Comment pourrais-je priver un fils d'un père qui souhaite réparer ses erreurs. Comment pourrais-je le priver de sa famille ? débite brusquement la mère de Charles, cherchant inconsciemment à se convaincre elle-même.

Declan tâche de se concentrer sur la trajectoire de la voiture, mais il perçoit dans la voix de Cassandre une fêlure. Il se tait.

Évite de dire des bêtises ! Sois juste à l'écoute.

— Comment soutenir convenablement mon garçon, sur le point d'entrer dans l'adolescence, si Tom n'est pas présent. Comment l'épauler correctement au cours de ses futures épreuves ? Je ne m'en sens pas capable seule, déclare la brune en triturant ses doigts. La raison que je choisis par facilité est aussi plus douce grâce à la nostalgie liée aux souvenirs amoureux et familial. Mon ancienne routine auprès de mon compagnon ne me conviendra certes plus, car l'artiste en moi dormait lamentablement, et je ne veux pas particulièrement retrouver les défauts de notre relation, mais elle a le mérite d'exister. Je dois la préserver, l'améliorer. Du moins, je le crois.

Cassandre s'essouffle et le musicien sent sa détresse.

— Tu n'es pas obligée de te justifier. Tu n'as d'ailleurs pas à justifier quoi que ce soit en ma présence, précise-t-il, volontairement distant et focalisé sur sa conduite.

— Peut-être en avais-je besoin.

Declan se veut prudent quant au choix de ses prochains mots.

Il est impensable que mes ressentis interfèrent dans ce dialogue ! En outre, que suis-je supposé rétorquer ? Il serait sage de garder ma bouche close. L'ouvrir serait inutile.

— Je ne suis pas le mieux placé pour te conseiller ou rebondir sur tes dires, mais une chose est sûre, maîtresse : tu n'es pas incapable, lui assure-t-il. Ne laisse personne te convaincre du contraire ! Ce que les gens disent sur notre compte a souvent tendance à nous influencer, à nous persuader qu'ils disent vrai, mais…

— Oh ! J'ignore la cause de cette impression, réagit soudainement Cassandre. Je ne saurais dire si elle provient de mon entourage ou de moi. Je me sens quoi qu'il en soit inapte à affronter les difficultés sans le soutien paternel de Tom. J'ai trop… peur.

— Je comprends.

Le chanteur réfléchit un instant, le temps de dépasser un corps de ferme abandonné, bâti à flanc de colline, entre un bois touffu et des champs broussailleux.

— À mon sens, tu es sévère envers ta personne, résume-t-il. Tu viens de voyager pour la première fois. Tu es au Québec !

— Je ne vois pas le rapport avec m...

— Tu évolues, tu oses, tu es courageuse, madame ! la coupe Declan. Tu fais progressivement ressurgir une force enfouie, mais effective. Le vois-tu ? Peu importe le partenaire avec qui tu traverseras l'existence ! Tu te suffis à toi-même. Tu es une maman formidable, tu enseignes, tu es intelligente, sensible, aimable, drôle, dévouée aux autres, aux animaux, je ne vois pas ce qui t'empêcherait d'être un bon guide pour Charles. Tu l'es déjà, son précieux guide ! souligne-t-il, sincère, tandis qu'il franchit un pont métallique surplombant une rivière profonde. La présence de son père à vos côtés ne pourra que renforcer ce fait. À deux parents, vous serez évidemment et simplement plus forts. Indépendamment, tu aurais toutefois les épaules suffisamment solides pour assumer ton rôle. Voilà ma certitude.

Dans la pénombre de l'habitacle, il n'a pas la possibilité d'observer le rougissement de Cassandre, troublée par ses encouragements, mais il est satisfait d'avoir pu lui énumérer ses qualités, des qualités qui ont su le séduire dès le début de leur rencontre.

— Et puis c'est bien connu et je le répète fréquemment, les femmes sont plus fortes que les hommes, prononce-t-il en guise d'ultime remarque.

— À ce propos, j'aimerais que nous parlions de tes sottises masculines, monsieur Rouanet, enchaîne la dame dans le dessein d'orienter la discussion vers lui.

— Qu'ai-je fait ?

— Tu as perdu ton téléphone aujourd'hui, si je ne m'abuse.

— Je l'ai mérité, réplique Declan.

— Je ne vais pas te contredire. Il n'y a qu'un garçon pour filmer le malheur d'autrui pendant qu'il fait du rafting sur neige !

— Je te l'accorde. Peu importe ! Avant de prendre la route, Emma m'a payé le dîner pour me consoler, rappelle le jeune imprudent, alors...

— Tu es chanceux, conclut ironiquement Cassandre.

— Très.

Le sourire de Declan est discret.

— Te rend-il heureuse, maîtresse ? lui demande-t-il tout à coup.

— Qui ?

— Tom.

Le conducteur scrute brièvement Cassandre, muette, dont les tresses sombres se fondent avec l'obscurité.

— Ou... oui, bégaie celle-ci, au lieu d'avouer son incertitude.

— Parfait.

CHAPITRE 30

Samedi 28 novembre 2020

Allongée sur le lit de sa chambre en pleine journée, Cassandre regarde une comédie romantique sur son ordinateur portable, lorsque sa mère l'appelle. Elle la met en pause et prend son appel.

— Allô ! Comment vas-tu ? s'exclame-t-elle.

— Magnifiquement, ma Cassie. Nous venons de faire le sapin avec Charlinou.

— Déjà !

— Je suis en retard d'une quinzaine de jours !

— N'importe quoi ! ricane Cassandre.

Elle s'assied. Son pull en tricot torsadé rouge s'accorde avec son teint.

— Nous sommes à la fin du mois de novembre, signale Manola, sérieuse.

— Maintenant que tu le dis, tu es bel et bien en retard.

— Ne te moque pas. J'aime m'y prendre à l'avance lorsqu'il s'agit des fêtes de fin d'année.

— Je le sais. L'année dernière, tu avais fait le sapin le cinq ou le six novembre, je m'en souviens.

— Exact.

— Au Canada, les gens ne sont pas trop impatients de décorer leur maison. Dans les rues et les vitrines, en revanche, c'est différent. Tant mieux ! En plus, avec la neige, c'est sublime.

— Tu vas pouvoir profiter d'un Noël blanc, comme dans les films américains.

— Ne sois pas jalouse, hein !

— Je le suis un peu. Tu prendras des photos.

— Évidemment ! certifie la jeune femme, mirant ses ongles manucurés grâce aux soins de son hôtesse Emma.

— Tu as l'air… de joyeuse humeur !

— Je le suis, oui !

— Pardonner à Tom était la meilleure chose à faire, affirme la dame, ignorante de la toxicité sournoise de son gendre manipulateur et de ses graves répercussions. Tu as pris une bonne décision.

Cassandre perd son engouement. Sa joie, elle ne la doit pas à son compagnon, mais à son expérience au Canada.

— Oh ! Charles veut te parler ! Il arrive, décrit Manola. Je t'embrasse, ma chérie. Je vais mettre la table pour le souper !

— Ou... oui !

Cassandre s'étend à nouveau sur le dos. Sa chevelure forme un soleil brun autour de son visage.

— Coucou !

— Coucou, mon bichon ! Alors, comment est-il, ce sapin ?

— Il est... vert, répond Charles en terminant d'enfiler le haut d'un pyjama coloré.

— Sérieusement.

— Ce sapin est... parfait !

— Je suis contente. Je vais essayer de motiver ma colocataire pour que nous fassions bientôt notre sapin vert nous aussi.

— Dépêchez-vous ! Si vous voulez en profiter tout le mois de décembre, déclare le collégien, au moment d'atteindre le canapé. Papa et Mélanie ont acheté un immense arbre pour l'appartement hier et j...

— Tom et Mé... Qui ? s'époumone la brunette, tout en se levant d'un bond. Mélanie ! Qui est-ce ?

— C'est une fille qui travaille avec papa, je crois.

— Pourquoi une collègue de travail irait-elle acheter un sapin avec lui ?

— Je ne sais pas, parce qu'elle est gentille. Elle vient parfois travailler à la maison et prépare même à manger.

La tête de Cassandre tourne. Elle a des nausées.

Mon cauchemar recommencerait-il ? Non ! Tom, tu n'es pas irresponsable à ce point !

— Elle est jolie aussi, insiste Charles, mais papa n'aime pas quand elle vient chez nous sans le prévenir et discute trop avec moi.

L'institutrice ôte son pull et le jette par terre, sur une paire de pantoufles en laine. Elle a chaud.

— D'accord, Charlinou. Je… Peux-tu rendre le téléphone à mamie ? exige-t-elle.

— Oui, attends ! Je retourne dans la cuisine.

— Merci, je t'aime.

Cassandre patiente, l'estomac noué.

— Cassie ! Je t'écoute, se fait entendre Manola, en train de remuer une soupe de légumes fumante, cuite dans une marmite en inox.

— As-tu entendu parler de Mélanie, une certaine collègue de bureau de Tom ?

— Charles a déjà mentionné ce prénom. Pourquoi ?

— Je ne suis pas sûre qu'elle soit une simple collègue, explique Cassandre, son mobile plaqué contre son oreille.

— Tu te fais sans doute des idées. Ton homme n'a-t-il plus le droit de parler à des femmes ?

— Après ses mauvais antécédents, il devrait éviter de jouer à ce jeu dans son appartement et en mon absence.

— Je comprends ta suspicion. À ma connaissance, il s'agirait cependant d'un cadre professionnel. Tom m'a dit qu'il était actuellement sur un gros projet, comprenant des collaborateurs divers et variés.

— J'imagine, ironise la jeune brune.

Elle masse son front. Le col roulé de son sous-pull l'étrangle.

— Tu as l'air contrarié. Tu crois que…

— Maman, tu ne connais pas ton gendre comme je le connais.

— Tu devrais l'appeler et lui faire part de tes craintes.

— Je ne vais pas me faire prier.

— Tom t'aime. Il s'est battu pour toi. Je suis certaine que tu t'inquiètes pour rien, ma chérie, déclare Manola, avant de rajouter du beurre dans son plat.

— J'aimerais…

Cassandre met un terme à sa conversation téléphonique.

Moi qui pensais être naïve ! Ma mère l'est davantage encore…

Accablée par la tristesse d'une potentielle trahison, elle rédige un bref message et le fait parvenir à l'homme de ses tourments.

Cassandre

« Mélanie ? »

CHAPITRE 31

Mercredi 02 décembre 2020

La neige qui s'est accumulée sur les trottoirs de Montréal scintille et craque sous les bottes de Cassandre. Le soleil illumine la ville agitée et son visage fin. Lentement, elle marche en contemplant le bleu du ciel, les nuages passagers, les oiseaux, le monde.

Il fait beau et je déprime !

La colère et la défiance ne la quittent pas depuis la découverte de l'existence de Mélanie. La dernière fois qu'elle a pu parler à Tom de cette fille, celui-ci est resté évasif, écartelé entre mensonge et honnêteté. Elle l'a perçu au son de sa voix, il lui cache la vérité. Selon son hypothèse, il aimerait lui avouer son infidélité comme il a l'habitude de le faire, mais au regard de leur relation en reconstruction, il agit prudemment. Le fait qu'il ne se rende pas disponible pour une nouvelle conversation avec elle confirme cette supposition. Elle hait son silence, ses agissements. Elle déteste les avoir acceptés un jour. Sa tolérance et ses concessions l'ont condamnée à devoir supporter l'adultère. Elle n'en a plus la force. Elle n'a plus envie de se mentir. Elle rêve d'amour exclusif, celui que les livres lus, les films ou les dessins animés vus, les chansons entendues lui ont promis. Son énervement est tangible. Elle accélère le pas.

Les chimères de mon enfance me blessent.

Son courroux grandit lorsqu'elle pense à Charles, à son innocence souillée par les manœuvres d'un père inconscient qui lui expose probablement sa luxure, ses conquêtes, ses erreurs.

Si Tom continue à laisser des vipères pénétrer dans notre foyer, je le quitte, qu'elles soient venimeuses ou non. Rompant avec moi à cause de l'une d'entre elles, il a perdu ma confiance. J'ai l'obligation de me méfier. Avoir une épée de Damoclès au-dessus de ma tête est inconcevable !

Refusant de souffrir le reste de sa vie, elle s'arrête, inspire.

Je quitte cet homme ! J'en ai assez, je dois rompre avec lui.

Elle expire. Sa décision est prise : elle reprendra sa liberté, elle récupèrera son cœur. Une larme roule sur sa joue.

***

Declan sort d'une boutique de Montréal, propriétaire d'un téléphone portable neuf. Il a l'intention d'aller déposer son carton d'emballage chez Liam, quand il aperçoit Cassandre, assise sur un banc, l'air abattu, les cheveux voltigeant dans la brise, un bonnet blanc entre les mains. *Pourquoi la tristesse semble-t-elle tenir compagnie à ma maîtresse ? Si je lui avais rendu visite après notre sortie au rafting, peut-être en saurais-je davantage sur ses ressentis ! Afin de me protéger, je me suis éloigné d'elle, j'ai fui. Mon égoïsme est désolant.*

Hésitant, presque honteux d'avoir délaissé Cassandre, il s'en approche, puis s'assied à ses côtés. Fixant son bonnet, celle-ci ne remarque pas sa présence et cette situation l'amuse. Il ne dit rien, contemple le paysage urbain, les voitures, les gens qui déambulent, les décorations de Noël.

— Maîtresse aurait-elle le mal du pays ? lance-t-il soudain.

***

Surprise d'entendre la voix de Declan, Cassandre se tourne vers lui, sourcils froncés.

— Rouanet ! Que fais-tu ici ? l'interroge-t-elle en se levant prestement, afin de mieux lui faire face.

Ses pommettes et le bout de son nez sont rosis par le froid.

— Je te surveille, prononce calmement Declan.

La jeune femme regarde son interlocuteur, interdite. Le revoir lui fait plaisir. Elle se sent en sécurité.

Ma solitude se dissipe...

— Que fais-tu seule dans la rue ?

— Emma travaille pour un client important, explique Cassandre. Je voulais me promener. J'ai marché, puis je me suis retrouvée sur ce banc sans m'en rendre compte.

Elle glisse son bonnet blanc dans la poche d'un élégant manteau de couleur identique qu'elle a récemment acheté.

— Je t'ai entraînée avec moi au Québec et je te néglige trop souvent, remarque Declan. Je suis désolé. Entre mon travail, mes créations et le sport, je ne suis pas un compagnon de voyage idéal…

— Tu n'as pas à t'excuser, ni à me chaperonner, ne t'inquiète pas. Je suis une grande fille. Je n'ai quasiment plus peur de Montréal, de certains quartiers en tout cas ! Je commence à les connaître. J'y ai enfin mes repères et je m'y sens plutôt bien.

— Tant mieux. Te voir regretter d'avoir accepté ce séjour au Canada me rendrait malheureux, dit le musicien qui se hisse à son tour sur ses jambes.

— Comment pourrais-je déplorer la fabuleuse expérience que tu me permets de vivre ?

L'institutrice devient la captive des iris ambrés de Declan. Elle le scrute. Sa barbe naissante et ses deux tresses, tirées et assemblées de part et d'autre de son crâne, s'allient admirablement avec le reste de ses cheveux détachés.

Bohème et élégance…

— Euh ! Veux-tu aller faire quelques courses de Noël ? enchaîne l'homme, troublé par les yeux bruns de Cassandre. À l'évidence, Emma, la blonde, nous préparera une soirée spéciale pour le réveillon et j'aimerais lui offrir un cadeau approprié.

— Bonne idée ! Profitons de la magie des fêtes !

— Avant, laisse-moi juste aller dans l'appartement de Liam pour ranger cette boîte, demande Declan tout en l'agitant. Il se trouve de l'autre côté de la chaussée.

— Oh ! Je vois que tu as acheté un téléphone !

— Oui ! Maintenant, il ne me reste plus qu'à récupérer l'ensemble des numéros de mon répertoire et l'incident du rafting sera vite oublié !

— Quel utopiste ! Les jumeaux et moi, nous ne te laisserons pas facilement en paix, souligne la brune, alors qu'elle lève un index devant elle.

— Je le sais, soupire le chanteur. Quant à moi, si j'ai égaré la vidéo qui a causé la perte de mon mobile, je n'oublierai jamais ton expression faciale et ton corps pétrifié par la peur, lors de notre descente en canot !

— Tu n'es pas gentil. Va-t'en !

Cassandre croise les bras, fait la moue.

— Je ne serai pas long, promet Declan, avant de commencer à courir vers l'immeuble de son ami.

— Je t'attends sur le banc.

***

Declan aime entendre Cassandre rire, lui raconter des bribes de son enfance, l'informer de l'avancée de son roman ou lui partager des anecdotes concernant son fils et leur lama Kuzco. Il l'écoute, admire sa fraîcheur. De boutique en boutique, il apprécie le déroulement de sa journée et ne pense plus à son retour auprès de Tom, à sa peine égoïste, à sa frustration, à ses enfantillages. Les odeurs de friture et de chocolat chaud, qui flottent dans le centre commercial où il l'a conduite, les mettent en appétit. Pendant qu'ils marchent dans une insouciance délectable, elle lui effleure le bras, puis la main et ce rapprochement, qu'il croit involontaire au départ, se répète. Étonné, mais nullement offusqué par ces contacts charmants, il souhaiterait même qu'ils perdurent. Par chance, il ne tarde pas à être exaucé puisque la jeune femme s'appuie sur son épaule en riant.

Je suis électrisé.

— Imagine un instant ! s'exclame Cassandre.

Le guitariste a perdu le fil de la discussion.

— Kuzco avait le chapeau en paille de ma mère entre les dents et la fuyait, rapporte la brune, tandis qu'elle lui courait après dans le jardin en brandissant son râteau et en s'époumonant au rythme du chant des cigales !

Declan essaie de visualiser la scène burlesque décrite par Cassandre, mais son aveuglant sourire et ses lèvres sublimes le perturbent.

***

Cassandre savoure une gaufre au chocolat, alors que les réverbères et les illuminations de Noël s'allument dans les rues animées de Montréal. Elle se sent revigorée. Ses problèmes ont tendance à disparaître lorsque qu'elle est avec Declan.

— Sais-tu que nous n'avons pas encore trouvé de cadeau pour Emma et Liam ? réalise-t-elle, au moment de pénétrer dans un parc fréquenté, au centre duquel trône une majestueuse fontaine.

— Hélas !

— Avoir trop de choix tue le choix.

— Quoi ? ricane le chanteur.

— Je viens d'inventer cette phrase, déclare la Française, fière de sa trouvaille. Nous avons été soumis à une quantité indécente de produits dans les magasins et nous avons en conséquence été incapables de nous décider.

— Hum ! Pour notre défense, la blonde n'est pas facile à contenter.

— Il lui faudrait un présent écologique, quelque chose d'utile...

— Sais-tu tricoter des vêtements ou broder des nappes ?

Cassandre étouffe un rire.

— Sérieusement, reprend-elle, il y a de l'idée dans ce que tu dis.

Elle réfléchit. Elle doit pouvoir trouver un présent à la hauteur de la gentillesse de son hôtesse.

Un livre de recettes végétariennes, un tablier de cuisine ou un pull... en laine d'alpaga feraient-il plaisir à Emma ? Alpaga... Voilà ! Je repense à mon lama, à mon Kuzco qui me manque et auquel je me suis inconsciemment attachée ! Dans le futur, devrais-je supplier sa propriétaire actuelle de me le rendre, l'adopter et chercher un terrain pour l'héberger correctement ? Je digresse et déraisonne. Pourquoi n'ai-je pas un don dans l'art de la couture ou de la confection d'objets divers ? Le plaisir d'offrir en serait décuplé.

— Au fait, es-tu sûr de ne pas vouloir un morceau de ma gaufre ? demande-t-elle en la présentant à Declan. Il n'en restera bientôt que des miettes.

— Non, merci, maîtresse, ma crêpe m'a rassasié, mais c'est gentil à toi, lui répond le guitariste avec un sourire charmeur. En revanche, serais-je aimable à mon tour, si je te disais que tu as du chocolat sur le nez ?

Cassandre sursaute.

— Punaise ! La honte ! s'agite-t-elle sur place.

Elle s'essuie le visage avec une serviette en papier donnée par le marchand de gâteaux. Son teint est rouge.

— Punaise de punaise ! Je n'ai jamais su manger proprement. Le faire un public est un supplice pour moi, confesse-t-elle, désespérée. Ma gourmandise étant cependant plus forte que ma timidité, je suis régulièrement recouverte de sauce, d'huile, de beurre ou de...

— Tu manges comme tes élèves de maternelle, en somme.

— Très drôle, soupire l'enseignante.

Elle froisse sa serviette et la jette dans une poubelle à proximité, autour de laquelle se poursuivent deux enfants querelleurs, en dépit des protestations de leur nourrice en colère.

— Oh ! Tu as encore un peu de chocolat ici, se moque Declan, avant de toucher l'oreille droite de Cassandre.

Affolée, celle-ci frotte énergiquement la zone indiquée.

— Tu ne marches pas, tu cours ! rit l'artiste, d'humeur joyeuse. Comment aurais-tu pu te salir à cet endroit ?

— Tu n'as jamais pris une gaufre chocolatée en pleine figure, j'imagine, lance calmement la jolie métisse.

— Non, pourquoi ?

Cassandre lève sa pâtisserie dans les airs, menaçante. Elle bondit ensuite et poursuit Declan, ne l'ayant pas attendue pour quitter précipitamment la voie principale du parc et ses haies ornées de guirlandes électriques. Elle réduit avec difficulté la distance qui les sépare, puis finit par le rattraper sur un sentier pavé. Victorieuse, elle s'agrippe à son blouson, mais glisse sur du verglas. Elle l'entraîne ainsi malgré elle dans sa chute sur la pelouse enneigée bordant le chemin, tandis que sa gaufre lui échappe des mains et touche le sol à quelques mètres d'eux, au pied d'un bonhomme de neige à l'air niais.

— Ouch ! se plaint-elle, à moitié allongée sur le buste de sa victime. Par... pardon ! bredouille-t-elle.

Elle veut se relever, mais le regard enflammé de Declan, étendu sur le dos, la cloue.

— Ne t'ai-je pas fait mal ? s'inquiète-t-elle.

Sa chevelure encadre son minois et chatouille le cou du musicien.

— Si, réplique ce dernier.

La jeune femme analyse la brève réponse de Declan. Alors que celui-ci lui maintient un bras, décidé à ne pas la laisser se redresser, plus aucun son ne s'échappe de sa bouche. Elle se contente de le regarder, immobile, incapable de délaisser ses iris ambrés.

— Tu me fais mal, affirme l'homme. Le fait que tu sois tombée sur moi n'est toutefois pas la cause de cette douleur.

— Declan Rouanet ! l'interpelle soudainement une ravissante brune aux yeux verts et à la voix suraiguë. Est-ce toi ?

***

— Virginia ! Comment vas-tu ? s'enquit Declan, étonné de la revoir.

Il se relève et aide Cassandre à l'imiter. La nuit a complètement balayé le jour et le froid mordant, sa récente chute ou l'apparition de Virginia le troublent.

— Je suis fâchée contre toi, monsieur. Tu devais me prévenir lors de ton retour au Québec, minaude la Canadienne, avant de l'enlacer.

— Pardonne-moi. Je… Mon travail et mes…

— Je ne veux pas d'excuses. Sache seulement que je t'aurais accueilli chaleureusement, si tu m'avais contactée, certifie Virginia, provocante.

— Hum ! Je… Oui ! bredouille Declan, une fois libéré de l'étreinte de la demoiselle.

Il masse sa nuque.

Fais les présentations !

— Euh ! Virginia, voici Cassandre, une amie Française qui a voyagé avec moi, commence-t-il en la désignant. Cassandre, voici

Virginia, une… copine que j'ai connu lors de mon précédent séjour au Canada.

Les deux jeunes femmes se toisent, mais leur sourire poli le rassure. Retrouver son ancienne conquête ne l'enchante pas particulièrement. La présenter à sa jolie maîtresse lui déplaît.

Pourquoi ai-je quitté l'allée centrale du parc ?

— Je vous ai vus tomber dans la neige tous les deux. J'allais vous porter secours, quand je t'ai reconnu, explique Virginia. Le monde est petit. C'est incroyable !

— Effectivement.

— En revanche, tu es avare en nouvelles, déclare la Québécoise, sans plus regarder Cassandre, silencieuse et gênée. Je me demandais ce que tu devenais après toutes ces années !

— Tu sais, la vie passe et…

— Ne t'inquiète pas, voyageur ! l'interrompt Virginia. J'aurais pu t'envoyer un message la première. Il s'en est passé des choses par ici ! Pour toi aussi, je présume. Nous avons matière à discuter.

— Oui, sûrement.

— Quoi qu'il en soit, tu n'as pas pris une ride. C'est fou. Tu es toujours… irrésistible.

— Toi, tu es toujours… directe et flatteuse, réplique Declan.

Les souvenirs liés à son aventure avec la brunette longiligne lui reviennent en mémoire. Il se rappelle sa spontanéité, son assurance, son audace, sa beauté, sa nudité, sa chaleur, son ardeur, sa sensualité, sa passion, sa lubricité, ses morsures, sa brutalité surprenante, ses mots obscènes et assumés.

Virginia et sa démarche féline, son maquillage prononcé, sa féminité, son parfum entêtant, sa superficialité ressurgissent du passé. Elle m'a jadis surpris au détour d'une rue, autour d'un café, et la force d'un courant inattendu m'a emporté jusqu'à son lit. Complice et séductrice, elle n'avait pas de complexes, de tabous ou de limites en amour. Elle n'était que fougue, étincelle attirante ! J'aimais ce feu. Ce feu dangereux a su rester intact. Ce feu est prêt à me consumer à nouveau. Comment réagir face à cette lumière ?

Hors du jeu de la séduction et de la sexualité, il se souvient également que cette femme débridée n'avait rien à partager, ne pouvait rien lui offrir, ne voulait rien recevoir.

Permettre à Virginia de m'aveugler une seconde fois est inimaginable. Au quotidien, elle était plutôt éteinte, insipide, sans idées ou convictions. Notre brève relation m'ennuyait. Mon cerveau l'avait presque effacée. J'en comprends la raison.

***

Cassandre observe la radieuse Virginia qui s'amuse à toucher l'épaule de Declan entre deux rires sonores. L'entendre glousser et la voir se trémousser l'irritent. Sa jalousie la fait souffrir.

Ne pourrais-je pas me sentir supérieure à cette créature ? Pourquoi ne me laisse-t-elle pas indifférente ? Je n'aurais jamais une confiance infaillible en moi, voilà pourquoi !

— Allons prendre un verre ensemble dès que tu le souhaites, mon beau, propose Virginia. Nous pourrions reprendre nos activités…

L'institutrice abaisse les paupières.

Pour quels motifs imaginer cette fille avec Declan m'agace-t-il ? Papillonnerait-il de conquête en conquête ? Des dames l'attendent-elles dans chaque pays qu'il visite, dans chaque région de France qu'il traverse, dans chaque ville où il se rend ? Serait-il un Tom caché ? J'en reviens à ma première interrogation : pourquoi ces hypothèses me contrarient-elles ? Cet homme me plaît, voilà pourquoi ! Voilà pourquoi ! Voilà pourquoi !

Le regard fuyant, elle n'entend plus que les battements de son cœur déçu par le comportement volage des êtres humains, du sexe opposé. Elle recherche une échappatoire dans le ciel, où les étoiles scintillent les unes après les autres.

— Tu es gentille, mais je n'en aurais pas l'opportunité cette fois, annonce Declan qui regarde machinalement Cassandre, perdue dans ses songes négatifs.

— Je vois… Un séducteur digne de ce nom a continuellement de nouvelles cibles à atteindre. Dommage, soupire Virginia. Bon ! Je dois y aller. Si tu changes d'avis, contacte-moi. Au revoir, monsieur le chanteur ! dit-elle, avant de l'embrasser bruyamment sur la joue.

— Prends soin de toi, conclut poliment Declan.

La Canadienne disparaît dans la nuit de l'hiver, mais l'empreinte de son rouge à lèvres sur la figure du guitariste indispose Cassandre.

Declan serait-il un Tom ?

CHAPITRE 32

11H15

— Est-ce que l'endroit te plaît, Cassandre ? l'interroge Emma, après avoir déposé sa valise et son sac de courses au seuil du chalet qu'elle a loué pour une partie du week-end.

Pendant que Liam, son amant du moment et Olivier installent déjà leurs affaires dans les chambres situées à l'étage de l'habitation, la Française observe la vaste et unique pièce du rez-de-chaussée. Une cheminée en pierre, des tapis beiges, un large canapé, des couvertures en laine étendues sur les dossiers de deux imposants fauteuils, un mobilier rustique, des décorations de Noël, un somptueux sapin disposé près de l'âtre allumé forment un tout homogène qui la charme immédiatement.

Forêt, neige, refuge, amis...

— Tout est parfait ! reconnaît-elle, émerveillée.

Elle pose son sac sur une chaise, enlève son blouson, son bonnet, ses gants et son écharpe, à l'instar de la Canadienne, puis les accroche au portemanteau du coquet logis. Elle fait ensuite le tour d'une grande table en chêne, scrute les détails des tableaux suspendus aux murs, touche quelques meubles artisanaux, admire le conifère richement orné, ainsi que les flocons de neige qui tombent doucement derrière les carreaux des fenêtres.

— J'adore ce lieu. Tu es géniale ! affirme-t-elle. Tu as le don de surprendre, d'organiser, de plaire !

— Tu es adorable, réplique Emma, avant de refermer la porte d'entrée laissée grande ouverte. Il nous fallait absolument un avant-goût de Noël ! déclare-t-elle, enjouée. D'ailleurs, nous fêterons le réveillon ici.

— Cela ne m'étonne qu'à moitié. Quelle réjouissante perspective !

— Pour l'heure, nous allons passer un agréable samedi, déguster la meilleure fondue savoyarde de la planète au souper, jouer à des jeux de société, bavarder et se coucher tard !

Le visage de Cassandre s'assombrit brusquement. L'absence de Declan gâche son plaisir.

Montréal et la musique retiennent l'artiste... Montréal et la musique me volent un peu de bonheur. Que puis-je y faire ? Accepter ma frustration.

— Bon ! Je vais rejoindre mon Olivier ! s'exclame la Québécoise, officiellement en couple avec le moniteur, tout en se précipitant vers l'escalier conduisant au niveau supérieur.

— Fais attention de ne pas trébucher ! conseille la petite brune, attendrie face au spectacle de l'amour.

L'euphorie engendrée par une idylle naissante est précieuse. Elle fait vivre le monde !

Elle s'assied devant le feu, nostalgique.

— J'y pense ! crie subitement Emma en s'arrêtant au milieu des marches grinçantes. Les garçons ne sont plus les gentlemans d'antan. Les trois spécimens, là-haut, auraient quand même pu donner aux dames que nous sommes la possibilité de choisir leur chambre ! Pff ! Des goujats, voilà ce qu'ils sont !

Grimaçante, la blonde termine son ascension et la solitude entoure Cassandre.

Des goujats... J'en connais un !

Elle récupère son téléphone portable dans la poche de son pantalon, afin d'écrire un message à Tom. Elle doit lui révéler ses intentions. Elle veut rompre avec lui, ne veut plus attendre, ne veut plus se taire, ne veut plus souffrir par sa faute. Sauter dans le vide est terrifiant, mais l'inconnu et l'inconfort qui s'ensuivront seront salvateurs, elle le pressent.

Cassandre
« Il faut que nous parlions, par téléphone de préférence. »

Tremblante à l'idée d'annoncer enfin au père de son enfant l'une des plus importantes décisions de son existence, elle fixe l'écran de son mobile. Elle appréhende sa réaction, celle de ses parents, celle de Charles, le véritable prince de sa vie.

Le calme avant la tempête... Je m'apprête à m'éloigner définitivement de Tom. Je vais mettre un terme à notre histoire. Courage, ma fille ! Reculer est interdit. Prépare-toi à t'exprimer, à dire ce qu'il se doit.

Elle prie pour ne pas faiblir, quand la réponse de l'homme d'affaires lui parvient.

Tom

« Cassie... Tu veux encore m'ennuyer au sujet de Mélanie, je suppose. Ne t'inquiète pas pour elle. Je peux te le confesser désormais : elle ne représente rien pour moi. Elle n'a été que de passage et je ne la fréquente plus. Je te le jure ! Je t'aime. J'ai hâte de te revoir. »

La jeune femme est stupéfaite par l'effronterie de Tom.

— Cet aliéné infidèle avoue ouvertement son crime sans rougir, murmure-t-elle, excédée.

Elle frictionne ses tempes.

Tom n'a pas l'intention de changer, de me préserver. Il me fait mal, ne le voit pas, ne souhaite pas le voir ! Il continuera sur cette voie. Si je n'agis pas, il me tuera. Cette évidence détruit toute hésitation.

Elle mord ses lèvres, inspire. Le doute n'est plus d'actualité. Elle détruira ses chaînes et le plus tôt sera le mieux.

Cassandre

« Nous devons impérativement parler. »

Tom

« ? »

***

Cassandre enfile une paire de bottes rembourrées de duvet. Marcher jusqu'à la rivière, dessinée sur la carte du prospectus donnée par Emma, lui permettra de se calmer. Elle en a besoin. Indisponible pour une conversation, Tom l'exaspère, car elle connaît ses manœuvres : il la fuit, afin de ne pas avoir à l'affronter.

Cet homme inconstant joue la montre. Il est insupportable ! Si son manège perdure, je lui annoncerais notre rupture définitive par SMS !

— Es-tu sûre de vouloir promener ? Le jour est à son déclin, souligne la Québécoise.

— Oui. La rivière ne paraît pas loin d'ici sur le schéma et j'ai besoin de respirer, avoue la jolie brune. Je marcherai vite et serai de retour avant la nuit, ne t'angoisse pas pour cela.

Elle récupère ses vêtements chauds, accrochés au portemanteau de la maison de bois, puis les met.

— Et vous, êtes-vous certains de ne pas vouloir sortir ? demande-t-elle à son groupe d'amis, installés sur le canapé et les fauteuils.

— Oh ! Oui ! Nos pantoufles sont très confortables, décrit Liam dans un bâillement. Nous allons vouer un culte à la fainéantise, en ce samedi de décembre, précise-t-il, avant d'ouvrir un magazine.

— Il fait si bon près de la cheminée que je m'endormirais, bâille Emma, blottie contre le gentil et charismatique Olivier.

Cassandre sourit.

— Je comprends, assure-t-elle, pas mécontente de parcourir la nature en solitaire.

Être seule pourra me permettre de trouver l'inspiration finale pour mon roman.

— À tout à l'heure, les paresseux ! La célibataire vous laisse roucouler en paix !

La plaisanterie de Cassandre dissimule sa joie de fuir momentanément la tendresse ambiante. Elle en est privée et son sentiment d'exclusion est désagréable.

Mon livre se veut humoristique. Je ne suis que mélancolie !

Elle n'oublie pas d'emporter un vieux calepin, ainsi qu'un stylo à bille, et sort du chalet. Désireuse de soigner son vague à l'âme, elle avance à pas rapides à travers les ruelles d'un village pittoresque, amoncellement d'habitations à colombages aux toits en ardoise, jusqu'à atteindre une forêt de sapins malmenés par un vent glacé. Le sentier de randonnée qui l'intéresse est difficile à voir et à suivre à cause de la neige accumulée au sol. Elle poursuit malgré tout sa route sans réfléchir.

***

16H30

Un brouillard dense naît autour de Cassandre. Assise sur un banc en pierre, au bord d'une eau grise qui serpente entre des rochers et des arbres immenses, elle ne s'en aperçoit pas. Le ciel s'assombrit, la neige tombe de plus en plus fort, le vent s'intensifie, mais elle semble insensible au froid, protégée par les branches d'un grand sapin. Focalisée sur son travail, elle griffonne des mots sur les pages froissées de son vieux carnet. Pour écrire, elle a ôté le gant de sa main droite, rougie par la température en baisse. Si les tremblements de ses doigts rendent son écriture déplorable, ses idées prolifèrent. Elle est inspirée. Le personnage principal de son roman aura droit à une fin heureuse, elle y tient. Elle s'est attachée à elle, à ses défauts, à son caractère. Être contrainte de la quitter prochainement la chagrine. Pour l'instant, elle préfère ne pas y penser. Elle écrit et se concentre sur l'essentiel. Aucun animal ne manifeste sa présence, le silence l'entoure, l'inquiétude n'existe pas, son imagination foisonne.

Inventer des détails imprévus pour le grand final de ma Paulette est passionnant. Soigner mes derniers moments d'intimité avec elle est essentiel. Je l'aime. Ma Paulette…

La faible luminosité du jour, dévoré avec voracité par les prémices de la nuit, finit par l'alerter. Elle range son stylo et son calepin dans ses poches, remet son gant, puis se lève. Le manque de visibilité et la tempête qui se prépare l'effraie.

— Oups !

***

18H00

Declan pénètre dans le chalet loué par Emma. Ses cheveux longs sont blanchis par la neige et décoiffés à cause du vent.

— Surprise ! lance-t-il.

— Waouh ! Que fais-tu ici, le Français qui n'a jamais appris à sonner ? s'époumone la blonde en se dépêchant d'aller refermer la porte derrière lui. Comment as-tu pu te libérer de tes obligations professionnelles ? Je suis trop contente que tu sois là !

— Quel accueil ! Je te remercie.

Declan se débarrasse de son manteau et de son sac à dos.

— Mon concert a été annulé à cause d'un incendie. Une partie du bar dans lequel je devais chanter a brûlé au cours de la journée, annonce-t-il.

Il saute sur le paillasson, disposé au seuil du logis, dans le but de faire tomber la neige agglutinée entre les crampons de ses chaussures.

— Quelle horreur ! réagit Emma, la bouche grande ouverte.

— Le propriétaire de l'établissement n'a pas tout perdu et il n'y a apparemment pas eu de blessé. Malgré les circonstances, il a eu la gentillesse de me contacter avant mon arrivée pour m'informer de la situation. Désœuvré, je suis aussitôt monté dans la voiture de Liam, afin de conduire jusqu'à l'adresse de cette maison. Tu sais, tu me l'as donnée lorsque tu m'as invité à passer le week-end ici !

— Oui, je m'en souviens. Tu as bien fait de venir. Ta bonne humeur manquait au groupe. Quoi qu'il en soit, heureusement que nous avons pris l'automobile de mon Olivier, pour une fois !

— Exactement. Prendre un taxi m'aurait déplu. En revanche, conduire sur les derniers kilomètres a été périlleux. Je n'étais pas rassuré et le véhicule de ton frère non plus. As-tu vu le temps à l'extérieur ? On dirait l'apocalypse !

Le jeune homme se dirige vers le feu réconfortant de l'âtre.

— Oui ! C'est fou ! Le bulletin météorologique n'annonçait pas du blizzard pourtant, rapporte la demoiselle, après avoir ouvert un placard pour y attraper une casserole.

— Ton pays inhospitalier est dangereux, que veux-tu que je te dise ! se moque Declan, dos aux flammes.

— Haha ! Très drôle, soupire Emma, en train d'ouvrir le réfrigérateur.

Le musicien s'installe finalement dans le canapé, alors que la belle ouvre une bouteille de lait, puis verse son contenu dans la casserole qu'elle dispose ensuite sur une plaque de cuisson.

— Au fait, où sont-ils, les autres ? Tu es seule. C'est étrange, constate-t-il, contrarié par l'absence de Cassandre qu'il a vu changer à la suite de sa rencontre avec Virginia.

Ma maîtresse, où est-elle ?

— Liam et son chéri regardent un film dans leur chambre. Quant à Olivier, il prend un bain. De mon côté, je nous prépare du chocolat chaud.

— Fantastique ! s'enflamme Declan. Que ferais-je sans toi ?

— Je l'ignore, sourit l'avenante Emma, debout devant la cuisinière. Je suis irremplaçable.

— Tu as fait les courses, à ce que je vois.

— Oui, j'ai acheté de la nourriture pour dix personnes avant de quitter Montréal ! Tu es donc plus que le bienvenu dans cette maisonnette. Par contre, je m'inquiète un peu pour Cassandre.

— Pourquoi ?

— Nos boissons sont enfin prêtes, monsieur ! Tu feras attention, elles sont brûlantes, le prévient la Québécoise, avant de verser le liquide blanc dans deux bols. Combien veux-tu de cuillères de cacao en poudre ?

— Notre maîtresse, où est-elle ? s'angoisse Declan.

— Elle s'ennuyait, alors elle est partie en excursion jusqu'à la rivière dans l'après-midi et elle n'est toujours pas revenue. J'ai essayé de l'appeler, mais le réseau téléphonique est instable. Elle ne devrait plus tarder. Elle est probablement allée boire un verre dans un café, mais je n'aime pas la savoir dehors à cette heure.

Le guitariste se lève d'un bond.

— Je pars à sa recherche ! déclare-t-il, tout en commençant à s'habiller chaudement.

— Quoi ?

— Cassandre, seule dans un café ! Je n'y crois pas.

— Penses-tu que…

— Il fait nuit, la météo est apocalyptique et elle n'est pas rentrée de sa promenade. Elle s'est peut-être égarée, blessée. Que sais-je ? Trouve-moi une lampe de poche, s'il te plaît.

Emma abandonne ses bols de lait et s'exécute, tandis que Declan vérifie le niveau de charge de la batterie de son téléphone portable.

— J'ai ta lampe ! raconte la jeune femme, contente d'avoir trouvé l'objet dans le tiroir d'un buffet rustique.

Le chanteur s'empare de la torche électrique.

— Parfait !

— Prends ce dépliant qui me reste, suggère Emma en désignant la brochure ouverte sur la table. Il pourrait te servir. Il y a un plan qui indique le chemin de randonnée que notre aventurière a dû suivre.

— Notre inconsciente, plutôt !

— Veux… veux-tu que quelqu'un t'accompagne ? Tu me fais peur. Les garçons peuvent venir t'aider ou je peux contacter les pompiers si tu estimes que…

— Non, je pars maintenant.

À ces mots, Declan range son mobile dans sa poche, emporte le prospectus, puis claque la porte derrière lui, laissant son amie, pâle et soucieuse.

***

17H00

Declan lutte contre le vent, la neige, le froid et l'obscurité depuis d'interminables minutes.

— Cassandre ! l'appelle-t-il, alors qu'il parvient enfin à la rivière mentionnée par Emma.

Avec le faisceau lumineux de sa lampe de poche, il éclaire les eaux sombres, la berge, ses bancs et ses tables en pierre, à l'affût d'éventuelles empreintes de pas que le blizzard n'aurait pas effacées, d'éventuelles traces du passage de l'enseignante.

— Cassandre !

Où te caches-tu dans ce chaos blanc, maîtresse ?

Le jeune homme se réfugie sous un arbre centenaire, enlève ses gants, récupère son téléphone portable et compose pour la énième fois le numéro de Cassandre. Le réseau téléphonique défaillant et les flocons de neige, qui rendent l'utilisation de son écran tactile compliqué, sont problématiques. Lancer son mobile contre un rocher lui traverse brièvement l'esprit. Au lieu d'agir par impulsivité, il le range. Le découragement le guette toutefois. Il remet en cause son entreprise.

Suis-je fou de rechercher une femme qui est probablement déjà en sécurité ? Ai-je au contraire raison de paniquer ?

— Cassandre ! continue-t-il, pendant qu'il enfile ses gants.

La main en visière, les yeux plissés, gênés par le brouillard, il essaie de s'orienter. Malgré les balises, il a des doutes sur l'itinéraire à suivre. Un texte du poète québécois Gilles Vigneault lui revient ainsi en mémoire.

— « Avant que l'hiver par ses poudreries n'ait mis aux chemins la neige des champs, les gens du pays plantent des balises pour se retrouver dans le mauvais temps », murmure-t-il, tandis qu'il progresse difficilement dans la poudreuse.

Si seulement...

***

17H30

Le corps glacé, les membres endoloris, Declan décide de renoncer à sa folie quand il aperçoit, grâce à sa torche électrique, une silhouette humaine à quelques mètres de lui. Courbé, face au vent, il s'en approche. Son cœur bat fort.

— Cassandre ! crie-t-il en la reconnaissant.

Miracle !

Il s'agenouille auprès de l'institutrice, recroquevillée sur elle-même au pied d'un sapin, grelottante, affaiblie, désorientée, incapable de parler correctement. Il lui attrape le visage, la bouscule, tente de la faire réagir.

— Viens ! Nous ne pouvons pas restés là ! hurle-t-il afin de se faire entendre. Viens ! Tiens-toi à moi !

Aider Cassandre, dénuée de force, à se remettre sur ses jambes est improductif, il le constate, ressent le danger, l'urgence de la secourir. Soumis aux effets de l'adrénaline, il la soulève et la porte dans ses bras.

Trouver un abri ! Trouver un abri !

***

19H45

Les minutes défilent lentement, Declan en a perdu le fil. Le blizzard l'aveugle et sa lampe de poche devient inutile. Son espoir de rentrer au chalet loué par Emma s'amenuise. Essoufflé, il titube sous le poids de Cassandre et de l'épuisement. Sa volonté de la sauver est cependant forte.

Abandonner et nous soumettre à la mort est inconcevable. Je livrerai bataille jusqu'à mon dernier souffle s'il le faut ! Je le ferai pour elle, ma gentille maîtresse !

Ses genoux sont sur le point de fléchir lorsqu'il discerne dans le noir les contours d'une cabane. Puisant en lui l'énergie nécessaire, il s'y dirige avec difficulté.

— Ouvrez-nous ! supplie-t-il, parvenu à destination.

Il tambourine sur les volets fermés des fenêtres de la cahute isolée. Elle lui semble inhabitée. Aucune lumière ne provient de l'intérieur et sa porte verrouillée l'oblige à déposer Cassandre sur son palier. Il essaie d'abord de l'ouvrir à coups d'épaule, puis tente de faire céder sa serrure à coups de pied. L'échec de sa tentative le contraint à rechercher un autre accès. Toujours équipé de sa torche électrique, il longe les murs de la maisonnette, jusqu'à repérer une fenêtre dénuée de volet. Sans réfléchir, il la casse avec son coude. Le verre brisé vole en éclats autour de son bras immobile. Une fois sa mission accomplie, il grimpe précautionneusement sur le rebord de l'ouverture et pénètre illégalement dans une modeste salle de bain. Reconnaissant envers la Providence, il en sort et découvre un repaire de chasseur désert, qu'il n'a pas l'impression d'avoir vu à l'aller aux abords du parcours balisé.

J'ai complètement dû m'éloigner du sentier !

À pas rapides, il traverse la pièce principale de l'habitation, afin de porter secours à la jeune femme qui l'attend dehors, assise sur un paillasson, faible et blême. Il trébuche sur un tabouret, tombe sur une peau de bête, se relève, puis déverrouille enfin la porte d'entrée.

— Je suis là ! Je suis là !

L'homme saisit les poignets de Cassandre, dont les lèvres sont bleutées, la tire vers lui et la met à couvert. Après avoir refermé derrière eux, il éclaire leur environnement, appuie frénétiquement sur un interrupteur, s'agite dans tous les sens.

Disposer du courant électrique aurait été trop simple !

Privé d'électricité, il part en quête d'un briquet dans l'objectif d'allumer un feu. Par chance, il déniche une boîte d'allumettes dans le tiroir d'un placard bancal et peut faire usage des bûches, ainsi que du petit bois, empilés près d'une vieille cheminée. Il s'agenouille, les dispose de manière méthodique dans l'âtre et commence à les brûler. Le vent s'engouffre bruyamment dans son conduit et le bois humide lui résiste. Un long moment s'écoule avant qu'il ne parvienne à un résultat acceptable. Quand de grandes flammes finissent par illuminer les lieux, il se remet sur ses jambes. Satisfait, il éteint sa lampe de poche et la glisse dans son manteau.

— Viens près du foyer, maîtresse, lui conseille-t-il.

Il soutient cette dernière et la conduit à proximité de la source de chaleur.

— Voilà, tu te réchaufferas vite, espère-t-il.

Il attrape ensuite la couverture poussiéreuse d'un fauteuil miteux, la secoue et la dispose sur les épaules de Cassandre. Tremblante, celle-ci s'allonge sur un tapis déchiré et le regarde brièvement, avant de sombrer dans un profond sommeil sous son regard inquiet.

***

21H30

Les joues de Cassandre endormie ont retrouvé des couleurs et ce changement positif sécurise Declan, assis sur le plancher à ses côtés. La chaleur accumulée dans la cabane lui paraît dorénavant convenable. Le feu crépite dans l'âtre et le bruit de la tempête lui semble moins menaçant.

Un refuge dans la nuit...

Il ôte son blouson et se permet de retirer délicatement le bonnet de la belle au bois dormant, libérant ainsi sa longue chevelure brune. Fasciné par les jeux d'ombre et de lumière qui s'opère sur les contours de son minois, il la contemple en silence. Sa respiration régulière lui donne le sourire. Dans un geste tendre, il lui caresse le front du revers de la main.

— Si tu savais à quel point j'ai eu peur ce soir, confie-t-il à voix haute. J'ai eu peur pour toi, peur d'être incapable de te sauver... peur de te perdre.

— De... Declan, l'appelle Cassandre qui reprend lentement connaissance.

***

21H40

Cassandre croit apercevoir Declan à travers ses cils noirs. Elle bat des paupières. Le jeune homme est là, elle ne rêve pas.

— Comment vas-tu, maîtresse ? s'enquit Declan, heureux de la voir s'éveiller.

Cassandre s'assied. Elle scrute les alentours, le mobilier et les objets abîmés du logement qu'elle découvre.

— Où... où sommes-nous ? Qu'est-ce... Que s'est-il passé ? bafouille-t-elle.

Elle frotte ses yeux. Pendant que le musicien lui fait le récit de leurs aventures, ses souvenirs lui reviennent par bribes. Elle a chaud, enlève ses gants, son écharpe, puis son manteau. Dans un état second, elle fixe les flammes qui dansent.

Quelle histoire ! Serais-je morte ?

— Dans notre malheur, la fortune nous a incontestablement fait signe, certifie Declan, lancé dans sa narration. Le vent s'engouffre toujours par la fenêtre cassée de la salle de bain, mais les chiffons que j'ai placé en guise de bas de porte font parfaitement l'affaire. J'ai aussi essayé de contacter Emma. Je voulais la tranquilliser, lui raconter nos péripéties. Hélas, nous ne pouvons joindre personne avec cette météo, conclut-il.

La jeune femme se tourne entièrement vers le chanteur, le bout de ses chaussures touche les siennes. Silencieusement, elle le regarde, lui et ses iris ambrés que la chaude lumière ambiante met en valeur. Elle le regarde.

— Que puis-je te dire, à part « merci » ? Merci, Declan… prononce-t-elle dans un murmure. J'ai cru que j'allais mourir dans cette forêt.

Sa sincérité fait poindre des larmes qu'elle contient. Sans plus attendre, elle se jette dans les bras de son sauveur. Vulnérable, elle se cramponne à son cou, à ses cheveux. Elle le respire, l'enlace de plus en plus fort et pleure.

***

21H50

Declan accueille Cassandre contre son torse avec bienveillance, tendresse, émotion. Dans le dessein de l'aider à extérioriser ses sentiments, il glisse une main derrière sa nuque gracile, l'autre derrière son dos, et choisit de se taire. Il comprend traumatisme, ses sanglots. La sentir fragile entre ses doigts le bouleverse. Son amour pour elle est indéniable.

Envoûtante créature blessée par la cruauté du monde, j'aimerais avoir le pouvoir de te protéger maintenant et à jamais, j'aimerais avoir le droit de t'aimer, le bonheur de te chérir, l'honneur de t'aider à réaliser tes rêves, à te surpasser, à t'envoler. Auprès de toi, ta candeur, ta douceur, tes blessures, tes cicatrices, mon rôle d'homme prend tout son sens.

Je voudrais être celui qui t'épaule, t'entraîne, te surprenne. Je souhaiterais embellir ton existence, dessiner tes sourires, être le créateur de tes rires. Je pourrais assassiner tes tourments, combattre tes ennemis, me battre pour ton présent et ton avenir.

Toi, tu serais ma muse, ma reine, mon cœur. Toi, tu saurais m'offrir le tien sans subterfuges, soigner mes maux, panser mon âme, choyer mon être. Toi, tu deviendrais le point d'ancrage de ma vie, me canalisant et me donnant une raison de revenir vers toi, de rester auprès de toi, d'être pour toi le roi d'un royaume non conventionnel que je bâtirais pour nous.

CHAPITRE 33

Les braises de l'âtre se sont éteintes aux premières lueurs de l'aube sans attendre que Declan, endormi dans les bras de Cassandre sur le tapis de la cabane de chasseur construite au milieu des bois, l'alimente. Le froid, la soif ou un bruit, un bavardage diffus provenant de l'extérieur, le réveille. Veillant à ne pas perturber le sommeil de la jeune femme, il se lève, ajuste la couverture sur son corps, puis se dirige vers une petite fenêtre. Il en ouvre le châssis et les volets. Le paysage qu'il voit est apaisant : il neige encore un peu sur les sapins, mais la tempête a cessé, le calme est revenu, le soleil essaie de s'imposer. Lorsqu'il remarque la présence de deux pompiers en train de marcher vers la cahute, un sourire étire ses lèvres.

La blonde ! Elle ne m'a pas vu revenir avec Cassandre et a dû remuer ciel et terre dans le but de nous envoyer des secours, bien qu'ils soient désormais dispensables. Je l'adore !

Comblé d'avoir une amie à l'image de l'avenante Emma, il salue de la main les soldats du feu. Il se retourne ensuite vers l'institutrice, attendri, presque déçu de devoir retrouver la réalité, de quitter la maisonnette qui les a sauvés, de rompre leur rapprochement, aussi chaste soit-il, de la rendre à Tom.

Hier, j'ai parcouru un enfer de glace, avant d'atteindre le paradis aux côtés d'un ange en pleurs.

***

— Je sais que le weekend a été très étrange et angoissant, mais je l'aurais volontiers prolongé, soupire Emma, debout sur le palier du chalet qu'elle a loué.

— « Étrange », dis-tu ? se moque Declan, appuyé contre le mur de la maisonnette. Le mot est faible.

— « Abominable » conviendrait mieux, je te l'accorde, assure la Canadienne qui repense à ses heures passées à se ronger les sangs pour ses amis disparus.

— Oui et... non, répond le chanteur en observant Cassandre sortir de la maison.

La femme brune manque de sommeil, mais se sent vivante, en bonne santé, chanceuse. Le panorama blanc qu'elle voit s'étendre par-delà le village lui rappelle hélas ce qu'elle a traversé dans la forêt. Elle frémit. Les gens qui sont sortis de leur habitation et animent les rues déneigées la ramènent heureusement au présent. Des odeurs appétissantes de pains et de croissants s'échappent d'une boulangerie typiquement française, devant laquelle des clients matinaux font la queue sur la place du marché, et les humer titille sa gourmandise.

— Je vois, sourit Emma, perspicace. Nous avons tous passé une épouvantable nuit, certains vraisemblablement moins que d'autres, à ce que je comprends, et ce en dépit des apparences ! Bon ! Comment nous organisons-nous pour le trajet ? Qui repart avec qui ? demande-t-elle, tandis que son frère et leur copain respectif font leur apparition sur le seuil du chalet.

— Puisque Declan est venu ici avec mon auto, nous pouvons rentrer directement ensemble à mon appartement, lui, mon chéri et moi, suggère Liam, après avoir verrouillé la porte d'entrée. Nous avons tous besoin de repos, je crois.

— Je n'aurais pas dit mieux. En route, les amis ! s'exclame la Québécoise, avant de porter ses bagages jusqu'au parking enneigé.

Les jeunes gens rangent leurs affaires dans les véhicules et Cassandre, affaiblie psychologiquement et physiquement par les évènements de la veille, ne peut pas s'empêcher d'être triste. En plus de revivre régulièrement dans sa tête l'intégralité de son calvaire, elle doit se résoudre à laisser partir son sauveur. Dès le lendemain matin, elle sait qu'il devra se rendre à Québec, afin d'effectuer une série de représentations musicales, et qu'il y restera une semaine. Elle voudrait le suivre, ne plus le quitter, s'endormir à nouveau contre son torse. Elle le veut.

Declan, tu m'as sauvée. Tu as bravé le danger pour moi, sans avoir la certitude que je me trouvais dans le blizzard, sans savoir que

je m'étais perdue et que je risquais de mourir d'hypothermie. Tu l'as
simplement fait, courageusement, inconsciemment, généreusement. Tu
es arrivé à temps. Tu m'as délivrée de ma prison de neige. T'ai-je
suffisamment remercié ?

Olivier s'installe sur le siège conducteur de sa voiture, Emma s'assied aussi à l'avant afin de pouvoir l'embrasser à son gré, quant à Cassandre, elle referme le coffre de leur automobile au moment où Liam le fait avec le sien.

— Je suis prêt, l'artiste ! le prévient le Québécois.

— Euh ! J'arrive, réplique distraitement Declan, les mains dans les poches de son manteau.

— Je t'attends dedans avec mon bien-aimé, annonce Liam, alors qu'il le suit et grimpe derrière son volant.

Cassandre fait face au musicien qui s'approche d'elle. Le regard qu'il lui porte a changé, elle le constate, sans pouvoir expliquer ce délicieux changement.

— Comment te sens-tu, maîtresse ?

Cassandre mord ses lèvres, réfléchit à donner une réponse appropriée aux circonstances.

J'ai mal, mal de devoir te quitter. J'ai mal.

Cacher la cause principale de sa souffrance lui paraît raisonnable.

— Fatiguée. Il faut dire que je n'avais jamais été secourue par personne auparavant, surtout pas par des pompiers, ricane-t-elle.

Elle place des mèches de cheveux derrière ses oreilles.

— Et toi, comment te sens-tu ? poursuit-elle, plus sérieusement.

— Reconnaissant. Je suis persuadé que nous avons eu de la chance. Tu es saine et sauve, voilà ce qui est important pour moi.

— Je le suis grâce à toi. Merci encore pour ton intervention… ta bravoure. Si tu n'avais pas choisi de m'aider, je ne serais probablement plus là pour te parler. Merci.

Les yeux humides, la Française saisit machinalement la main de Declan. Son contact lui redonne des forces.

Je me sens en sécurité.

— Tu n'as pas à me remercier, si c'était à refaire, je le referais, certifie le jeune homme.

Cassandre abaisse le menton et Declan vient légèrement le soulever. Elle part alors en voyage dans la couleur ambrée de ses iris. Sa bouche aimerait goûter la sienne. Sa prudence agaçante s'interpose néanmoins entre elle et son désir.

Pourquoi ne puis-je pas me perdre dans l'échange d'un baiser passionné ? Pourquoi n'ai-je pas l'audace de le créer ? Pourquoi ma raison entrave-t-elle mes pulsions ? Pourquoi le fantasme ne l'emporte-t-il pas sur la réalité ? Pourquoi suis-je gênée de rêver ?

Un coup bref de klaxon la fait sursauter. Elle libère les doigts de son interlocuteur, recule d'un pas, les pommettes rouges.

Pourquoi mes émotions transparaissent-elles sur mon visage ? Dans ce monde, plus nous sommes timides, plus nous rougissons et plus nous nous faisons remarquer. Quelle tristesse !

— Les amoureux ! Je suis désolée de vous interrompre, mais nous devons partir ! À la radio, les présentateurs annoncent une nouvelle tempête dans les parages, les alerte la demoiselle blonde, après avoir ouvert la vitre de sa portière.

— Hâtons-nous dans ce cas, préconise Declan. Nous avons eu suffisamment de sensations fortes pour le mois. Nous pourrons nous organiser une sortie tous les deux dès mon retour, si tu le désires.

— Avec plaisir.

— Refaire une activité seul à seul serait plaisant, il me semble.

— Il me semble aussi, dit la belle en balançant les bras.

« Les amoureux » ?

Elle ressent l'envie de profiter de la fin de son séjour, de chasser sa culpabilité envers Tom, de courir après le bonheur à sa portée, de lâcher prise, de moins réfléchir, de penser à elle, d'oublier les autres, d'aimer plaire, d'aimer. S'y employer réellement est cependant compliqué. Ses sentiments l'embarrassent, des questions risibles et sans réponse la hantent comme à l'accoutumée.

De quoi le futur sera-t-il fait ? Je l'ignore. Pourquoi donc cogiter inutilement, m'imposer continuellement des limites, me soumettre à mes craintes ? De plus, en quoi rechercher la compagnie d'un gentilhomme serait-il néfaste ou condamnable ? Parce que ce dernier me plaît. Est-ce dramatique d'être attirée par lui ? Non, il est séduisant, gentil, drôle, étonnant, talentueux. Il ne s'agira de surcroît que d'un rendez-vous ordinaire entre nous. Oui, mais il me plaît vraiment désormais ! Certes, mais est-ce réciproque ? Moi et mes divagations récurrentes sommes ridicules.

Confuse, elle aimerait mettre en veille son cerveau quand Declan s'avance vers elle et l'embrasse sur le front.

Punaise de punaise !

Le souffle coupé par cette vague de tendresse inattendue, elle frissonne. Les secondes s'arrêtent et l'enchantent. Un bien-être intense l'envahit, tandis que le vent se lève.

La dernière fois qu'un homme m'a embrassée de la sorte, j'étais une petite fille et il s'agissait de mon père.

— Prends soin de toi, exige le guitariste qui se dirige maintenant vers le véhicule de son confrère québécois. Tu le mérites, après ta mésaventure.

Declan sourit et Cassandre emporte avec elle l'image de son fabuleux sourire.

CHAPITRE 34

Samedi 12 décembre 2020

Enfermée dans sa chambre, Cassandre trépigne. Elle n'arrive pas à joindre Charles, ni ses parents.

Pourquoi personne ne me répond ?

Elle aimerait pouvoir souhaiter oralement un joyeux anniversaire à son enfant qui fête sa dixième année. Le message qu'elle lui a envoyé dès l'aurore ne suffit pas à lui exprimer l'ampleur de son amour. Elle veut entendre sa voix, elle espère le voir, même si ce n'est qu'à travers un écran. N'ayant obtenu aucune réponse écrite de sa part et par manque de choix, elle compose finalement le numéro de téléphone portable de Tom. Pendant qu'elle patiente, son mobile plaqué contre son oreille droite, ses rêveries lui présentent Declan. Elle ne l'a pas revu depuis la fameuse nuit glaciale au cours de laquelle elle s'est endormie près de lui.

Mes déboires ont eu une magnifique fin...

— Allô !

La mère de famille est presque surprise d'entendre le banquier, car il évite délibérément de discuter avec elle depuis trop longtemps.

— Tom ! Tu daignes enfin me répondre ! maugrée-t-elle, désireuse de lui montrer son mécontentement. Es-tu avec Charles ?

— Bonjour, réagit calmement l'homme d'affaires.

— Es-tu avec notre fils ?

— Non, Charles est chez mes parents aujourd'hui. Je les rejoins pour le dîner.

— Oh ! Je vois. Je voulais bavarder avec mon bichon pour son anniversaire.

— Appelle ma famille.

— Non, je vais attendre. Charles me rappellera plus tard.

— Tu as l'air... énervée.

— Je le suis. Je souhaite te parler depuis des jours et tu es indisponible ! peste Cassandre. Tu le sais.

Elle s'assied sur une chaise, essayant de rassembler son courage. Malgré sa colère, devoir annoncer sa décision de rupture est plus difficile que prévu.

Le temps de la séparation est venu !

— Oui, c'est vrai. Tu voulais me dire quelque chose le weekend dernier. Excuse-moi, Cassie. J'ai eu énormément de travail et je n'ai pas pu te contacter.

— Tu n'as également pas pris la peine de prendre mes appels.

— Je suis disponible actuellement. Je t'écoute, affirme Tom.

Cassandre gratte son cou.

— Je… Si je t'ai appelé aujour… Je voulais juste avoir une conversation avec Charlinou, bredouille-t-elle.

— J'imagine. Profites-en malgré tout pour converser avec moi.

La jeune femme triture sa bouche.

— Si tu comptais encore médire de Mélanie, je te promets que notre courte histoire n'a rien signifié pour moi. Je te le répète et te le répèterais à l'infini si besoin est. Je t'aime, toi. J'aime notre nous, notre famille, certifie le jeune homme. Rien n'altérera jamais ce que je ressens pour toi. Je l'ai appris avec les années.

Cassandre ferme brièvement les paupières.

Mélanie…

Elle souffre, mais anéantir son couple la terrifie.

Mon Charles, mon garçon…

— Écoute, commence-t-elle, dès mon arrivée en France, nous pourrons nous entretenir plus en détails de…

Elle n'achève pas sa phrase. Au bout du fil, elle entend une voix féminine, des chuchotements et des rires étouffés. Elle se lève d'un bond.

— Avec qui es-tu ? exige-t-elle de savoir.

— Euh !

— Avec qui es-tu ? J'ai entendu glousser une fille !

— La curiosité est un vilain défaut, Cassie.

Cassandre lève les yeux au plafond. Elle se dirige vers la fenêtre ovale de la pièce, tire ses rideaux légers. Le ciel grisonnant s'accorde avec son moral.

— Avec qui es-tu ?

— Je suis effectivement avec quelqu'un. Tu as l'ouïe fine, constate Tom.

— Cesse de jouer.

— Ne panique pas, Cassie. Je travaille. Une collègue m'aide pour un dossier conséquent.

— Une collègue ! Êtes-vous au bureau, un samedi ?

— Ou… oui.

— Tu mens !

Cassandre tape sur un carreau.

— Ce n'est pas ce que tu crois, soupire le séducteur. Détends-toi. Tu étais moins jalouse et plus ouverte d'esprit autrefois ! Tu m'accordais une certaine liberté, tu étais… Tu as changé.

La jolie brune inspire.

Il est vital que je tourne définitivement l'ultime page du chapitre angoissant de mon livre.

— Je veux rompre, déclare-t-elle sèchement.

— Pardon ?

— Tom, je te quitte.

À ces mots, Cassandre raccroche.

***

L'air est glacial, pourtant Cassandre court. Elle court dans l'objectif d'évacuer son courroux. Elle court sans savoir où aller. Elle court. Elle court aussi vite que ses jambes, ses poumons et son cœur le lui permettent, aussi loin que son corps le peut. Alors qu'elle attaque une rude montée, elle a envie de hurler, d'éliminer sa rage, son dégoût, sa tristesse. Avoir osé mettre fin à sa relation avec Tom, infidèle invétéré et sans scrupules, l'a certes libérée de son pouvoir, mais l'a surtout ébranlée. Courir l'aide à surmonter ce bouleversement.

Elle refuse de céder à sa souffrance physique, de ralentir, de marcher, de s'arrêter, de reprendre son souffle. Elle poursuit sa route, usant de toute l'énergie dont elle dispose. Son téléphone vibre dans sa poche depuis plusieurs minutes et la déconcentre. L'éteindre l'empêcherait cependant de gravir correctement la pente. Elle ignore donc son affreux bourdonnement. Son ancien prince charmant, abasourdi par leur récente séparation, essaie manifestement de la joindre, elle pourrait le parier.

Tom, je t'ai aimé, je t'ai détesté, je t'aime et je te déteste. Je ne te laisserai pas l'opportunité de me faire changer d'avis sur la fin de notre couple. Tu voudrais me piéger.

Parvenue en haut de la colline, elle ruissèle de sueur. Levant les bras vers le ciel, en signe de victoire, elle saute. Elle saute et crie. Elle crie sa peine, elle crie sa joie. Elle crie, sans se soucier du jugement des passants déconcertés au regard ahuri. Elle crie.

***

Une fois sa séance de sport terminée, Cassandre pénètre dans sa chambre et se déchausse. Elle a besoin d'une douche. Sa curiosité la pousse néanmoins à déverrouiller l'écran de son téléphone portable pour découvrir les appels et les messages manqués de Tom. Elle s'allonge sur son matelas et commence par lire ses SMS, transmis minute après minute.

Tom

« Réponds-moi, je t'en prie. »

Tom

« Appelle-moi. C'est important. Ne fais pas l'imbécile. Nous ne sommes plus des enfants. Nous pouvons dialoguer entre adultes civilisés. »

Tom

« Je suis perdu. Que voulais-tu dire exactement par « je te quitte » ? Je ne te comprends pas. Tu n'étais pas sérieuse, je suppose. Notre histoire ne peut pas s'achever, Cassie. Pourquoi s'arrêterait-elle ? Pense à Charles, à son anniversaire, à nos souvenirs, à nous… Nous sommes forts. Nous formons une famille. Nous sommes beaux. »

Tom

« Ma Cassie, sois raisonnable et explique-moi enfin la raison de ton comportement puéril. »

Au fil de sa lecture, la jeune femme hoche la tête.

Tom
« Bon ! Nous reparlerons mieux de l'état de notre liaison à ton retour en France, si tu le souhaites. En face à face, cela sera plus naturel, plus simple. Qu'en dis-tu ? »

Tom
« Aimerais-tu que je te rejoigne au Canada ? J'en suis capable. Je ferai tout pour te reconquérir. »

Cassandre a mal au ventre.

Tom
« Je n'ai toujours aucune réponse de ta part. Ta réaction est illogique, disproportionnée, incompréhensible. Il y a eu une méprise. Je n'ai rien fait de mal, Cassie. J'étais réellement avec une employée tout à l'heure. »

La jolie brune voudrait croire aux dires du banquier. Elle le voudrait.

Tom
« Il serait dommage de tout détruire pour des histoires de sexe. La vie n'est pas un conte de fées… Les hommes sont ce qu'ils sont, je suis ce que je suis, mais je t'aime. Tu es aimée. N'est-ce pas primordial ? Imagine le nombre de femmes célibataires qui voudraient avoir un partenaire dans leur vie et donneraient tout pour être à ta place. »

Cassandre repousse son mobile. Elle contemple le plafond. La nuit est sur le point de dévorer le jour et une partie de son cœur.

CHAPITRE 35

Dimanche 13 décembre 2020

Pâle, Cassandre est attablée en face de son hôtesse qui lit un livre devant une tasse de café et des viennoiseries. Quant à elle, elle n'a pas d'appétit et triture un morceau de croissant trop cuit, sans se préoccuper de son verre de lait. Des mèches de cheveux plus courtes que les autres tombent devant ses yeux. Ses cernes témoignent de son manque de sommeil. Un joli feu crépite dans la cheminée de la maison-conteneur, mais sa chaleur l'indispose. Le regard rivé sur son téléphone portable et les derniers mots de son ancien compagnon, elle remue frénétiquement les jambes.

Tom
« Je vais finir par me mettre en colère. Tu me dois des explications. Je les mérite et je les attends. »

La Française renonce à manger. Décidée à briser son mutisme, à s'affirmer face à Tom, elle lui envoie enfin un message.

Cassandre
« Cesse de m'importuner ! C'est terminé entre nous, comme je te l'ai annoncé hier. Ton courroux ne me concerne plus. »

— Est-ce que ça va, ma belle ? Tu es blême et fébrile, remarque Emma en l'observant par-dessus son roman.
— Oh ! J'ai… j'ai rompu avec le papa de mon fils hier.
— Est-ce… une bonne chose ? demande prudemment la Canadienne, secrètement réjouie par cette nouvelle.
— Je l'espère.
Pendant que la grande Emma imagine naturellement son ami Declan en couple avec Cassandre, celle-ci réfléchit. Elle suffoque. Grâce au vieil élastique qu'elle porte au poignet, elle se fait un chignon. Si sa coiffure achevée a piètre allure, elle lui tient moins chaud.

— Je l'espère, répète-t-elle dans un murmure, avant de lire la réponse de Tom.

Tom

« Pouvons-nous avoir un entretien téléphonique ? »

Lentement, la jolie brune quitte la table pour aller s'allonger sur le canapé. Elle ne peut plus échapper à une discussion sérieuse avec l'homme d'affaires.

Courage, ma vieille !

Sous la surveillance de la Québécoise inquiète et bienveillante, elle se met à appuyer violemment sur les lettres de son clavier tactile.

Cassandre

« Non. Appelle plutôt ta nouvelle ou tes anciennes conquêtes. »

Tom

« Tu réagis comme une petite fille stupide. Ta jalousie est injustifiée. »

Cassandre

« Ma jalousie est justifiée, que tu aies actuellement une copine ou non. J'en ai assez de subir tes infidélités. J'en ai assez de tes manigances. »

Tom

« Je t'aimais et je te trouvais intelligente, car tu savais autrefois faire la différence entre le sexe et l'amour. Tu savais être tolérante. Tu comprenais comment l'être masculin fonctionne. L'Histoire et la nature nous le rappellent d'ailleurs constamment. Les plus grands messieurs ont tous eu des maîtresses. Les mâles ont plusieurs femelles. Cette réalité, qu'elle te plaise ou non, existe. Elle n'a toutefois jamais changé mon amour pour toi. »

Cassandre

« Nous n'avons plus la même définition de l'amour. Si le sexe « fort » a généralement plus de mal à contrôler ses pulsions sexuelles, j'ai malgré tout le droit d'espérer vivre une relation amoureuse normale et équilibrée. La nôtre ne l'a jamais été. J'ai le droit de vouloir me sentir unique, exclusive et respectée. Je ne souhaite plus partager mon homme. Je rêve d'être la seule femme pour lui. »

Tom

« Candide Cassie… Tu n'es pas dans un conte de fées. »

Cassandre

« Cesse de parler continuellement de conte de fées ! Si nous vivions dans un conte de fées, je le saurais ! »

Tom

« Tu es évidemment consciente de cette fatalité, de cette vérité. Il te faut donc les accepter, comme le font dignement la majorité de tes consœurs, comme tu le faisais magistralement avant, avant que tu ne changes. Tu dois continuer dans cette voie. Tu le dois au moins pour Charles. Il a besoin de ses parents, de son père. Je refuse qu'un autre que moi l'élève ! »

Cassandre

« Charlinou a surtout besoin d'une maman heureuse ! »

Tom

« Dois-je comprendre que coucher avec ton hippie te rend heureuse ? »

Cassandre

« Arrête. »

Tom

« Je pardonne ton égarement, Cassie. Je peux le comprendre. Je sais que toi aussi tu seras généreuse et sauras pardonner mes faiblesses masculines avec le temps. Nous nous retrouverons. »

Cassandre

« Arrête ! »

Tom

« Cassie, je saurais t'éloigner de tes chimères ! Je te ferai revenir à la raison pour ton bien, le nôtre et celui de notre Charles ! Tes caprices enfantins ne dureront pas. La maturité finira par triompher, j'en suis certain. »

Cassandre essuie ses larmes avec la paume de sa main, tandis que la gentille Emma s'approche d'elle, l'aide à s'asseoir et lui offre un câlin. Elle apprécie ce bref réconfort.

— Merci, dit-elle, tout en frottant son visage.

— Ma poulette, je ne connais pas vraiment Tom et je connais peu vos liens, votre passé, confesse la blonde en lui tenant les mains. Tu as toujours été discrète à propos de lui et j'ai respecté cette réserve, en dépit de ma curiosité. Je sais simplement qu'il t'a déjà fait souffrir, que vous avez déjà rompu, qu'il est revenu vers toi et que tu lui as donné une seconde chance. Je vois aussi que tu pleures aujourd'hui. Cet état suffit à m'alerter. C'est pourquoi je me permets d'intervenir. Raconte-moi tout en détails, s'il te plaît, propose-t-elle. Peut-être pourrais-je t'aider, te conseiller, te consoler... Que sais-je ?

Cassandre renifle. Un petit sourire se dessine sur ses lèvres.

— Par où commencer...

— Tu n'as qu'à commencer par le début, propose Emma.

Ainsi, face à sa confidente attentive, la brunette débute le récit détaillé de sa vie avec le père de son enfant.

CHAPITRE 36

Mardi 15 décembre 2020

Seule dans la maison-conteneur de la pétillante Emma, partie en promenade avec Olivier après le repas de midi, Cassandre est vulnérable, malheureuse. Le harcèlement de son ex-copain se poursuit et elle est épuisée de lutter contre. Agenouillée près de l'âtre, devant une table basse en verre surchargée de romans et de magazines, elle consulte tranquillement sa messagerie électronique, cherchant à fuir ses pensées, son mal-être. C'est donc à travers l'écran de son ordinateur portable qu'elle découvre l'odieux chantage de Tom.

« Cassie, je t'ai dit que je ferai tout pour te reconquérir. Je ne mentais pas. Reviens-moi ou je ferais parvenir tes photos les plus compromettantes à l'ensemble de tes connaissances. L'Éducation nationale serait déçue de ton comportement indécent, qu'en penses-tu ? Je te laisse redécouvrir ces merveilleux clichés érotiques et pornographiques qui datent de l'époque où tu m'aimais encore. Je les contemple et j'ai envie de toi. J'ai également des vidéos qui valent le détour. Te rappelles-tu de nos jeux interdits ? Tom. »

La gorge nouée, la jeune femme ouvre les pièces jointes qui accompagnent l'email du banquier. Les photographies intimes qu'elle retrouve les unes après les autres lui sont familières. Vestiges d'un passé révolu figés dans le temps, elles lui rappellent sa jeunesse, sa lubricité, sa passion. Face à la dangerosité qu'elles représentent, elle se remémore les moments intenses partagés avec Tom, leur complicité et leur folie qui n'existent plus.

En lingerie ou nue, je suis provocante, maquillée, en quête d'admiration. Mes poses sont explicites, sensuelles, sexuelles. Le désir de séduire, d'aimer, de jouer était vivace en moi. Il me guidait, me rendait femme, me rendait belle ! Je posais pour mon amant, pour ses yeux bleus, redoutables et magiques. Je posais pour lui, avec ou sans objet. Je posais pour lui. J'essayais de lui plaire, de correspondre à ses attentes, de l'envoûter, de le garder. J'écoutais ses conseils. Je suivais ses directives et je me sentais désirable. Il me le prouvait. J'étais amoureuse, comblée. J'étais amoureuse, aveuglée.

Elle a la nausée. Effrayée par la menace de Tom, elle s'assied, ébahie. Elle aimerait hurler son dégoût, mais aucun son ne s'échappe de sa bouche.

— Salut, les filles ! s'exclame Declan, de retour de Québec, après avoir claqué la porte d'entrée.

Cassandre se retourne vers le chanteur qu'il aperçoit esseulée, fragile, affligée. Elle a envie de se jeter dans ses bras. Son regard l'implore de l'aider.

— Tu n'as pas l'air en forme, maîtresse, constate Declan, tout en se débarrassant de son manteau.

Alors que ce dernier s'avance vers elle, Cassandre ne parvient pas à retenir ses larmes.

Je ne suis qu'une pleurnicharde ! Je suis insupportable !

— Bichette, que se passe-t-il ? lui demande le jeune homme en s'asseyant pour l'enlacer.

Cassandre se niche contre Declan et son sweat à capuche blanc. Elle trouve refuge contre son cou. Elle en respire le parfum. Les paupières fermées, elle l'étreint fermement, ne veut plus le lâcher. Ressentir sa force la rassure. Ses ennuis s'amenuisent.

— Parle-moi, maîtresse... lui chuchote le guitariste qui caresse sa chevelure. Parle-moi. Je suis là, lui assure-t-il. Je suis là.

Une fois calmée, Cassandre libère Declan. Son mascara a coulé et elle le regarde avec un air de chien battu. D'une voix enrouée, elle lui raconte les derniers évènements de sa relation avec le père de Charles.

— Tom est devenu fou, méchant, s'étonne-t-elle. Son manège est... honteux. J'ai peur, finit-elle par conclure.

L'attention du musicien averti se porte machinalement sur l'une de ses jolies photographies, encore affichée à l'écran de son ordinateur, et elle le remarque. Embarrassée et rougissante, elle tend promptement le bras, puis le referme.

— Pardon, je ne voulais pas me montrer indiscret, notamment après ce que tu viens de me confier, déclare Declan. J'ai été attiré par... Excuse-moi, je t'en prie.

— C'est ma faute, ne t'excuse pas. Je n'avais qu'à fermer ma fenêtre ! Heureusement, la photo que tu as vue n'est pas la plus choquante.

— Je l'ai trouvée... magnifique. Serait-il possible que Tom veuille divulguer tes photographies dans le noble et secret but de partager ta beauté avec le reste de l'humanité ? Dans ce cas, je pourrais comprendre sa manœuvre.

La petite brune fixe son interlocuteur, désireux de lui remonter le moral. Elle apprécie ses efforts et lui sourit.

— Si tu voyais les autres photos, tu serais convaincu de l'indélicatesse de mon maître chanteur. Je suis... perdue et... choquée, avoue-t-elle.

Elle replie ses jambes contre sa poitrine.

— Je comprends. Quelle affreuse situation ! À mon avis, ton Tom, aussi cruel soit-il, a probablement l'impression d'être véritablement amoureux de toi. Ce n'est manifestement pas le cas puisque, s'il t'aimait sincèrement, il ne te ferait aucun mal. Toutefois, il...

— Pour quels motifs n'accepte-t-il donc pas ma décision de le quitter ?

— Il t'aime sans doute à sa manière, imagine Declan, et ta perte doit le bouleverser, mais il cherche visiblement à te contrôler, à te faire réagir, à te faire céder.

— Je n'ai pas l'intention de me soumettre à ses fantaisies. En revanche, s'il dévoile mes photos...

La sonnerie du mobile de Cassandre retentit et la fait sursauter. Elle le sort de la poche de son jean.

— C'est lui ! affirme-t-elle, avant de se hisser sur ses jambes.

Guidée par son énervement, elle décide de prendre l'appel, sans laisser l'occasion à son confident de la dissuader de le faire. Instinctivement, elle active le haut-parleur.

— As-tu perdu l'esprit, Tom ? l'interroge-t-elle.

— Cassie... Tu as apparemment lu mon email.

— Qu'est-ce qui te prend ?

— Je me bats pour toi. Alors... As-tu réfléchi ?

— À quoi ?

— Ne joues pas à la plus maline.

— Il n'y a que toi qui joues.

— Reviens-moi et tout rentrera dans l'ordre. Je t'en fais la promesse.

— Impossible ! réplique Cassandre. Tu me révèles une partie de ta personnalité répugnante !

— Si tu n'es pas sage, Cassinette, saches que j'ai le pouvoir d'aller plus loin.

— Pff ! Que peux-tu me faire de pire ?

— Non content de détruire ta réputation, je ne m'arrêterais pas en si bon chemin. J'ai les armes suffisantes pour te pourrir l'existence. Je me battrais pour avoir la garde de Charles par exemple. Je suis riche, j'ai un travail stable, je connais de bons avocats...

— Pardon ?

Cassandre ressent une douleur atroce aux poumons. Elle manque d'air, pendant que Declan bouillonne de colère à quelques pas d'elle.

— Tu céderas à mes exigences, ma Cassie. J'en suis convaincu. Je te connais. Tu m'appartiens. Tu es à moi. Tu es ma propriété. Je t'ai fabriquée. Je t'ai façonnée. Tu n'es rien sans moi. Ne m'oblige pas à sévir contre ton entêtement.

***

Incapable d'écouter plus longtemps les horreurs formulées par Tom, Declan bondit et s'empare du téléphone de Cassandre, surprise par son action, afin de livrer un combat nécessaire.

— Tes menaces ne sont pas dignes d'un homme, affirme-t-il d'un ton sec.

— À qui ai-je l'honneur ?

— Declan Rouanet.

— Évidemment, ricane le brun.

Le rire de Tom résonne plusieurs secondes et Declan en est irrité.

— Arrête d'importuner la dame, souhaite-t-il.

— Nous sommes passés au tutoiement, à ce que j'entends !

— Je ne le répèterai pas.

L'artiste se montre implacable et Cassandre se ronge les ongles.

— Baiser ma copine ne te suffit pas, s'emporte le banquier. Tu veux l'éloigner de moi définitivement, me trompé-je ?

— Ton imagination a l'air débordante et ta vulgarité est déplaisante.

Immobile, Declan ferme le poing devant la poche latérale de son jean clair.

— Occupe-toi de tes affaires et laisse-nous gérer les nôtres ! propose Tom. Cassandre est mienne. Tu n'as pas ton mot à dire sur notre couple, sale hippie !

Declan rit à son tour. En revanche, seules ses lèvres arborent un sourire. Le reste de son visage démontre quant à lui une fureur qu'il a de plus en plus de mal à contenir. Son corps est tendu.

— Cette femme ne veut plus de toi, explique-il, non sans jubiler.

— Je voudrais justement parler à cette femme, ma femme ! Sois un gentil garçon, rends-lui son mobile.

— Non. Je veux d'abord m'assurer que tu renonces à publier ses photos.

— Je suis libre de faire comme bon me semble.

— Si tu t'obstines, je te promets que tu le regretteras.

Le chanteur serre les dents et Cassandre, impuissante, suit la discussion avec appréhension.

— Tu ne m'impressionnes pas. Si Cassie ne retrouve pas la raison, je me vengerais. Le monde entier, y compris ses parents, connaîtra la salope qui sommeille en elle, celle qui écarte les cuisses pour des saltimbanques, au lieu de retourner auprès de sa famille.

— Répète ça, espèce de connard ! réagit Declan, d'une voix rauque. Traverser l'océan Atlantique pour te démolir ne m'effraie pas !

— Excellente idée ! Réglons nos comptes en face à face. Je vais me programmer un voyage au Canada.

— Je t'attends.

Lorsque le guitariste interrompt sa conversation téléphonique, une horloge murale en fer forgé, suspendue au-dessus d'un buffet en métal gris, indique quinze heures, les braises rougeoyantes du foyer aimeraient consumer une nouvelle bûche et Cassandre est livide.

— Je ne laisserai plus personne te blesser impunément, maîtresse, lui garantit-il, la main crispée autour de son smartphone.

CHAPITRE 37

Mercredi 16 décembre 2020

Au moment de régler l'addition, Cassandre fait tomber son porte-monnaie ouvert par terre. L'intégralité des pièces qu'il contenait se répandent au sol et finissent leur course sous plusieurs tables et chaises du restaurant bondé dans lequel elle vient de passer un agréable début de soirée, en compagnie de Declan.

— Punaise de punaise ! jure-t-elle.

— Tu aurais dû accepter mon invitation, maîtresse ! la taquine le jeune homme. Le féminisme a ses limites.

— J'ai changé d'avis. Invite-moi !

Le teint empourpré, Cassandre s'agenouille.

Personne ne te regarde, imbécile ! Tout le monde se moque comme de l'an quarante de ta maladresse !

Elle ramasse son argent éparpillé sur le carrelage, un carrelage ancien à damier noir et blanc, pendant que Declan paie la somme de leur repas à leur serveuse.

— Je te remercie, monsieur, dit-elle, alors que celui-ci lui prête enfin main-forte.

— De rien.

— Je veux dire… Merci de m'avoir poussée à sortir, ce soir. J'en avais besoin, explique la brune, reconnaissante pour tout ce que Declan entreprend dans le dessein de lui faire oublier la malveillance de Tom.

— Avec plaisir. C'est normal.

Cassandre récupère une pièce dans un interstice entre deux carreaux fendus, à l'instant où un groupe de clients attablé se met subitement à chanter en l'honneur des fiançailles d'un couple. Elle se relève, puis referme son porte-monnaie, quand le serveur des futurs mariés, en train de leur apporter un gâteau de fiançailles, trébuche sur le sac d'une dame, négligemment déposé à ses pieds, et laisse échapper la pâtisserie qui fend l'air dans sa direction. À peine a-t-elle le temps de comprendre la situation que Declan, encore agenouillé, se redresse pour s'interposer entre elle et le gâteau, terminant sa trajectoire en plein dans sa figure. Le brouhaha assourdissant de la salle se métamorphose instantanément en silence gêné que Cassandre partage, abasourdie. Ses doigts cachent sa bouche ouverte.

— Est-ce que ça va ? lance-t-elle finalement.

— Je crois, répond le malheureux musicien, avec un large sourire partiellement dissimulé sous de la crème chantilly.

Tandis que les rires commencent à fuser de toutes parts et que des employés viennent se confondre en excuse devant Declan, dégageant ses yeux de la matière grasse, l'institutrice l'observe, amusée.

Serait-ce le bon, le bon prince ?

Attendrie par le spectacle, elle attrape une serviette propre laissée sur une table.

— Viens par ici, mon héros ! Je vais t'aider à te débarbouiller, affirme-t-elle en se mettant à l'œuvre.

***

Des patineurs évoluent gracieusement sur la surface gelée des lacs du parc *La Fontaine*, dans lequel Declan a conduit Cassandre, à la suite de sa mésaventure au restaurant. Cet endroit boisé de Montréal, particulièrement charmant les soirs d'hiver, dès lors que les gens s'emparent de la glace au rythme de la musique, en faisant le tour des sentiers illuminés par des réverbères, le séduit à chaque fois qu'il le redécouvre. Prêt à endosser un rôle de professeur de patinage, il s'y sent bien.

Ressentir l'effervescence du lieu avant les fêtes est un bonheur !

— Fais-moi confiance, maîtresse. Je t'aiderai, lui certifie-t-il, les bras tendus vers elle. Nous avons loué des patins, il serait dommage de ne pas en profiter !

— La dernière et la seule fois où j'ai fait du patin à glace, j'étais petite, raconte Cassandre. Comment m'y prendre ?

— Il suffit de garder la bonne posture. Les jambes doivent être fléchies et le corps penché en avant. Pour avancer, tu peux appuyer sur ta jambe la plus faible et donner de l'impulsion avec ta plus forte. Ensuite, tu peux mettre tes deux jambes côte à côte et te laisser glisser, avant de changer de jambe.

— Simple !

— Oui.

— Je blaguais.

— Je sais, mais je t'ai sauvée d'une attaque de gâteau, alors...

— Alors ?

— Je mérite d'avoir une patineuse attitrée.

— Tu m'as convaincue.

— Parfait ! Allons-y !

— En parlant de cet épisode comique... Tu as encore un peu de crème sur les tempes. Tu devrais aller te nettoyer.

— Viens, menteuse !

— Qui te dit que je mens ?

Le sportif prend la main de sa belle et l'attire sur la glace.

— Tu ferais tout pour retarder notre promenade glacée, suppose-t-il.

— Peut-être...

— Passer un mois de décembre sans patins serait pourtant tellement... triste !

— Je ne cr...

— C'est parti ! lance soudainement Declan en commençant à patiner.

— Oh ! Punaise ! crie Cassandre.

— Tout va bien. Détends-toi. Je te tiens.

— Dou... doucement ! Doucement !

— Je ne peux pas aller plus lentement sans m'arrêter, tu sais.

— Freine !

Le jeune homme rit et poursuit sa route, sans écouter les supplications de sa cavalière affolée qui malmène ses doigts.

— N'aies pas peur, je ne te ferai pas tomber, déclare-t-il, protecteur, quand Cassandre s'agrippe à lui et le déséquilibre légèrement.

— Punaise !

— Sais-tu que les enfants autour de nous se débrouillent mieux que toi ? plaisante Declan.

— Très drôle !

Magnanime, le gentleman enserre la taille de sa partenaire, afin de mieux la soutenir et la guider. Il aime l'aider, la regarder, la toucher, la sentir proche de lui.

— Fixe un point devant toi, lui conseille-t-il.

— Hum !

— Ne réfléchis pas au placement de tes jambes, oublie tes patins.

Les minutes s'écoulent, une mélodie de Noël s'élève et Declan remarque la présence d'un groupe de musiciens joviaux, installés sur une rive arborée. Cassandre parvient enfin à se détendre, il le ressent. D'humeur joueuse, il s'amuse alors à la faire tourner, à la lâcher, à la retenir, à la soutenir à nouveau, avant de recommencer son petit jeu. Il la fait hurler, mais son immense sourire, comme l'éclat qui fait briller ses grands yeux, l'incite à la torturer encore quelques instants.

Maîtresse, tes cheveux voltigent. Ta joie me nourrit. Ta beauté naturelle m'éblouit. Tu m'émerveilles. Je t'aime. Ai-je pensé à voix haute ?

Raisonnable, il finit par conduire Cassandre un peu à l'écart.

— Quel pays ! Il ne s'arrête donc jamais de neiger sur ce continent ! s'exclame cette dernière, essoufflée, le menton levé au ciel, tandis que les premiers flocons de la nuit tombent sur son minois. C'est... magnifique !

— Très... confirme le guitariste, hypnotisé par la muse qui lui tient les épaules.

— J'aime cette ville ! C'est... fou !

Declan garde le silence.

Je t'aime.

Un chœur entame la chanson *Silent night* pour son plus grand plaisir. Transporté dans les méandres de son passé, il sourit.

Précieux sont les souvenirs d'enfance liés au mois de décembre, à la chaleur d'un foyer douillet, aux réunions de famille, aux mets succulents du réveillon, aux rires, au père Noël, aux surprises, à l'amour. Précieux sont ceux qu'aujourd'hui crée pour demain.

Naturellement, il fredonne les paroles du titre en même temps que ses interprètes.

— « Silent night, holy night. All is calm, all is bright… »

Le regard du chanteur croise celui de Cassandre, fascinée par le timbre de sa voix. D'un geste prudent, il caresse sa chevelure brune qui blanchit progressivement, son front, ses pommettes roses.

Petite Française, sais-tu à quel point tu es sublime, en ce soir blanc ? Dansons ensemble.

Sûr de lui, il se rapproche davantage de Cassandre, puis l'entraîne dans une danse lente et maîtrisée à laquelle elle ne résiste pas. Il ne voit plus qu'elle.

Qui ne rêverait pas de danser avec un ange ?

***

De son côté, Cassandre contemple son cavalier qui la dévisage. Bercée par la magie du présent, sublimé par la douce musique qui résonne dans ses oreilles, son cœur et son âme, elle oublie le lac gelé en-dessous de ses pieds. Le paysage hivernal alentour devient flou, seul le visage de Declan reste net. Elle ne pense plus qu'à lui, à ses mains posées sur ses hanches et le bas de son dos, à sa manière de la tenir. Son charme viril, son courage, sa gentillesse l'attirent. Devoir lutter contre cette attraction la lasse. Au lieu de prendre la fuite, son corps entier appelle l'homme exceptionnel debout devant elle. Son être entier le réclame, le veut.

Declan, si je n'étais pas moi, je te déroberais un baiser, ici et maintenant. J'oserais… Je m'écouterais. Pourquoi ne suis-je pas cette autre femme, celle qui assumerait ses pulsions et sa féminité, celle qui saurait se livrer à l'artiste que tu es ? Si elle m'effraie, elle et ce qu'elle représente, en serais-tu perturbé, toi ? Si je devenais cette fille, comment réagirais-tu ? Que pourrais-tu me faire dans le pire des cas ? Tu me dirais simplement que tu n'es pas intéressé par une relation charnelle avec moi. Tu saurais certainement me l'expliquer avec bienveillance et respect. Que pourrais-tu me faire dans le meilleur des cas ? Tu m'embrasserais à ton tour. Tu pourrais… m'aimer.

Elle décide de briser ses chaînes, de changer provisoirement de peau. Animée par son instinct, elle effectue un saut maladroit et embrasse Declan qui, surpris par son assaut soudain, perd l'équilibre, puis bascule en arrière sous son poids. Elle le suit dans sa chute et tombe sur lui.

La honte ! Je suis la championne pour écraser les gens !

— Pardon ! Pardon ! s'excuse-t-elle, rougissante, en essayant de se relever à plusieurs mètres de trois patineurs amusés par la scène.

***

Declan ne réalise pas immédiatement la situation. La douleur causée par le choc contre le sol est dérisoire, en comparaison avec le cadeau offert par Cassandre. Il pourrait rire de leur maladresse, mais s'abstient. Rompre leur lien serait décevant. Avant de la perdre, il s'assied sur la glace et la retient par le poignet. Les mots sont inutiles, ses intentions sont explicites. Tandis que la chanson *O Holy Night* retentit, il attire la jeune femme vers lui, puis part à la conquête de ses lèvres, dociles, douces, chaudes. Les siennes, d'abord sages, deviennent rapidement les messagères d'un désir trop longtemps contenu. Envahi par des émotions renversantes, il glisse une main derrière la nuque gracile de Cassandre, la maintient avec force, douceur et tendresse. De l'autre, il frôle sa jolie figure, la touche, la tient. Sa ferveur ressemble à la sienne et s'accorde à elle. Il la redécouvre. La sentir femme toute puissante entre ses bras lui plaît. La neige tombe de plus en plus fort autour d'eux et le froid voudrait les séparer, mais il refuse de bouger, à jamais prisonnier volontaire de l'étreinte de sa dame.

***

Cassandre est frigorifiée et son manteau est humide quand Declan la raccompagne devant la maison-conteneur de leur amie Emma. La façade de la singulière demeure resplendit grâce aux guirlandes lumineuses qu'elle l'a aidée à installer quelques jours auparavant. Émerveillée par l'ambiance festive de la ville, de ses quartiers, du lieu de vie de la Canadienne, elle se sent joyeuse.

J'ai l'impression d'être dans un film romantique américain.
Pour partager cette chance avec ma mère, il faudrait que je
photographie davantage les routes et les trottoirs enneigés, les flocons
de neige qui tourbillonnent, les illuminations multicolores qui
illuminent les rues, les habitations et les jardins. Tout est tellement beau
! Tout est parfait. J'ai par ailleurs passé une soirée inoubliable dans
un décor magique, en compagnie d'un homme remarquable.

Alors qu'elle s'arrête sous le porche décoré de son hôtesse, où des rennes au nez rouge, une couronne dorée et des boules géantes de Noël sont suspendus de-ci de-là, elle sourit à Declan. Sa bouche ressent encore la chaleur de son baiser.

Que cache-t-il, ce prince charmant, derrière son masque de
perfection attractive ? Aurait-il, tout comme Tom, un vice destructeur
? Je le redoute.

Si ses craintes de créature meurtrie par le sexe opposé veulent la contrarier, elle a l'intention de les éloigner.

Cesse d'appréhender la moindre chose, ma fille ! Vis !

— Nous y sommes, affirme Declan.

— C'était…

— Merveilleux.

— Oui.

La jeune femme se perd dans la couleur des iris de son accompagnateur, soulignée par la chaude lumière des nombreuses guirlandes électriques. Elle aimerait l'enlacer jusqu'à l'aube. Si elle a déjà commencé à le faire dans le taxi qui les a ramenés chez Emma, la tête posée contre son épaule, entourée par un silence choisi, elle n'est pas rassasiée.

Comment pourrais-je aller dormir ? Rêver est inutile cette
nuit.

Le regard que Declan lui porte est intense, presque paralysant, elle en est la captive. Pendant qu'il s'avance lentement vers elle, elle recule simultanément et son dos touche la grande porte d'entrée. Lorsqu'il place ses bras de part et d'autre de son corps, les mains appuyés contre le bois de la porte, elle retient sa respiration. Là, elle se sent à l'abri, désirable, femme. Le baiser qu'elle reçoit de la part de son amant dépasse ses espérances. Elle respire, s'abandonne à lui, agrippe ses omoplates, ses cheveux. Elle est à lui, il est à elle.

***

Declan rompt à regret son lien avec Cassandre.

— Je... devrais y aller, annonce-t-il, consumé par une passion douloureuse.

Il s'éloigne légèrement de sa belle. L'air glacial qu'il inspire a le mérite de calmer ses ardeurs.

— Ne veux-tu pas rentrer un peu avec moi ? demande Cassandre.

L'imagination du chanteur s'emballe alors, lui présentant malgré lui des scénarios érotiques osés.

— Il se fait tard et...

— Je ne vais pas te manger, se moque l'institutrice.

Declan sourit.

Moi, je pourrais mordre.

— Je n'ai pas sommeil, avoue Cassandre. Emma doit dormir, mais nous pouvons poursuivre cette soirée et bavarder tranquillement devant la cheminée.

— À vrai dire, je ne suis pas fatigué, moi non plus.

— Alors, suis-moi !

Le musicien emboite le pas à sa dame qui appuie sur le premier interrupteur trouvé dans l'obscurité de la résidence.

— Installe-toi dans le coin salon, chuchote cette dernière en enlevant ses vêtements chauds, qu'elle range aussitôt dans le placard de l'entrée. Je vais nous préparer des boissons... au chocolat, peut-être...

Declan approuve l'idée. Tandis que Cassandre disparaît dans la minuscule cuisine, il ôte également son manteau, puis choisit de s'asseoir devant le canapé, contre lequel il s'adosse. L'âtre est allumé, sa luminosité et sa chaleur sont agréables, il les savoure. Profitant de sa solitude provisoire, il se remémore sa soirée, comblé.

Que s'est-il passé ? Ai-je basculé dans une autre dimension ? Aujourd'hui ressemble au plus beau jour de mon existence.

Des interrogations importunes l'assaillent subitement. Il contemple les flammes orange qui dansent devant lui, en proie aux doutes.

Est-ce raisonnable d'avoir succombé à ma muse ? Non, elle a sa vie, j'ai la mienne. Est-ce dramatique ? Non. Puis-je profiter de mon bonheur sans penser au lendemain ? Oui. Cesse de t'angoisser inutilement. Ce n'est pas ton genre, mon vieux ! Ce n'est pas toi !

Balayant ses inquiétudes concernant son rapprochement avec Cassandre, il laisse son cœur en paix.

***

Alors que le lait chauffe dans une casserole posée sur la cuisinière, Cassandre observe discrètement Declan par l'ouverture du mur de la cuisine donnant sur le salon et la salle à manger. Son esprit, troublé par leur relation naissante, veut lui faire croire à une hallucination.

Est-il réel, cet homme pour qui j'ai combattu ma timidité, sur qui j'ai sauté, celui que j'ai embrassé en public, celui que j'ai fait tomber sur la glace, celui qui m'a rendu mon geste d'affection, celui qui, désormais, fixe pensivement le feu et m'attend ? Une jambe étendue au sol, une autre repliée contre son torse, il est... beau. Il est là. Il est là...

Elle remarque de justesse le lait sur le point de déborder, s'empresse de fermer le gaz, verse ensuite le liquide brûlant dans deux bols aux couleurs de Noël, puis rajoute le chocolat. Rayonnante dans son pull rouge, elle finit par rejoindre Declan, assis devant le foyer. Elle éteint la lumière artificielle de la pièce, lui tend sa boisson et s'assied en face de lui, prête à l'écouter à la lueur des flammes de la cheminée.

— Raconte-moi tout, Rouanet ! lui ordonne-t-elle en accompagnant sa requête d'un sourire espiègle.

— Quoi donc ?

— Je voudrais en savoir plus sur toi. Parle-moi de ton enfance, de ta famille, de tes secrets… J'en sais très peu, tu sais.

Devant la stupéfaction de Declan, l'enseignante rit.

— Tu vois, monsieur, je ne vais pas te manger, lui rappelle-t-elle, taquine.

— Tu veux juste m'extorquer des informations.

— Oui. Est-ce mal de… débute Cassandre, avant de s'interrompre quelques secondes.

Est-ce mal de vouloir entendre le son de ta voix, Declan ?

— Est-ce mal de vouloir en savoir davantage sur toi ?

— Non, bien sûr que non ! répond l'artiste, sensible à la démarche de son interlocutrice. Au contraire !

— Tant mieux. Raconte-moi tout, répète Cassandre.

Elle mordille ses lèvres.

— D'accord, mais à une condition, maîtresse, exige Declan qui, après avoir déposé son bol de lait à côté de lui afin qu'il refroidisse, pointe un index vers elle.

— Laquelle ?

— Fais-moi d'abord le récit détaillé de ta vie depuis… ta naissance.

— Depuis ma naissance !

— Tu as compris.

Réchauffée par le feu qui crépite, Cassandre se prend au jeu. Auprès du musicien, attentif à ses paroles, elle se lance dans la narration de son histoire.

— Je suis née à Alès, une ville que je n'ai pas beaucoup quittée, sauf à l'occasion de mes études. Je les ai effectuées à l'université de Nîmes, explique-t-elle sommairement. Fille unique, je n'ai manqué de rien, surtout pas d'amour et d'attention. Pour te situer un peu mon contexte familial, mes grands-parents maternels ont fui l'Espagne durant leur jeune âge, à l'époque où leurs parents cherchaient du travail ailleurs. Parvenus en France, ils ont grandi, se sont trouvés et ont eu six enfants. Tu le devineras sans peine, j'ai énormément d'oncles, de tantes, de cousines et de cousins germains !

— C'est fabuleux !

— Oui, j'ai eu une enfance en or ! Toutefois, cette grande famille emplie d'amour, mais aussi de bruit et de problèmes d'argent, est certainement la raison pour laquelle mon père et ma mère n'ont eu qu'un seul bébé.

— Déplores-tu leur choix ?

— Parfois…

La petite brune dépose à son tour son bol de lait, sans l'avoir touché, à côté d'elle, puis s'allonge, dos à terre, en toute confiance.

— Mon papa a aussi des frères et sœurs, cela dit en passant. Il en a quatre, précisément ! J'ai donc été parfaitement entourée. Être une enfant unique n'était pas un véritable souci en y repensant, même si avoir une sœur m'aurait enchantée !

— J'imagine.

— Que dire d'autres… murmure Cassandre.

Le temps s'écoule, elle n'en a pas conscience. Non sans éprouver de la nostalgie, elle évoque quelques anecdotes d'école, de collège et de lycée. Elle décrit ses principaux jeux enfantins, ses grosses bêtises, ses réussites marquantes, ses échecs cuisants, les points importants de son parcours scolaire, puis ses amours d'adolescence, ses amitiés éphémères successives, ses premiers examens, son adoration pour l'écriture, ses déceptions, ses chagrins, ses peurs, ses espoirs, ses joies, ses rêves. Finalement, elle mentionne les différentes étapes du passage à l'âge adulte, ses difficultés à trouver sa voie, à canaliser son énergie, à réfréner ses passions, à minimiser sa soif de littérature et de nature, à bousculer ses repères, à devenir femme, à accepter le monde, la société moderne et l'ennuyeuse, insipide, décevante réalité. Dès lors qu'elle en vient à sa rencontre avec le géniteur de Charles, Declan tente de refouler sa jalousie. De son côté, elle ressent le besoin de s'asseoir pour en parler.

— Tom était… sûr de lui, autoritaire, convaincant ! J'ai emménagé chez lui. Il a financé mes études supérieures, en quelque sorte, en payant l'intégralité de nos factures, de nos charges. Il a été généreux, très généreux. Hélas, de promesses non tenues, en tromperies, il a joué avec moi. Il m'a aimée, je n'en doute pas, mais il m'a principalement fait miroiter un formidable avenir à deux, une demande en mariage, une… Je l'ai attendu, confie-t-elle, avant d'inspirer profondément. J'ai attendu et j'ai l'impression d'avoir sacrifié ma jeunesse, ma fougue et ma dignité à plusieurs reprises pour lui et l'idée de vieillir à ses côtés.

— T'a-t-il menacée à nouveau depuis hier ? s'inquiète le guitariste, touché par ce qu'il entend.

— Non et j'espère qu'il ne mettra pas ses menaces à exécution.

— S'il le fait et si tu m'en donnes la permission, je lui ferais regretter d'être né.

La jeune femme sourit, mais son sourire illustre une tristesse perceptible.

— Pardonne-moi, je t'ai interrompu. Poursuis, je t'en prie, souhaite Declan.

Cassandre tresse ses cheveux, longs et brillants, sans utiliser un élastique.

— La suite de ma fausse idylle avec Tom, tu la connais dans les grandes lignes, prononce-t-elle. Cet été, il m'a abandonnée pour une jeune fille et m'a chassée de son appartement. À la suite de sa rupture avec elle, il a tenté de me reconquérir. Il y est parvenu, il y a cru.

— Je me rappelle surtout le chagrin qui t'affligeait cet été.

— Il était dévorant, mais tu m'as aidée à surmonter ma dépression, toi, ta bonne humeur et tes propositions d'activités estivales ! Charlinou, Kuzco et la perspective du voyage au Canada ont également contribué à ma guérison… J'ai eu de la chance.

— Et si je te disais que c'est moi qui en ai eu…

***

Declan attire Cassandre à lui, afin qu'elle puisse s'installer entre ses jambes, dos à lui, près de lui. Alors qu'elle s'adosse contre son buste, il l'étreint, la joue appuyée sur le sommet de sa tête. Enivré par le parfum de sa chevelure, il l'invite à continuer son récit.

— En ce qui concerne la naissance de mon fils, je t'avais déjà expliqué le cauchemar vécu à l'hôpital, il me semble.

— Oui, tu as subi une césarienne à vif, déclare le musicien. Comment aurais-je pu oublier cette information ?

Il pose ses doigts sur le ventre de la jeune femme, sensible à ce geste de compassion, de douceur.

— C'était atroce, mais contre toute attente, je suis à nouveau tombée enceinte un peu plus tard, avoue cette dernière.

Declan se souvient de la conversation entre Cassandre et Emma au sujet de son avortement.

Pourquoi ai-je écouté une discussion sans y avoir été invité ? Mon indiscrétion me met dans l'embarras.

— Tom ne désirait qu'un seul enf…

— Tu n'es pas obligée de continuer cette triste histoire, maîtresse, la coupe le guitariste. Je la connais.

— Ah bon !

— Oui, je… je t'ai entendu en parler à la blonde un jour.

— Oh !

— Je suis désolé. Je n'aurais pas dû être au…

— Ce n'est pas grave. Mon avortement n'est pas un secret. J'allais te le dire de toute façon, alors…

— Je suis quand même désolé, notamment pour les souffrances que tu as endurées.

À ces mots, Declan enlace plus fort Cassandre, avec l'envie de ne plus la laisser partir, l'envie de la rendre heureuse, l'envie de la protéger.

Aucun homme ne devrait avoir le droit de choisir le sort d'un embryon. Seule une mère devrait disposer de ce choix. Non ?

— C'est du passé. Un passé que je ne voudrais pas revivre, mais du passé malgré tout, affirme la brune, blessée à multiples reprises par son ex-copain. Je souffre moins désormais.

Les flammes ondulent autour d'une bûche rougeoyante que l'artiste regarde, pendant qu'il caresse les avant-bras de Cassandre, lovée contre lui. Les minutes défilent sans le préoccuper. Il vit l'instant, essayant de bannir sa colère contre Tom et ce qu'il représente.

— Maintenant, à toi de tout me dire ! s'exclame brusquement la brunette, en oubliant de préserver Emma et son sommeil.

— Déjà ! se plaint Declan.

— Oui.

— Tu sais déjà à peu près tout sur moi, mes parents, mon pays natal.

— Faux ! De plus, tu m'as promis de t'ouvrir à moi, si j'en faisais de même. Donc, à ton tour de tout me dire.

— Que puis-je te dire ?

— Tout.

Le chanteur sourit.

— Je n'ai pas de frère, ni de sœur, débute-t-il. Comme tu le sais, j'ai de la famille en Cévennes et en Australie, une terre que j'aime énormément. Ma mère est un modèle pour moi. Elle est très talentueuse. Je suis fier d'elle et de sa musique. Mon père, quant à lui, adore exercer la médecine et n'est pas impatient de prendre sa retraite. Grâce à son argent, j'ai d'ailleurs pu m'acheter ma tiny house et mon pick-up, sans passer par des crédits, ces monstruosités qui nous enchaînent ! En m'évitant le piège des banques, mon père est, pour ainsi dire, devenu mon banquier. Je ne l'ai évidemment pas entièrement remboursé, mais je me suis engagé à le faire.

— Hum ! Tu es un véritable bobo, en somme !

— Je ne peux pas te donner tort ! s'incline Declan, amusé par la remarque de Cassandre. Quoi qu'il en soit, mes parents me manquent.

— Je comprends.

— Je leur rendrai visite en Allemagne, après ma tournée en France. La dernière fois qu'ils m'ont vu, j'avais les cheveux courts, si je ne m'abuse. Il est grand temps que je les retrouve !

— Je suis d'accord, ça leur ferait sûrement plaisir, réagit la Française, tout en bougeant distraitement ses pieds. Ils vivent en tiny, tu m'avais dit, n'est-ce pas ?

— Oui, ils y vivent toujours et participent aussi à la vie d'un éco-village. Mon père aide à financer son développement. Quand il n'utilise pas ses économies pour voyager avec ma mère et la suivre de représentation en représentation, il achète le matériel nécessaire à la construction d'habitats légers, afin d'accueillir de nouvelles personnes au sein de leur communauté. Il y a un rôle très actif, en plus de jouer au docteur !

— C'est drôle qu'un médecin fortuné choisisse ce mode de vie alternatif au lieu de vivre, par exemple, dans une immense maison avec piscine et vaste jardin, au lieu de dépenser son argent uniquement pour lui, au lieu de profiter pleinement de la société de consommation.

— Ma maman et son esprit bohème ont transformé mon papa. Ils l'ont rendu meilleur.

— C'est beau, murmure Cassandre, admirative.

— Mes parents sont... idéalistes, et mon père ne veut pas s'arrêter en si bon chemin, ajoute l'artiste. Il m'a récemment fait part de son envie de revenir dans le Sud de la France, en Lozère, pour être précis, dans le but de créer un éco-hameau à proximité de sa famille, de ses racines. Il aime être utile et veut partager avec d'autres une existence simple et vraie. Il est actuellement en train de rechercher des partenaires et des terrains isolés intéressants, avec divers points d'eau, une forêt, une prairie, des hectares... Ma mère, qui va probablement mettre un terme à sa carrière musicale dans l'idée de jouer exclusivement pour le plaisir, le soutient dans ce projet.

— Entre tes parents, leur métier passionnant et leur vie verte, ton oncle et ta tante, médecins à la retraite, et leur camping, ta cousine et sa ferme pédagogique, toi et tes voyages, vous formez vraiment une famille incroyable !

— D'aucuns diraient que nous sommes des marginaux.

Declan attrape son bol de lait. Celui-ci a refroidi et il en boit plusieurs gorgées, au rythme du tic-tac de l'horloge murale en fer forgée, fixée au-dessus du buffet en métal.

— En apprendre plus sur tes proches est intéressant. Tu n'as cependant pas achevé ton travail de narrateur, monsieur, sache-le ! le prévient l'enseignante qui délaisse son étreinte, afin de s'asseoir encore une fois en face de lui. J'aimerais en savoir plus sur ton enfance au pays des kangourous.

Declan termine sa boisson, puis obéit à Cassandre qui l'observe, curieuse, radieuse, près de l'âtre et de sa lumière. Il lui parle alors de l'Australie, de son peuple, de ses paysages, de ses animaux, de ses insectes, de ses villes, de ses écoles et de sa langue. Tandis qu'il lui décrit le petit garçon qu'il était, ses leçons de piano, de guitare et de chant, des souvenirs lui reviennent en mémoire. Nostalgique, il se revoit dans la cour de récréation courir avec ses camarades. Il revoit ses instituteurs, ses salles de classes, ses livres. De fil en aiguille, il en vient à sa découverte des Cévennes, à son adolescence, à ses amourettes, à ses bonnes fréquentations, à ses études.

— Tu es donc titulaire d'un baccalauréat littéraire, comme moi !

— À croire que les grands esprits se rencontrent ! lance le poète, satisfait de son diplôme, dénigré pourtant par la majorité des gens.

— Que ton enthousiasme fait plaisir ! Pour la plupart des lycéens et de leurs parents, le bac L était facile à obtenir. Selon eux, c'était un bac inventé pour les nuls, les fainéants, les bizarres, les...

— Les fumeurs d'herbes !

— C'est ça ! Cette ignorance m'énervait, car le bac L est compliqué à avoir, certifie l'institutrice, animée par un besoin de justice.

— Oui, les notes des épreuves en L reposent beaucoup sur la subjectivité du correcteur, son ouverture d'esprit, sa sensibilité.

— Exactement ! Rien n'est définitif, tout est possible. Nous pouvons avoir des excellentes notes toute l'année dans une matière et le jour de l'examen ne pas réussir. Ce ne sont pas des mathématiques. Avec eux, soit la réponse est juste, soit elle est fausse. En français, c'est plus complexe que ça, c'est plus... subtil, plus profond. Je déteste les maths, cela dit en passant, souligne Cassandre.

— Je m'en serais douté, ricane Declan.

Il repense à l'effervescence autour du baccalauréat, une étape primordiale à l'époque de ses dix-huit ans, une étape qui selon lui n'a plus la même valeur et la même signification en 2020. Il repense au jour des résultats, aux affiches et à leurs listes interminables de noms d'élèves, à l'euphorie des lycéens victorieux, aux larmes des redoublants, à sa vision de la situation, à ses ressentis.

Quelle journée !

— Quel a été ton cursus universitaire, après ce fameux bac L ?

— J'ai fait une double licence de théâtre et de musique, pour finir sur un master de musique, répond le chanteur. Ma mère m'y a logiquement encouragé. Mon père m'a plutôt laissé faire.

— Théâtre et musique ! Je comprends mieux la raison d'être de ta profession, de ton talent, de ta passion, de tout ce qui a fait ta personnalité. Je suis contente de savoir tout ça, mais tu n'as pas fini de tout me révéler.

— Ah bon ! rit Declan.

— Que se passe-t-il ensuite sur ton chemin ? insiste la professeure, avant de prendre un gros coussin et d'appuyer ses coudes dessus.

Le jeune homme hésite à confier les tourments amoureux qui l'ont malmené après le lycée.

— J'ai rencontré la... un, une... balbutie-t-il. Je te l'avais déjà dit, je crois, mais...

— Je t'écoute, malgré tout.

— Après avoir rejeté le conformisme, affirmé mes valeurs, suivi mes rêves et trouvé ma tiny house, il est devenu compliqué d'entretenir des relations durables avec des petites amies, se reprend Declan. Certaines ont essayé de me changer et m'ont fait souffrir, puisque je n'y arrivais pas, en dépit de mes efforts pour leur plaire, pour nous sauver. Par chance, j'ai rencontré une fille différente, une fille qui avait le même mode de vie que le mien, qui aimait vagabonder sur les routes, qui m'acceptait...

— S'agit-il de la jolie canadienne brune et mince que nous avons rencontré une fois dans un parc ?

— Qui ? Vi... Virginia !

— Virginia.

— Non ! Pour quelles raisons penses-tu à elle ?

— As-tu une femme disponible pour toi dans chaque pays ? souhaite savoir Cassandre, mutine.

— Quoi ? Bien sûr que non ! se défend le voyageur.

— Hum ! Tu es libre de faire ce que tu veux, tu sais.

— Je suis certes libre, j'aime voyager et aimer, mais j'ai toujours été fidèle à l'amour, à celle qui partageait réellement ma vie.

— Pardon, je t'ai fait dériver, s'excuse la maîtresse d'école, rassurée par les aveux de Declan. Qu'allais-tu m'expliquer à propos de cette demoiselle des routes ?

— Lilas... Elle s'appelait Lilas. Je pensais qu'elle était la femme de ma vie.

— Elle ne l'était manifestement pas, présume Cassandre.

— Non, je l'ai perdue. Elle m'a quitté après plusieurs années de bonheur ensemble.

— Je suis désolée. Pour... pourquoi a-t-elle rompu avec toi ?

Le musicien joue avec sa barbe naissante. Il appuie sa tête contre le canapé, pensif, l'air inquiet.

Que dois-je faire à présent ? Dire la vérité à mon sujet. Elle est déplaisante, mais elle dépeint qui je suis et c'est l'occasion ou jamais de me lancer. Ma maîtresse doit savoir la raison pour laquelle Lilas a pris la fuite. Chaque femme mérite de connaître le genre de défaillance qui est la mienne, avant d'entamer une liaison sérieuse avec un homme. Attendre pour en discuter est malhonnête et dangereux. Le faire trop tôt est... étrange, humiliant !

Prêt à livrer son plus pesant secret, il inspire profondément, se redresse.

— Écoute... L'information que je vais te donner ne se donne pas à n'importe qui, n'importe quand, affirme-t-il, maladroit.

— Oh ! Ne te sens pas obligé de justifier le départ de Lilas ! s'inquiète Cassandre, sourcils froncés. Je ne voulais pas te mettre dans l'embarras, je... Être indiscrète me déplairait.

— Tu m'as confié des choses intimes sur toi. Tu as eu confiance en moi. J'ai confiance en toi, toi qui, ce soir, a embelli mon existence ! Tu as le droit d'apprendre ce que je suis sur le point de te dire, même si ta manière de me percevoir changera inévitablement.

— Ne me dis pas que tu es un tueur en série !

Declan parvient encore à sourire.

— Non, c'est moins... épique ! Ma compagne est partie, car elle voulait avoir des enfants, explique-t-il.

— Toi, tu n'en voulais pas et elle est...

— Au contraire ! prononce le guitariste. J'espérais fonder une famille avec Lilas. Je ne pouvais malheureusement pas... physiquement, je veux dire.

— Oh ! réagit la jolie métisse, étonnée.

— Avoir des enfants était pourtant une évidence pour moi. Entendre les médecins me parler d'oligospermie, de difficultés, voire d'impossibilité, à procréer de manière naturelle m'a bouleversé. Lilas l'a également été. Hélas, elle a préféré partir loin de moi, sans nous laisser le temps de rechercher d'éventuelles solutions pour réaliser notre rêve. Elle désirait plus que tout porter la vie, porter son bébé et partager cette expérience avec un papa directement opérationnel. Espérer et attendre gentiment un miracle ne faisait pas partie de ses plans. C'est compréhensible.

— Avez-vous vu l'heure, bande de noctambules ? leur demande subitement Emma, en pyjama rayé, debout près de la porte de son bureau.

Declan et Cassandre sursautent en apercevant la Canadienne ensommeillée dans la pénombre.

— Il est plus de quatre heures du matin, mes poulets !

CHAPITRE 38

Samedi 19 décembre 2020

Cassandre sort de sa chambre en pyjama. Elle bâille, s'étire. Éclairés par les rayons d'un soleil matinal et généreux, ses cheveux semblent avoir doublé de volume, comme à l'ordinaire après chaque nuit de sommeil. Alors qu'elle aperçoit le copieux petit-déjeuner que son hôtesse a préparé, elle sourit.

Ces croissants, ces jus, ces fruits coupés, ce chocolat chaud, ce pain et ce café frais m'attirent !

— Reçois-tu quelqu'un ?

— Non, je voulais nous faire plaisir, déclare Emma en interrompant la lecture d'un livre qu'elle referme et pose sur la table.

— Hum !

La brune croise les bras.

— Quoi ?

— Tu souhaitais me faire grossir plutôt ! Quel festin ! s'exclame Cassandre, tout en faisant la moue. J'ai envie de tout goûter... de tout avaler...

— Cette nourriture est là pour ça, voyons ! Le régime, nous le ferons plus tard ! Attable-toi en face de moi. Je t'attendais pour manger.

L'institutrice s'assied, joyeuse. Elle attrape un bol et hume l'odeur du chocolat.

J'adore !

— Merci pour tes efforts, murmure-t-elle. Quel réveil parfait !

— T'ai-je mis de bonne humeur ?

Cassandre trempe une tartine de beurre dans son lait et en croque un morceau. Suspicieuse, elle observe son interlocutrice.

— M'aurais-tu tendu un piège ?

— Non, quelle idée ! J'aimerais simplement bavarder avec toi. Cela fait longtemps que nous n'avons pas eu l'occasion de le faire véritablement.

— Tu sais que j'adore cette activité. Bavardons !

— Oui, mais ne dérivons pas vers n'importe quel sujet.

— Choisis celui que tu veux.

— Où… où en êtes-vous, toi et… Declan ? prononce Emma, avant de boire son jus d'orange.

— Nous y voilà. C'était bien un traquenard.

Avec un sourire énigmatique, l'enseignante termine tranquillement sa tartine, puis boit une gorgée de sa boisson.

— Comprends ma curiosité, espère la Canadienne. Toi et le Français, vous me cacher des choses ! Vous êtes étrangement mystérieux depuis deux jours. Par exemple, que faisiez-vous dans mon salon, lorsque je vous ai surpris à quatre heures du matin ?

— Nous te l'avons déjà dit. Après être rentrés de la patinoire, nous…

— Vous avez discuté. Je connais cette version de l'histoire ! soupire Emma qui joue avec son verre.

— Combien de versions crois-tu qu'il y ait ?

Cassandre rit.

— Sache que nous nous revoyons demain, avec Declan, affirme-t-elle, magnanime. Nous allons faire un jogging ensemble.

— Ce n'est pas tout, n'est-ce pas ?

— Tu as raison.

— Je t'écoute.

— Mercredi, nous… nous sommes embrassés, lui et moi, confesse timidement la brunette.

Tandis que la Québécoise enthousiaste se lève pour sautiller sur place, elle dissimule son visage derrière ses mains, incapable de réaliser elle-même le nouveau lien créé entre elle et le musicien.

— J'en étais sûre ! Je le savais ! Toi et Declan, le mangeur de grenouilles, c'était… une évidence ! s'écrie Emma. Quelle merveilleuse nouvelle !

— J'ignore où ce petit jeu nous mènera. Il ne faut pas s'emballer !

— Personne ne connaît à l'avance le futur, tu sais ! Qu'importe ! Je suis contente pour vous, pour toi ! Tu mérites d'avoir un amoureux digne de ce nom.

Cassandre rougit.

Un amoureux…

La sonnette retentit et l'extirpe de ses rêveries. Pendant que la blonde court ouvrir la porte principale de sa maison, elle croque un morceau de pomme. Elle a hâte de revoir Declan. Alors qu'elle visualise sa prochaine sortie avec lui, une voix familière s'élève à l'entrée et la surprend. Elle se met debout. Un frisson lui parcourt l'échine quand elle voit Tom emboîter le pas à Emma, visiblement contrariée par sa présence.

Le souvenir de mon amour pour cet homme me déstabilise. Haine et tendresse se mélangent en moi.

— Cassie !

— Tu ferais mieux de repartir, Tom, lance Cassandre, épuisée par son comportement.

— J'ai traversé un océan dans le but de te parler. Laisse-moi une chance de m'expliquer.

La jeune femme frotte ses paupières.

— Écoute… Je sors à peine du lit, je…

— Je t'en prie, insiste le banquier, élégamment vêtu. Je me suis emporté au téléphone, par email… Je ne mettrais aucune de mes menaces à exécution, je te le jure. Pardonne-moi.

— Je suis soulagée de l'entendre. Laisse-moi, maintenant.

Cassandre s'installe sur sa chaise, faisant semblant de vouloir terminer son déjeuner.

Pars, Tom. Je t'en conjure !

Son attitude déplaît fortement au père de son fils, mais elle ne le soupçonne pas.

— Voulez-vous une tasse de café, avant votre départ ? demande la maîtresse des lieux, dans l'espoir d'éloigner Tom de son domicile.

La professeure lève ses yeux noirs vers son ex-copain et reconnaît son rictus, celui qu'il arbore dès lors que l'agacement l'assaille. Elle l'entend prendre une profonde inspiration et le voit s'approcher d'elle, la mâchoire crispée.

— Viens, exige Tom, après avoir saisi le bras de Cassandre, surprise par sa poigne. Allons dans une pièce isolée. Nous devons nous entretenir en privé.

— D'accord, tu as gagné. Calme-toi et suis-moi.

La belle conduit l'homme dans sa chambre, sous le regard soucieux de la grande Emma. Une fois la porte refermée derrière eux, elle rassemble son courage, puis le fixe, lui et ses iris aussi bleus et purs que l'eau accumulée sur les glaciers.

— Je ne changerai pas d'avis, débute-t-elle. Je ne reviendrai pas sur ma décision de te quitter.

— Comment peux-tu affirmer ce genre de chose sans sourciller ? s'étonne Tom en hochant la tête de gauche à droite.

— J'essaie de te faire comprendre ce que tu n'acceptes pas.

— Je suis revenu à Montréal pour me faire pardonner une seconde fois. Je suis de bonne foi.

— Ton voyage et tes excuses n'effaceront pas le mal causé.

— Je suis ici, car j'en suis conscient. Je regrette ce que je t'ai dit, ce que je t'ai fait !

Méfiante, Cassandre recule lorsque le beau brun avance vers elle.

— Ma Cassie... Ne sois pas froide et distante. Tu n'es pas comme ça, affirme Tom, après lui avoir caressé la joue.

— S'il te plaît, ne me touche pas.

Cassandre recule davantage jusqu'à se trouver dos au mur.

— Jouer à la fille inaccessible ne t'épuise-t-il pas ? Remarque les efforts que je fais pour nous et notre famille. Je me bats comme un forcené pour toi, Cassie. Ne le vois-tu pas ? Reviens-moi, insiste le jeune homme en venant plaquer son front contre le sien. Ne sois pas ingrate. N'importe quelle femme se montrerait raisonnable dans ta situation.

Cassandre repousse violemment Tom.

— Arrête ! Arrête ! supplie-t-elle, les larmes aux yeux. Je ne veux plus de toi, de ton infidélité et de tes mots ! Je ne veux plus de nous ! J'ai tourné la page.

Son sang se glace à l'écoute du rire sarcastique de son ancien compagnon, à la vue de son expression faciale subitement sévère.

— Tu devrais t'estimer heureuse, Cassinette... estime Tom, d'un calme anormal, avant de lui enserrer le cou.

— Lâ... lâche-moi ! Tu es fou !

— Je ne t'ai jamais frappée.

— Le ferais-tu aujourd'hui ? parvient à formuler Cassandre, le souffle coupé par la pression progressivement plus forte de la main de son agresseur, qu'elle essaie d'écarter de sa gorge.

— Tu le mériterais, déclare posément Tom. Tu es devenue insensible, insolente, égoïste…

— Lâche-mo…moi ! Je… ne peux… plus… respirer.

— Tu baises avec n'importe qui, n'est-ce pas ?

La captive se débat. Elle donne des coups de pieds à son bourreau, imperturbable et vulgaire, qui finit par la soulever légèrement.

Que se passe-t-il ? Suis-je en plein cauchemar ?

Elle ne touche plus le sol.

— Tu cherches sûrement à te venger, Cassandre, à me faire souffrir ou, peut-être, as-tu pris goût à la verge des autres mâles ? Salope que tu es ! l'insulte Tom, tout en la dévisageant méchamment. Pourquoi donc voudrais-je absolument que tu reviennes dans ma vie ? Je suis un imbécile.

***

— Je suis un idiot, se fustige le Français, élégant et terrifiant.

À ce moment précis, Declan pénètre dans la chambre de Cassandre et surprend Tom en train de la brutaliser. Sans réfléchir, il se jette sur lui et libère la jeune femme qui s'écroule à terre. Dans son élan, il le fait tomber sur le parquet recouvert de moquette beige, renversant au passage un lampadaire halogène, puis lui assène un coup de poing dans le nez.

— Touche la encore une seule fois et tu es un homme mort ! le prévient-il, envahi par la colère, en le dominant de toute sa hauteur.

Animé par la haine, Tom oublie la douleur du coup reçu et, dans un cri de rage, s'élance et percute les jambes du chanteur, déclenchant une bagarre que ce dernier aurait préféré éviter. Cassandre crie, des meubles bougent au passage des antagonistes, des objets fragiles se brisent, Declan ressent la morsure de l'angle pointu d'une commode entre ses côtes. Son corps est enchevêtré à celui de son ennemi, avec lequel il roule sur le lit, avant de s'écraser lourdement au sol. Les supplications de la brune, qui les implore de cesser le combat, le déconcentrent mais, fort de son expérience dans les sports de combat, il parvient à faire une clé de bras à son adversaire et à le neutraliser sur un tapis. Alertés par le bruit, Emma et Liam entrent dans la pièce à leur tour, pendant qu'il s'assure de la coopération de Tom, ébranlé par la brutalité de leur échange, les narines ensanglantées, un sourire sadique dessiné sur les lèvres.

— Appelons la police. Ce scélérat étranglait Cassandre ! raconte-t-il, essoufflé, à ses amis ébahis.

— No... non ! Ce n'est pas la peine, certifie la victime alors qu'elle se relève, tremblante. Je vais bien. Je vais bien. Oublions cet incident, décide-t-elle pour... pour Charles.

Le musicien repousse Tom. Il se lève et s'empresse d'examiner le cou rougi de Cassandre. Le courroux s'empare à nouveau de lui. Menaçant, il se retourne vers le coupable, allongé et méprisable.

— Pars immédiatement, ordonne-t-il à Tom qui se met à rire nerveusement.

— Cassie est... toute à toi. Je te la laisse volontiers, affirme le banquier en se remettant debout. Ce qu'elle est devenue... me répugne, décrit-il, après avoir essuyé d'un revers de la manche, de son magnifique costume trois pièces gris, le sang ayant coulé sur sa bouche. J'ai honte qu'elle soit la mère de mon fils.

Hors de lui, Declan saisit le col de chemise de Tom.

— Répète un peu ce que tu viens de dire ! s'exclame-t-il, les dents serrées.

Les doigts de Cassandre se posent sur ses épaules, l'invitant à abandonner sa fureur, et il se détend. À regret, il libère son confrère.

— Je dirai à Charles qu'il te manque, Cassinette. Je suis sûr que c'est le cas, lance Tom, ironique, avant de se diriger fièrement vers la sortie, la moue dédaigneuse, face au jeune couple et aux Canadiens qui le scrutent.

Le silence succède au chahut, le guitariste masse sa nuque et, bouleversé par les larmes soudaines de Cassandre, l'étreint fermement.

— Je suis... désolé, maîtresse, murmure-t-il.

***

346

Plusieurs minutes après le départ de Tom, les pommettes de Cassandre ont retrouvé des couleurs. Assise sur le canapé, auprès de Declan, elle enfile un peignoir rose que lui tend Emma. Confuse, elle se remémore la scène de violence qu'elle a subie.

Le papa de mon garçon aurait-il pu m'étrangler, me tuer ? Non, je refuse de le croire !

— Je ne comprends pas… Je vous le promets, c'est la première fois que Tom est violent avec moi, assure-t-elle, espérant se persuader elle-même de sa folie passagère bénigne.

— Tu prends généreusement sa défense, mais ce qu'il a fait est grave, ma puce, décrète la Québécoise.

Cassandre ne peut donner tort à Emma. Fermant une poignée de secondes les paupières, elle pense à Charles, aux gestes et aux paroles de son père, ainsi qu'à leurs conséquences.

Que va-t-il se passer pour mon fils et moi dorénavant ? Quelle relation ses deux parents vont-ils entretenir ? Il sera primordial que j'affronte Tom dès mon retour en France. Je devrais le forcer à m'écouter. Je devrais le contraindre à me parler. Nous devrons trouver une solution, afin de rétablir un climat de paix entre nous. Laquelle ?

Ses angoisses et ses réflexions sur la manière de résoudre son conflit avec son ex-copain ne l'aident pas à avancer. Elle se tourne vers le musicien.

Declan, mon héros déterminé, courageux, puissant… Merci !

— Au fait… Comment se fait-il que tu sois venu ici, ce matin ? demande-t-elle à son chevalier servant. Par chance, tu es intervenu de justesse dans la chambre.

— Euh ! Avec Lili, nous étions en route pour vous réveiller, toi et la blonde, et surtout vous surprendre avec un succulent déjeuner, quand Emma nous a envoyé un SMS alarmant au sujet de Tom. Nous n'étions pas loin de vous et nous avons accouru dans la maison.

Reconnaissante envers ses amis, Cassandre les remercie chaleureusement.

— Nous avons d'ailleurs apporté de quoi manger pour la semaine ! précise Liam, soucieux d'alléger l'atmosphère, un index pointé en direction de sacs en papier kraft déposés sur des chaises.

— D'autant plus que, la Française et moi, nous ne vous avions pas attendu pour festoyer, mes poulets ! ajoute la Canadienne. Il y a de la nourriture à profusion sur la table !

— À table donc ! suggère Cassandre.

Elle se veut enjouée, forte, mais Tom semble toujours lui tenir le cou.

Toi, l'homme qui a partagé mon existence durant onze ans et a abîmé mon âme, tu as meurtri ma chair, aujourd'hui...

CHAPITRE 39

Jeudi 24 décembre 2020

Cassandre s'apprête dans la salle de bain commune du chalet réservé par Emma à l'occasion du réveillon. Tranquillement, elle se prépare pour le bal de Noël, organisé dans la salle des fêtes du village pittoresque, aux environs duquel elle s'est perdue dans le blizzard un week-end, au début du mois de décembre. Devant le miroir, elle peaufine son maquillage en repensant au danger, à Declan, à sa bravoure.

Il était une fois, une princesse solitaire qui, afin de fuir ses pensées envahissantes, décida de partir seule en randonnée sur les sentiers enneigés d'un lieu inconnu. Elle marcha longuement dans la nature, en quête de sérénité. Hélas, surprise par une tempête de neige, elle dut abandonner son projet et essaya de revenir sur ses pas. Aveuglée par un brouillard dense et un vent cinglant, elle s'égara.

Au milieu de la nuit, alors que son corps refroidissait dangereusement, que sa fatigue grandissait et que l'espoir de retrouver un jour le chemin de sa maison s'amenuisait, un valeureux prince charmant lui porta secours. Par chance, les deux jeunes gens trouvèrent rapidement refuge dans une cabane de chasseur déserte, où ils s'endormirent l'un contre l'autre, devant un feu de cheminée. À l'abri du froid, ils restèrent ainsi, ensemble jusqu'à l'aube.

À la suite de cette mésaventure, ils vécurent heureux et eurent beaucoup d'enfants. Je divague ! Hormis le garçon que la jeune femme avait déjà eu, lors d'une première union avec un méchant trésorier, les nobles n'eurent pas d'autres héritiers. En effet, le futur roi, en proie à une malédiction, ne pouvait jouir d'une descendance, malchance que la future reine ne lui reprocha jamais. Elle l'aimait. Son petit était comme le sien... Je déraisonne encore et je vais finir par manquer les festivités !

D'un geste précis, Cassandre souligne le contour de ses yeux avec un crayon noir. Elle espère plaire à Declan qui, après la déplaisante visite de Tom, a préféré lui laisser de l'espace et du temps pour se remettre de ses émotions. En conséquence, elle en a profité pour écrire la fin de son roman, appeler sa mère et surtout son fils, à qui elle a épargné les détails du bref séjour au Canada de son père. Désormais, elle voudrait effacer les images, les paroles et les sensations liées à la venue de cet homme. Elle mettra quoi qu'il en soit tout en œuvre pour protéger Charles, le préserver de la folie des adultes, lui permettre de vivre sereinement son adolescence. En cette veille de Noël, elle pense beaucoup à lui.

Charlinou qui me manque... Tu n'as pas d'inquiétude à avoir au sujet de tes parents. Ton papa et moi, nous t'aimons. Nos querelles de grandes personnes ne te concerneront pas. J'empêcherai nos différends de détruire ton innocence. Voici mon rôle. La maman pitoyable que tu as pu voir cet été ne reviendra plus. Je serai forte et courageuse pour toi, pour nous.

— Mon Charles... prononce-t-elle doucement, tandis qu'elle allonge ses cils avec du mascara.

Son retour en France est proche, mais la mère de famille qu'elle est se languit de son gentil et beau garçonnet, son studieux collégien qui grandit et réveillonne loin d'elle. Elle a hâte de l'enlacer, de l'embrasser, de lui offrir des cadeaux.

— « C'est la belle nuit de Noël, la neige étend son manteau blanc », fredonne-t-elle, mélancolique.

Fêter le 24 et le 25 décembre sans son enfant est... étrange. Ma joie est incomplète. Partir de l'autre côté de l'Atlantique m'a pourtant aidée à me retrouver. La jeune fille que j'étais n'est pas morte en moi. Elle s'est réveillée. Je cohabite dorénavant avec elle. J'apprends à l'écouter. J'essaie de la contenter et de nous améliorer, grâce à la maturité acquise au fil des années. J'en suis heureuse. Si je le suis, Charles le sera aussi. En ce sens, je ne regrette pas mon voyage et le prix que je paie, en étant loin de lui en cette soirée particulière. Je me sens vivante, indépendante, éveillée !

Ressourcée, à nouveau en accord avec sa personnalité depuis la reprise en main de son existence, elle saura faire oublier à son garçon sa longue absence. Si elle culpabilise d'avoir causé leur éloignement, elle aura l'énergie pour deux, l'énergie de recommencer avec lui ailleurs, d'avancer sans être dépendante de Tom.

— Es-tu prête, Cassandre ? lui demande la Canadienne, avant de frapper à la porte de la salle de bain.

— Presque ! ment la brunette.

— Tu m'appelles, si tu as besoin d'aide ! Je retourne au rez-de-chaussée avec les garçons.

— D'accord, merci. Je vous rejoins vite !

Une fois son maquillage terminé, Cassandre brosse sa chevelure et se coiffe d'un chignon sophistiqué, mettant en valeur son volume et sa souplesse. Afin d'y ajouter de l'éclat, elle y place des petites barrettes dorées en forme d'étoiles. Elle vaporise ensuite de la laque sur son chef-d'œuvre, dans le but de lui donner de la brillance et de la stabilité. Finalement, elle met un peu de parfum derrière ses oreilles, puis met en place ses bijoux en argent.

Je suis toujours en lingerie !

— Pourquoi ne me suis-je pas habillée avant tout le reste ? peste-t-elle soudain.

Afin de ne pas se décoiffer, elle enfile par les pieds une robe noire et élégante, sublimée par des paillettes et ceinturée à la taille. Au passage de ses hanches, elle prie pour ne pas faire craquer le tissu.

Doucement...

Elle sort victorieuse de cette épreuve et ajuste sa tenue. Ses épaules et ses mollets sont dénudés. Sa poitrine est mise en valeur. Elle est belle.

Hum !

— Voyons voir…

À ces mots, la jeune femme s'approche du miroir et contemple le résultat final. Les imperfections de sa peau, que son fond de teint ne dissimule pas, l'attristent. Ses ridules n'échappent pas non plus à son œil critique. Dans un soupir las, elle enlève quelques cheveux blancs à l'aide d'une pince à épiler.

La vieillesse me guette ! Correction : mon corps est déjà sur le déclin. Peut-être, et alors ? Je n'ai plus vingt ans, je suis une femme, une femme qui évolue. En outre, les cheveux blancs sont naturels. Seuls la société et ses diktats nous font croire le contraire !

— Puis-je entrer, ma jolie ? Liam, Declan et Olivier sont déjà partis à la salle des fêtes, rapporte Emma.

— Entre, je t'en prie.

— Ces nigauds ont voulu y aller en avance, sans doute pour boire ou apprendre à danser avant notre arrivée, se moque la Québécoise, tout en pénétrant dans la pièce.

Cassandre se tourne vers Emma.

— Tu es en retard, mais tu es... magnifique ! s'écrie cette dernière en agitant les mains. Quelle élégance !

— Dis la grande et superbe blonde debout devant moi, réplique la retardataire, mutine.

— Tais-toi un peu et tourne ! Tourne sur toi-même.

Cassandre s'exécute.

— Parfait ! Cette robe est décidément sensationnelle sur toi ! constate Emma, guillerette. Je suis fière de t'avoir incitée à l'acheter, la dernière fois que nous avons fait les boutiques. J'en connais un qui va s'évanouir en te voyant !

***

Declan écoute distraitement parler Liam et Olivier, tous deux à proximité du buffet froid, servi dans la salle des fêtes où des familles, des vacanciers et des couples commencent à arriver pour réveillonner. Le Canadien Liam raconte les circonstances de sa rupture à l'amiable avec son dernier copain en date, mais l'esprit du guitariste est accaparé par Cassandre, par le vide que son absence crée en lui. En proie aux doutes, quant à sa décision de s'être fait discret pour elle, à la suite de la détestable visite de Tom, il est ailleurs, préoccupé.

Si Lili et Olivier, affamés et impatients, n'avaient pas insisté pour arriver en avance au bal, je serais volontiers resté au chalet pour attendre ma maîtresse. J'ai besoin d'avoir un moment en tête-à-tête avec elle pour discuter, j'ai besoin de l'entendre dire qu'elle est guérie de son ex-copain, j'ai besoin de l'étreindre, j'ai besoin de l'embrasser. M'en donnera-t-elle encore le droit ? Les jours m'ont paru interminables sans elle. À trop vouloir lui laisser de l'espace pour digérer la cruauté de Tom, je nous ai éloignés.

Ai-je eu raison de combattre mon désir de la retrouver à chaque minute, depuis le choix que j'ai fait de m'effacer provisoirement de son quotidien ? Ai-je eu raison de lutter contre mon envie d'être présent pour elle, mon envie de la consoler, mon envie de l'épauler, mon envie de lui faire oublier ce méprisable banquier ? Aurais-je mieux fait de lui changer les idées, d'envahir son intimité ? Je l'ignore. Quoi qu'il en soit, la discrétion me semblait plus respectueuse, plus appropriée aux circonstances.

Maintenant, il a seulement hâte de pouvoir rester auprès de Cassandre, de l'aimer librement. Si ses deux amis mangent avec appétit une salade de pâtes, aux œufs durs et au thon, il ne ressent pas la faim. Son amour pour sa dame le nourrit autant qu'il le tourmente. Le texte d'une chanson, écrite durant son adolescence, vibre naturellement en lui.

« Reviens vite, ne me laisse pas seul, seul sans personne au milieu de ces ombres floues, d'un abîme sans fin. Reviens vite, sans toi le monde perd ses couleurs. Délivre-moi des griffes de ma douleur. »

— Voici les plus belles ! s'écrie soudainement Liam en apercevant Emma et Cassandre franchir le seuil de la salle de réception, après avoir déposé leur manteau au vestiaire.

— Ta sœur est… ravissante, confirme Olivier, sans plus savoir quoi faire de son assiette en carton.

Declan se tourne vers l'entrée, à gauche de laquelle trône un immense sapin lumineux, et son cœur semble cesser de battre un instant à la vue de sa jolie institutrice.

Sublime, éblouissante, renversante…

Séduit par l'élégance de Cassandre, il la contemple, immobile. Il ne voit plus qu'elle, elle est ses yeux captivants, elle et sa bouche attrayante, elle et sa silhouette féminine parfaite, elle et sa beauté. Dès lors qu'elle le regarde à son tour, il a l'impression de fondre, à l'image de la neige soumise au rayonnement du soleil.

Je voudrais rejoindre ma maîtresse en courant, l'enlacer, la soulever dans les airs et la faire tournoyer.

Libéré de sa torpeur, il ajuste sa cravate, oublie le monde alentour, effectue quelques pas vers Cassandre et son sourire radieux, s'incline, plie le genou et la nuque devant elle, puis saisit délicatement sa main, avant de la porter à ses lèvres sans la toucher. Quand il se redresse, il est ému, ému de la voir troublée par son geste de courtoisie, d'admiration et de dévouement.

— Tu es... splendide, parvient-il à formuler à voix basse.

— Toi aussi, réplique la brune flattée. Tu portes à merveille le costume.

— Tu es chanceuse, ma Cassandre ! Tu as eu droit au baisemain et ton cavalier est directement venu jusqu'à toi à ton arrivée, décrit Emma, boudeuse, tandis que son partenaire cherche encore, à l'autre bout de la pièce, un endroit où poser son assiette.

— Ne sois pas jalouse, ma poulette ! Viens par ici ! ordonne le chanteur en l'attirant à lui pour lui faire un baisemain.

***

Au cours du repas convivial qui s'éternise, Cassandre a peu d'appétit. Si les personnes autour d'elle mangent à table ou debout, boivent et se servent à volonté, elle se contente d'observer Declan. Elle aime l'entendre et le voir rire.

Les fossettes de monsieur le poète sont adorables !

L'animation autour d'elle, le brouhaha, ses amis n'existent plus. Elle se languit de Declan.

Mon ange gardien... J'aimerais être dans tes bras, me retrouver seule avec toi. Trop de jours nous ont séparés. J'en avais probablement besoin, mais j'ai manqué de toi. Même dans la voiture, sur le trajet à destination du chalet, nous n'étions pas à côté l'un de l'autre. Je le voulais pourtant !

Ses rêveries cèdent la place aux interrogations. Elle se met à douter de son idylle naissante.

Qui suis-je véritablement pour toi, Declan ? J'aimerais connaître tes pensées. Sommes-nous officiellement ensemble ? Nos premiers baisers hantent ma mémoire, mais faisaient-ils simplement partie d'une passade ou étaient-ils les premiers d'une longue série ? J'en désire plus. En aurais-je la chance ?

L'appréhension de faire erreur sur les fondements de sa relation avec le guitariste la submerge. Heureusement, la neige qui tombe derrière les immenses baies vitrées de la salle vient la distraire.

Elle se laisse séduire par ce spectacle de la nature que des réverbères mettent en lumière.

Ce paysage blanc est doux, pur. Quiétude et silence s'en dégagent, en opposition au tapage ambiant. Quel bonheur d'en être la spectatrice !

L'éclairage s'éteint subitement, plusieurs projecteurs s'allument, la chanson *Let it snow* résonne et renforce sa bonne humeur. Les rayons lumineux projetés contre le mur et le sol créent une nouvelle ambiance qui réveille son âme d'enfant.

— M'accorderais-tu cette danse, maîtresse ? lui demande Declan, tandis que les gens se dirigent vers la piste de danse.

Cassandre accepte la proposition du jeune homme. Elle lui donne sa main et le suit au milieu de la foule, pendant que leurs amis continuent à se restaurer près des tables. Face à lui, elle refuse d'être intimidée et de s'occuper du jugement d'autrui. Elle souhaite profiter de la joie qui les unit. Si ses premiers pas sont maladroits, elle finit par se détendre et suivre la mélodie. Des titres joyeux se succèdent rapidement et la plongent complètement dans la magie de Noël.

Habituée à passer le 24 décembre dans le cocon familial, autour d'un repas tranquille, j'ai basculé dans une dimension différente ce soir. Noël se célèbre manifestement de diverses manières. L'atmosphère festive, digne du réveillon du nouvel an, me plaît beaucoup !

Elle rit et s'amuse avec Declan qui, en plus d'être un excellent danseur, s'avère être un guide bienveillant, particulièrement efficace. Elle essaie de reprendre sa respiration, lorsqu'une une chanson en anglais inconnue invite les danseurs à partager un moment de douceur.

— Un slow ! Parfait ! Je n'attendais que ça, avoue le musicien avec un sourire charmant, avant de se rapprocher de sa cavalière, la tenir par les hanches et l'emporter dans un tourbillon romantique.

Une vague de chaleur déferle dans les veines de Cassandre. Elle effleure les épaules de Declan qui la fixe. Elle ressent sa force, son énergie, son désir. Dès lors que ses doigts masculins s'aventurent vers le bas de son dos, son imagination s'enflamme.

Cet homme m'attire. Son charme me subjugue. Il me rassure et paradoxalement me désarme. J'aime le regard qu'il me porte. J'ai le sentiment d'être la seule femme pour lui. Il n'a pas l'indélicatesse de dévisager mes consœurs. Il n'a pas l'audace de me comparer à elles, de faire des remarques désobligeantes, de me blesser. Je me sens belle entre ses bras, belle à travers ses yeux. Je suis amoureuse de lui.

Alors que ses caresses s'attardent sur la nuque de Declan, elle attend. Elle attend qu'il l'embrasse. Elle attend sagement, en contrôlant la femme sauvage cachée en elle, la femme qui souhaiterait vivre au grand jour, la femme libre.

Patience...

— J'ai envie de t'embrasser, ma dame, murmure le chanteur qui, connaissant la complexité de sa situation familiale, se montre prudent, respectueux.

Cassandre sourit, avant de caresser la joue, légèrement piquante, de Declan.

— Je t'en prie...

***

Dans un cadre féerique que les décorations de Noël créent, Declan se penche vers Cassandre et l'embrasse doucement, malgré l'incendie qui embrase son corps.

Si tu connaissais l'ampleur de mon désir pour toi, maîtresse, tu me fuirais vraisemblablement. J'ai longtemps admiré ta beauté à distance. J'ai longtemps imaginé le goût de tes lèvres. Maintenant qu'elles sont miennes, j'en veux davantage. J'aimerais t'enlever, quitter la fête et...

Plaquant son front contre celui de Cassandre, il ferme les paupières et tâche de canaliser sa passion, de comprendre ses sentiments.

Ma surprenante dame au lama, il y a quelques mois, tu es entrée dans ma vie discrètement. Touché par ta détresse émotionnelle et ta candeur, j'ai plongé dans le torrent de tes tourments dans l'espoir de t'en délivrer. En essayant de t'apporter un peu de soleil, tu es finalement devenue le mien. Tes faiblesses, tes forces, ta bonne âme, ta sensibilité, ton charme, ta singularité m'ont inspiré et m'inspirent encore. Tu fais partie de mon univers. Je souhaite que tu y restes et l'embellisses ! J'aimerais que nous formions un « nous ». Je voudrais t'accompagner au mieux vers le meilleur de toi-même, le meilleur de nous.

Les autres femmes n'existent plus depuis toi. Ont-elle déjà eu de l'importance un seul jour ? Lilas en a eu, je suis incapable de le nier, mais elle n'était pas toi, Cassandre. Toi, mon aimante, tolérante et gentille demoiselle un peu perdue, mais au potentiel indéniable, tu me donnes le courage de croire à nouveau en la gent féminine. Tu m'invites à envisager un avenir à deux. Tu m'incites à ne plus être effrayé par la notion de couple. Tu es l'espérance que je n'attendais plus...

— Que vous êtes beaux, les amoureux ! s'exclame Emma, hystérique, en les bousculant et en les séparant. J'ai su avant tout le monde qui se passait quelque chose entre vous deux ! se fait-elle entendre, malgré le son élevé de la musique. Regardez, regardez ! leur ordonne-t-elle, tout en brandissant une photographie sous leur nez.

— Quand as-tu pris cette photo de nous ? souhaite savoir le chanteur, étonné de se voir endormi dans les bras de Cassandre.

— Montre ! exige cette dernière, avant d'attraper la photographie.

— Je l'ai prise quand vous dormiez en voiture, après notre rencontre avec les baleines, raconte la Canadienne. Cette photo est l'un de mes cadeaux pour vous, en guise de souvenir précieux de la naissance de votre flamme ! Je guettais le moment idéal pour vous la transmettre.

Amusé par l'enthousiasme de la radieuse Emma, Declan hoche la tête de gauche à droite, pendant que sa cavalière, rougissante comme à l'accoutumée, remercie leur photographe pour son geste amical. Il l'imite, puis récupère la photographie et la glisse dans la poche intérieure de sa veste.

— Bon ! Dansons, mes chéris ! Dansons ! propose Emma, séduite par l'enchaînement de courtes chansons entraînantes. Après, nous rentrerons au chalet pour ouvrir les autres… cadeaux ! hurle-t-elle, alors que Liam et Olivier, enfin décidés à s'amuser, parviennent sur la piste de danse, où des fillettes d'environ trois ans font tournoyer leur robe de princesse.

Le musicien ne partage pas l'engouement de son groupe, obnubilé par l'unique présent dont il rêve, un présent non matériel que seule Cassandre est en mesure de lui offrir. En la voyant danser innocemment et joyeusement avec son amie blonde, il a cependant brusquement honte de son appétit sexuel, honte de l'imaginer nue, honte de la vouloir exclusivement pour lui.

Suis-je un vulgaire prédateur affamé et obsessionnel ? Non, je ne le suis évidemment pas. Néanmoins, mon côté animal prédomine en cette soirée. La raison pour laquelle il ressort me paraît toutefois normale. En effet, comment ne pas désirer ma jolie maîtresse ?

Declan n'est pas en capacité de lutter contre l'attraction charnelle que Cassandre exerce sur lui et essaie d'être indulgent avec lui-même. Frustré d'ignorer si cette attraction est réciproque ou non, inquiet de mal répondre à ses futurs besoins, perturbé par toutes ces inquiétudes, il ne se reconnaît plus.

La ressent-elle, ma muse, cette chaleur qui m'assaille ? Elle n'en laisse rien transparaître et ce mystère me rend fou ! Quel amant aimerait-elle que je sois ? Qu'attendra-t-elle de moi ? Pourquoi m'en inquiéter ? Où s'est-il envolé, mon moi imperturbable ?

Les mains dans les poches de son pantalon, il abaisse le menton, fixe rêveusement le sol, sourit, prêt à lâcher prise et à aimer Cassandre, tout simplement.

Loup ou agneau, je serais ce que ma dame voudra.

CHAPITRE 40

Vendredi 25 décembre 2020

Durant l'échange des cadeaux, devant la cheminée en pierre et le sapin décoré du chalet, Cassandre est plus intéressée par Declan que par les réjouissances. Assise en face de lui, au pied du canapé sur l'un des tapis beiges de la vaste et unique pièce du rez-de-chaussée, elle admire sa masculinité attrayante. Ses regards croisent souvent les siens et leurs contacts visuels représentent la conclusion délicieuse d'un rapprochement intime, la continuité de la séduction, les prémices espérées d'un amour à vivre et l'expression du manque de l'autre.

Ce sourire... Ces fossettes... Cette prestance... Cet homme... Je me languis de lui, de sa bouche, de ses mains. J'aimerais l'emmener à l'étage, être seule avec lui dans une pièce, lui parler, lui offrir mon cœur, lui dérober le sien, me donner à lui et découvrir son corps. Il m'attire. Si le romantisme de notre relation et de son évolution me comble, mon désir pour lui est brûlant. J'aimerais qu'il explose. J'aimerais éteindre l'incendie douloureux qui me consume. J'aimerais oublier le monde contre sa peau. J'aimerais...

— Merci pour ce superbe bracelet, Cassandre. Je l'adore ! déclare Emma en présentant le bijou à ses amis.

— Avec plaisir, réplique la Française qui repense à sa promenade dans Montréal en compagnie de Declan, ainsi qu'à leur recherche vaine et regrettable d'un présent approprié à la personnalité de la demoiselle blonde.

— Olivier, aide-moi à l'attacher autour de mon poignet, veux-tu ? souhaite Emma, survoltée.

Tandis que le compagnon de la Canadienne s'exécute, Cassandre aimerait prendre congé. En plus de l'heure tardive, elle a l'espoir de partager sa chambre avec le musicien. Sa lubricité l'embarrasse. Elle n'en a pas l'habitude.

Que m'arrive-t-il ? Me suis-je montrée impatiente d'avoir des rapports sexuels avec Tom, lors de nos débuts ? Malgré mon attirance pour lui, j'ai plutôt été sage, me semble-t-il. Est-ce l'âge et l'expérience qui mettent à mal ma patience désormais, qui me changent, me donnent une certaine assurance et stimulent ma sexualité, à l'aube de son réveil ? Est-ce l'attrait pour un nouvel partenaire qui en est le responsable ou est-ce Declan ? Declan...

— Nous avons été gâtés ! Chantons des chants de Noël maintenant ! suggère Emma en se levant d'un bond de son fauteuil. Ensuite, nous pourrons jouer à des jeux de société jusqu'aux aurores, tout en mangeant les chocolats que j'ai apportés ! J'ai également fait un montage vidéo des photos de nos activités depuis novembre. Nous pouvons le visionner. Par quoi voulez-vous commencer ? Aimez-vous le jeu action, chiche ou vérité ? débite-t-elle, à l'image d'une enfant, debout au milieu des papiers cadeaux déchirés, dispersés de-ci de-là sur le sol.

— Euh ! grimace Liam, fatigué.

— Nous n'allons tout de même pas nous coucher, mon frérot ! proteste la Québécoise, boudeuse. Le bal n'a pas pu vous épuiser tous à ce point !

— Euh ! Euh ! renchérit le guitariste, alors qu'il entrelace ses doigts derrière sa nuque.

— Au lieu de rire, toi, lève-toi et joue-nous de la guitare ! Tu l'as prise avec toi, il serait dommage qu'elle ne serve pas ! remarque Emma qui se précipite vers l'instrument de musique, déposé dans un coin, afin d'en ouvrir l'étui.

— Oh ! Je ne sais pas... soupire Declan, hésitant à se donner en spectacle un soir de Noël.

— Fais lui plaisir, mon vieux, lui conseille Liam. Tu connais ma sœur, elle ne nous laissera pas tranquille dans le cas contraire.

La jolie brune souhaite se délecter de la voix de Declan. Avant d'essayer de s'isoler et de lui offrir enfin son cadeau en privé, elle l'encourage donc à chanter, pendant que l'organisatrice de la soirée lui apporte sa guitare noire.

— Fais-nous rêver, Rouanet ! lui ordonne Emma enjouée, appuyée par Olivier et son frère. Tiens, ta Marguerita !

Cassandre place ses avant-bras contre ses genoux repliés vers sa poitrine et y appuie son menton. Un sourire dessiné sur ses lèvres, elle est prête à se laisser emporter par une mélodie et le talent de Declan.

Fais-nous rêver, monsieur…

***

Declan cède à la pression sociale. Il enlève sa veste de costume, remonte les manches de sa chemise blanche, desserre sa cravate, se munie de son instrument de musique, puis s'installe sur une chaise, face à son public. Il effectue quelques accords et décide d'interpréter le titre *Trois anges sont venus* de Tino Rossi, en regrettant de ne pas avoir un piano à sa disposition.

Ma Marguerita, je suis désolé de te le dire, mais ton cousin le piano serait sans doute plus adapté à un cantique. Tant pis, je vais devoir me contenter de toi !

Dans la douceur de la nuit, entouré par ses amis, enveloppé par la chaleur de l'âtre, motivé par la magie des fêtes, le jeune homme entonne la chanson choisie, sous le regard de Cassandre.

« Trois anges sont venus ce soir
M'apporter de bien belles choses.
L'un d'eux avait un encensoir
L'autre avait un chapeau de roses… »

***

Une fois la porte de sa chambre refermée derrière elle et Declan, un endroit chaleureux où des poutres apparentes s'accordent avec les pierres d'un pan de mur et le lambris du plafond, Cassandre sent son rythme cardiaque s'accélérer.

— J'ai bien cru que la blonde ne nous laisserait jamais partir, ricane le musicien. Quand elle est lancée, personne n'est capable de l'arrêter. Entre ses jeux, ses photos, ses boissons chaudes et son enthousiasme, elle sait retenir les gens auprès d'elle, résume-t-il, avant que le grand lit de la pièce, recouvert de multiples coussins crème et gris ardoise, n'attire son attention.

— Oui, elle est amusante, mais j'ai eu peur qu'elle nous garde dans le salon jusqu'au matin. J'ai… une surprise pour toi que j'avais hâte de pouvoir te donner tranquillement, déclare la jeune femme en ouvrant sa valise, posée près d'une porte-fenêtre menant sur un balcon.

Entre deux magazines, glissés parmi ses vêtements, elle récupère un document, puis l'offre à Declan.

— C'est pour toi, dit-elle. Joyeux Noël !

Nerveuse, elle entortille le tissu de sa robe.

— Ce sont les paroles d'une chanson, constate le jeune homme.

— Tu en fais ce que tu veux.

— En es-tu l'autrice ?

— Euh ! Oui. Tu m'as inspirée et j'ai eu envie d'écrire sur toi, ton parcours, ton mode de vie...

Pendant que Declan prend connaissance du travail de Cassandre, celle-ci ressent du trac, celui que tout artiste éprouve régulièrement.

Est-ce présomptueux de ma part d'offrir l'un de mes textes ? Peut-être et, si celui-ci est médiocre, ma honte sera amplifiée.

— Tu... peux lire ma chanson plus tard, réagit-elle, désireuse de chasser sa gêne. Elle est probablement... naïve. Être parolière est un métier, je le sais...

— « Ne me demandez pas d'entrer dans votre ronde, ne me demandez pas de renoncer au monde. Je n'y survivrais pas, la liberté m'appelle. Je refuse vos lois, elles brident mes ailes... » murmure le chanteur, concentré dans sa lecture.

L'institutrice, joint les mains devant ses cuisses.

— Merci, maîtresse, pour ce texte qui me ressemble, me parle... me touche et surtout me plaît énormément, la remercie Declan, sincère.

Le teint de Cassandre s'empourpre.

— Oh ! J'ai autre chose pour toi, précise-t-elle en levant ses index devant elle.

Elle court vers son sac, y attrape un manuscrit et le présente à son interlocuteur.

— Ce n'est pas vraiment un cadeau, mais tu m'as dit un jour que lire les récits d'une enseignante te plairait, alors... tu pourrais être le premier à découvrir le roman que j'ai enfin achevé et à me donner ton avis, ta critique, suggère-t-elle, avant de transmettre son livre imprimé à Declan. Si tu le veux et si tu en as le temps, évidemment ! ajoute-t-elle. Je ne te forcerai pas à lire mon histoire...

— Être ton premier lecteur ne se refuse pas ! Félicitations, madame la romancière ! s'exclame le guitariste qui la soulève dans les airs. Je suis fier de toi, de ta persévérance, confesse-t-il en l'enlaçant très fort. Tu as terminé ton œuvre, c'est fabuleux !

Cassandre est heureuse. En plus d'avoir achevé une tâche de longue haleine, elle est enfin auprès de Declan. Alors qu'ils rompent leur étreinte et se regardent, ses yeux lui font comprendre son intention de l'embrasser.

— Attends ! J'ai moi aussi un objet à te remettre, annonce l'homme qui recule d'un pas, dépose ses deux présents sur une commode en bois et sort de la poche de son pantalon une petite boîte à bijou qu'il ouvre devant sa belle. Me ferais-tu l'honneur de porter ce collier ?

Cassandre découvre avec émotion un pendentif en argent en forme de lama.

***

— Ce collier est adorable, décrit Cassandre. Je l'adore. Merci.

— Puis-je te le mettre ?

— Avec joie !

Declan se positionne derrière la dame qui se tourne dans le dessein de lui présenter son dos. Il l'entoure de ses bras, place le bijou autour de son cou, puis s'occupe de son fermoir.

— C'est fait, formule-t-il d'une voix chaude.

Devant les épaules dénudées de Cassandre, il ne résiste pas à la pulsion de les embrasser. Alors qu'elle est sur le point de bouger, il la retient, lui enserre la taille, lui commande de rester immobile sans avoir recours aux mots. Lentement, ses lèvres épousent sa peau douce et désirable. Lentement, elles la découvrent, la couvrent de baisers, l'aiment. Attiré par sa nuque, il s'y attarde, refrène son envie de la retourner pour s'emparer de sa bouche. La réaction de son corps qui frémit, se détend et s'abandonne à lui, à ses morsures, au piquant de sa barbe naissante, l'invite à poursuivre sa douce torture.

Aurais-je trouvé une zone érogène ?

Attentif aux soupirs de sa partenaire silencieuse, manifestement consentante, il suit leurs ordres. Pendant que le tendre supplice perdure, ses doigts remontent doucement le long de son ventre. Ils s'aventurent ensuite entre ses seins, jusqu'à atteindre la naissance de sa gorge. À ce moment précis, il se rapproche davantage d'elle, la serre, la maintient et devine aisément ses courbes féminines dissimulées sous sa robe noire. Envoûté par son parfum, il la sent sienne. Il la veut. Cependant, soucieux de faire durer le plaisir que Cassandre accueille admirablement, il la libère. Avant de perdre le contrôle de la situation, il se permet d'ôter une à une les barrettes dorées de son chignon, qu'il finit par défaire intégralement. Satisfait du résultat, il caresse sa chevelure sauvage et magnifique. Quand la jolie brune pivote brusquement sur elle-même et lui fait face, prête à entrer sérieusement dans son jeu, il est muet d'admiration, fragile, incapable d'agir.

***

Cassandre se sent vivante. Le désir a pris racine au creux de son ventre, dans son cœur et dans son âme. Son front rencontre celui de Declan, les paupières abaissées. Son nez effleure le sien. Sa bouche, avide de la sienne, la supplie de la trouver. Elle le fixe, fébrile, impatiente. Lorsqu'il parvient à la regarder sans ciller, elle approche encore son visage du sien. Il parcourt alors les derniers centimètres qui les séparent et elle perd la notion du temps. Leur échange empli de douceur n'en est pas moins intense, elle en savoure la puissance croissante.

Emportée par le plaisir accordé par les lèvres de son amant sportif, elle s'agrippe à ses biceps, à ses omoplates, à ses cheveux tressés sur les côtés de son crâne, par crainte de casser leur lien. Dès lors que ses mains viriles prennent possession de sa poitrine et cherchent à enlever la robe qui la retient prisonnière, elle n'hésite pas à déboutonner sa chemise blanche. Entre deux baisers, elle s'en débarrasse avec difficulté, puis se perd enfin contre son torse musclé. Séduite par sa splendeur, rassurée par sa chaleur, elle le touche, voudrait instinctivement le griffer, se contient. Sa respiration s'accélère. Elle ne réfléchit plus.

D'un bond, elle saute dans les bras vigoureux de Declan, n'étant pas encore parvenu à lui ôter complètement sa tenue de soirée ceinturée. Elle éprouve sa force et l'apprécie. Ses jambes entourent son buste solide. Sa bouche continue de l'embrasser, de recevoir, de donner. Ses doigts ne se lassent pas de parcourir sa musculature bien développée, dessinée, excitante et rassurante. Les seins nus contre ses pectoraux, elle se sent femme. Entreprenante, elle se fait également docile. En revanche, à l'instant où le jeune homme la transporte vers le lit, des pensées inappropriées viennent la distraire.

Catastrophe ! Je ne me suis pas douchée, ni rafraîchie ! Après le bal et les danses, je dois sentir mauvais ! Punaise ! Comment puis-je m'y prendre pour remédier discrètement à ce problème ?

***

À demi-nu, Declan installe Cassandre sur le matelas, la surplombe et la dévisage, fin prêt à l'aimer, à l'honorer, à la surprendre, à s'envoler avec elle.

— Euh ! Je… je n'ai pas pris de douche après la fête ! spécifie subitement la brunette, grimaçante.

— Pardon ? rit le chanteur, l'esprit embrouillé.

— Je… devrais peut-être en prendre une, avant de… Tu sais ! C'est…

— Tu sens divinement bon, maîtresse, la rassure Declan, avant de lui caresser la joue.

— Il y a longtemps que… Je ne suis plus habituée à… Je veux dire… Euh ! balbutie Cassandre, une main sur sa tête, les pommettes rouges et les yeux fuyant. Après onze ans de relation avec la même personne, tu comprends, je… Tu es le premier homme avec qui je… Depuis…

Le sourire empreint de tendresse de Declan a le mérite de réconforter la femme merveilleuse allongée en-dessous de lui.

— Pardonne-moi. J'ai tout gâché, n'est-ce pas ?

— Absolument pas. Tu veux te laver, si j'ai bien compris ! résume le musicien, amusé. Je n'y vois pas d'inconvénients. Je le devrais, moi aussi. Viens ! lance-t-il, tout en se redressant.

Il soulève Cassandre, qui pousse un cri de surprise, et l'entraîne à pas agiles dans la salle de bain privative, peu spacieuse, attenante à la chambre, où le mobilier en bois se marie à un carrelage en ardoise. Il en allume la lumière douce, fournie par une applique murale, une vasque formée d'un quart de sphère plutôt classique.

— Au bain, tout de suite ! s'exclame-t-il, guilleret.

— Quoi ? Non ! Que fais-tu ? se débat la captive, en riant et en criant. Je suis à moitié habillée !

Sans laisser à Cassandre la possibilité de s'enfuir, Declan actionne le mitigeur, s'assure que l'eau soit tiède, puis la dépose dans une baignoire en acrylique, où il la rejoint prestement.

À nous deux, ma belle !

Une fois devant Cassandre, il s'avance vers elle et, grâce à la puissance de son regard, la pousse inexorablement sous le pommeau de douche en acier. À son grand plaisir, elle ne crie plus et semble vaincue, résignée, à lui.

Brune tentatrice, tout en toi m'appelle ! Suis-je en train de rêver de toi ? Ta chaude beauté, ta poitrine aguichante, le tatouage qui sublime le galbe de ta cuisse m'ensorcellent.

L'eau ruissèle d'abord sur Cassandre, dont la robe est toujours en place autour de ses hanches, puis surprend ses sens, son être. Animé par son animalité, il la plaque contre des carreaux de faïence blancs, l'embrasse, l'adore, se délecte de sa féminité, de sa voix qui susurre son prénom et lui commande de l'aimer. Alors qu'il la garde sous son contrôle, piégée entre le mur et sa virilité, il enlève ses derniers vêtements. Enfin libre, il est tout à elle. Ses caprices et ses volontés le motivent et accroissent son désir.

Ange de la nuit, créature céleste, m'évader avec toi est actuellement mon unique obsession.

Finalement, il soulève la robe mouillée de Cassandre, ultime rempart qui les sépare, et la contemple. Le calme avant la tempête l'électrise. Il se plaît à éterniser les secondes.

Me voilà aux portes de ton paradis, maîtresse…

Géant de papier dévoué, il déploie ses ailes pour Cassandre. Leurs doigts s'entremêlent, leur peau se confondent, leurs lèvres ne se quittent plus, il s'en assure. Ainsi, lié à elle sous la tiédeur de l'eau, guidé par ses silences, ses gestes, ses gémissements et ses demandes, il l'aime.

***

Endormie contre Declan, Cassandre rêve, sereine, au chaud, en sécurité, quand un timide rayon de soleil l'extirpe de son sommeil. Elle bat des paupières. Se rappeler le lieu où elle se trouve lui est difficile.

Le matin ! Combien de temps ai-je dormi ? C'est Noël ! C'est Noël !

À la vue du bel homme allongé à ses côtés, elle sourit, l'enlace, le respire, profite encore un peu de sa présence.

Nuit d'amour inoubliable... Est-ce le début d'une vraie histoire à deux ?

La crainte soudaine de voir son idylle mourir avant d'avoir commencé la submerge. Elle s'assied au bord du lit, pensive, et triture son joli pendentif en forme de lama.

Aurais-je raison de me méfier de Declan ? Aurais-je au contraire raison d'y croire, de croire en lui ?

La nudité du sportif, étendu sur le ventre par-dessus des couvertures épaisses, l'émeut. Repenser à sa vigueur et la passion dont il a fait preuve la trouble. Elle garde l'empreinte de sa masculinité sur sa peau, dans sa chair. Elle conserve le souvenir de leur complicité, de leur flamme. La danse de leur corps et de leur âme sera impossible à oublier. Nostalgique de ce proche passé, de cet ancien présent, fugace et insaisissable, elle aimerait revivre leurs heures d'ivresse. Les attendre pourrait devenir une idée fixe et le réaliser la fait tressaillir. Elle refuse de commettre ses erreurs d'autrefois, de reproduire les fautes commises à l'époque où Tom gouvernait son existence. Elle refuse de trop aimer, de se perdre elle-même ou de pleurer.

Il est impensable que je me fasse des illusions sur ma liaison naissante avec Declan. Je ne dois rien lui demander, rien attendre de lui. Je m'interdis de lui confier les clés de ma vie, en espérant que lui seul me rende heureuse. Je suis l'unique maîtresse de mon bonheur. Je l'ai appris à mes dépens. Il est indispensable de me remémorer cette leçon lorsque la faiblesse me guette.

Décidée à respecter ses résolutions, elle sort des couvertures et se lève, nue. Elle frissonne.

Il fait un peu froid. Les radiateurs de la chambre semblent pourtant diffuser de la chaleur... J'ai décidément pris goût aux cheminées, aux flambées, aux braises orangées !

Sur la pointe des pieds, elle se dirige vers l'étroite salle de bain. Le reflet que le miroir mural de la pièce lui renvoie l'effraie.

Punaise de punaise ! Heureusement, je me suis réveillée avant mon amant ! Quelle horreur !

Son maquillage noir a coulé sur ses joues, sa chevelure en désordre ressemble à la crinière d'un lion, des paillettes font scintiller son front. La ravissante couleur de ses pommettes a toutefois l'art d'exposer sa joie, son bien-être.

« L'amour est un soleil qui brille à nouveau sur mes joues ». Les chansons romantiques de la talentueuse Hélène Ségara ont rempli mon adolescence. Elles m'ont aidée à grandir et, maintenant que je suis une adulte, elles racontent ce que je ressens.

Sans plus tarder, elle entre dans la baignoire. Les images de ses rapports sexuels avec Declan martèlent sa mémoire. L'eau qu'elle libère et tombe sur sa figure ne les efface aucunement. Pendant qu'elle se savonne et nettoie son visage, elle sent son excitation croître.

— Serais-tu d'accord pour faire une répétition de nous ? propose le poète, posté à l'entrée de la salle de bain, nu, splendide, opérationnel et décomplexé.

La jeune femme sursaute, éloigne sa tête du jet d'eau, puis se tourne vers le beau Declan, après avoir machinalement placé ses mains devant son nombril.

Cet homme est décidément parfait. L'est-il beaucoup trop pour moi ?

— Pourquoi caches-tu ton ventre ? s'étonne Declan, sur un ton bienveillant. D'autres femmes, surprises sous la douche par un nouvel amoureux, dissimuleraient plutôt leur parties intimes, sourit-il.

Cassandre rougit, abaisse le menton.

— Ne t'imagine pas que je me plaigne de ta singularité, loin de là ! ajoute le guitariste, contemplatif. La vision de tes seins nus et de... du reste de ta personne est... divine.

— Disons que... ma... ma grossesse a laissé des... des vilaines marques sur moi, avoue la mère de Charles, comme si elle faisait l'aveu d'un crime.

— Et si je te disais que je les aime, moi, ces marques... Me croirais-tu ?

Cassandre hoche la tête de droite à gauche, tandis que le jeune homme s'avance vers elle, entre dans la baignoire, s'agenouille, puis écarte délicatement ses doigts, afin de pouvoir embrasser sa peau striée par quelques vergetures blanchies avec les années.

— Oui, madame... murmure Declan entre deux baisers. Je les adore, ces petites cicatrices, preuves inestimables d'une vie portée, de la vie donnée, lui explique-t-il, avant d'étreindre son buste mouillé.

Cassandre empêche l'afflux de l'eau, qui ruissèle le long de son dos, de tremper son compagnon, bercé par sa respiration, le front appuyé contre son abdomen. Par instinct maternel, elle caresse ses cheveux. Sa posture lui plaît, sans qu'elle puisse en comprendre la véritable raison.

Agenouillé à mes pieds, tendre, compréhensif, paisible, patient, tu me parais vulnérable, monsieur Declan Rouanet. Tu as l'air d'être à ma merci. Mes émotions me déroutent. Entre sentiment de pouvoir, de supériorité et de reconnaissance, je me perds.

— J'ai envie de toi, annonce Declan dans un souffle, immobile.

Ces paroles ont un effet certain sur la brunette.

J'ai envie de toi...

— Hélas, avant de te faire dévorer, tu aimerais sans doute que nous nous brossions les dents ensemble... se moque l'homme taquin.

— Pardon ?

Cassandre rit.

— Hier, j'étais sur le point de te manger, quand tu as voulu te laver, pour enlever soi-disant l'odeur nauséabonde de ton être après la soirée, ricane Declan, toujours blotti contre le ventre de la belle. Je m'attends donc à tout avec le problème de l'haleine du matin.

— Tu apprends vite à ma connaître ! confirme Cassandre, mutine, en repoussant le blagueur qui se relève, mais continue à la tenir par les hanches. Il serait effectivement judicieux, disons davantage prudent, de nous brosser les dents.

— Je l'aurais parié.

— Cours vite nous chercher du dentifrice, au lieu de parler !

À ses mots, l'institutrice bouge et laisse l'eau atteindre Declan, en guise de vengeance.

— La guerre est déclarée, annonce ce dernier.

***

Dans la chambre partagée avec Cassandre, Declan est en paix. Prévoir les conséquences futures de sa relation avec elle ne l'intéresse pas. Son fils, il l'aime déjà. En ce qui concerne Tom, il saura l'empêcher de lui nuire quel que soit son angle d'attaque. Quant à leur vie différente, celle qui les attend en France, il ne préfère pas s'en préoccuper.

Carpe diem !

— Il faudrait peut-être rejoindre les autres pour célébrer avec eux le matin de Noël, s'inquiète la jeune femme, allongée sur le lit, la chevelure encore humide, le corps encore brûlant et nu. Ils doivent sûrement déjeuner.

— Il le faudrait, oui…

L'artiste s'étend sur le dos, les doigts croisés derrière la nuque. Sa position met en valeur le galbe de ses beaux biceps que Cassandre admire.

Me vêtir, quitter le confort du matelas et abandonner l'intimité que j'ai avec ma maîtresse ne font pas partie de mes plans immédiats.

— Il y a un « mais » …

— Il y a un « mais ». Je ne languis pas particulièrement de retrouver notre chère Emma.

— Pourquoi ? s'angoisse Cassandre, les sourcils froncés.

— La blonde va pleurnicher et nous allons avoir mal aux oreilles, affirme Declan, un sourire au coin des lèvres. Nous repartons chez nous dans trois jours à peine et elle est la championne des adieux interminables.

— Oh ! Nous repartons, c'est vrai, se rappelle tristement la Française, consciente que son retour au pays des cigales pourrait être la fin du couple qu'elle espère former avec le guitariste.

Declan perçoit la tristesse de Cassandre, enroulée dans les couvertures. Il bascule sur le côté, afin d'effleurer son menton.

— Que se passe-t-il ?

— À notre arrivée en France, que deviendrons-nous ? Je veux dire… Comment vois-tu les choses ? Entre toi, sur les routes et moi, dans mes Cévennes…

— Écoute… commence le jeune homme.

Celui-ci s'assied et invite sa dame à en faire de même. Il se positionne face à elle, lui tient les mains, la regarde.

— Inutile de nous faire des promesses aujourd'hui, propose-t-il. Vivons, tout simplement. Qu'en dis-tu ?

Je t'aime, Cassandre, c'est la seule certitude que je peux te donner. Devrais-je te le dire ?

— Debout, les amoureux ! s'exclame Emma en frappant à la porte de la pièce. Nous vous avons longuement laisser roucouler, mais c'est Noël ! C'est Noël ! Venez ou je pénètre dans votre nid douillet !

— Nous ne bougerons pas, car tu ne nous fais pas peur, riposte Declan dans un rire.

Connaissant le tempérament de son amie, il vérifie malgré tout que sa nudité soit bien cachée sous les draps.

Le compte à rebours peut démarrer…

— 3, 2, 1… murmure-t-il.

— J'entre, les tourtereaux ! les prévient Emma, débordante d'énergie. Joyeux Noël à vous !

Alors que la Canadienne ouvre la porte en pyjama multicolore, Declan lui envoie un oreiller en pleine figure.

— Aïe ! se plaint Emma, avant de renvoyer l'objet à son expéditeur qui l'esquive de justesse.

— N'as-tu pas honte, blondinette, de violer notre vie privée ? Nous ne sommes pas habillés, spécifie Declan.

— Oh ! J'ai déjà vu des fessiers, vous savez ! raconte Emma, tout en venant s'asseoir près de la brunette. Joyeux Noël, ma jolie, lui souhaite-elle, après l'avoir embrassée sur la joue.

— Joyeux Noël, répond Cassandre, heureuse.

— Euh ! Excuse-moi. Tu as déjà vu des fesses, je veux bien te croire. En revanche, ma poulette, tu n'as jamais vu mon p...

Le musicien n'a pas le temps de terminer sa phrase. Les deux femmes l'agressent avec deux coussins et il capitule.

— Les filles, alors ! soupire-t-il, décoiffé. En plus, moi, je n'ai même pas eu la chance d'avoir un bisou de Noël de ta part, Emma. C'est... scandaleux.

— J'ignore si tu le mérites, réplique cette dernière.

— Je répète, c'est scandaleux.

Declan croise les bras.

— Oh ! Viens par ici, mon Français ! lui ordonne Emma, avant de l'étreindre. Et dire que c'est bientôt le grand départ pour vous deux ! se lamente-t-elle ensuite. En y pensant, j'ai déjà un motton dans la gorge.

— Non, non, non ! crie soudainement Declan.

Il bouche ses oreilles avec ses index.

— Ne gâche pas tout avec tes expressions québécoises, je t'en conjure, supplie-t-il. Toi, qui as fait des efforts louables pour m'épargner ces horreurs au cours de ces derniers mois, ne détruis pas tout maintenant !

— Je comprends pourquoi tu étais célibataire toutes ces années, mangeur de grenouille ingrat, qui adore séjourner dans ma ville, mais ne supporte pas ma langue natale ! Courage, Cassinette ! Tu en auras besoin avec ce... goujat !

— Je m'enfuirais bien loin d'ici, mais je suis... tout nu ! maugrée Declan, tandis que Cassandre, discrète, apprécie le semblant de querelle à laquelle elle assiste.

— Qui donc est nu ? intervient Liam, vêtu d'un peignoir étriqué, en faisant irruption dans la chambre. Joyeux Noël à tous !

— Joyeux Noël, Lili ! lui répond l'enseignante, après avoir remonté une couverture jusqu'à sa gorge.

— C'est un véritable défilé de Canadiens, ce matin ! constate le chanteur. La pudeur n'existe-t-elle plus au Canada ?

— Puisque tu repars dans ton pays, non, il n'y a plus de limite, déclare la Canadienne. Si nous en profitions pour nous faire un énorme câlin collectif ! suggère-t-elle, surexcitée. À l'aéroport, je...

— Tu ne nous accompagneras pas à l'aéroport, explique Declan. Je te connais, tu vas nous faire rater notre vol.

Emma tire la langue, il en fait de même et ils rient ensemble.

— Tu me manqueras ma louloute, se radoucit-t-il, dorénavant sérieux.

— Toi aussi, Declanito.

— Je sais, je sais, minaude Declan.

— Qu'en est-il de moi ? boude Liam, tout en s'installant à son tour sur le matelas.

— Mon vieux, si je pouvais t'emporter dans mes valises, je le ferais ! En fait, les jumeaux, hormis le fait que vous soyez avachis sur mon lit, alors que ma copine ne porte aucun vêtement, je suis très content de vous avoir près de moi encore un peu, confesse l'artiste.

Merveilleuse famille que celle que nous choisissons !

— Il ne manque plus que mon chéri et l'orgie sera parfaite ! glousse Emma.

— Que se passe-t-il ici ? se demande Olivier, apparu dans l'encadrement de la porte. Le café refroidit en bas !

— Approche, mon chou ! Nous allons nous faire un câlin collectif, insiste la blonde, avec un sourire exagéré.

Cassandre essaie de ne pas dévoiler son embarras grandissant, mais Declan le perçoit.

— Emma a gagné, conclut-il, espiègle. C'est l'heure du câlin collectif. Ma maîtresse en a... tellement envie, elle aussi !

À ces mots, il enlace Cassandre qui, en plus d'être gênée, doit lutter pour ne pas perdre le bout de couverture dissimulant sa poitrine. Dès lors que le reste de leur groupe participe au mouvement, se jette sur eux et les écrase, il mémorise l'instant, un morceau du temps empreint de rires, de joie, de complicité, d'amitié, d'amour.

CHAPITRE 11

Lundi 28 décembre 2020

Adossée contre son siège, Cassandre est satisfaite. Elle n'a pas crié lors du décollage de son avion. Languissante de retrouver son fils, ses bras et ceux de ses parents, elle s'agite. Pendant qu'elle traverse les nuages, elle pense à eux, à son pays. Elle pense également à ses amis restés au Canada, à son séjour parmi eux, à leurs souvenirs.

Bilan de mon premier voyage. Se déplacer dans un engin volant pollue et ne me tranquillise pas, malgré mes efforts à banaliser cette situation. Le referais-je ? Réponse : je recommencerais peut-être, mais pas de sitôt. Quant à mes vacances au Canada, elles étaient parfaites, enrichissantes et fantastiques, bien que sans doute un peu trop longues. Pourquoi ? Réponse : mes Cévennes, mes racines, ma famille, mon Charles m'ont terriblement manqué. Solution : séjourner ailleurs moins de semaines ou emmener mon garçon avec moi, lors d'une éventuelle prochaine fois. Qu'ai-je appris sur moi-même au cours de mon aventure au Québec ? Réponse : je suis capable de quitter ma zone de confort et d'aimer cette liberté. Qu'ai-je découvert lors de mon aventure sur le sol canadien ? Réponse : j'ai fait face au dépaysement, à la gentillesse, à de somptueux paysages, au froid, à une autre vie. J'ai aussi redécouvert l'amitié et l'amour.

L'âme romantique, elle observe discrètement Declan lire son manuscrit. Le voir concentré dans sa tâche la fait douter de son travail.

Monsieur Rouanet découvre mon univers. L'apprécie-t-il ? Le comprend-il ? Le déteste-t-il ? Aime-t-il mes personnages, leur humour, leur folie ? J'ai hâte d'avoir son opinion, tout en la redoutant.

Finalement, elle feuillette un magazine acheté à l'aéroport avant l'embarquement, grâce à l'attractivité d'une photographie de lamas imprimée en première page de couverture. Elle y lit désormais l'interview d'une femme qui raconte les tenants et les aboutissements de son métier d'éleveuse de camélidés. Son parcours, les particularités de son terrain, son mode de vie, son affection pour ses bêtes, sa laine, ses bonheurs, ainsi que les difficultés rencontrées y sont détaillés et comblent sa curiosité. En apprendre davantage sur ce monde la nourrit. *Éleveuse... Quelle étonnante profession !*

À la lecture d'anecdotes à propos du comportement quotidien des lamas et des alpagas de la dame, elle sourit, sensible à ce que son récit fait resurgir en elle. Elle revoit Kuzco refuser d'obtempérer, courir après les chats de sa mère, cracher, trottiner, la bousculer, rechercher sa présence.

Mon puant...

Bercée par le silence, la lumière tamisée, le bruit naturel de l'avion qui parcourt le ciel au milieu de la nuit, elle finit par s'endormir avec l'image de Kuzco dans la tête.

***

En début d'après-midi, Declan emboîte le pas à Cassandre et descend de l'autocar qui les a conduits jusqu'à Alès. Le décalage horaire semble la perturber et il s'amuse à mettre à mal son équilibre, alors qu'ils récupèrent leurs valises.

— Tu es bien en forme, constate la jeune femme en étouffant un bâillement.

— Toujours !

Le chanteur s'étire.

— Heureuse d'être de retour au pays ?

— Oui, cependant j'ai l'impression que tout a changé ici, remarque Cassandre. Tout me paraît plus... petit. Les maisons, les avenues, les voitures...

— Je suis d'accord. Appelons ce phénomène « l'effet voyage ».

Declan commence à marcher sur un trottoir pavé aux côtés de sa compagne, quand leur autocar les dépasse, les écœurent avec son odeur d'essence et reprend sa place dans la circulation.

— Il y a un bureau de poste juste en face de la rue, désigne-t-il. Veux-tu que nous y allions, avant l'arrivée de ta mère ?

— Euh ! Si tu veux. De toute façon, dans son dernier SMS, maman m'a expliqué qu'elle irait d'abord chercher Charles au collège, avant de venir nous récupérer. Elle aura donc du retard. Tu as quelque chose à poster ?

— Non, je n'ai rien à poster, contrairement à toi.

— Je n'ai rien à poster moi non plus, affirme Cassandre, perplexe.

— Si, tu dois envoyer ton manuscrit à une maison d'édition. Je ne te l'ai pas dit, mais j'ai réussi à terminer ton roman dans l'avion, confesse le musicien.

La jeune romancière se fige et le fait sourire.

— Je voulais attendre le moment opportun pour t'en parler. Nous sommes devant un bureau de poste, alors je crois que...

— Qu... quoi ? Ah bon ! Mais... balbutie Cassandre.

— Maîtresse... débute Declan, avant d'attraper ses mains. J'ai adoré ton livre.

— C'est vrai ? Dis-moi la vérité surtout. Ne m'épargne pas. Je voudrais un avis honnête.

— Je ne suis pas du genre à mentir ou à flatter. Je le répète donc : j'ai adoré ton livre. Il se lit très bien. Tu as une belle plume. Je pense être objectif en disant cela. Tes personnages sont attachants, singuliers. L'humour que tu utilises se marie admirablement bien avec leurs aventures. L'ensemble est drôle et émouvant.

Devant le silence de Cassandre, touchée par ses compliments, le jeune homme l'embrasse sur le front.

— Tu as du talent, madame l'écrivaine, lui certifie-t-il. J'espère que tu n'en doutais pas. Évidemment, je ne suis pas éditeur. Toutefois, en tant que ton premier lecteur, mon opinion compte, n'est-ce pas ?

— Oui, évidemment. Merci. Ta motivation et tes louanges sont précieuses.

Declan recule d'un pas, inspire.

— Bon ! Tu as toutes les raisons du monde de donner sa chance à ton roman. En conséquence, puisqu'il faut bien choisir un jour pour commencer à l'envoyer aux maisons d'édition, pourquoi ne pas le faire aujourd'hui avec l'exemplaire du livre que tu m'as fait lire ?

— Oh ! Je n'ai pas vraiment relu le texte, tu sais… répond Cassandre. Enfin, je l'ai corrigé attentivement, toutefois je ne pensais pas que j'allais le poster. Peut-être vaut-il mieux attendre que je…

— Je n'ai pas vu de fautes d'orthographe, chère maîtresse d'école, seulement deux ou trois fautes de frappe, mais ce n'est pas très important. Parfois, le principal c'est d'agir, c'est d'avancer, c'est de se lancer sans trop réfléchir !

— Oui, je présume. Hélas, le manuscrit est sans doute abîmé et il est impensable de le…

— J'ai pris soin de ton bijou littéraire, promet l'homme qui le récupère dans sa valise et le remet à Cassandre. Dans le pire des cas, tu peux faire parvenir cet exemplaire à une maison d'édition qui te tient un peu moins à cœur. Au moins, tu auras franchi une étape sans prendre un risque. Tu as déjà réfléchi aux éditeurs avec qui tu souhaiterais travailler, n'est-ce pas ?

— Euh ! No… non, pas encore.

— Je comprends. Je sais que l'écriture est exigeante. J'ai néanmoins quelques idées de partenaires professionnels à te soumettre. Par chance, j'ai un téléphone doté d'un accès internet pour trouver leurs adresses précises, ajoute Declan, badin.

— Il faut travailler dur avant d'expédier son œuvre. Il faut la dorloter. Il est essentiel de donner le meilleur de soi.

— Tu as travaillé dur et ton travail est remarquable. Tu as gravi la première marche des escaliers qui conduisent à ton rêve. Qu'est-ce qui t'empêche de gravir la seconde ?

— Mon perfectionnisme, je suppose, soupire la jolie brune.

— Rentrons dans ce bureau de poste. Achetons une grande enveloppe, écrivons une adresse dessus, insérons ton roman dedans, puis envoyons le. Tu n'as rien à perdre. Il ne s'agit que d'un colis, que d'un essai, que… d'une folie ! Tu pourras prendre un temps plus conséquent pour les envois qui suivront. Ton perfectionnisme pourra ainsi te rendre folle à ta guise !

— Hum !

— Es-tu prête à jouer le jeu ?

L'artiste écarte les bras devant lui.

— Comme tu l'as parfaitement dit, je… je n'ai rien à perdre, prend conscience Cassandre, enthousiaste. Je n'ai rien à perdre !

— Tu n'as rien à perdre, confirme Declan, souriant.

— Et tu es avec moi.

— Et je suis avec toi.

CHAPITRE 42

Vendredi 01 janvier 2021

Confortablement assise sur le canapé de ses parents encore endormis, Cassandre enlace son fils, installé entre ses jambes et dos à elle. Pendant que ce dernier lit un livre, elle fixe les flammes de l'âtre, le menton appuyé contre sa tête. Elle respire ses cheveux.

Mon amour…

— Tu peux arrêter de me renifler ! se plaint Charles.

La mère sourit, heureuse de savourer la présence de son garçon joliment habillé. Elle se sent bien.

— Passer le réveillon du nouvel an avec tes grands-parents et ta maman a dû te paraître ennuyeux, imagine-t-elle.

— Un peu. Ce n'était pas une grande fête, mais nous voulions tous les trois profiter de toi, alors…

— Soirée réussie ?

— Soirée réussie.

Cassandre embrasse Charles sur le sommet de son crâne, lorsque la sonnette électrique de la porte d'entrée retentit. Elle se lève à regret pour aller l'ouvrir.

— Tom ! s'exclame-t-elle en le voyant dans la lumière matinale. Tu… tu es déjà là, constate-t-elle.

N'ayant pas revu le jeune homme depuis leur altercation au Canada, elle ressent un malaise.

Pourquoi tes doigts semblent-ils toujours enserrer mon cou, Tom ?

— Bonne année, Cassie, lui souhaite le banquier avec un sourire charmeur.

Alors que ce dernier lui fait la bise, Cassandre se fige, silencieuse.

Je dois rêver, Tom. Tu agis comme si rien de grave ne s'était passé entre nous récemment.

— Mon fils est-il présentable ? Mes parents et Vanessa nous attendent pour le repas.

— Euh ! Oui, bien sûr. Charles s'est coiffé, vêtu et parfumé. Qui... qui est Vanessa ?

— Ma petite amie, répond le brun, fier de lui.

La jeune femme mord sa lèvre inférieure, dépitée. Elle croise les bras devant sa poitrine. Son pull en laine blanc met en valeur sa chevelure.

— Il fait froid. Tu ne m'invites pas à entrer quelques instants ?

— Non. Mes parents dorment encore.

— D'accord. Dans ce cas, appelle mon grand garçon, exige Tom. Nous devons nous hâter.

— Tu n'as rien de plus à me dire, visiblement.

— Non. Que voudrais-tu que je te dise ? À part que nous avons vécu un merveilleux réveillon avec Vanessa. J'espère, d'ailleurs, que toi aussi tu t'es amusée avec Charles.

Cassandre sort, puis referme doucement la porte derrière elle. Au loin, un pic-vert au plumage jaune et vert frappe des coups rapides sur le tronc d'un arbre avec son bec, dans le but d'en extraire des larves, et leur rythme pourrait être la caricature de celui de son cœur.

— J'attends surtout des excuses qui se font désirer, prononce-t-elle.

— Des excuses ?

— Tes excuses, précise la brune dans un soupir.

— Pour quelles raisons devrais-je m'excuser ?

— Ne fais pas l'innocent.

— Écoute...

Tandis que l'homme d'affaires ajuste le col de son élégant manteau gris, Cassandre patiente. Si elle espère se montrer forte devant lui, elle se méfie désormais de sa part d'ombre. Elle en a peur.

— Je ne m'excuserai pas d'avoir été bêtement jaloux de ton amant. Je ne m'excuserai pas d'avoir mal supporté ton infidélité. Je ne m'excuserai pas d'avoir été en colère contre toi. Tu as joué avec moi, Cassie. J'ai été bouleversé, je me suis emporté, puis j'ai tourné la page. Fin. Nous avons chacun notre part de responsabilité dans...

— Qu'est-ce que tu racontes ? Tu m'as... étranglée, Tom ! murmure Cassandre, scandalisée, les dents serrées. Enfin, tu as essayé de... de... bégaie-t-elle en mimant l'action.

— Tout est une question d'interprétation.

— Ne joue pas à ce petit jeu. Je mérite d'avoir des excuses. Ce que tu as fait est quand même... gravissime. Ton comportement, ton... ton geste envers moi, ton...

— Écoute, Cassinette, l'interrompt le bel homme. De mon point de vue, il n'y a rien eu de « gravissime » entre nous. Quoi qu'il en soit, c'est ta parole et celle de ton hippie contre la mienne.

Cassandre sent ses larmes poindre.

— Tu es une fille trop sensible. Passons à autre chose, veux-tu ? Pensons à notre Charles. Tu ne voudrais pas que son père ait des soucis judiciaires par ta faute.

— Évidemment ! Tu le sais. Je voudrais simplement que tu m'expliques ce qui t'a pris quand tu as fait preuve de violence, que tu reconnaisses la vérité et que tu ne recommences surtout plus, ni avec moi, ni avec Charlinou.

— Je le répète, je me suis emporté et cela ne me ressemble pas. Je ne le nie pas et je le regrette, ajoute Tom. Tu es cependant trop fragile émotionnellement, ma jolie Cassie. Sois plus coriace.

— Tu ne changeras jamais.

Cassandre tâche de canaliser son courroux, son dégoût, sa peine.

— Nous ne changerons pas. Refais donc ta vie avec ton saltimbanque chevelu ou qui bon te conviendra et laisse-moi refaire la mienne, propose le séducteur. Restons courtois pour Charles. Le peux-tu, poulette ? lui demande-t-il, avant de lui toucher le menton. Tu es intelligente, donc je présume que tu en es capable.

Cassandre recule d'un pas, afin d'échapper à Tom et ses iris bleus. Face à la conclusion sinistre de leur histoire amoureuse, elle essuie une larme, la dernière qu'elle a l'intention de verser pour lui.

Cet homme restera fatalement le père de mon bichon et je ne salirai pas son image de papa afin de préserver son enfance. En revanche, il ne représentera plus rien pour moi. Il sera seulement le fantôme d'un amour passé que je ne regretterai plus, d'un monde désuet que j'ai aimé ou détesté et qui n'existe plus.

— Restons courtois, renchérit-elle sèchement.

***

Declan gare son vélo devant le portail de la propriété des parents de Cassandre, tandis que celle-ci est en train de raccompagner Charles et son père jusqu'à la sortie. Incapable d'oublier la méprisable conduite de Tom, qu'il est déçu d'apercevoir dans le jardin en sa compagnie, il lutte contre son envie de courir vers lui et de le défigurer. *Maîtresse au pull blanc, si je suis heureux de te voir, la tristesse que je lis dans ton regard me chagrine. J'espère que ton ex-copain ne t'a pas importunée.*

— Voilà ton hippie, murmure Tom, mécontent de le revoir.

— Oh ! Salut, Declan, l'accueille Cassandre, soudain souriante, à travers les grilles du portail. Quelle surprise !

— Bonjour, belle dame, répond le chanteur qui, malgré son bonheur de la retrouver, reste sur ses gardes, prêt à la défendre contre le banquier.

— Bonne année, Declan ! s'exclame le garçon en se précipitant vers lui. Entre, entre !

Le musicien exécute les ordres.

— Bonne année à toi, mon grand, réplique-t-il, tout en lui ébouriffant les cheveux. J'arrive, mais tu es sur le point de partir, à ce que je vois.

Alors que Charles lui raconte son programme de la journée, il perçoit l'embarras et l'énervement de Tom qui le toise et qui, en dépit d'avoir la satisfaction d'être en couple avec Vanessa, n'oublie ni la force de son coup de poing, ni l'humiliation de sa défaite, ni la perte de Cassandre. Pendant que celui-ci fait finalement semblant de chercher ses clés dans ses poches, il écoute attentivement son petit interlocuteur.

— Approche, Declan. J'ai un secret à te confier, l'informe subitement Charles.

— Je t'écoute.

— Papa a des amoureuses, des… copines, tu le sais.

— Je… m'en doute, interagit l'homme, surpris par le sujet de conversation lancé par le collégien.

— Donc Maman doit aussi avoir un amoureux et je suis content que tu sois le sien.

— Oh ! Je… je suis ravi de l'apprendre, formule Declan qui plonge ses yeux dans ceux de Cassandre, émue et gênée. J'en prends note.

— Bon ! Nous allons être en retard chez mamie et papi, annonce Tom, avant de dépasser le portail et se diriger à grands pas vers sa voiture, stationnée exceptionnellement en dehors du terrain des Morena, à l'ombre d'un châtaignier à l'allure triste. Viens, Charles.

— Je t'appelle ce soir, maman, la rassure son fils, après l'avoir embrassée sur la joue.

Charles suit son père et grimpe dans le véhicule, garé sur un tapis de feuilles mortes, Cassandre lui fait un signe de la main et le guitariste observe Tom, avec qui il n'a échangé aucun mot, manœuvrer, puis quitter les lieux dans un nuage de poussière.

À l'avenir, j'espère croiser cet individu le moins possible…

Après un bref silence, il sourit à la brunette debout à ses côtés.

— Ma chère amoureuse… débute-t-il, touché par le sourire qu'elle lui offre en retour. Je suis venu te souhaiter le meilleur pour cette nouvelle année.

À ces paroles, il s'approche de Cassandre, l'embrasse, puis l'enlace sous le soleil d'un hiver clément.

— Tu as l'air frigorifiée, constate-t-il.

— Oui, j'ai froid. J'ai oublié mon manteau à l'intérieur. Rentrons, propose la belle en se dirigeant vers la maison parentale.

— Suis-moi au camping plutôt. Nous serons tranquilles dans ma tiny house. J'ignore le sentiment de tes parents à mon sujet, mais à la suite de ta rupture définitive avec Tom, il est probable que je ne sois pas le bienvenu chez eux. Je ne veux pas leur imposer ma présence.

— Honnêtement, tu n'as pas à t'inquiéter de la réaction de mes parents. Si je leur ai épargnés certains détails de mes histoires, ils en savent suffisamment sur toi, sur ma situation ou sur le papa de Charles pour t'apprécier et accepter ma décision de le quitter.

— Tu me rassures… un peu !

Declan rit, puis étreint Cassandre.

— En revanche, je ne suis pas contre le fait de te suivre dans ta tanière, précise cette dernière, charmeuse.

— Dans ce cas, cours enfiler ton manteau et monte sur mon vélo. Je t'emmène.

— Euh ! As-tu vu la pente jusqu'à la route ?

— Oui.

— Hors de question que je monte sur ton vélo à partir d'ici ! affirme l'enseignante, grimaçante. Je préfère marcher jusqu'en bas, ajoute-t-elle, avant d'embrasser le cou du sportif qui la maintient fermement contre lui.

— Si je n'étais pas impatient de t'avoir rien que pour moi, je t'aurais longuement convaincue de monter derrière moi sur mon bolide, à partir d'ici, et... tu l'aurais fait.

— Si je n'étais pas impatiente de t'avoir rien que pour moi, je t'aurais prouvé le contraire, riposte Cassandre.

— Hélas, petite maîtresse, tu es impatiente et je suis impatient, chuchote Declan en la couvrant de baisers.

***

Dans l'intimité qu'offre la tiny house de Declan, Cassandre aime et est aimée. Le poêle à bois allumé chauffe l'unique pièce de la maisonnette et la protège, elle et lui, tous les deux allongés sur son lit, contre le froid extérieur. Après l'amour, elle reprend doucement ses esprits et caresse son torse robuste, la joue appuyée contre sa poitrine. Entendre son cœur battre l'apaise.

Le mérité-je, ce bel et gentil homme au corps parfait ?

— Veux-tu m'accompagner en tournée ? Je pars bientôt, annonce Declan. Tout est prêt. Je n'attends plus que toi.

La jeune femme serre plus fort le buste de son partenaire.

Si j'étais libre, sans attaches, ni enfant, ni problèmes personnels à régler, je partirais avec toi, Declan, je te suivrais.

— Tu visiterais par exemple des villes que tu ne connais pas, tu m'écouterais chanter jusqu'à l'écœurement, tu pourrais commencer à écrire un nouveau roman, énumère l'artiste, plein d'entrain. Tu serais avec moi, je serais avec toi.

Cassandre sourit tristement.

— J'aimerais pourvoir accepter ta proposition, te dire oui et rester le plus longtemps possible auprès de toi...

— Le « mais » et les justifications qui vont suivre ne vont probablement pas me ravir, avoue Declan, alors qu'un charmant sourire, un peu éteint, étire ses lèvres.

— Si je le pouvais, sois sûr que je partirais sur les routes en ta compagnie. La principale raison qui m'en empêche est mon rôle de mère. Je viens à peine de retrouver mon fils. Il est important que je sois présente pour lui. Bien qu'il soit autonome et entouré par sa famille, m'enfuir vers le soleil couchant avec mon prince charmant ferait de moi une maman... indigne de lui. Ce ne serait pas... raisonnable.

— Je comprends.

Cassandre se redresse, s'assied, tire machinalement la couverture afin de dissimuler ses seins, un geste pudique que les années passées en couple savent rendre superflu. Sa tête touche presque le plafond bas de la mezzanine. Elle regarde Declan. Tendrement, elle effleure son visage symétrique du revers de son index.

Ces yeux... Pourquoi sont-ils si beaux ? J'ai l'impression d'y voir les dunes d'un désert brûlant.

— Excuse-moi. Je t'assure que...

— Non, toi, maîtresse, pardonne-moi, l'interrompt le jeune homme en lui prenant la main. Je suis un peu trop rêveur parfois. Je serais en plus égoïste, si je t'éloignais encore de Charles.

— Mon fils n'est pas la seule cause de mon... J'ai... j'ai aussi une vie à reconstruire, une association à aider, un métier à changer, deux parents à soulager, un logement à trouver... J'ai besoin d'avoir un endroit à moi. J'aimerais même devenir propriétaire. Ces projets ne se réaliseront pas dans les prochains mois, j'en suis consciente, mais j'y pense. Je réfléchis aux diverses possibilités qui sont à ma portée.

— Ces projets sont extraordinaires, décrit Declan, avant de s'asseoir à son tour. Je sens une belle énergie qui se dégage de tout ça. Je suis content pour toi. As-tu une idée de maison en particulier que tu voudrais acheter ?

— Mon idéal serait de bénéficier d'un vaste terrain qui me permettrait, si je le désire, d'accueillir des animaux, de les protéger, de les secourir ou de les adopter. En ce qui concerne l'habitation, je n'ai pas d'exigences particulières. Toi et ta tiny house m'inspirent en tout cas.

— Intéressant... J'ai vraiment hâte de voir le résultat des changements que tu prépares.

Dans un élan euphorique, empli d'une tendresse débordante, Cassandre embrasse le chanteur sur la bouche. Enivrée par son parfum, sa chaleur, sa brutalité maîtrisée, elle recommence à plusieurs reprises et se perd dans leur échange d'affection.

— Tu vas me trouver insistant, articule Declan entre deux baisers, mais dans le planning chargé qui t'attend, aurais-tu du... du temps disponible pour aller en Allemagne une semaine ? Je serais ton guide.

La brunette recule et libère son homme.

— En Allemagne ! s'étrangle-t-elle en avalant sa salive de travers.

— Tu as bien entendu. Après mes concerts, je vais rendre visite à mes parents. Ils ont envie de te connaître, j'ai envie de te les présenter et il se pourrait que ce séjour tombe durant les vacances scolaires. Ce qui signifie que Charles pourrait faire partie du voyage. Quoi demander de plus ? Je suppose que tu essaieras de me faire l'honneur de ta présence.

Cassandre rougit.

— Tu as parlé de moi à tes parents...

— Tu n'as retenu que ça ! rit le voyageur. Oui, j'ai parlé de toi à mes parents. Comment aurais-je pu faire autrement ?

Le regard de Declan est plus éloquent pour la brune que les mots d'amour qu'il tait volontairement par peur de l'effrayer, par peur d'aller trop vite, par peur de refaire les erreurs du passé, et elle sent la joie vibrer dans son être.

J'avais oublié ce bonheur, le bonheur de plaire, le bonheur d'être apprécié, le bonheur d'idéaliser son compagnon. J'avais oublié le désir de tout partager avec l'autre, de découvrir l'autre, d'intégrer l'autre dans notre existence, de donner à l'autre le meilleur de nous-même. J'avais oublié.

— Au Canada, te rappelles-tu m'avoir dit, avant notre départ, qu'il serait inutile de nous faire des promesses trop rapidement et qu'il serait plus sage de vivre, sans nous poser de questions ?

— Oui, je m'en souviens, répond le musicien, regrettant déjà ses paroles.

— J'ai une proposition à te soumettre.

— Dois-je la redouter ?

— Non, absolument pas. À défaut de tirer des plans sur la comète, essayons au moins de voir les choses entre nous de la manière suivante. Tu continues à mener tes périples de voyageur et d'artiste. Quant à moi, je me trouve un toit et avance. Ainsi, outre le fait de conserver ton équilibre et de créer le mien, je pourrais devenir ton point d'attache et tu deviendrais mon... mon ballon à hélium ou... ma montgolfière ! s'exclame Cassandre, fière de ses métaphores. Nous pourrions nous compléter, jusqu'à franchir ou non une nouvelle étape.

Il est tôt pour croire en un amour solide et durable entre Declan et moi. Le comprendre est mature de ma part. Pourquoi donc ne puis-je chasser les espérances typiquement juvéniles qui m'assaillent ?

Si elle donne au guitariste l'illusion de son indépendance affective, elle rêve d'un futur à deux avec lui.

— Je suis un ballon ! s'étonne Declan. Selon tes propos de tout à l'heure, j'étais un prince charmant, souligne-t-il, les bras croisés.

— L'un n'empêche pas l'autre. Veux-tu être mon ballon charmant ?

— Oui, je le veux. Quant à toi, ma muse radieuse, veux-tu être mon point d'attache et, accessoirement, m'accompagner en Allemagne ?

Cassandre mordille ses lèvres, amusée et amoureuse de son soleil.

— Oui, oui, oui ! prononce-t-elle dans un souffle.

CHAPITRE 43

Attablée sur la terrasse en bois de son mobil-home, à l'ombre d'un superbe châtaignier, Cassandre pianote sur le clavier de son ordinateur portable. Elle est sur le point de terminer l'écriture d'une histoire humoristique commandée par sa maison d'édition, à la suite du succès rencontré par son roman, *La vieille, le lama et l'auto-stoppeur.* Sans avoir une renommée exceptionnelle dans le milieu littéraire français, elle occupe désormais une place modeste, mais inestimable à ses yeux, dans les rayons des librairies. Elle poursuit son rêve. Les ventes de son premier livre continuent tranquillement et l'encouragent. L'espoir de gagner un jour pleinement sa vie grâce à sa passion la motive.

Heureuse du chemin parcouru avec sa vieille Paulette, elle écrit dorénavant les aventures de deux jeunes gens en couple qui, après l'effondrement de la société moderne, qu'ils avaient prédit malgré les moqueries de leur entourage, essaient de survivre au sein de leur ferme autonome, implantée au milieu des bois, et sont contraints de cohabiter avec une grand-mère acariâtre, un oncle peu dégourdi, un cousin muet, une mère dépressive, un frère impulsif et une sœur terrorisée par les insectes.

Fatiguée d'écrire, elle délaisse son ordinateur, s'adosse contre le dossier de sa chaise, contemple sa propriété, un terrain agricole de plusieurs hectares entouré par une forêt de pins, de châtaigniers, de chênes et de sapins. Elle inspire, satisfaite de son évolution, de son parcours, de ses choix, de son cadre champêtre, des arbres fruitiers plantés dans son jardin, de son petit potager, de son troupeau d'alpagas, de ses lamas, de son indépendance, de son compagnon de route qui, sans être un super-héros capable de la protéger de tout ou de la sauver d'elle-même, l'aide à devenir meilleure, participe à son équilibre et l'escorte dans les méandres du quotidien.

J'ai trouvé ma voie, mon ami, mon amant, mon amour, mon garde-fou. Pouvoir le constater, le dire, le penser me comble.

Fière et reconnaissante de ce qu'elle est devenue et possède, elle pense au difficile métier d'enseignante qu'elle a dû abandonner dans le dessein d'atteindre l'épanouissement tant désiré. Celui-ci lui a effectivement permis d'obtenir un crédit raisonnable et nécessaire à l'achat de ses terres partiellement constructibles, irriguées par une source et le forage d'un puits. Si sa transition professionnelle lui a coûté l'ensemble de ses économies, sa démission l'a néanmoins libérée d'un poids.

Tandis que son fils profite du grand air matinal, elle réfléchit à son futur. Le fait que son élevage de camélidés ne lui rapporte pas suffisamment d'argent ne lui fait pas regretter son changement de profession. En plus des revenus générés par son premier roman, elle sait déjà comment développer son entreprise. Elle a des idées pour la rendre fructueuse, en commençant par la création d'hébergements insolites autour de ses animaux et la proposition de randonnées en leur compagnie. Plutôt sereine, elle est confiante en son projet. Rêvant à l'amélioration de son domaine, elle lève momentanément les bras au-dessus de son crâne, charmée par le paysage, bercée par le chant des hirondelles, émerveillée par le spectacle de l'environnement.

Les Cévennes attirent les touristes et mes adorables amis poilus pourraient plaire aux vacanciers en quête de repos, de sérénité, de nature. Dormir parmi eux dans des habitats légers et pittoresques, par exemple, pourrait les plonger dans un autre univers. J'imagine déjà la structure de ce coin de paradis. Je le rendrais accueillant pour les gens. Des formations professionnalisantes me seront hélas certainement nécessaires pour avancer dans cette direction. Est-ce dramatique ? Non, au contraire...

— Maman, maman ! l'appelle Charles en arrivant essoufflé sur la terrasse. Mamie se fait martyriser par des lamas dans le champ, derrière la maison. Je ne suis pas sûr qu'elle soit capable de s'en occuper durant notre longue absence. Heureusement qu'elle s'entraîne encore aujourd'hui !

La jeune femme lève le menton au ciel, soupire.

— Je lui ai pourtant expliqué et montré comment s'y prendre avec eux, je ne sais combien de fois ! se lamente-t-elle.

— Elle ne retient pas facilement ses leçons, malgré tous ses entraînements.

— En plus, elle a refusé mon aide, tôt ce matin, pour le nettoyage des enclos, dans l'objectif d'être opérationnelle après notre départ.

— Oui, mais elle ne l'est pas, opérationnelle, se moque le garçon.

— Nous sommes sévères avec elle, se radoucit Cassandre. Elle essaie de s'améliorer et nous rend service. Elle est simplement mal à l'aise face aux lamas. Avec les alpagas, qui sont doux et calmes, elle s'en sort mieux, j'ai l'impression.

— D'ailleurs, ce sont surtout Kuzco, Joséphine et Alberto qui lui courent après ou lui crachent dessus, quand elle crie et gesticule.

— Kuzco, ce vieux papi, ne se calmera donc jamais !

— Il fait son chef. On aurait mieux fait de le laisser à la ferme pédagogique, celui-là ! rit Charles.

— Ne dis pas de sottises. Il nous manquait trop ! Nous avons eu de la chance de pouvoir le récupérer. La cousine de Declan a été extrêmement compréhensive.

— C'est vrai.

— Quoi qu'il en soit, nous partons dans deux jours en Australie et ta grand-mère ne me tranquillise pas, en dépit de sa gentillesse, son dévouement et sa bonne volonté.

— Elle ne me rassure pas non plus.

— Je vais lui parler, l'encourager et surtout la remercier. Je n'aimerais pas qu'elle renonce au gardiennage à la dernière minute. La dame professionnelle qui doit prendre le relais et loger chez nous n'est disponible qu'un mois.

— Je le sais. De là provient tout le problème.

L'éleveuse de camélidés sourit.

— Ne nous angoissons pas, suggère-t-elle. Tout ira pour le mieux.

Elle se lève, étire ses poignets et sa nuque. Le soleil matinal éclaire sa longue chevelure aux mèches inégales.

— Avant d'aller enseigner à ta gentille mamie l'art de murmurer aux oreilles des lamas, dis-moi un peu comment va ton père, se renseigne-t-elle. Nous ne nous voyons plus beaucoup, comme tu peux le remarquer.

— Il va bien et Samantha aussi, raconte le préadolescent, tout en haussant les épaules. Il voudrait m'accompagner à l'aéroport.

— Je suis au courant. Ton papa en a le droit, évidemment, assure Cassandre.

Les différends entre Tom et moi me semblent si loin...

Prête à rejoindre sa génitrice, prise de panique dans le pré, elle attrape son chapeau de cowboy en cuir déposé sur la table et le positionne sur sa tête. Alors qu'elle commence à marcher dans l'herbe verte et grasse, elle s'arrête, puis se retourne vers Charles.

— Au fait, la dernière compagne de ton père ne s'appelait-elle pas... Marine ?

— Il change souvent de copine.

— Ne suis pas son exemple, mon bichon, lui conseille la mère de famille.

— Ne t'inquiète pas pour moi. J'ai une amoureuse et elle me suffit amplement.

— Elle est chanceuse et toi aussi.

Cassandre s'approche de Charles et l'embrasse sur le front.

— Les femmes de ton papa sont-elles gentilles avec toi au moins ?

— La majorité d'entre elles ne font pas attention à moi. Elles m'ignorent, font semblant que je n'existe pas.

— Cette situation te convient-elle ?

— Mon père est heureux, alors je le suis aussi.

— Dans le cas contraire, il faut m'en parler, Charlinou. Il faut nous en parler, précise la jolie brune.

— Bêtes de malheur ! hurle soudain Manola en revenant de la prairie, les bras et la figure souillés par du crottin.

Les doigts devant sa bouche, Cassandre étouffe un rire, à l'instar de Charles.

— Je te préviens, Cassie, habiter à trente minutes de chez toi n'est pas un argument suffisant pour faire de moi la gardienne officielle de ton exploitation, dès que tu la quittes !

— Que s'est-il passé, maman ?

— Je préfère ne pas en parler, maugrée Manola qui, répugnée par l'odeur des excréments, essuie ses joues. Quand je pense que tu vas me laisser la responsabilité de ton travail deux mois, je deviens folle, en plus de m'inquiéter pour notre Charlinou et toi !

— Tu seras responsable de mes amours sur pattes un mois et pas deux, maman ! Puis Josie viendra t'aider sur le terrain. Tu sais, Josiane de l'association *Les chats qui ont du chien* ! Elle me l'a promis, ajoute Cassandre. Tu ne seras pas obligée d'y venir tous les jours.

— Josiane ! Pff ! proteste Manola.

— Je lui ai donné ton numéro de téléphone et je te donnerai le sien, certifie l'entrepreneuse. Quant au voyage, nous partons longtemps, car l'Australie n'est pas à côté et parce que les billets d'avion sont relativement coûteux, justifie-t-elle. Je ne connais pas la famille maternelle de Declan, tu comprends. Il est nécessaire que j'y aille pour la rencontrer enfin !

— Ne te fatigue pas à m'expliquer ce que tu m'as déjà dit. Bref ! Je vais prendre une douche dans ta caravane, annonce la victime des camélidés.

— C'est un mobil-home, rectifie Charles.

Cassandre mord ses lèvres, pendant que Manola s'enfuit et claque la porte d'entrée de la maisonnette derrière elle.

— Notre maison va empester le crottin à cause de mamie, souligne le collégien, grimaçant, avant de s'asseoir sur une chaise.

La brunette confirme les dires de son fils d'un mouvement las de la tête.

— Bon ! s'exclame-t-elle en frappant dans ses mains. Je vais aller voir Kuzco. Je veux m'assurer qu'il soit vivant après le passage de la tempête Manola. Elle finira par se clamer et son entrain reviendra, j'en suis sûre.

— Attends-moi ! crie Charles qui se remet debout d'un bond.

Suivie par son enfant, Cassandre part en direction du champ où l'animal au pelage blanc l'attend avec un regard innocent, sous un ciel bleu et limpide.

***

Le soleil flirte avec l'horizon et les nuages se parent des couleurs du crépuscule, lorsque Declan gare son pick-up et sa tiny house sur le terrain de Cassandre, après avoir roulé de longues heures sur les routes de France. Le feuillage des arbres au sommet des montagnes capte la lumière ambiante et son attention.

Quel bel endroit !

Avant de sortir de son véhicule, il boit directement au goulot d'une gourde en inox, ajuste son chignon sur sa nuque, ouvre son étui à guitare, puis récupère son instrument. Dès lors qu'il quitte enfin l'habitacle, le concert des cigales l'envoûte, la tiède chaleur de la fin d'un printemps clément l'enveloppe. Il respire le parfum des pins, le parfum des vacances.

Après trois saisons de travail, voici l'été des plaisirs !

Heureux de retrouver son refuge dans les Cévennes, il oublie sa fatigue. Il place sa Marguerita sur son dos et se dirige à pas lents vers le mobil-home de sa compagne, à proximité duquel sa voiture rouge, recouverte d'autocollants multicolores, l'ayant jadis distrait et fait tomber de son vélo, est stationnée.

— Bonsoir ! lance-t-il à des alpagas, tondus avant le début de la période estivale, qui ruminent derrière la clôture de leur enclos et l'observent passer. Qu'est-ce que vous êtes vilains, sans votre belle fourrure bouffante ! les raille-t-il.

Parvenu devant la petite maison de Cassandre, il frappe à la porte, l'ouvre, mais personne ne l'attend à l'intérieur. Il dépose alors les clés de son automobile sur un meuble de la pièce principale et ressort.

— Maîtresse ! l'appelle-t-il, en vain.

Il contourne le mobil-home, espérant trouver Cassandre, mais n'aperçoit qu'un potager désert, ainsi qu'un groupe de lamas qui paressent dans leur pré.

— Pourquoi aimaient-vous scruter les gens de la sorte ? demande-t-il aux camélidés marrons et blancs qui semblent le juger, tandis qu'il s'approche d'eux. Vous êtes... Comment le formuler sans vous offenser ? Vous êtes... effrayants. Cela étant dit, savez-vous où se cache votre maîtresse, par hasard ?

L'un des animaux hennit et le son émis, mélange entre le blatèrement et le bêlement, fait sourire le chanteur.

— Merci pour ton précieux renseignement, l'ami ! Si j'ai encore besoin de tes services, je saurais vers qui me tourner, affirme-t-il.

Ayant possiblement oublié son mobile dans le restaurant d'une aire d'autoroute, il lui est impossible de joindre Cassandre par téléphone. Impatient de l'enlacer, de la toucher, de discuter avec elle, il décide de marcher jusqu'à la rivière, qui serpente entre les arbres du bois attenant à sa propriété, dans l'espoir de la croiser. Il grimpe sur la barrière qui encercle la prairie où paissent les camélidés, l'enjambe, puis saute à terre.

— Je parle à des lamas, constate-t-il en hochant la tête.

Communiquer avec les bêtes, est-ce une grave maladie ?

— Pire que tout, je parle seul et à voix haute !

Mains dans les poches de son bermuda en jean, Declan est sur le point d'atteindre l'orée de la forêt lorsqu'un lama noir accourt et lui bloque le passage. Il s'immobilise, amusé.

— Euh ! À en croire tes poils sombres, tu dois être Alberto. J'ai beaucoup entendu parler de toi, mon vieux. Aurais-tu une réclamation à me soumettre ? Aimerais-tu que je joue de la guitare ? Non ? Je te laisse donc à tes occupations.

Certain du caractère inoffensif du grand Alberto, le jeune homme choisit de l'ignorer et se met à avancer, tout en sifflotant une mélodie romantique célèbre. À l'instant où il le dépasse, ce dernier devient toutefois farouche et le bouscule. Surpris par cet assaut inattendu, au premier abord amusant, il en rit. Cependant, le comportement belliqueux de son attaquant, qui tente de lui monter dessus, l'oblige à le repousser à plusieurs reprises et l'invite à accélérer le pas.

— Alberto, ça suffit ! Fais attention à Marguerita ! Alberto ! No… non ! Non !

Pourchassé par l'animal, désireux de le bannir de son territoire, Declan s'enfuit à toutes jambes. Il court et trébuche quelques fois, avant de pouvoir franchir la clôture, ultime rempart le séparant de sa liberté. Hors de danger et hors d'haleine, il pivote brusquement, afin d'affronter le regard du redoutable Alberto.

— Méchant lama ! l'insulte-t-il, un index pointé vers son museau. Tu es laid, en plus d'être méchant. Pour couronner le tout, tu t'appelles Alberto !

Alors que des mèches de cheveux dissimulent partiellement ses yeux, il remarque le comportement rancunier de son adversaire, les oreilles plaquées en arrière. Au moment où il entend sa langue claquer dans sa bouche, il s'alarme et recule d'un bond, évitant ainsi de justesse l'impact de son crachat contre son visage.

— Il paraît que les membres de ton espèce ne s'amusent d'ordinaire pas à cracher sur les humains qui ne les attaquent pas. Tu as dû manquer votre dernière réunion à ce sujet. Je t'ai insulté, certes, mais avant ma montée de colère, tu m'as pourchassé avec acharnement. Ton impolitesse et ton agressivité déshonorent ta race. Sache-le !

Dans un rire, le guitariste abandonne le jeune Alberto. En avançant entre des pins et des fougères, il vérifie l'état de son instrument de musique.

— Ma chérie… J'espère que tu vas survivre au traumatisme que nous venons de vivre ensemble, murmure-t-il. J'aurais dû te mettre à l'abri avant le drame ou ne pas te sortir de ton étui. Je suis impardonnable. Pour ma défense, j'en connais une qui ne résiste pas à notre duo de charme quand je te transporte telle quelle !

— Declan ! Tu es enfin arrivé ! À qui parles-tu ? s'étonne Charles, perché dans les branches d'un chêne, un livre spécialisé sur le jeu d'échecs entre les mains.

Le marcheur lève le menton, repère le collégien et lui raconte sa récente mésaventure avec le lama noir.

— Où es ta mère, Charles ? finit-il par le questionner.

— Elle est partie avec Kuzco, au bord de l'eau, près de l'énorme rocher rond et couvert de lierre que tu connais. Elle s'est inquiétée, car tu étais en retard et ne répondais pas à ses appels.

— J'imagine. Je n'ai pas pu la joindre, s'excuse Declan.

Il gratte machinalement son cuir chevelu.

— Tu as encore perdu ton téléphone, conclut le garçon, moqueur.

— Oui.

***

Assise sur la rive d'une rivière, transformée en ruisseau au fil des jours à cause des faibles pluies du printemps, Cassandre observe Kuzco s'ébrouer devant une jolie cascade. À proximité de cette chute d'eau de faible débit, de sa musique naturelle, de sa fraîcheur, son bien-être croît et ses pensées prolifèrent.

J'ai trouvé mon havre de paix. Avant de tomber amoureuse de cet écrin de verdure, j'ignorais qu'un lieu pouvait toucher notre âme à ce point, lui correspondre, lui raconter des choses, résonner en elle. Les châtaigniers environnants sont devenus mes confidents silencieux et patients, mes protecteurs. Ils m'offrent leurs fleurs au printemps, leur ombre durant l'été, leurs fruits et leurs couleurs orange et chatoyantes quand vient l'automne. Lorsque l'hiver les endort et emporte leurs feuilles, je leur suis fidèle. Je les visite, je leur parle, je guète leur bourgeons tardifs, j'attends, je patiente.

Quant à l'eau claire et fraîche qui ruisselle sur les roches, la mousse ou la terre, elle sait emporter mes doutes, ma colère et ma tristesse au loin. Elle chantonne, me berce, m'apaise, m'hypnotise, nourrit mon inspiration. Voyageuse perpétuelle, elle est mouvante comme le temps. Dès lors que je l'admire, j'imagine son passé, vois son présent et devine son avenir. En effet, elle ondoie magnifiquement devant moi dans un présent éphémère et me rappelle la fugacité du mien. Sempiternelle passagère changeante, libre, sans attaches, elle me fascine.

En ce qui concerne les inébranlables, éternels et solides rochers, ils m'apportent un équilibre réconfortant dans le monde instable au sein duquel je vis. Ils m'aident à me raccrocher à la réalité aussitôt que je vacille, aussitôt que je m'égare. En mettant en exergue mon insignifiance, ils me permettent de relativiser mes difficultés, mes problèmes, mes malheurs. La végétation qui pousse aux alentours, s'étend, meurt, puis se renouvelle, joue également un rôle dans mon esprit. Grâce à elle, j'ai la certitude que la mort n'est pas une fin. Elle est simplement un recommencement.

Dans ce cocon de solitude, je ne suis paradoxalement jamais seule. Les animaux qui volent, nagent, rampent, marchent, se cachent, chantent ou bourdonnent me tiennent compagnie. Les oiseaux et les cigales que j'entends ou les petits poissons que j'aperçois me ressemblent. Je suis eux, ils sont moi. Nous vivons ensemble. Notre énergie circule. Je me sens chez moi parmi eux, au milieu de cette nature à laquelle j'appartiens. Ma condition humaine voudrait pourtant m'en priver, aimerait que je l'oublie, souhaiterait que je la délaisse au profit de futilités.

Finalement, si je suis rattachée à cet environnement naturel, j'y suis aussi une intruse, moi, mes vêtements, mes chaussures, mes produits cosmétiques et les divers objets que je transporte. À cause de l'évolution de notre espèce, de notre arrogance ou de notre cerveau surdéveloppé, qui nous ment et essaie de nous convaincre de notre supériorité, les humains que nous sommes ne méritent peut-être plus cet oxygène vital, cet habitat verdoyant, ce paradis terrestre. Je respecte néanmoins cet univers et ce qu'il représente. Je l'aime et si mon amour n'est pas réciproque, comment pourrais-je lui en vouloir ?

Observatrice, elle ressent l'impatience de la nuit qui se languit de renaître et attend le trépas du jour.

— Il va falloir rentrer, mon puant ! le prévient-elle. Il se fait tard.

Un bruit de pas la surprend et l'oblige à se retourner. Dans la lumière orangée du soleil couchant, dont les rayons parviennent à passer à travers les feuilles des arbres, elle distingue Declan, vêtu d'un T-shirt blanc, d'une veste et d'un bermuda en jean.

Ange des bois ou apparition divine, cet homme est incroyablement beau avec sa guitare suspendue derrière le dos. Son sourire ravageur concurrence et supplantera l'astre solaire qui souhaite s'endormir.

— Tu es là ! Je commençais à m'angoisser sérieusement, avoue-t-elle en se levant.

Sous le regard placide du lama blanc, elle s'élance vers Declan qui lui ouvre les bras, puis lui saute au cou, l'embrasse, l'enlace.

— Tu pars trop longtemps à chaque fois, monsieur Rouanet, le sermonne-t-elle entre deux baisers passionnés.

— Je suis d'accord. Le plaisir intense que nos retrouvailles nous procurent peut heureusement nous consoler.

La jeune femme fait la moue.

— Si nos retrouvailles sont merveilleuses, elles ne peuvent pas me consoler du manque de toi, lors de tes absences, se lamente-t-elle.

— J'ai confié la tâche de te réconforter à Kuzco. Ne remplit-il pas correctement ses devoirs, ce gredin ?

— Je n'ai pas à me plaindre de ses services, mais il ne te remplace pas.

— Je l'espère bien !

Cassandre rit, lorsque Declan la soulève et la fait tournoyer. Sa chevelure danse dans les airs et une odeur vanillée s'en émane.

— Sais-tu que j'aime ton rire, madame l'écrivaine ? Sais-tu que je t'aime ?

— Je l'oublie. Il est préférable que tu me le rappelles très souvent.

— Je n'aurais pas de mal à te le rappeler, réplique le jeune homme. En revanche, tu ne portes pas ta bague, constate-t-il en reposant Cassandre au sol.

Cette dernière embrasse Declan sur la bouche.

— Ne sois pas triste, souhaite-t-elle. Je l'ai enlevé pour me charger des animaux. Je ne voulais pas la perdre. Elle est en sécurité dans ma boîte à bijoux.

— Je préfère qu'elle soit en sécurité autour de ton annulaire.

— Je ne l'enlèverai plus, monsieur le grincheux. Je te le promets.

La brunette se détourne de Declan, afin de contempler le paysage qui lui fait face, la cascade argentée, l'immense rocher rond et son lierre, la rivière et ses galets.

— Dans moins de trois mois, le monde entier saura de toute façon que tu m'appartiens, se rassure le musicien, vexé. Cet endroit perdu que tu aimes tant en sera le témoin.

— Ah bon ! Que se passe-t-il dans moins de trois mois ?

— Tu seras ma prisonnière pour le meilleur et le pire, explique Declan.

Cassandre sourit, alors que son futur mari s'avance vers elle, soulève ses cheveux et mordille ses épaules, ses oreilles, sa peau. Dos à lui, entre ses mains viriles, elle ferme les paupières. Le désir envahit son être.

Bonheur...

Les flatulences soudaines du lama qui se baigne mettent brutalement fin à ses rêveries et celles de Declan.

— Je cherchais justement une musique pour la cérémonie ! s'exclame-t-elle. Je te remercie mon vieux Kuzco. Viens, maintenant ! le siffle-t-elle. Rentrons. Charles doit nous attendre.

***

Attablé devant une tasse de café vide, Declan observe sa future épouse occupée à naviguer sur Internet, à la recherche d'images de mariage susceptibles de lui donner des idées pour le sien. Son effervescence le rend heureux. Il apprécie être à ses côtés dans son mobil-home douillet, joliment décoré et au mobilier rustique, qui sait lui faire renoncer au confort de sa tiny house. Il côtoie la félicité.

Je suis trop souvent infidèle à ma maisonnette. J'espère cependant qu'elle me comprend.

— Olivier, Emma et Liam arriveront en France au milieu du mois d'août, raconte Cassandre, focalisée sur son écran d'ordinateur ouvert sur ses genoux, pendant que Charles lit dans sa chambre. Ils m'ont prévenue par email. Apparemment, ils sont ravis de pouvoir être présents à notre mariage.

— Ils me manquent, les jumeaux ! Après plus deux ans d'éloignement, j'ai vraiment hâte de les retrouver, confesse le chanteur.

Il s'empare de sa guitare noire, s'installe sur un canapé gris auprès de sa promise, puis joue une mélodie. Au-dessus de lui, la photographie prise par Emma durant leur sommeil en voiture, à la suite de leur rencontre avec les baleines, est accrochée au mur. Cette photographie symbolisant la naissance de leur flamme, le cadeau de leur premier Noël en tant que couple, il l'affectionne.

— À vrai dire, je suis surtout impatient de me moquer de la blonde et de son gros ventre, ajoute-t-il, sans cesser de gratter les cordes de son instrument.

— Si je ne me trompe pas, elle en sera à sept mois de grossesse en août.

— Raison de plus ! rit Declan.

Son rire dissimule une peine profonde, celle de se sentir incapable de donner la vie. Cette peine le tourmente lors de ses nuits agités. Cette peine le hante régulièrement. Cette peine, il a l'habitude de la garder pour lui. Cette peine le submerge à l'instant.

Pourrais-je guérir de la souffrance qui m'habite ?

— Il est drôle de voir les gens changer radicalement d'avis au cours de leur existence, commente-t-il, songeur.

— Je suis d'accord. Emma ne voulait catégoriquement pas avoir de bébé. Son discours sur cette volonté était cohérent et sa détermination, exemplaire. Une fois, elle m'a même avoué qu'elle ne souhaitait pas enfanter dans cet impitoyable monde, ni participer davantage à la pollution de notre Terre, et envisageait de se faire stériliser !

— C'est bien connu, les écologistes sont tous des charlatans… chantonne le guitariste, amusé.

— Le désir d'être parent doit parfois être plus fort que les convictions qu'une personne peut avoir, réfléchit Cassandre à haute voix.

Declan pose sa Marguerita sur un coussin. Son expression faciale est subitement grave.

— J'aimerais que nous réfléchissions sérieusement à l'adoption d'un enfant, déclare-t-il de but en blanc. Olivier et Emma décuplent mon envie d'être père. Tu dois t'en douter. Je souhaiterais donc vivre cette aventure avec toi, maîtresse, annonce-t-il, après lui avoir pris la main. Dis-moi que tu le désires également.

— J'aimerais moi aussi avoir un bébé avec toi, réplique Cassandre en souriant tendrement. J'y pense depuis quelques temps d'ailleurs, sans pour autant oser espérer ou attendre que tu le veuilles de ton côté un jour.

— Pourquoi n'osais-tu pas l'espérer ?

— Le sujet est sensible pour toi, corrige-moi si je me trompe. Je ne l'aurais en conséquence probablement jamais évoqué la première. J'ai Charlinou et je suis déjà comblée. Avoir un second enfant serait évidemment fantastique, mais t'avoir pour partenaire suffit à mon bonheur, alors...

— Tu ne voulais pas raviver la douleur de mes souvenirs...

L'artiste libère les doigts de la jolie brune.

Suis-je égoïste sans m'en rendre compte, aveuglé par mes tourments ?

Sévère envers lui-même, il culpabilise d'être faible dès lors qu'il s'agit de la paternité. Il frotte sa barbe naissante.

— Oui, entre autres choses. Quoi qu'il en soit, Charles serait également content d'avoir un frère ou une sœur, certifie Cassandre, avant de déposer son ordinateur à côté d'elle.

— Cela serait... merveilleux.

— Toutefois, avant de nous diriger vers l'adoption, nous pourrions d'abord essayer de faire un bébé naturellement, non ?

— Tu n'es sûrement pas sérieuse. Les occasions d'y parvenir sans le vouloir ne manquent pas entre nous !

Declan se lève, marche lentement jusqu'à une fenêtre aux carreaux sales. À la vision de Kuzco, dissimulé dans l'obscurité du soir, le museau collé contre la vitre, il sursaute.

Le lama, quel animal phénoménal !

— J'en suis consciente, mon chéri, lui assure la brunette qui se lève pour le rejoindre. Si tu es désormais véritablement prêt à devenir parent avec moi, tout sera pourtant différent. Je te propose de tenter réellement notre chance.

— Je reste qui je suis.

— Tu es en premier lieu l'homme que j'aime, affirme Cassandre, tout en enserrant son dos. Advienne que pourra ! formule-t-elle, avant de déposer des baisers sur ses omoplates.

— Raviver un espoir perdu d'avance est dangereux. Si j'échouais encore, ma déception serait incommensurable, craint Declan, les yeux dans le vague.

Apprendre ma maladie a détruit une partie de mon être... Lilas m'a détruit...

— Nous échouerions tous les deux. Je serais avec toi.

— Pff !

— Je ne suis pas Lilas.

— Lilas… répète le jeune homme, immobile.

— Je ne m'enfuirais pas à la moindre difficulté. Me battre dans le but d'agrandir notre famille ne m'effraie pas.

— Tu risquerais d'être déçue, d'être triste, de moins m'aimer…

— Non, non et non. Je serais comblée dans tous les cas : succès, échec, grossesse ou adoption.

— Je… te crois, murmure Declan dans un soupir. Je te crois.

Il se tourne vers sa belle, l'embrasse, l'étreint, puis s'éloigne d'elle et s'assied sur une chaise.

— Par ailleurs, en cas d'échecs successifs de nos tentatives naturelles de procréation, nous pourrions rechercher ensemble des solutions contre ton oli… oligospermie, balbutie Cassandre.

Ce mot attriste le musicien.

« *Oligospermie* » … *À l'image des alcooliques anonymes, devrais-je m'inscrire dans un groupe de confrères qui vivent une situation identique à la mienne ?*

— Nous pourrions faire preuve de patience, accorder notre confiance aux médecins… Sache que je me suis renseignée à propos de la stérilité masculine.

— Ah bon ! s'étonne Declan.

— Oui. Tout ce qui te concerne, me concerne. Je disais donc que je mettais renseignée, reprend l'écrivaine, après avoir pris place à son tour autour de la table. Seule l'azoospermie rend toute espérance de procréer vaine.

— Hum !

— Un deuxième avis médical serait intéressant pour toi, pour nous.

— Je ne suis pas certain.

— Sois-le. Un second avis nous permettrait d'accepter la réalité, d'en discuter, de relativiser, de réfléchir. Cette démarche nous permettrait de mieux comprendre les causes de ta maladie et nous donnerait un éclairage supplémentaire sur les différents traitements qui existent, suppose Cassandre. La procréation médicalement assistée ou la fécondation in vitro sont prometteuses… Mieux informés, nous pourrions adhérer pleinement à une stratégie thérapeutique et augmenterions ainsi nos chances de réussite.

— Toutes ces étapes infernales ne te dérangeraient-elles pas ?

— Si tu les acceptes, si tu les tolères, je les tolérerais. Que dois-je faire pour te convaincre une fois pour toutes de ma motivation ?

Le chanteur sourit, tandis que sa future femme bouscule son bras.

Mon soleil...

— Si tu veux être père, tu le deviendras d'une façon ou d'une autre, prédit Cassandre, sincère. Nous serons parents.

Cette dernière vient trouver refuge sur les genoux de Declan qui l'enlace, conscient de sa chance.

Mon soleil, mon soleil, mon soleil...

La joue appuyée contre la poitrine de sa muse, de sa partenaire, de son amour, il écoute chanter son cœur. Sa respiration se calme. Ses soucis disparaissent.

— Je t'aime, chuchote-t-il.

— Je t'aime.

CHAPITRE 44

Samedi 26 août 2023

Dans sa robe de mariée en dentelle, extrêmement décolletée, Cassandre est radieuse, les épaules et le dos nus. Nerveuse, elle ajuste des fleurs blanches sur sa volumineuse chevelure indomptée. En face de la psyché, qu'elle a installée devant son canapé, elle mire son reflet, essayant de garder un minimum son sang-froid.

Aujourd'hui, j'ai l'apparence d'une princesse. Aujourd'hui, je vais me marier. Aujourd'hui est un jour important.

Son maquillage souligne l'intensité de son regard, ainsi que la beauté de ses lèvres. Le pendentif en forme de lama, offert par Declan, orne son cou. Sa bague de fiançailles encercle son annulaire. Émue par les circonstances, elle l'effleure et son futur mari monopolise immédiatement ses pensées.

Est-il heureux, en cet instant, mon Declan ? Le chérit-il autant que moi, le calme avant la tempête de l'amour qui souhaite s'affirmer devant le monde entier ? A-t-il l'impression d'être un prince dans le costume qu'il a choisi ? Il serait intéressant que je l'interroge à posteriori sur ces questions et l'écoute me raconter ses ressentis.

Pendant qu'elle joue avec le tissu aérien de sa tenue, elle réfléchit aux comportements différents des hommes et des femmes au cours des préparatifs et de la concrétisation de leur mariage.

Les messieurs semblent étrangement moins sensibles que nous, les dames, à la magie des noces. Nous en rêvons effectivement depuis toujours. Pour une raison mystérieuse, porter la toilette la plus somptueuse de toute notre existence, à l'occasion d'une unique journée, nous enchante. Serait-ce lié aux mœurs occidentales, à notre éducation, à notre féminité, à nos lectures ou aux films et aux dessins animés que nous avons visionnés durant notre enfance ? Plus que l'officialisation de notre couple, nous adorons le fantasme du mariage. Je l'adore et je l'expérimente enfin ! L'époux qui m'attend est de surcroît exceptionnel. Je l'aime ! Je suis chanceuse.

— Es-tu certaine de ne pas vouloir de mon aide, ma fille ? s'enquit Manola, endimanchée, derrière la porte d'entrée de son mobil-home. J'entre !

Tandis que sa mère pénètre chez elle et rompt le silence ambiant, Cassandre se tourne vers elle, intimidée.

— Cassie ! Tu es absolument... parfaite, la complimente Manola, les larmes aux yeux, la bouche ouverte de stupéfaction. L'attente que tu m'as infligée en valait la peine.

— Merci, maman.

— En revanche, pourquoi n'es-tu pas allée chez le coiffeur ? Il t'aurait fait une superbe coiffure, un chignon travaillé par exemple. Tu aurais aussi pu laisser une maquilleuse et une esthéticienne s'occuper de toi.

— Je préférais être tranquille. Courir partout en ville et craindre d'être en retard ne m'attiraient pas.

— C'est dommage... Se faire dorloter est le privilège de la demoiselle qui se marie. Peu importe ! Je suis curieuse. Montre-moi tes chaussures, exige brutalement Manola, obnubilée par des détails dénués d'importance, conservés volontairement secrets par Cassandre.

La jeune femme soulève son jupon encombrant.

— Elles ne sont pas... classiques. Je les ai prises à talons compensés, confortables, pratiques et idéales pour une cérémonie champêtre, explique-t-elle.

— Hum !

— Quoi ?

— Ton décolleté n'est-il pas excessivement... échancré ? Un voile blanc aurait également été...

— Maman ! la coupe Cassandre. Je croyais que j'étais parfaite, lui rappelle-t-elle, en faisant la moue. Tu vas finir par me vexer.

— Pardonne mon indélicatesse, ma jolie Sissi ! Tu me connais, tu sais comme je suis, partisane des traditions et trop bavarde ! Évidemment, tu l'es, parfaite ! Tu es... divine. Tourne-toi un peu que je puisse t'admirer !

Dans le faible espace de la pièce principale de sa maisonnette, Cassandre se plaît à tournoyer. Vêtue de sa robe légère, elle rayonne.

— Tu es sublimissime ! Viens par ici, mon bébé ! lui commande Manola, avant de l'étreindre. Je suis fière de toi.

Cassandre se sent aimée.

Je mémorise ce moment précieux : ma mère et moi, unies dans le bonheur qu'engendrent les festivités et les rites de passage des humains.

— Tom ne sait pas ce qu'il rate, conclut Manola, emplie de tendresse pour sa grande fille. Tant pis pour lui !

— Tant mieux pour moi, réplique Cassandre avec humour.

— Maman ! s'exclame Charles, élégamment habillé, en franchissant le seuil du mobil-home. Qu'est-ce que tu es belle !

Alors que son gentil fils se précipite vers elle, Cassandre sourit. Elle quitte l'étreinte chaleureuse de sa génitrice et l'accueille entre ses bras.

***

À l'ombre de châtaigniers centenaires, devant la cascade et l'immense rocher rond couvert de lierre que sa bien-aimée a choisis en matière de décor pour leur cérémonie matrimoniale, Declan l'attend. Son pantalon de laine gris, à bretelles beiges, et sa chemise blanche lui confèrent un style bohème qui lui sied à merveille. Fébrile, il ajuste son nœud papillon. Tandis qu'il tente de dompter son impatience, des nuages cachent régulièrement le soleil et la brise se fait progressivement plus forte.

Perdu dans ses pensées, il écoute distraitement parler le prêtre au crâne dégarni debout à ses côtés, qui, grâce au pouvoir de persuasion de Manola, est venu offrir à Cassandre et à sa famille une bénédiction symbolique non officielle, car organisée en dehors du cadre d'une paroisse. Le caractère sacré que celle-ci doit malgré tout apporter à leur engagement lui convient autant qu'à sa promise, connaissant le prix à payer pour profiter d'un cadre bucolique. Quant à leur union civile, il a hâte de l'officialiser au sein d'une mairie dans un avenir proche. Satisfait des compromis qu'ils ont dû faire pour donner à leurs noces une atmosphère qui leur ressemble, en dépit de la réglementation autour des mariages, il languit son arrivée.

Ma Cassandre aura un prêtre, son coin de paradis, ses proches les plus chers et, sans nul doute, une extravagante robe blanche que j'ai hâte de découvrir. Moi, j'aurais la nature, mes amis, mes parents et la joie de célébrer notre union dans une intimité appréciable. Quelle journée singulière !

— Il est rare de te voir si angoissé, le Français ! remarque Emma qui lui frictionne une épaule. Crois-tu que ta dame puisse se dérober ?

— Tu as l'art de réconforter les gens, la blonde, réplique Declan, les mains dans ses poches.

— Sœurette, n'importune pas notre futur marié, intervient Liam en lui donnant une brusque accolade. En tant que témoin, je me dois de le protéger de tes néfastes paroles.

— Merci d'être là, les amis, les remercie Declan, ému. Merci.

***

Cassandre respire profondément.

Il est l'heure de retrouver l'homme que j'aime.

En sortant de son mobil-home, suivie par Charles et Manola, elle aperçoit l'émotion de Manuel qui l'attend près d'un cheval noir. Sensible à cette vision, elle lui sourit.

J'ai souvent imaginé mon papa me conduire à l'autel, dans un élégant costume un peu trop petit ou un peu trop grand pour lui. La réalité succède au rêve désormais. Ma mère et lui semblent fiers, comblés. Nous nous aimons inconditionnellement.

— Ma jolie Cassie, parvient à formuler Manuel, émerveillé. Ta monture n'attend que toi.

Cassandre embrasse son père qui maintient les brides du cheval et l'aide à grimper à califourchon sur son dos.

— Elle est merveilleuse, notre fille, décrit Manola en ajustant la dentelle et la traîne de sa robe sur la croupe de l'animal. N'est-ce pas ?

— Elle l'est, confirme Manuel.

Cassandre rougit.

Je me suis toujours demandée ce que pouvaient ressentir les mariées, parées de leurs plus beaux atours. J'ai longtemps imaginé l'effet produit par les flatteries et l'attention reçues. J'en fais l'expérience aujourd'hui et j'en ai le vertige. Le temps semble accélérer sa course, mais s'amuse paradoxalement à ralentir ou figer les mots, les gestes, les sentiments et les personnes. Tout est intense, magique, excitant...

— Elle ressemble à une vraie princesse sur son cheval royal ! déclare le collégien, le menton levé vers la vedette du jour. Les cigales sont d'accord avec moi, certifie-t-il, un doigt pointé vers son oreille droite.

— Hum ! réagit Cassandre, dubitative. Comment peux-tu être sûr que ces dames le sont ?

— N'entends-tu pas les éloges qu'elles te font ? Elles chantent pour toi, maman, affirme Charles, enjoué. Écoute-les.

Attendrie par la gentillesse de son garçon, Cassandre le regarde, lui et ses magnifiques yeux clairs qui lui rappellent ceux de Tom.

Mon Charles... Fruit de mon passé, tu es mon trésor adoré, une inestimable richesse à protéger !

Alors que le train du véritable amour veut la transporter encore plus loin sur la planète des amoureux, elle souhaite emporter dans ses valises le meilleur de son histoire avec le géniteur de son enfant, le meilleur de leurs souvenirs, le meilleur d'eux.

— Si j'ai l'apparence d'une princesse, tout est parfait ! s'écrie-t-elle, les bras levés vers le ciel en guise de victoire. Je désirais un mariage romantique, digne des contes de fées, alors… raconte-t-elle, tout en éventant gracieusement son visage.

— Il est malgré tout dommage, je persiste à le dire, de ne pas pouvoir montrer ta beauté aux habitants de la ville, ni à l'ensemble de notre famille. Une église ou une salle des fêtes appropriées aux festivités auraient amélioré ton conte, ma Cassie. Sans parler du choix discutable d'organiser des noces dans une forêt, puis au milieu des lamas, j'aurais aimé recevoir plus de convives et fêter dignement l'occasion, car…

— Maman ! l'interrompt Cassandre, pendant que son père conduit lentement l'équidé à travers champs, en direction de la rivière. Tu es désespérante.

— Qu'allons-nous faire de toi, ma pauvre Manola trop bavarde ? se plaint Manuel dans un rire. Laisse notre Cassinette en paix.

— Dans le cas contraire, nous t'attacherons à un tronc, mamie, renchérit Charles, taquin, menant le modeste cortège familial.

Grincheuse, la petite Manola hausse ses maigres épaules et Cassandre, amusée par son attitude enfantine, hoche la tête.

Chassez le naturel, il revient au galop !

Elle admire ensuite les nuages menaçants qui s'accumulent à l'horizon. Profitant de chaque seconde de sa journée, elle mémorise les sensations olfactives, visuelles et auditives qui la traversent. La fraîcheur bienfaisante du vent lui est agréable. La distance qui la sépare de Declan s'amenuise. Son impatience de le découvrir dans ses vêtements de futur marié croît.

Je me dirige vers notre point de rendez-vous, monseigneur. Je me dirige vers l'endroit où nous allons célébrer le nous, ce nous idéal que nous embellirons, renforcerons, inscrirons légalement dans les registres de la société et laisserons grandir indéfiniment dans nos cœurs. J'arrive.

Une fois dans les bois, elle s'accroche à la crinière de son cheval qui suit son père docilement.

Je suis éveillée... Je suis en vie.

Une mélodie s'élève et son âme frisonne. Au fur et à mesure de son avancée, celle-ci devient plus forte. Elle la reconnaît. Elle l'aime.

Douce atmosphère...

— La musique que nous entendons, ne serait-elle pas *Mariage d'amour*, composée par Paul de Senneville et enregistrée par le pianiste Richard Clayderman ? s'interroge Manuel, touché par les compositions de musique classique. Je n'ai plus aucun doute, précise-t-il, après un bref moment d'écoute. Il s'agit bien d'elle.

— Chut ! Voyons ! Qui est bavard maintenant, monsieur ? le sermonne son épouse, avant de lui donner un coup de coude dans les côtes. Tu gâches l'ambiance.

La brunette rit.

— Il est en effet question de *Mariage d'amour*. J'adore cette mélodie, avoue-t-elle. Elle est cependant de Chopin.

— Non, elle ne l'est pas. L'erreur que tu viens de faire est courante et...

— Manuel ! Chut ! intervient Manola. Nous arrivons.

Cassandre se redresse brusquement. Tandis que sa monture passe au pas entre deux châtaigniers, elle aperçoit enfin sa cascade, son rocher rond, son éden, puis Declan qui, devant ce paysage féerique et face à leurs invités, joue de la guitare en son honneur, lui sourit et la regarde avancer vers lui, ému. Séduite par son charme, sa prestance, ses talents de musicien qu'il déploie pour l'accueillir, elle ne voit plus que lui, lui et son sourire radieux. Elle le dévisage, captivée par l'agilité de ses doigts qui dansent sur les cordes de son instrument, afin de lui offrir des minutes musicales imprévues.

Surprise et romantisme ! Je pourrais m'évanouir de joie.

Soumis à l'autorité de Manuel, le cheval noir s'arrête au niveau du chanteur et la jeune femme peut profiter du spectacle, avant de descendre de la selle. Du haut de son palefroi patient, elle écoute les dernières notes de musique interprétées par Declan qui, à terre, la contemple tendrement. Subjuguée par son être et la clarté de ses yeux bienveillants, elle aimerait s'y perdre à jamais, prolonger leur échange de regard, éterniser leur bonheur de s'aimer.

Mon bel artiste, vous êtes parfaits, toi et tes défauts. Comment fais-ton aura pour correspondre idéalement à la mienne, pour la compléter, la nourrir et la sécuriser ? Ta présence est une chance. Elle me rend meilleure. Elle colore le monde, mon monde !

Declan cesse son activité, le silence se fait et Cassandre, les cheveux virevoltant au gré du vent, est submergée par une excitation difficilement contrôlable que sa mine éclatante traduit. Sans plus attendre, elle saute directement dans les bras du guitariste, alors qu'il tient encore sa Marguerita.

— Hé ! Remarquable demoiselle à la tenue stupéfiante, serais-tu, par hasard, impatiente de te marier ? s'enquit Declan, l'air triomphant.

— Oui, je le crois.

Cassandre repousse gentiment le jeune homme qui essaie de l'embrasser.

— Hé ! réplique-t-elle, mutine. Serais-tu impatient de te marier ?

— Oui, vraisemblablement, répond Declan, soudainement sérieux.

— Mes chers enfants, nous languissons tous de vous voir unis ! les interrompt le prêtre, provoquant le rire de l'assemblée jusqu'alors silencieuse. En place, je vous prie.

Les pommettes rosies, la ravissante brune quitte à regret l'étreinte de son partenaire qui, après avoir remis sa guitare au dévoué Liam, la fixe amoureusement. Grisée par cette manière d'être contemplée, elle retient sa respiration.

Suis-je en train de dormir ? Ce qui m'arrive est-il une illusion ?

— Prête ? lance Declan.

Espiègle, Cassandre mord sa lèvre inférieure, inspire et expire bruyamment.

— Prête, prononce-t-elle.

***

— Le mariage suppose que les époux s'engagent l'un envers l'autre sans y être forcés par personne, se promettent fidélité pour toute leur vie et acceptent la responsabilité d'époux et de parents. Cassandre et Declan, est-ce bien ainsi que vous avez l'intention de vivre dans le mariage ? leur demande le prêtre.

— Oui, répondent en chœur les deux amoureux.

La posture irréprochable de Declan cache admirablement le tourbillon d'émotions qui le traverse.

— Devant tous ceux qui sont ici et en présence de Dieu, veuillez échanger vos consentements, main dans la main, ordonne le célébrant.

Le chanteur se rapproche de Cassandre. Leurs doigts s'entremêlent et ce contact l'aide à se concentrer.

Ma maîtresse, tu voulais commencer à t'exprimer. Je t'écoute.

— Moi, Cassandre Morena, je te reçois, Declan Rouanet, comme époux. Je te promets de te rester fidèle dans le bonheur et dans les épreuves, dans la santé et dans la maladie, pour t'aimer tous les jours de ma vie. En t'épousant, j'épouse l'homme, le soleil, le confident, l'ami, l'amant, le coéquipier. J'adopte tes forces, tes faiblesses, ton énergie, ta maladresse, tes rires, tes larmes, ton esprit créatif, ton vague à l'âme, tes joies, ta sensibilité, tes envies de voyage, ta soif de liberté. Je m'engage à être ton refuge durant la saison des tempêtes, à t'apporter une stabilité en cas d'égarement, à te tenir compagnie quand la solitude tourmente, à prendre soin de toi au quotidien, à satisfaire au mieux tes désirs, à comprendre et respecter ton essence, à t'encourager dans la réalisation de tes rêves, à te soutenir fidèlement lors des grands changements de l'existence, déclare la jeune femme, la voix tremblotante. Je t'en fais la promesse, puisque je t'aime. Je souhaite écrire avec toi notre présent, imaginer nos lendemains, les vivre sereinement et vieillir à tes côtés jusqu'à la fin.

Devant la cascade qui murmure, Declan est muet, éperdu. Sa vision se trouble légèrement. Il bat des cils et Cassandre, touchée par l'échange de leurs vœux, l'imite. Il entend les reniflements de leurs mères et grands-mères respectives qui assistent à la scène à quelques mètres d'eux.

Comment égaler ma fabuleuse compagne ?

Il se racle la gorge.

— Euh ! C'est à mon tour, si je comprends bien, débute maladroitement le musicien.

Il abaisse le menton, les yeux rivés sur ses chaussures, se reprend. Lorsqu'il les lève vers Cassandre, il pense être opérationnel.

Comment les autres mariés font-ils pour paraître stoïques durant leur cérémonie nuptiale ? Ma déesse, sa beauté et ses mots me font perdre la raison.

De son index libre, il gratte machinalement son front.

— Alors… Euh ! Moi, Declan Rouanet, je te reçois, Cassandre Morena, comme épouse. Je te promets de te rester fidèle dans le bonheur et dans les épreuves, dans la santé et dans la maladie, pour t'aimer tous les jours de ma vie. Je te choisis donc toi, sublime, avenante, intelligente, talentueuse et… étonnante créature. Continuer à t'aimer sera facile, naturel, indispensable à mon équilibre, affirme-t-il, dorénavant absorbé par son texte, ses sentiments. Tu es mon tout. Tu es tout. Mon diamant brut, je me ferai lumière pour te faire briller. Main de fer dans un gant de velours, je saurai te protéger. Ma fleur, je me ferai patience pour t'aider à t'épanouir. Ciel pluvieux ou ensoleillé, je saurai invariablement te soutenir. Mon ange, je me ferai tendresse pour soigner les maux de ton cœur. Attentif conseiller, je saurai atténuer le poids de tes malheurs. Ma muse, je me ferai vérité afin de te mériter. Serviteur passionné, je saurai te vénérer. Ma dame, je me ferai générosité afin de te chérir. Chevalier servant, je saurai te construire un empire. Ma femme, je me ferai magie afin d'embellir nos heures. Surhomme, je saurai me battre pour être toujours à ta hauteur. Finalement, je serais tes ailes si tu le désires. Je t'emmènerai en voyage et te ferai découvrir d'inconnus paysages. J'attiserai notre flamme, je consoliderai notre nous, j'entretiendrai tes sourires, j'alimenterai tes rires et je t'aimerai jusqu'au bout.

Le jeune homme termine sa tirade et Cassandre, sous le charme, aimerait l'enlacer quand son fils passe à l'action et leur apporte les alliances.

La cerise sur le gâteau !

Declan saisit celle de sa partenaire, une bague formée par trois anneaux entremêlés en or rose, jaune et blanc, celui-ci étant souligné d'un pavage en diamants.

— Cassandre, je te remets cette alliance, signe de mon amour et de ma fidélité, articule-t-il en essayant de la glisser autour de son annulaire, sans y parvenir.

Les rires du public sont contagieux, mais après une pause joyeuse, il parvient à terminer sa mission.

— À mon tour, susurre la mariée souriante, tandis que les derniers rayons de soleil de la journée illuminent ses traits. Je te remets cette alliance, signe de mon amour et de ma fidélité, enchaîne-t-elle, avant de passer la bague au doigt de son homme.

— Vous êtes désormais mari et femme et vous pouvez vous embrasser, clôture joyeusement le prêtre.

Declan exécute les ordres. Ses lèvres rencontrent celles de Cassandre Rouanet. Les applaudissements éclatent et le vent, qui s'intensifie, s'engouffre sous le jupon de la princesse qu'il étreint. Devant leurs proches, il est heureux. L'étendue de leur affection pour lui et Cassandre l'émeut. Un simple coup d'œil vers eux le lui prouve. *Entouré par la bienveillance et la sincérité, je ne regrette pas le choix de vivre mes noces en petit comité.*

***

Cassandre dialogue avec ses invités sous le grand chapiteau blanc, placé au milieu de la prairie où ses lamas se promènent et les observent, alors que des nuages gris foncé envahissent la voûte céleste dans son intégralité. Écouter le déroulement du projet des parents de son mari, qui résident enfin au sein de leur éco-hameau en Lozère, l'intéresse. Pendant que Declan discute avec ses grands-parents maternels, venus spécialement d'Australie pour le mariage, elle loue leur expérience, mais aussi leur dévouement à l'égard d'autrui et de la nature. Elle admire leur motivation, leur courage, leur passion pour la vie en collectivité et leur combat pour préserver la planète et les Hommes de la folie humaine. Pensive, elle imagine marcher sur leurs traces, réfléchissant à sa situation et à ses aspirations.

Vivre en communauté ne doit pas être facile. Tolérer les nombreux inconvénients liés à ce choix n'est pas à la portée de tous. Personnellement, j'ignore si j'en serais capable. J'idolâtre trop la tranquillité et l'intimité. Est-ce égoïste ou dommage ? Devrais-je à mon tour inviter des gens à venir profiter de mon terrain, en échange de services, par exemple ? Devrais-je au contraire vendre des parcelles ou en louer, dans le dessein de regrouper des individus unis grâce à l'amour des animaux, de l'environnement, de la permaculture et du partage ? À plusieurs, nous sommes plus forts et l'autonomie alimentaire doit pouvoir s'envisager. Est-ce un avenir réalisable pour moi, mon époux, mon fils ? Nous correspondrait-il ? Je ne sais pas. Le futur résoudra le mystère. Dans tous les cas, l'accomplissement de mes beaux-parents me rend admirative.

Des bourrasques régulières mettent à mal la toile du chapiteau, sa coiffure, ainsi que la bonne humeur de sa mère, en train d'assurer le service des boissons et des petits-fours. Reconnaissante de son aide et de ses efforts, elle s'avance vers elle et la remercie d'avoir pris en charge l'organisation du vin d'honneur.

— Tes mamies et moi, nous avons cuisiné pour toi avec plaisir, ma chérie. En revanche, une tempête se prépare, décrit Manola, les sourcils froncés, avant de déposer un plat en verre vide sur une table. Heureusement, tu n'as pas opté pour les gobelets en plastique. Ce vent est épouvantable et les aurait emportés ! Hé ! Kuzco, va fureter ailleurs, veux-tu ! Il n'y a rien pour toi sur ce buffet ! le prévient-elle en tentant vainement de le chasser. Ces lamas ! En plus de puer et d'empester les lieux, ils commencent à baver sur notre nourriture !

— Hum ! Je ne suis pas certaine qu'il pleuve, dit Cassandre pour se rassurer, sans se préoccuper des camélidés curieux qui tournent autour du chapiteau. La météo annonçait un jour de grisaille.

Elle frotte ses épaules, à la recherche d'un signe du retour du soleil.

La pluie m'importunerait davantage que le mistral.

— Tu as la chair de poule, ma petite ! Que te faut-il de plus pour te rendre à l'évidence ? Le temps est abominable.

— Certes, le temps n'est pas idéal, maman, mais qu'importe ! Il nous permet de ne pas souffrir de la chaleur.

— Effectivement, nous risquons plutôt de nous transformer en glaçon ! se moque Manola, après avoir repoussé le museau de Kuzco, occupé à lui renifler la nuque.

— Pff ! Tu exagères, se plaint Cassandre.

— Oui, mais savoir que le repas a déjà été livré chez toi par le traiteur me sécurise au moins. J'aurais évidemment préféré que nous ayons des serveurs sur place, dans une salle de réception, pour nous servir des mets dignes d'un évènem…

— Maman ! Arrête.

— Pardon, Cassie, s'excuse Manola, tandis qu'elle lui donne une rapide accolade. Nous sommes tous ravis d'être au cœur de la pampa. Tiens, bois un peu ! lui propose-t-elle ensuite en lui servant un cocktail.

Cassandre sirote sa boisson tout en examinant Declan, désormais en pleine conversation avec Emma, le teint radieux, qui lui raconte les étapes de sa grossesse, ses désagréments, ses joies, l'état de ses hormones et l'évolution désastreuse de sa prise de poids.

Tout le monde est beau...

— Ton hippie est… très élégant aujourd'hui, tu sais. En plus d'être gentil, doué et intelligent, il a du charme et une prestance.

— Hum ! Tu le complimentes pour la première fois, je crois, constate la jeune femme. Il va vraiment pleuvoir ! ricane-t-elle.

— Il te rend heureuse, résume Manola. Comment pourrais-je ne pas le complimenter ? Une lumière singulière brille dans tes yeux depuis trois ans. Elle n'existait pas auparavant, même au début de ton histoire avec Tom. Tu me parais… sereine. Je ne suis plus inquiète pour toi.

Cassandre sourit, fière d'avoir trouvé en Declan l'homme fait pour elle.

Le grand banquier Tom est finalement tombé du piédestal sur lequel mes parents l'ont longtemps mis. Si ce piédestal, il ne le méritait pas, j'espère qu'il poursuivra son chemin dans les meilleures conditions possibles.

— Punaise de punaise ! s'exclame-t-elle, brusquement alarmée, à l'image de sa mère. Il commence réellement à pleuvoir ! Oh non !

De grosses gouttes de pluie s'abattent sur la toile au-dessus d'elle et elle grimace lorsque ses lamas caractériels tentent de trouver un abri entre les convives et les bousculent par mégarde.

Punaise ! Ma belle-famille va me maudire et je transpire ! J'ai honte !

— Alberto ! Fais doucement ! lui commande-t-elle, avec des gestes amples. Kuzco et Joséphine, les plumes des chapeaux des dames ne se mordillent pas, voyons ! les réprimande-t-elle, rougissante. Allez dans votre maison !

De la sueur perle sur son front. S'échiner à faire bouger des camélidés, qui ne veulent pas se mouiller, ne lui sert à rien. Embarrassée, elle aimerait crier et jurer.

Pourquoi donc ai-je monté une entreprise autour des lamas ? Pourquoi les avoir conviés au vin d'honneur ? Pourquoi ?

Des rires fusent néanmoins autour d'elle et la réconfortent. Elle abandonne alors sa lutte contre ses animaux et tâche de relativiser.

— Mariage pluvieux, mariage heureux ! s'écrie le grand-père paternel de Declan, son verre d'alcool levé vers le plafond, afin de porter un toast.

— Et vive les copains poilus ! intervient Emma, photographe officielle des mariés, un appareil photo accroché autour de son cou que son ventre rond supporte et soulève légèrement.

— Ils savent mettre une ambiance chaleureuse, renchérit Liam, solidaire.

— Ils sont pénibles, ces puants, mais je m'en occuperai malgré tout lors de ta lune de miel, ma Cassie ! lui assure Manola. Ne t'angoisse pas. Charles m'aidera.

— Évidemment ! réplique l'adolescent entre deux bouchées de friands. Avant les échecs, ma grande passion est et restera Kuzco.

— Vive les mariés ! crie l'assemblée.

Cassandre reçoit des baisers bruyants de la part de la majorité de son entourage, désireux de la consoler et de dédramatiser la situation. Encouragée par ces embrassades, elle décide de suivre la méthode de son mari, d'accepter les imprévus et de savourer leurs cadeaux.

J'ai de la chance. Tout n'est pas sous contrôle, mais tout est réussi.

Plein d'entrain, Declan la débarrasse de son cocktail, la soulève, puis la porte jusqu'à l'extrémité de la tente, où il la libère et où elle finit par se détendre. Une joue posée contre la sienne, elle contemple l'orage naissant en sa compagnie. Protégée et aimée, elle oublie les intempéries, ses bêtes ingérables ou encore ses cheveux maltraités par l'humidité. La splendeur de la prairie la captive.

Le spectacle en cours est apaisant. Il est... unique, divin, paradisiaque.

La montagne et la terre, arrosées par les larmes du ciel, révèlent des parfums qui l'enivrent, la canalisent. Elle se sent vivante.

Mes sens travaillent...

— Tu es belle, maîtresse. J'aime ta robe et je t'aime, chuchote le jeune homme. Aurais-je oublié de te le dire cent fois cet après-midi ?

Cassandre tourne son visage vers Declan. Elle lui caresse le front et son alliance scintille. Le souvenir de leur première rencontre surgit. Elle le chérit.

Moi aussi je t'aime, malchanceux François Perrin. Je crois que je t'aime depuis le fameux soir où, le buste dissimulé derrière les parois d'un bac à déchets, les jambes en l'air et la tête logée entre des sacs à ordures, tu recherchais ton téléphone portable.

— Tu n'as pas besoin de me dire quoi que ce soit, affirme-t-elle. Ton regard parle pour toi.

***

Le poste de radio, allumé par Charles, diffuse une musique qui inspire Declan. Pendant que la pluie continue à tomber, il fait danser sa femme à côté de ses lamas plutôt passifs. Cavalier irréprochable, il garde cependant un œil sur le sournois Alberto, anormalement calme.

Je te surveille, vilain lama. Si tu me joues un mauvais tour, je te fais cuire à la broche, ce soir !

Des couples de danseurs se forment autour de lui et Cassandre. Il les examine, particulièrement sensible à la complicité de ses grands-parents australiens, chics, joyeux, fragiles et forts à la fois.

Aimer l'autre jusqu'au bout de la nuit, jusqu'au bout de la vie, jusqu'au bout du monde, voilà mon objectif, mon rêve, ma vision idyllique de l'aventure conjugale !

Il se rapproche davantage de sa cavalière, respire sa chevelure et ses fleurs blanches, tandis que leur amie Emma, soucieuse d'immortaliser les moindres instants de leurs noces, les photographie discrètement.

— Nous devrions rentrer dans la maisonnette de notre hôtesse, recommande Manuel, perturbé par le brusque grondement de tonnerre qui retentit au loin. Prendre la foudre à la légère serait une erreur.

Kuzco, affolé par l'étrange bruit sourd et prolongé, s'immisce entre le chanteur et Cassandre.

— Peureux ! Fais attention à mes pieds, ordonne celle-ci en lui flattant le dos.

— Je crois que ton père a raison, maîtresse, soutient Declan. Nous sommes dans les Cévennes.

Alors qu'il termine sa phrase, un gigantesque éclair sillonne les cieux.

— Punaise ! s'exclame Cassandre, impressionnée par la forte luminosité de la décharge électrique.

Le tonnerre hurle ensuite sa colère, une rafale s'engouffre sous le chapiteau qui se renverse, la pluie s'intensifie, des cris s'élèvent, les invités mouillés se dispersent, les camélidés les suivent aveuglément et le marié réactif entraîne sa compagne vers son mobil-home, au sein duquel Charles est déjà en sécurité.

— Attends, Declan ! exige Cassandre qui lui lâche le bras. Je vais guider les lamas perdus vers leur abri !

— Non, laisse les, tant pis ! crie jeune homme, afin de se faire entendre.

— La foudre les rend fous ! Je me dépêche !

— Je viens avec toi ! décide Declan.

Faits divers : deux adultes ont été foudroyés lors de leur mariage.

En dépit du manque de visibilité, il s'élance dans le champ boueux à la poursuite des bêtes prises de panique. Après plusieurs minutes de course intensive, trempés, sa coéquipière et lui parviennent à rassembler le troupeau de camélidés dans l'écurie.

— Mission accomplie ! se félicite-t-il.

Hors d'atteinte du déluge, il referme son portail en bois, reprend son souffle, puis se tourne vers Cassandre, également essoufflée. Sa chemise blanche colle son torse et ses biceps musclés. Des mèches de cheveux cachent partiellement sa figure. Il rit. Ses fossettes se creusent.

— Pourquoi ris-tu ?

— Ta magnifique robe n'est plus... blanche, décrit le musicien, désolé. Surmonteras-tu cette épreuve ?

Il perçoit la déception de la jeune femme qui constate l'état lamentable de sa tenue et laisse échapper un rire nerveux.

— Je suis responsable de mon sort. J'ai voulu m'occuper de mes animaux, résume Cassandre, tout en triturant la dentelle de son vêtement recouvert de boue. Au moins, j'ai réussi à être belle une bonne partie de la journée ! se console-t-elle, résignée, avant d'essuyer son minois enduit de maquillage.

— Tu l'es aussi maintenant... belle, certifie Declan, immobile. *Superbe tableau !* Le timbre et le ton de sa voix ne permettent pas à son interlocutrice, ayant appris à dompter les aléas au fil des années passées auprès de lui, de douter de sa franchise.

— Tu rougis toujours au moindre compliment, soulève-t-il, attiré par le décolleté et les épaules nues de Cassandre, ornés de gouttelettes. *Tentatrice créature au vêtement sophistiqué, tu sembles sortir tout droit d'un livre. Tu m'enchantes.*

— Hélas ! soupire Cassandre. Bon ! En route, monsieur ! change-t-elle de sujet, en empoignant la poignée du portail. Nos familles nous cherchent sûrement. En plus, ton oncle Jean-Claude et ton petit cousin Tony devaient passer nous voir. Si l'apocalypse ne les arrête pas, il serait de mise d'aller nous sécher et nous rendre présentables pour eux. Es-tu prêt à affronter à nouveau la tempête ?

La jolie brunette est sur le point de sortir, mais Declan la retient par le poignet, la retourne vers lui avec fermeté, puis l'embrasse. Lentement, il avance et l'accule contre un mur. Amoureux de sa peau mouillée, de ses lèvres chaudes, de l'immense sourire qui les étire, il soulève son jupon dans l'objectif d'entrevoir le tatouage de sa cuisse ciselée.

— Que... que fais-tu ?

— Les festivités attendront, décide l'homme. J'aimerais faire l'amour à mon épouse, si tu me le permets.

— Cette pratique ne peut-elle attendre notre lune de miel ?

— Non.

— Non ?

— Notre lune de miel sera évidemment propice à notre projet de concevoir un enfant, espère Declan, mais toute occasion d'essayer doit se saisir, si je ne m'abuse.

— Ai-je correctement entendu : « concevoir un enfant » ? s'étouffe Cassandre, après avoir esquivé un baiser de son amant.

Declan se tait. Il regarde sa dame aux yeux humides.

— Tu as ravivé un espoir en moi, celui de devenir un père biologique. Peu importe les caprices du destin, j'ai confiance en toi, affirme-t-il. Je sais que tu n'autoriseras pas cet espoir à se transformer en tourment. Alors, si tu désires me suivre dans cette aventure parentale, je délaisse mon passé et je suis à toi.

Le front de Cassandre touche son front et il se nourrit de sa tendresse, bercé par le bruit de la pluie torrentielle qui s'abat sur leur toit de fortune.

— Avant de saisir l'occasion dont tu as parlé, puis-je connaître la destination de notre voyage ?

— Je suis au regret de répondre par la négative. Une surprise est une surprise, déclare l'artiste.

— Le contraire m'aurait étonnée.

— Ai-je malgré tout le droit de disposer de madame Rouanet ?

La réponse non verbale de Cassandre satisfait Declan. Soumis à ses morsures, à sa passion, à ses caresses, à sa douceur, il écoute ses désirs, lui confie les siens. Doucement, il l'allonge sur le plancher, la domine.

Mon ange, souvent, je suis le démon qui te métamorphose en diablesse et tu es la diablesse qui me transforme en ange.

Paupières closes, il ouvre ses ailes, lorsqu'une langue baveuse glisse le long de sa nuque. Il tressaille, cherche à en connaître l'origine et découvre Kuzco, debout au-dessus de lui, à la recherche d'affection. Désespéré, il s'écroule de tout son poids sur Cassandre, surprise par son comportement.

— Kuzco ! réagit finalement cette dernière à la vue du lama blanc penché vers elle. Va voir ailleurs si nous y sommes, pot de colle ! l'invite-t-elle, d'un mouvement de la jambe.

L'animal recule et le bel homme se redresse, prenant appui sur ses paumes.

— Après ton roman *La vieille, le lama et l'auto-stoppeur*, tu devrais continuer sur le thème des lamas et en rajouter dans ta dernière histoire, conseille-t-il. J'aimerais savoir comment, en parallèle de l'effondrement de la société, tes personnages survivraient en leur présence.

Étendue sur le dos, l'écrivaine réfléchit et Declan en profite pour admirer la naissance de ses seins, sa gorge, sa bouche, ses traits.

La beauté que je contemple me rend faible.

— Je note ton idée, annonce Cassandre, transie par le froid.

— Moi, je note que tu es… appétissante.

— Qu'attends-tu pour me manger dans ce cas, ogre que tu es ? Je vais finir par m'enrhumer. Tiens-moi chaud s'il te plaît.

— Avec plaisir.

Dans une atmosphère campagnarde, Declan, esclave des iris de sa maîtresse, conjugue pour elle le verbe aimer.

***

Le vent a cessé de souffler son courroux. Le ciel chargé de nuages épais continue pourtant à assombrir le paysage cévenol pluvieux. L'herbe et la boue cohabitent dans les champs désertiques. Les châtaigniers, au feuillage rempli de bogues, semblent déprimer. La forêt silencieuse sommeille. Les animaux se terrent. Languissantes de remonter sur scène, les cigales patientent. Dans ce décor automnal, la quiétude règne.

— Il ne tonne plus. Profitons-en ! À trois, courons vers ton mobil-home rejoindre la foule en délire, propose Declan, au seuil de l'écurie des lamas, les bretelles de son pantalon gris tombant négligemment de part et d'autre de ses cuisses.

Au milieu du royaume des camélidés, le chapiteau renversé, les chaises, les tables, les nappes blanches, la vaisselle et la nourriture, abandonnés à l'eau des cieux, donnent l'impression d'attendre le retour des invités, un recommencement, l'impossible reprise du vin d'honneur écourté.

— D'accord, accepte Cassandre, tremblante dans sa robe de princesse abîmée.

— Un…

— Deux…

— Trois !

Main dans la main, les jeunes mariés s'élancent dans la prairie verdoyante qui leur offre son immensité. Une fraîcheur piquante les enveloppe, les grise et les incite à courir à vive allure entre les gouttes de pluie. Le temps suspend son vol et leur accorde un moment romanesque. Dans une insouciance délectable, ils crient de joie, ils rient, ils oublient le monde. Euphoriques, amoureux, forts des souvenirs qui les unissent et désireux d'en créer de nouveaux, ils ralentissent, piétinent, s'arrêtent, s'étreignent, tournoient, savourent le présent, puis se regardent. Ils se regardent et côtoient le bonheur, le bonheur d'être eux-mêmes, le bonheur d'être deux, le bonheur d'être l'équilibre de l'autre. Ils se regardent, se comprennent. Ils se regardent et ils s'aiment.